DONGSUH MYSTERY BOOKS 66

THE ROMAN HAT MYSTERY

로마 모자의 비밀

엘러리 퀸/강영길 옮김

동서문화사

옮긴이 강영길 (文澔)
조선대학교 정치외교학과 졸업
미육군성 기갑학교 수학, 미육군성 행태과학연구소 연구관 역임
옮긴 책 와일드《행복한 왕자》디킨즈《크리스마스 캐럴》등이 있다

DONGSUH MYSTERY BOOKS 66
로마 모자의 비밀
엘러리 퀸 지음/강영길 옮김
1판 1쇄 발행/1977년 12월 1일
2판 1쇄 발행/2003년 5월 1일
2판 3쇄 발행/2011년 1월 10일
발행인 고정일/발행처 동서문화사
창업 1956. 12. 12. 등록 16-345 (윤)
서울강남구신사동 540-22 ☎ 546-0331~6 (FAX) 545-0331
www.epascal.co.kr

＊

편찬·필름·제작 일체「동판」자본으로 이루어짐에 따라
출판권 소유권자「동판」에서 제조출판판매 세무일체를 전담합니다.
사업자등록번호 211-90-02201
ISBN 978-89-497-0151-6 04840
ISBN 978-89-497-0081-6 (세트)

로마 모자의 비밀
차례

머리글

제1막

제2막

뉴욕 시
독물계 주임
앨릭잰더 게틀러 교수에게
이 이야기를 구상함에 있어 우호적
편의를 봐준 데 작은 감사의
뜻을 드립니다.

이 수사에 관련된 인물들의 약력

　여기 게재된 몬티 필드 살해사건 이야기에 등장하는 모든 남녀인물표는 다만 독자의 편의를 위해 마련한 것이다. 한눈에 알기 쉽게 하기 위해서다. 수수께끼를 풀 때 미스터리소설 독자는 죽 읽어나가는 도중에 실제로는 사건해결의 중요한 열쇠를 쥐게 되지만, 언뜻 보기에 그리 중요하지 않은 듯한 많은 인물을 그냥 스쳐지나가 버리는데 그렇게 하지 않기를 부탁하고 싶다. 그래서 나는 여러분이 이 이야기를 읽어나가는 동안 때때로 이 인물표를 보도록 권한다. 읽고도 추리를 할 수 없었던 분들이——반드시 '불공평하다'고 시치미 뗄 터이므로 나로서는 그것을 예방하기 위해서일 뿐 다른 뜻은 없다.

엘러리 퀸

몬티 필드　피해자. 악덕 변호사

윌리엄 프적　시체를 발견한 사나이

도일　두뇌회전이 빠른 경관

루이스 팬더　브로드웨이의 로마 극장 지배인

제임스 필　〈피스톨 소동〉의 주연배우

이브 엘리스　우정을 아낌없이 베푸는 여배우

스티븐 밸리　사교계 젊은이 역을 맡은 배우

루실 호튼　'거리의 창녀' 역을 맡은 여배우

힐더 오린지　영국 태생의 우아한 여배우

토머스 벨리　범죄에 대해 지식이 있는 형사부장

새뮤얼 플라우티　의무 검사관보

매지 오코넬　살인이 일어난 통로의 안내원

스태트거드 의사　관객 가운데 있던 의사

제스 린치   극장에서 오렌지 주스 파는 소년

해시
피고트
플린트 } 형사과 형사들
존슨
헤이그스트롬
리터

존 캐저넬리   별명 '목사'. 전과자

벤저민 모건   용의자 가운데 한 사람. 변호사

프랜시스 아이브스 포프   사교계의 새로운 별

스탠포드 아이브스 포프   아이브스 포프의 외아들

캐서린 아이브스 포프   프랜시스의 히스테릭한 어머니

프랭클린 아이브스 포프   재계의 거물

해리 닐슨   로마극장 홍보담당자

헨리 샘프슨   지방검사

찰스 마이클스   필드의 하인

엔젤러 루소   필드의 약혼녀

티머시 클로닌
아서 스토츠 } 검사보

오스커 루원   필드의 법률사무소 사무장

필립스 부인   로마 극장 의상담당자

새디우스 존스 박사   뉴욕 시 독물담당자

에드먼드 크루   경찰국 소속 건축가

쥬너   호기심 많은 색다른 소년. 퀸 집안의 하인

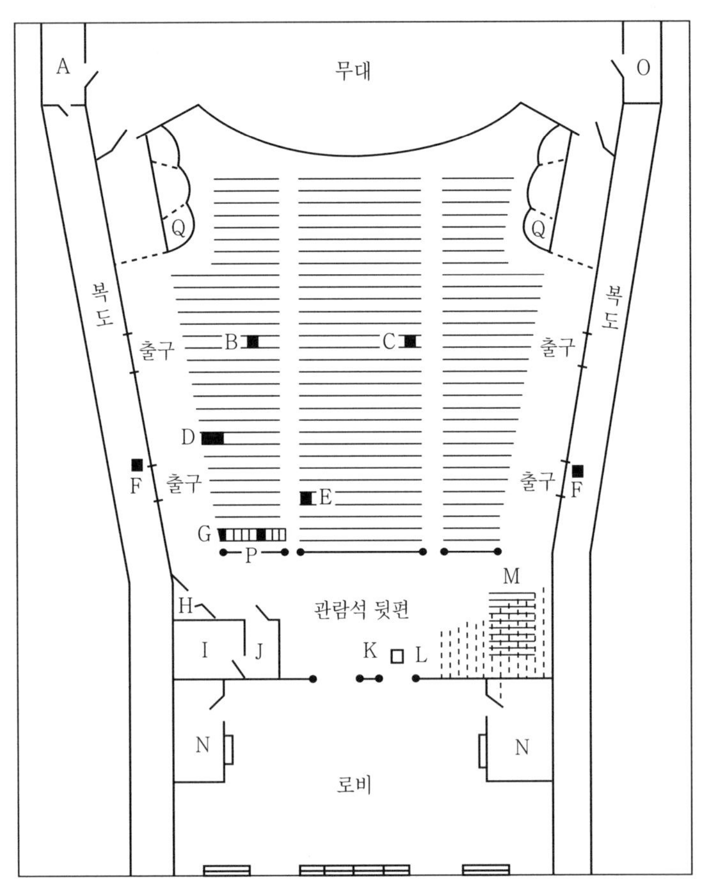

엘러리 퀸이 그린 로마극장 배치도

로마극장의 내부구조

A 분장실

B 프랜시스 아이브스 포프 좌석

C 벤저민 모건의 좌석

D 조니 목사(존 캐저넬리)·매지 오코넬이 있던 통로 좌석

E 스태트거드 의사의 좌석

F 오렌지 주스 판매대(휴게 시간만 운영)

G 범행 현장. 검은 세로 선은 몬티 필드의 좌석, 오른쪽의 3개의
   흰 선과 바로 앞에 있는 4개의 선은 자리가 비어 있었음

H 홍보담당 해리 닐슨의 방

I 루이스 팬더 지배인의 방

J 대기실

K 입장권 검표소

L 이층으로 올라가는 유일한 계단

M 지하 휴게실로 가는 계단

N 입장권 판매소

O 소품실

P 윌리엄 프적의 좌석

Q 악극단석

머리글

　나는 출판사와 지은이로부터 몬티 필드 살해사건 이야기의 간단한 머리글을 써달라는 부탁을 받았다. 먼저 밝혀두지만 나는 작가도 범죄학자도 아니다. 따라서 범죄수법이나 범죄소설에 대한 권위 있는 말을 한다는 건 내 힘에 부치는 일이다.

　그럼에도 내가 감히 이 자리를 빌어 《로마 모자의 비밀》을 소개하는 데는 그만한 이유가 있다. 지난 10년을 돌이켜보아 가장 기이한 수수께끼로 얽혀 있는 이 작품을 독자 여러분에게 소개하는 데 가장 지대한 공헌을 한 사람이 바로 나이기 때문이다.

　지난 겨울 나는 뉴욕의 먼지를 털어버리고 유럽 여행에 나섰다. 유럽 대륙 구석구석을 발길 닿는 대로 떠돌아다니고 있던——지루함을 달래기 위한 방랑이란 청춘을 갈구하는 콘라드[*1] 같은 젊은이라면 누구에게나 흔히 있는 일이다——8월 어느 날 나는 이탈리아의 이름 없는 산골마을에 닿았다. 어째서 내가 그곳에 갔는지, 그곳이 어디인지, 마을 이름이 무엇인지 하는 것 등은 아무래도 좋다. 주식 중개인과의 별 의미없는 일 때문이었지만 일단 약속은 약속이었으니까.

나는 겹겹이 이어져 우뚝우뚝 솟은 산기슭에 마치 새처럼 달랑 들어앉은 장난감 같은 산장에 벌써 2년이나 만나지 못한 두 옛 친구가 틀어박혀 지낸다는 것을 어렴풋이 기억하고 있었다. 그 두 친구는 뉴욕의 북적거리는 뒷골목으로부터 이탈리아 산골마을의 밝은 평화로움을 한껏 즐기기 위해 이곳에 와 있었던 것이다. 그 두 사람의 은거 생활을 깨뜨리고 싶은 내 충동——아마 다른 까닭도 있었겠지만——은 그들이 얼마나 후회하고 있는지 직접 보아야겠다는 호기심 때문에 일어난 것인지도 모른다.

흰 머리가 좀더 늘고 눈매가 한층 날카로워진 리처드 퀸 노인과 그 아들 엘러리가 나를 반기는 모습은 더할 나위 없이 친근감 넘치는 것이었다. 그 옛날 우리들은 친구 이상으로 친밀한 사이였다. 그리고 포도주 향기 떠도는 이탈리아의 공기도 매연에 찌든 맨해턴의 추억마저는 씰어버리지 못한 듯, 그들은 여전히 나와 다시 만나게 된 것을 무척 기뻐하는 눈치였다. 엘러리 퀸 부인——엘러리도 이제는 한 여성의 남편이며, 할아버지를 꼭 닮은 아기의 아버지였다——은 그녀의 여왕 같은 이름 그대로 우아했다. 전에는 쓸모없는 먹보로 보였던 쥬너까지도 지금은 완전히 달라진 모습으로 고향 사람을 만난 반가움에 겨워 나를 맞아주었다.

엘러리는 나로 하여금 뉴욕을 잊고, 지금 사는 고장의 숭고할 만큼 아름다운 풍경을 한껏 즐기도록 무척 애써주었다. 그러나 나는 그 조촐한 산장에 머무른 지 며칠 안되어 엉뚱한 생각에 사로잡혀 가엾은 엘러리를 괴롭히기 시작했다. 나는 그리 내세울 게 없는 사람이지만, 끈기로는 누구에게도 뒤지지 않는 터였다. 그래서 엘러리와 헤어져 떠나기 바로 전에는 그도 하는 수 없이 꺾여 마침내 나와 타협하기에 이르렀다.

엘러리는 나를 서재로 데려가 문을 잠그더니 낡은 철제 서류정리함들을 뒤지기 시작했다. 그는 천천히 뒤지고 난 다음, 처음부터 어쩌면 그의 손끝이 닿는 곳에 있었던 게 아닐까 하는 의심이 드는 한 가지 물건을 마침내 꺼내왔다. 그것은 빛바랜 원고뭉치로, 엘러리가 좋아하는——법률가들이 흔히 쓰는——파란 용지에 씌어졌으며 철해져 있었다.

여기서 한바탕 입씨름이 벌어졌다. 나는 그 원고를 가방에 넣고 뉴욕으로 가져가겠다고 주장했고, 엘러리는 예전처럼 선반에 그대로 보관하겠다고 고집했다.

책상에 앉아 독일의 한 잡지에 실릴 '미국의 범죄와 그 수사법'에 대한 글을 쓰고 있던 리처드 노인이 마침내 문제 해결에 끼어들었다. 퀸 부인도 우락부락한 주먹을 불끈 쥐고 자기 주장을 관철시키려 하는 남편의 팔을 잡고 말렸다. 쥬너도 열심히 둘 사이를 뜯어말리려고 애썼다. 엘러리 2세까지도 입에 물고 있던 포동포동한 손을 빼내 휘저으며 거친 말씨름을 나무라는 듯한 몸짓을 했다.

이렇듯 한바탕 소동이 벌어진 끝에 가까스로 《로마 모자의 비밀》은 내 여행가방 속에 넣어져 미국으로 건너왔다. 그러나 거기에는 조건이 붙어 있었다. 엘러리는 좀 남다른 데가 있는 사람이다. 나는 엄숙하게 다음과 같은 서약을 하지 않으면 안 되었다. 즉 내 명예를 걸고 친구와 이 이야기에 관계된 주요 인물들은 모조리 가명을 써서 본디 이름들이 영원히 독서계에 알려지지 않도록 할 것이며, 만의 하나라도 이 일을 어길 경우에는 약속이 파기된다는 내용이었다.

따라서 '리처드 퀸'이나 '엘러리 퀸'도 두 신사의 본디 이름이 아니다. 엘러리 스스로가 이 이름을 지은 것이다. 그리고 일찌감치 밝혀두는 게 나을 것 같아서 하는 말이지만, 엘러리는 독자들이 이 수수께끼 같은 이름에서 어떤 외견상의 힌트를 얻어 진짜 이름을 알아차리지 못하도록 의표를 찌르기 위해 그 선택에 무척 고심했다.

《로마 모자의 비밀》은 뉴욕 시 경찰국 보관문서 가운데 실제로 있는 기록을 바탕으로 한 것이다.

엘러리와 그의 아버지는 이 사건에서도 언제나처럼 서로 도우며 일을 처리했다. 엘러리는 이 무렵 이미 이름난 미스터리소설 작가였다. 그는 '사실이 소설보다 더욱 기묘하다'는 격언을 믿어 자신이 집필하는 살인 이야기에 이용할 경우를 위해 흥미있는 범죄수사에 대하여 늘 메모해 두는 습관이 있었다.

《로마 모자의 비밀》의 경우 엘러리는 크게 매력을 느껴 여느 때보다 더 자세한 메모를 해두고 틈틈이 그 모든 이야기를 소설 형식으로 써서 책으로 낼 작정이었다.

그러나 그 뒤 엘러리는 다른 수사에 또다시 몰두하게 되어 그 작업에 손댈 기회가 없었다. 그리고 이 사건이 성공적으로 해결되자 총경이었던 그의 아버지가 평생 바래온 평화로운 은퇴생활을 위해 여행가방을 챙겨들고 이탈리아로 건너갔다.

엘러리는 이 사건[1]의 소용돌이 속에서 뜻맞는 여성을 찾아냈으며, 문학적으로도 크게 성공하고 싶은 걷잡을 수 없는 의욕에 불타고 있었다. 그에게 있어 이탈리아는 아주 평온하게 여겨졌다. 아버지의 축복을 받으며 결혼하자 이들 세 식구는 쥬너를 데리고 유럽의 새집으로 옮겨갔다. 그리하여 원고는 내가 찾아낼 때까지 완전히 잊혀진 채 묻혀 있었던 것이다.

이 골치 아프고 재미없는 머리글을 마치기 전에 한 가지 점에 대해 나 자신의 입장을 분명히 밝혀두어야겠다.

지금도 그렇지만, 나는 리처드와 엘러리 부자 사이에 흐르는 좀 색다른 혈육의 정을 다른 사람들에게 설명하려 할 때면 언제나 심한 곤혹을 느낀다. 밝혀두지만 이 두 사람은 결코 단순한 성격을 가진 인물들이 아니다. 리처드 퀸은 32년 동안이나 뉴욕 경찰국에서 일한 멋쟁이 중년신사로서, 총경 자리에까지 오른 것은 직무에 충실했던 결과임은 물론이지만 그와 동시에 범죄수사 솜씨가 남달리 뛰어났기 때문이었다.

한 가지 예로서 지금은 옛이야기가 된 버너비 로스 살인사건[2]에서 눈부신 공을 세워 리처드 퀸은 다마까 히에로, '프랑스인' 브리용, 크리스 올리버, 루노, '젊은 수사관' 제임스 레딕스 같은 범죄수사계의 유명하고 뛰어난 인물들과 어깨를 나란히 하는 명성을 확립한 것으로 알려져 있다. [3]

리처드 퀸은 신문에 찬사가 실릴 때마다 수줍어하며 스스로 앞장서서 그런 터무니없는 찬사들을 우스갯소리로 돌려버리곤 했다. 그러나 엘러리는 아버지가 남몰래 그 기사들을 스크랩하여 소중히 간직해 두는 사실을 알고 있었다.

아무튼 나는 제멋대로 공상을 동원하는 신문기자들이 전설적 인물로 만들려고 노력하는 리처드 퀸을 완전한 인간적인 인격으로 보고 싶다. 리처드 퀸의 직업적 업적은 대부분 아들 엘러리의 지혜에 크게 힘입었다는 사실을 아무리 강조해도 지나치지 않다.

이것은 세상에 알려져 있지 않은 일이다. 그들 생애의 추억이 담긴 물건 가운데 어떤 것은 지금까지도 친구들에 의해 소중히 간직되고 있다. 두 사람이 미국에서 살았던 서 87블록의 작은 독신자 주택은 지금 개인박물관이 되어 그들이 활약할 즈음 모은 골동품들이 소장되어 있다. 티로가 그린 그들 부자의 초상화는 어느 백만장자의 화랑에 걸려 있고, 리처드 퀸이 경매장에서 우연히 산 뒤 보석보다도 더 소중하게 여겼던 연대가 찍힌 피렌체풍 코담배 쌈지는 리처드가 억울한 누명을 벗겨준 어느 가엾은 노부인이 너무나 찬탄하는 바람에 결국 그녀 손에 넘어가고 말았다.

엘러리 퀸의 더없이 완벽한, 막대한 양에 이르는 범죄학 저작물 수

집은 그들 집안이 이탈리아로 떠날 때 아쉽지만 그대로 남겨놓고 갔다. 그밖에 퀸 부자가 해결한 많은 사건기록을 포함한 미공개 문헌들이 있는데, 이것들은 지금 호기심 많은 사람들의 눈을 벗어나 뉴욕 시 경찰국 문서보관 창고에 들어 있다.

그러나 아버지와 아들 사이의 정신적 유대에 대해서는 선택받은 몇몇 친한 사람말고는 아직까지 비밀에 붙여져 있다. 그런데 나는 다행스럽게도 그 친한 사람 가운데 하나가 될 수 있었다.

리처드 퀸 노인은 지난 반세기 동안 경찰에 근무한 형사들 가운데 가장 유명한 인물로 사회적 명성면에서 보면 짧은 기간 동안 경찰국장직을 맡았던 사람들보다 훨씬 앞선다고 생각된다. 다시 한 번 강조하지만, 노인의 이 명성 가운데 많은 부분은 아들의 천재적인 지혜에 힘입은 것이었다.

오로지 끈기가 필요한 사건으로서, 누가 수사를 하든 해결해 낼 가능성이 있는 경우 리처드 퀸은 독보적인 수사관이었다. 그는 세세한 부분까지 밝혀내는 수정같이 맑은 눈, 복잡한 동기며 수법에 대한 뛰어난 기억력, 도저히 해결하기 어려울 듯싶은 장애에 부딪쳤을 때 발휘되는 냉철한 판단력을 지니고 있었다. 지리멸렬하게 흩어지고 뒤엉켜 연결할 수 없는 수많은 사실이 주어질 경우에도 리처드 퀸은 눈 깜짝할 사이에 그것을 정리해 냈다. 마치 사냥개처럼 그 복잡하게 뒤엉킨 발자취 속에서 진짜 냄새를 재빨리 맡아내는 것이다.

그러나 직관력과 천부적인 상상력은 소설가인 아들 엘러리 퀸이 더욱 뛰어났다. 두 사람은 비상하게 발달된 정신능력을 가지고 있어 따로 떨어져서는 무력하지만 한 편이 다른 편을 위해 능력을 서로 보완해 줄 때는 아주 놀라운 힘을 발휘하는 쌍둥이 같았다. 리처드 퀸은 성공과 명성을 안겨준 자신과 아들의 관계를 언짢게 생각하기는 커녕——너그럽지 못한 사람이라면 그렇게 생각할 수도 있을 것이다——

—스스로 그 사실을 친구들에게 분명히 밝히고 있었다. 그 시대의 범법자들에게는 그 이름이 저주스러웠던 이 세련된 백발노인은 자랑스러운 어버이의 정으로서만 설명이 가능한 naïveté(순진함)으로 그것을 이른바 '고백'하곤 했다.

한마디 더 덧붙이면, 이 아버지와 아들이 해결한 사건 가운데 엘러리 자신이 앞으로 밝힐 이유에 의해《로마 모자의 비밀》이라고 이름 붙인 이 사건은 그 대표적인 것이다.

범죄학을 공부하는 사람이나 미스터리소설을 즐겨 읽는 독자들은, 엘러리 퀸이 왜 몬티 필드 살인사건을 연구해 볼 만한 가치가 있다고 생각했는지 읽어보고 나면 비로소 알게 될 것이다.

흔히 있는 살인동기나 수법은 범죄전문가라면 대개 추측해 볼 수 있다. 그러나 몬티 필드 살해사건의 경우에는 그렇지 못했다.

이 사건에서 퀸 부자가 상대한 것은 정교하고 치밀한 두뇌와 비정상일 만큼 교묘한 술책에 뛰어난 인물이었다. 리처드 퀸이 사건을 해결한 바로 뒤에 지적했듯이 이 범죄는 인간의 두뇌가 생각해 낼 수 있는 가장 완벽한 계획이었다.

그러나 많은 '완전범죄'와 마찬가지로 여기에도 하찮은 허점이 있었다. 바로 그것 때문에 엘러리의 정확한 추리적 분석에 꼬리를 잡히고 뒤쫓는 퀸 부자에게 단 하나의 단서를 주어 마침내 음모가 드러나 파멸을 맞았던 것이다.

뉴욕에서, 1929년 3월 1일

J.J. 맥

( )는 지은이 설명, *는 옮긴이 설명.
(1) '위장살인사건'. 이 범죄는 아직 소설 형식으로 씌어져 있지 않다. J.J.

맥.

(2) 이 수사 동안 엘러리 퀸은 비공식 조언자로서 아버지의 지시를 받으며
활약했다.

(3) 시카고 프레스, 191X년 1월 16일 부. (옮긴이 설명──《로마 모자의
비밀》은 퀸의 첫작품이므로 여기서 말하는 '버너비 로스 살인사건' '위장
살인사건'은 물론 가공의 것이며, 시카고 프레스 기사도 역시 지은이의
미스틱 픽션이지만 뒷날 버너비 로스라는 필명으로 《X의 비극》《Y의 비
극》《Z의 비극》《레인, 최후의 비극》 등을 써낸 일로 미루어보건대 로스
는 결국 죽지 않고 되살아난 셈이 된다. 이 비극 4부작은 '동서 미스터
리'에 수록되어 있으며, 엘러리 퀸이라는 이름으로 발표한 작품들보다
더 뛰어난 걸작으로 일컬어지고 있다.)

*1 《일곱 바다의 플레이어》《방랑자》를 쓴 방랑시인 조지프 콘라드를 가리
킴. 1857~1924.

제1막

경관은 때로 '바보새'의 교훈을 따라야 한다──'바보새'는 바닷가 사람들의 손이나 막대기에 의해 죽임당할 줄 알면서도 불명예스러운 죽음을 무릅쓰고 모래밭에 알을 묻어둔다──경관도 그와 마찬가지다. 양식있는 사람이라면 그들이 알을 완전하게 부화시키려는 철저한 어리석음을 방해해서는 안된다.

다마까 히에로 지음 《천 개의 잎》에서

제1장 연극, 관객, 그리고 시체

192X년의 연극 시즌은 시작부터 쓸쓸했다. 유진 오닐은 지적인 관객을 끌어들일 수 있는 새 작품을 쓰는 데 게을리했고, 연극 애호가들도 가볍게 즐길 수 있는 영화관 쪽으로 옮겨갔다.

9월 24일 월요일 저녁, 37번 거리에서 컬럼버스 광장에 이르는 브로드웨이의 수많은 극장 앞에는, 지배인들과 연출가들이 안개비에 젖어 흐릿한 네온 불빛 아래 원망스러운 듯 우울하게 하늘을 올려다보고 있었다. 극장주의 지시로 '조기종영'을 결정한 극장도 여러 곳이어서 연출가들은 우울한 마음에 하늘과 기상청을 향해 분풀이를 했다. 쉬지 않고 쏟아지는 가을비가 연극 애호가들까지 라디오나 포커 테이블에 붙들어 두면서 브로드웨이는 인적이 뜸한 을씨년스러운 거리로 둔갑해 버렸다.

그러나 브로드웨이 서쪽, 그러니까 47번가에 있는 로마극장만은 날씨 좋은 여느 연극 시즌처럼 관객들로 붐비고 있었다. 〈피스톨 소동〉이라는 제목이 극장 간판에서 화려하게 빛나고 있었다.

매표소 직원은 창구에 몰려들어 표를 사려고 아우성치는 관객들을 능란한 솜씨로 다루었다. 제복의 중후함과 오랜 동안에 걸쳐 몸에 밴 침착함이 두드러지게 눈길을 끄는 노랑과 파랑 제복을 입은 안내원은, 〈피스톨 소동〉 같은 연극에 관계하는 사람들에게는 사나운 날씨 같은 건 조금도 꺼릴 게 없다는 얼굴로 실크햇을 쓰거나 모피 옷을 입은 손님들을 정중하게 오케스트라석으로 안내하고 있었다.

브로드웨이에서도 새로 문을 연 이 극장에서 상연될 오늘밤의 연극이 매우 거칠다는 소문을 듣고 온 탓인지, 쑤근대는 관객들이 흥분해 있다는 건 한눈에 알 수 있었다.

이윽고 프로그램을 뒤적이는 관객들의 소리도 멎고, 늦게 입장한 손님들이 옆자리 관객의 발에 걸려 비틀거릴 만큼 극장 안이 어두워지면서 막이 올랐다. 정적이 감도는 극장 안에 피스톨 소리가 울리고 남자의 비명이 들렸다. 연극이 시작된 것이다.

〈피스톨 소동〉은 암흑가라면 빼놓을 수 없는 권총을 효과적으로 사용한 시즌 첫 번째 연극이었다. 자동권총, 기관총, 나이트클럽 습격, 갱이 출몰하는 처절한 아비규환——소설화된 범죄사회의 온갖 대도구와 소도구들이 동원된 박진감 넘치는 3막짜리 액션물이었다. 과장된 시대를 반영하여 좀 거칠고 외설적이지만, 전체적으로 관객들의 기호에 맞았다. 그 때문에 비가 내리는데도 극장은 초만원이었다. 오늘 밤에도 이 관객들이 연극의 인기를 증명해 주었다.

연극은 순조롭게 진행되었다. 관객들은 제1막의 처절한 클라이맥스에 흥분되어 있었다. 막이 내리고 비도 그쳤으므로 10분간 첫 휴게시간에 관객들은 신선한 공기를 마시러 우르르 복도로 몰려나와 웅성거렸다.

제2막의 막이 오르면서 무대 위의 총소리는 더욱 격렬해졌다. 밝은 조명 아래 자극적인 대사들이 난무하며 연극은 클라이맥스를 향해 돌진해 나아갔다.

뒤쪽 좌석이 좀 소란했으나 극장 안의 소음과 어둠으로 아무도 알아차리지 못했다. 그것은 그다지 부자연스러운 일도 아니었다. 아무도 무슨 일이 일어났는지 주의하지 않았고, 연극은 계속되었다.

그러나 뒷자리의 소란은 차츰 더 커졌다. 그러자 왼쪽 뒷좌석의 관객 서너 명이 자리에 앉은 채 신경질적인 낮은 목소리로 조용히 하라고 항의했다. 그 항의의 목소리가 순식간에 극장 안으로 번져나갔다. 눈 깜짝할 사이에 여러 사람들이 몸을 돌려 동요가 일어난 오케스트라석 앞을 지켜보았다.

이때 갑자기 날카로운 비명이 극장 안을 꿰뚫고 찢어지듯이 들려왔다. 무대 위에서 전개되는 장면에 흥분하고 매료되었던 관객들은 연극에 어떤 새롭고 소름끼치는 반전이 생기는지 보려고 부푼 기대로 목을 길게 빼고 비명소리가 난 쪽을 열심히 지켜보았다.

예고도 없이 극장의 조명이 환히 켜져 당혹과 공포와 기대에 사로잡힌 관객들의 표정들을 비추었다.

왼쪽 맨 끝의 닫혀 있는 출구 옆에 덩치 큰 경관 한 사람이 신경질적으로 보이는 사나이의 팔을 잡고 서 있었다. 경관은 커다란 한 팔로 호기심 많은 사람들을 물리치며 소리높이 외쳤다.

"여러분, 모두 자리에 가만히 계셔 주십시오! 움직이면 안 됩니다! 자리를 뜨지 마십시오!"

관객들은 웃었다.

그러나 웃음소리는 곧 사라졌다. 사람들은 무대 위의 배우들에게서 이상하게 머뭇거리는 태도를 발견했기 때문이다. 배우들은 조명 속에서 대사를 계속하고 있었지만 미심쩍은 눈길을 객석으로 보내고 있었다.

그것을 눈치챈 관객들은 아무래도 무슨 사건이 일어난 것이라고 생각하고 우선 피하려고 좌석에서 반쯤 몸을 일으켰다. 경관이 명령하는 목소리가 크게 계속되었다.

"자리를 뜨면 안 됩니다! 모두들 자기 자리에 가만히 앉아 계십시오!"

관객들은 이 돌발적인 사건이 연극 속의 연기가 아니라 진짜라는 것을 문득 깨달았다. 여자들은 비명을 지르며 같이 온 남자에게 매달렸다. 오케스트라석에서 무슨 일이 일어났는지 전혀 보이지 않는 발코니석 관객들 사이에서는 밀고 밀치는 큰 혼잡이 일어났다.

경관은 두 손을 비비며 곁에 서 있던 야회복 차림의 외국인 같아 보이는 뚱뚱한 사나이 쪽을 사납게 돌아보며 큰소리로 말했다.

"곧 출입구를 모두 닫고 지켜야겠습니다. 팬더 씨, 모든 출입구에 안내원을 배치하고 사람들이 나가지 못하도록 복도를 지켜주시오. 빨리 해야 합니다, 팬더 씨. 구경꾼들이 몰려들기 전에."

살빛이 거무스름한 키 작은 사나이는 경관이 크게 외치는 말을 듣는둥마는둥하며 진상을 알아보려고 몰려든 흥분한 사람들을 헤치고 서둘러 출입구 쪽으로 향했다.

감색 제복의 사나이가 왼쪽 좌석 맨 뒤쪽 줄로 통하는 출입구에 두 발을 벌리고 서서 좌석 사이 바닥에 기묘한 자세로 쓰러져 있는 야회복 차림의 남자를 자신의 큰 몸집으로 가리고 있었다.

경관은 곁에 움츠리고 서 있는 사나이의 팔을 꽉 붙든 채 눈길을 들어 오케스트라석 뒤쪽을 재빨리 돌아보았다.

"이봐, 닐슨!"

그러자 아마빛 머리칼의 키 큰 사나이가 정면 입구 곁의 작은 방에서 뛰어나와 혼잡을 뚫고 경관 쪽으로 다가왔다. 그는 바닥에 쓰러져 있는 사나이를 날카로운 눈으로 내려다보았다.

"무슨 일인가, 도일?"

"이 사람을 신문해주게."

경관은 불쾌한 말투로 대꾸하며 붙잡고 있는 사나이의 팔을 흔들었다.

"거기 한 남자가 죽어 있네. 그런데 이……."

도일이라고 불린 경관이 까무러칠 듯 겁에 질린 작은 사나이를 험상궂은 눈길로 쏘아보았다.

붙잡힌 사나이가 더듬더듬 말했다.

"프적, 위…… 윌리엄 프적입니다."

도일이 이야기를 계속했다.

"이 프적 씨의 이야기로는 이 남자가 '당했어' 하고 조그맣게 중얼거리는 소리를 들었다는 걸세."

닐슨은 잠자코 시체를 바라보고 있었다.

도일이 입술을 깨물며 쉰 목소리로 말했다.

"엉뚱한 일을 당해 애먹고 있네, 닐슨. 여기 경관이라곤 나 혼자뿐인데, 저렇게 떠들어대는 많은 바보들을 상대해야 하니…… 도와주게, 닐슨."

"알았네, 정말 굉장한 소동이로군."

도일은 완전히 흥분하여 마침 그때 석 줄쯤 앞에서 좌석 위로 올라가 현장 상황을 살피고 있던 사나이에게 소리질렀다.

"여보시오, 내려서요, 어서! 자리에 앉으시오. 모두들 자기 자리로 돌아가시오. 말 안 듣고 떠드는 사람은 모두 연행하겠소!"

도일은 닐슨을 돌아보며 낮은 목소리로 말했다.

"닐슨, 얼른 자네 책상으로 달려가 경찰국에 살인사건이라고 신고 좀 해주게. 지금 곧 출동하도록. 될 수 있는 한 많이 나와 달라고 부탁하게. 극장이라고 말해야 하네. 뒤처리는 그쪽에서 알아서 할 걸세. 그리고 닐슨, 이 호루라기를 가지고 거리로 나가 한바탕 불어주게. 알겠지만 지금 당장 도움이 필요해."

있는 힘을 다해 사람들을 헤치고 나가는 닐슨의 등에 대고 도일이 큰소리로 외쳤다.

"퀸 총경이 직접 나와 주시도록 부탁하게, 닐슨！"

아마빛 머리의 사나이는 사무실 안으로 모습을 감추었다. 잠시 뒤 날카로운 호루라기 소리가 극장 앞거리에서 들려왔다.

도일로부터 출입구와 통로를 감시하라는 명령을 받은 뚱뚱한 극장 지배인이 사람들을 헤치고 빠른 걸음으로 돌아왔다. 말쑥한 셔츠가 조금 구겨지고 불쾌한 얼굴로 눈살을 찌푸리고 있었다. 이리저리 밀리며 통로를 헤치고 나오는데 한 여자가 그를 붙들었다.

여자는 째지는 듯한 목소리로 그에게 말했다.

"무엇 때문에 저 경관이 우리를 여기에 잡아두는 거예요, 팬더 씨？ 내게는 밖으로 나갈 권리가 있어요. 당신도 그만한 것쯤은 알고 있겠지요？ 무언가 잘못되었다 해도 우리와 무슨 상관이에요？ 나와는 아무 관계없어요. 이건 당신들의 문제에요. 제발 죄 없는 사람을 붙잡고 이런 엉터리 명령을 강요하지 못하게 해줘요！"

키 작은 남자는 어떻게든 그 자리를 빠져나가려고 애쓰며 불안한 태도로 대답했다.

"부인, 제발……. 경관은 자기가 무엇을 하고 있는지 충분히 알고 있습니다. 극장 안에서 살인사건이 일어났습니다. 이것은 중대한 문제입니다. 아시겠지요？ 극장 지배인으로서 저는 경관의 명령에 따라야 합니다. 제발 마음을 가라앉히고 잠시만 참아주십시오."

지배인은 여자에게 붙들렸다가 가까스로 빠져나오자 상대방이 항의하기 전에 그 자리를 떠나버렸다.

도일은 의자 위에 올라서서 난폭하게 팔을 휘두르며 소리치고 있었다.

"여러분, 자리에 앉아서 조용히 하시오！ 명령이오！ 시장이라 할지라도 이 명령은 지켜야 하오! 여보시오! 당신! 거기 외눈안경을 쓴 분 말이오, 앉아 주시오, 그렇지 않으면 끌어내리겠소, 여러분은 무슨 일이 일어났는지 모르겠습니까? 조용히 하시오, 제발.”

도일은 바닥으로 뛰어내리자 모자끈을 따라 흘러내리는 땀을 닦으며 투덜거렸다.

혼란과 흥분 속에서 오케스트라석은 거대한 가마솥처럼 들끓고, 발코니석에서는 초조한 관객들이 혼란의 원인을 알아보기 위해 보이지도 않는데 난간 너머로 목을 길게 뺐다.

관객들은 무대 위의 움직임이 멈춘 사실도 전혀 모르고 있었다. 배우들은 조명 속에서 지금 객석에서 일어난 현실의 연극으로 말미암아 완전히 의미가 없어진 대사를 가까스로 더듬더듬 입 속으로 중얼거렸다. 마침내 무대의 막이 천천히 내려졌다. 그날 밤의 공연은 그것으로 끝난 것이다. 떠들썩하게 서로 이야기를 주고받으며 배우들은 무대 층계 쪽으로 서둘러 걸어갔다. 그리고 관객들과 함께 들끓고 있는 문제의 중심점 쪽을 주시하고 있었다.

요란한 의상을 걸친 뚱뚱한 중년 여인——연기력이 아주 뛰어난 외국 출신 여배우로, ‘술집 마담’ 머피 부인역을 맡고 있었다——의 이름은 힐더 오린지였다. ‘거리를 떠도는 여인 나닛’역을 맡은 날씬하고 몸매가 부드러운 여인은 이브 엘리스로, 이 연극의 여주인공이었다. 키가 훤칠하고 늠름한 〈피스톨 소동〉의 주인공은 제임스 필로, 발이 성근 트위드 옷에 테 없는 모자를 쓰고 있었다.

그리고 야회복 차림의 스마트한 사교계의 청년으로 갱단의 함정에 빠지는 역을 맡을 스티븐 밸리. 다음은 ‘거리의 여인’으로 분해 평론가들의 절찬을 받고 있는 루실 호튼. 별 신통찮은 작품들만 무대에 올려지는 올 연극시즌이, 그녀에게는 최고의 해라고 축복할만 했다. 그리고 그 옆에는 뾰족한 턱수염을 기른 노배우가 흠잡을 데 없는 완벽한 야회복을 입고 있었는데, 특별 의상을 담당하는 르 블랑의 천재적인 솜씨가 유감없이 발휘되어 있었다.

무대 위에서는 악역을 맡아 처음부터 줄곧 얼굴을 찡그리고 있어 사나워보이던 배우들의 얼굴도 흥분한 관객석을 한 번 둘러보더니 완전히 풀어져 당혹한 듯 온순한 표정으로 바뀌었다. 가발을 쓰고 분칠을 하고 입술연지를 바르고 분장을 다듬던 등장인물들——어떤 사람은 수건을 흔들면서 급히 서둘러 분장을 지우고 있었다——이 지금은 한 덩어리가 되어 무대의 막 밑을 빠져나와 옆 층계를 통해 관객석으로 내려오자 사람들을 팔꿈치로 밀치며 소동의 중심부로 다가갔다.

이때 정면 입구에서 다른 소동이 일어났다. 도일이 목이 쉬도록 제지하는데도 불구하고 대부분의 관객들은 이 모습을 보려고 좌석에서 일어났다.

감색 제복을 입은 한 무리의 경관이 경찰봉을 들고 극장 안으로 들어왔다. 도일은 맨 앞에 선 사복 차림의 키 큰 사나이에게 경례하고는 안도의 한숨을 크게 내쉬었다.

사복 차림의 사나이는 들끓는 수라장을 한 차례 둘러보더니 눈살을 찌푸리며 물었다.

"무슨 일인가, 도일?"

함께 들어온 경관들은 오케스트라석 뒤쪽으로 사람들을 몰아붙이고 있었다. 서 있던 사람들은 저마다 자기 자리로 돌아가려고 서둘렀다. 그러나 곧 붙잡혀 맨 끝줄 뒤에 빽빽이 몰려서서 투덜거리고 있는 사람들 속으로 밀려 들어갔다.

도일이 말했다.

"아무래도 이 남자가 피살된 것 같습니다, 부장님."

"흠."

사복 차림의 사나이는 그리 놀라운 일도 아니라는 듯이 극장 안에서 오직 혼자 꼼짝도 하지 않고 있는 인물을 내려다보았다. 발 밑에 쓰러져 있는 사나이는 검은 팔소매로 얼굴을 가리고 발을 앞좌석 밑으로 뻗은 꼴사나운 모습이었다.

새로 온 사나이는 눈알을 굴리며 도일에게 물었다.

"뭐야, 권총에 의해 피살되었나?"

"아닙니다. 아무래도 그렇지 않은 것 같은데요. 관객 가운데 의사가 있어 먼저 살펴보도록 했는데, 독살인 것 같다고 하더군요."

부장은 코를 울렸다. 그리고 도일의 곁에서 떨고 있는 프적을 손가락질하며 물었다.

"이 사람은 누구지?"

"시체를 발견한 사람입니다. 그때부터 줄곧 현장을 그대로 보존하고 있습니다."

"잘했네."

부장은 그들 뒤쪽 2, 3미터 되는 곳에 몰려 있는 사람들을 둘러보았다.

"누가 이 극장 지배인이오?"

팬더가 앞으로 나섰다.

"나는 경찰국에서 나온 형사부장 토머스 벨리요. 당신은 이렇게 소란피우는 바보들을 입다물게 하기 위해 아무 일도 하지 않았소?"

지배인은 두 손을 비비며 쩔쩔매듯 말했다.

"할 수 있는 조치는 다 했습니다, 부장님. 그런데 관객들은 이 경관이 하시는 일에 모두들 몹시 화가 난 것 같습니다."

지배인은 변명하듯 도일을 가리켰다.

"관객들을 마구 야단쳤으니까요. 저로서도 아무 일 없었던 것처럼 관객들을 가만히 좌석에 붙들어 둘 수는 없었습니다."

"좋소. 그런 일은 우리가 하지요."

벨리 형사부장은 곁에 있던 경관에게 빠른 말로 명령을 내렸다. 그리고 다시 도일 쪽으로 향했다.

"출입구는 어떻게 했나? 거기에도 손써놓았겠지?"

경관은 미소지었다.

"물론입니다, 부장님. 지배인에게 일러 문마다 모두 극장 안내원들을 배치해 두었습니다. 오늘 밤 공연 도중에도 줄곧 안내원을 세워두었지만, 만일을 위해 그렇게 조처했습니다."

"잘했군. 아무도 빠져나가려는 사람은 없었겠지?"

지배인이 머뭇머뭇하며 말했다.

"그 점에 대해서는 장담할 수 있습니다, 부장님. 이 연극에서는 출입구마다 안내원을 배치하게 되어 있습니다. 기분을 내기 위해서지요. 악한들이 나오는 연극으로 계속 총을 쏘아대고 비명이 터져 나오기 때문에 감시자를 출입구에 세워두면 전체적인 분위기에 수수께끼 같은 효과를 높일 수 있으니까요. 필요하다면 간단히 알아볼 수도 있습니다."

"우리가 하겠소. 도일, 누구 부른 사람은 없나?"

"퀸 총경님을 오시도록 했습니다. 홍보담당 닐슨을 시켜 경찰국에 전화하도록 했습니다."

벨리는 사납게 생긴 얼굴에 저도 모르게 엷은 미소를 떠올렸다.

"잘했군. 그런데 시체는 어떻게 했나? 이 사람이 발견한 뒤 누가 손대지 않았나?"

도일에게 꽉 붙들려 있던 사나이가 갑자기 거의 외치는 듯한 목소리로 끼어들었다.

"저, 저는 다만 발견했을 뿐입니다. 하느님께 맹세코 정확하게 말해서 저는……"

벨리가 쌀쌀하게 말했다.

"알았으니 잠자코 있으시오. 왜 그렇게 우는 소리를 하지요? 자, 도일, 그래서?"

도일은 자랑스러운 목소리로 대답했다.

"제가 온 뒤 아무도 시체에 손가락 하나 대지 않았습니다. 물론 스태트거드 의사는 제외하고 말입니다. 관객 가운데에서 그 의사를 찾아내 숨졌는지 확인시켰습니다. 이미 숨져 있었기 때문에 그 뒤에는 아무도 곁에 온 사람이 없습니다."

"매우 바빴겠구먼, 도일. 지쳐보이지는 않네만."

벨리는 팬더 쪽으로 몸을 돌렸다. 지배인은 몇 발자국 뒷걸음질쳤다.

"팬더 씨, 무대로 올라가 안내말을 해주면 좋겠소. 모두들 퀸 총경님이 가도 좋다고 할 때까지 여기에 그대로 있어야 합니다, 알겠소? 투덜거려봐야 아무 소용없다고 말하시오. 불평하면 그만큼 오래 여기 있어야 한다고. 모두들 자기 자리에 가만히 앉아 있도록 분명히 일러두시오. 누구든 섣불리 어물거리다가는 혼날 거라고 다짐해 두시오."

"알았습니다. 이거 참, 큰 봉변을 만났군."

지배인은 무대로 나가는 통로를 걸어가며 투덜거렸다.

마침 그때 관객석 뒤의 커다란 문을 열어젖히고 한 무리의 사람들이 카펫 위를 걸어왔다.

제2장 행동하는 퀸, 관찰하는 퀸

리처드 퀸 총경은 생김새에도 태도에도 이렇다할 특징이 없다. 몸집이 자그마하고 머리가 희끗희끗한 온화해 보이는 노신사였다. 등을 좀 구부린 듯한 자세로 걸으며, 숱 많은 희끗희끗한 머리칼과 턱수염과 부드러운 잿빛 눈과 불품있는 두 손이 그 신중한 태도에 아주 잘 어울렸다.

퀸 총경이 종종걸음으로 카펫 위를 바쁘게 걸어오는 모습은, 여기저기서 눈을 크게 뜨고 그를 지켜보는 사람들에게 있어 인상적이었다고는 할 수 없다.

그러나 그 풍모에 깃든 온화한 위엄은 범상하지 않았다. 잔주름 잡힌 노안을 밝히고 있는 미소는 그야말로 악의 없이 부드러워 묘하게 이 광경에 어울리는 것 같이 느껴졌다. 그리하여 퀸 총경이 다가옴에 따라 수선거림이 극장 안을 채웠다.

부하들 사이에도 확실히 변화가 있었다. 도일은 왼쪽 출입구 옆 구석으로 물러섰다. 벨리 형사부장은 시체를 내려다보며 주위의 히스테리에 가까운 분위기에도 아랑곳하지 않고 냉소적이며 차가운 태도로

가만히 서 있었지만, 자기 자리를 태양에게 양보하는 것이 만족스러
운 듯 좀 긴장을 풀었다. 통로를 지키고 있던 감색 제복의 사나이들
은 힘차게 경례를 붙였다.

초조한 나머지 불평을 내뱉으며 성이 나 있던 관객들도 까닭 없이
한숨 돌린 기분이 되어 조용해졌다.

퀸 총경은 앞으로 나아가 벨리 형사부장과 악수를 나누었다. 그리
고 낮은 목소리로 조용히 말했다.

"안됐구면, 토머스, 퇴근할 시간에 이런 사건이 일어나서."

그는 도일을 향해 아버지 같은 부드러운 미소를 보냈다. 그리고는
조금 안됐다는 표정으로 바닥에 누운 사나이를 들여다보았다.

"토머스, 출입구는 모두 단속했겠지?"

벨리는 고개를 끄덕였다.

노인은 흥미 깊게 주위의 광경을 한 바퀴 둘러보았다. 낮은 목소리
로 벨리에게 무언가 묻자 형사부장은 알아들었다는 듯이 고개를 끄덕
였다. 그리고 손가락을 구부려 도일에게 신호를 보냈다.

"도일, 이 자리에 앉았던 사람들은 어디 있나?"

부장은 죽은 사나이의 좌석 옆 세 개의 의자와 바로 앞 네 개의 의
자를 가리켰다.

도일은 당혹한 표정을 지었다.

"그곳에서는 아무도 보지 못했습니다."

퀸은 잠시 동안 말없이 서 있었다. 그리고 손을 흔들어 도일을 제
자리로 돌려보내며 낮은 목소리로 벨리에게 주의 주었다.

"이렇게 초만원인 극장 안에서 몇 자리가 비어 있었다니…… 기억
해두게."

벨리는 불쾌한 듯 이맛살을 찌푸렸다.

총경은 거기에 구애받지 않고 말을 계속했다.

"지금 이 사건은 아무래도 기분이 안 좋군. 우리들 눈에 보이는 것은 죽은 사나이와 흥분해 떠들어대는 수많은 관객들뿐일세. 해시와 피고트에게 잠깐 교통정리를 하도록 이르게, 토머스."

벨리는 총경과 함께 극장으로 들어온 두 사복형사에게 빠르게 명령했다. 두 경관은 천천히 사람들을 헤치며 맨 뒷좌석 쪽으로 나아갔다. 그 주위에 둘러서 있던 관객들은 양쪽으로 나뉘어 섰다.

제복경관 두 사람이 거기에 합세했다. 남녀 배우들은 뒤쪽으로 물러서 있으라는 지시를 받았다. 객석 3분의 1쯤 되는 뒤쪽에 줄이 쳐지고 50여 명의 관객들이 줄 뒤에 몰아세워졌다. 침착한 태도의 형사들이 그 사이를 누비고 다니며 각자의 입장권을 조사하고 한 사람씩 자기 자리로 돌아가도록 했다. 5분도 채 안되어 관객 가운데 서 있는 사람은 하나도 없게 되었다. 배우들은 잠시 줄 뒤에 머물러 있도록 명령받았다.

왼쪽 맨 끝 통로에 있던 퀸 총경은 외투 주머니에 손을 넣어 조각장식이 든 갈색 코담배 쌈지를 조심스럽게 꺼내어 보기에도 흐뭇해하는 표정으로 한줌 꺼냈다.

"좀 나아졌군, 토머스."

총경은 소리죽여 웃었다.

"자네도 알다시피 나는 쓸데없이 수선떠는 걸 그리 좋아하지 않으니까. 그런데 저 바닥에 누워 있는 가엾은 사나이가 누구인지 알고 있나?"

벨리는 머리를 가로저었다.

"시체에 손도 대지 않았습니다, 총경님. 총경님께서 오시기 바로 2, 3분 전에 여기 왔습니다. 47번 거리를 순찰하던 순경으로부터 도일이 호루라기를 불었다는 전화보고를 받고 달려왔지요. 도일은 일을 아주 잘 처리한 것 같습니다. 담당 경위로부터 좋은 근무평점을 받고 있습니다.”

“흠, 그래? 도일, 이리 오게!”

도일은 앞으로 나와 경례했다.

머리가 희끗희끗한 몸집 작은 노인은 의자등받이에 편안한 자세로 몸을 기대며 말했다.

“그래, 대체 여기서 무슨 일이 있었나, 도일.”

“제가 아는 사실을 모두 말씀드리겠습니다. 제2막이 거의 끝나기 2, 3분 전에 저 사나이가……. ”

도일은 한구석에 축 늘어져 서 있는 프적을 가리켰다.

“뒤쪽에 서서 연극을 보고 서 있던 저에게 ‘사람이 살해되었습니다! 사람이 살해되었습니다’라고 말했습니다. 마치 갓난아이처럼 울부짖고 있어 저는 이 사람이 주먹으로 한 방 얻어 맞기라도 했나 여겼습니다. 그래서 곧장 이곳으로 달려왔습니다. 아시다시피 객석은 어두운 데다 무대에서는 마구 총을 쏘아대고 여자들의 비명이 절정에 이르러 있었습니다. 나는 바닥에 나동그라져 있는 저 사나이를 보았습니다. 움직여보지는 않았지만 심장에 손을 대보니 아무 느낌이 없었습니다. 죽었는지 살았는지 확인하기 위해 의사를 찾자 스태트거드라는 신사가 나섰습니다. ”

퀸 총경은 벌떡 자리에서 일어섰다. 그는 머리를 앵무새처럼 한쪽으로 갸우뚱하고 있었다.

“잘했군. 아주 잘했네, 도일. 스태트거드 의사는 나중에 신문하지. 그리고 나서 어떻게 했나? ”

도일은 이야기를 계속했다.

“그리고 나서 이 통로 담당 여자 안내원을 불러 사무실에 가서 지배인을 데려오도록 했습니다. 루이스 팬더…… 저기 서 있는 저 사람입니다. ”

퀸은 몇 미터 떨어진 뒤쪽에 서서 닐슨과 이야기하고 있는 팬더를 보며 고개를 끄덕였다.

"음, 저 사람이 팬더로군. 좋아, 알았어. ……아, 엘러리! 연락받고 왔느냐?"

총경은 갑자기 지배인을 밀치고 앞으로 달려 나갔다. 지배인은 크게 실례했다는 듯이 뒷걸음질쳤다.

총경은 정면 입구로 고개를 숙이고 들어와 천천히 현장을 둘러보고 있는 키 큰 젊은이의 어깨를 툭 쳤다. 그리고는 젊은이의 팔 밑으로 자기 팔을 넣었다.

"그래, 그리 지장은 없었겠지? 오늘 밤에는 어느 책가게를 뒤지고 다녔느냐? 아무튼 와 주어서 참으로 고맙다, 엘러리."

퀸 총경은 다시 주머니를 뒤져 코담배 쌈지를 꺼내 깊이 숨을 들이마셨다. 재채기가 나올 정도로 깊이. 그리고 아들의 얼굴을 바라보았다.

엘러리 퀸은 계속 주위를 두리번거리며 말했다.

"사실 저는 지금 농담할 처지가 못 됩니다. 아버지 덕분에 책을 사랑하는 사람이 가질 수 있는 유일한 천국에서 끌려나왔으니까요. 조금만 버티면 책가게 주인에게서 돈으로 살 수 없는 팰코너*¹의 초판본을 얻을 수 있는 순간이었지요. 그래서 경찰국으로 찾아가 아버지에게 돈을 좀 빌리려고 전화를 걸었습니다. 그리고는 이곳으로 오게 된 겁니다. 팰코너, 이젠 하는 수 없지. 내일 가도 될 테니까."

퀸 총경은 소리죽여 웃었다.

"내가 좋아할 만한 옛날 담뱃갑이라도 찾아냈다면 또 모르지만. 아무튼 좋아…… 오늘 밤에는 그럴 듯한 일거리가 있으니 어디 구경해 보자."

　노인은 아들의 윗옷 소매를 잡고 왼쪽에 있는 작은 무리의 사람들 쪽으로 걸어갔다. 엘러리 퀸은 아버지 머리 위로 6인치나 높이 솟아 있었다. 어깨가 떡 벌어지고 걸어갈 때 몸이 경쾌하게 흔들렸다. 옥스퍼드 그레이 양복에 가벼운 스틱을 들고 있었다. 콧등에는 그런 운동가 타입에게는 좀 어울리지 않는 것 같은 테 없는 안경이 걸쳐져 있었다. 그러나 그 위쪽의 눈썹이며 갸름한 얼굴의 미묘한 선이며 빛나는 눈은 행동가라기보다 오히려 사색가에 가까워 보였다.

　두 사람은 무리지어 있는 사람들 속으로 들어갔다. 엘러리는 벨리 형사부장으로부터 정중한 인사를 받았다. 엘러리는 좌석 위로 엎드려 시체를 자세히 살펴보더니 물러섰다.

　총경이 위세 있게 말했다.

　"자, 도일, 다음 이야기를 해보게. 시체를 보고, 발견한 사나이를 잡아두고, 지배인을 부르고…… 그 다음에는 어떻게 했나?"

　"지배인은 제 명령에 따라 곧 출입구를 모두 닫아걸어 아무도 드나들지 못하도록 조치했습니다. 관객들이 꽤 소란을 피웠지만 별다른 일은 없었습니다."

　총경은 다시 코담배 쌈지를 더듬어 찾으며 말했다.

　"좋아, 아주 잘했네. 그런데 저기 있는 신사분은?"

　총경은 한구석에서 떨고 있는 작은 사나이 쪽을 향해 몸짓을 했다. 사나이는 머뭇거리며 앞으로 나와 혀로 입술을 적시며 절망적인 표정으로 총경을 바라보았다. 그는 잠자코 서 있었다.

　총경이 부드러운 목소리로 물었다.

　"이름이 무엇이오?"

　"프적, 윌리엄 프적입니다. 경리일을 보고 있습니다. 나는 다만……
……"

　"한 번에 한 가지씩 대답해 주시오, 프적 씨. 당신은 어디에 앉아 있었습니까?"

프적은 진지한 표정으로 마지막 줄 통로에서부터 여섯 번째 자리를 가리켰다. 다섯 번째 자리에 있던 젊은 여자가 겁먹은 큰 눈으로 그들 쪽을 지켜보았다.

"그렇습니까? 이 젊은 숙녀는 당신 일행입니까?"

"네 그렇습니다. 제 약혼녀입니다. 에스터, 에스터 재블로 양입니다."

좀 떨어진 뒤쪽에서 한 형사가 수첩에 메모를 하고 있었다. 엘러리는 아버지 뒤에 서서 출입구를 하나씩 바라보고 있었다. 그리고 외투 주머니에서 꺼낸 작은 책의 빈 곳에 약도를 그리기 시작했다.

총경이 여자를 찬찬히 바라보자 상대방은 곧 눈길을 돌렸다.

"프적 씨, 어떻게 된 일인지 설명해 주시오."

"저는 이 일에 아무 관계가 없습니다."

총경은 사나이의 팔을 가볍게 두드렸다.

"당신이 무슨 일을 어떻게 했다고 나무라는 것이 아니오. 일이 어떻게 된 것인지 당신 설명을 듣고 싶을 뿐이오. 천천히 말해도 좋으니, 당신이 편한 대로 이야기해주시오."

프적은 미심쩍은 듯이 총경을 흘끗 보았다. 그리고는 입술을 한 번 적시고 이야기를 시작했다.

"그렇습니다. 저는 저 자리에 재블로 양과 함께 앉아 있었습니다. 우리 두 사람은 모두 연극이 재미있어서 열중해 있었습니다. 제2막은 뭐라고 할까요, 손에 땀을 쥐게 했습니다. 무대 위에서는 마구 총을 쏘아대고, 고함치고, 아우성치고 있었습니다. 그때 저는 자리에서 일어나 통로 쪽으로 나가려고 했습니다. 이 통로로 말입니다."

프적은 자기가 서 있는 카펫 위를 가리켰다. 리처드 퀸은 부드러운 얼굴로 고개를 끄덕여 보였다.

"저는 재블로 양 앞을 비집고 지나가야 했습니다. 재블로 양과 통로 사이에는 남자 한 사람밖에 없었습니다. 그래서 그쪽으로 나가려고 했던 것입니다. 제가 생각하기에…… ."

프적은 변명하듯 잠깐 머뭇거렸다.

"연극이 가장 재미있는 시간에 그런 식으로 남을 방해하며 지나가는 것이 미안했기 때문에…… ."

총경은 미소지으며 말했다.

"당신은 아주 예의 바른 사람이군요, 프적 씨. "

"네, 그래서 저는 손으로 더듬으며 좌석을 빠져나갔습니다. 객석이 무척 어두웠으니까요. 그래서 겨우 이 사람이 있는 곳까지 왔습니다. "

프적은 몸을 떨며 한층 더 빨리 말을 계속했다.

"처음에는 이상한 자세로 앉아 있구나 생각했습니다. 무릎이 앞 좌석에 붙어 있어서 지나갈 수가 없었거든요. 저는 '실례합니다' 하며 다시 한 번 지나가려고 했습니다. 그러나 무릎이 전혀 움직이지 않았습니다. 그래서 저는 어떻게 해야 할지 몰라 당황했습니다. 남들처럼 성질이 급하지 못하기 때문에 몸을 돌려 돌아오려고 하는 순간 갑자기 이 사람의 몸이 바닥으로 쓰러진 것처럼 느껴졌습니다. 그때까지 저는 바로 그 곁에 서 있었으니까요. 말할 것도 없이 저는 깜짝 놀랐습니다. 당연한 일이지요. "

총경은 동정하듯 말했다.

"그랬겠지요. 정말 섬뜩했을 겁니다. 그래서 그 다음에는 어떻게 했소 ? "

"그 다음 제가 무슨 일이 일어났는지 아직 분명히 알지 못하는 동안 그 사나이가 좌석에서 완전히 미끄러져 떨어져 머리가 제 발에 닿았습니다. 저는 당황했습니다. 도움을 청하려 해도 목소리가 나오지 않았습니다. 왠지는 알 수 없지만 아무튼 도움을 청할 수가 없었습니다. 결국 저는 취했거나 병이 난 모양이라고 생각하며 일으켜주려고 아무 생각 없이 웅크려 앉았지요. 그 다음에 어떻게 하겠다는 생각은 전혀 하지도 않고 말입니다."

"당신의 기분은 알 만하오, 프적 씨. 어서 계속하시오."

"그 다음 일은 이 경관님에게 말씀드렸습니다. 그 사나이의 머리에 손을 대자 그의 손이 뻗어와 제 손을 잡는 것이 느껴졌습니다. 무엇엔가 매달리려고 필사적으로 애쓰고 있는 듯했습니다. 그리고는 신음 소리를 냈습니다. 너무 낮아서 가까스로 알아들을 수 있을 정도였습니다. 뭐랄까, 아주 소름끼치는 목소리였습니다. 저로서는 도저히 정확하게 설명드릴 수가 없군요."

"기분을 알겠소. 그래서요?"

"그는 말했습니다. 말했다기보다는 숨이 막혀 목을 울렸다고 하는 편이 오히려 정확할 겁니다. 몇 마디 하긴 했는데 도저히 알아들을 수가 없었습니다. 그때 문득 아무래도 취했거나 병든 사람 같지는 않다는 생각이 들어 좀더 몸을 숙이고 어떻게든 그 말소리를 들어보려고 했습니다. 그러자 사나이는 숨을 몰아쉬며 '살인이오, 당했어'라고 말하는 듯했습니다."

총경은 프적을 똑바로 지켜보았다.

"분명 '살인'이라고 말했소? 정말 놀랐겠군요. 프적 씨."

그리고 총경은 갑자기 엄격하게 다그치듯 물었다.

"저 사나이가 '살인'이라고 말한 게 분명하지요?"

프적은 단호하게 잘라말했다.

"제가 들은 바로는 그랬습니다. 분명히 들었습니다."

리처드 퀸은 다시 미소지으며 태도를 누그러뜨렸다.

"나는 다만 틀림없는지 확인해보려는 것뿐입니다. 그런 다음 당신은 어떻게 했지요?"

"그런 다음 저는 그 사람이 가냘프게 몸부림치는 것을 느꼈습니다. 그리고는 갑자기 제 팔에 안긴 채 축 늘어졌습니다. 죽은 게 아닌가 싶어 겁이 더럭 났습니다. 그 뒤에는 어떻게 했는지 전혀 기억이 없습니다. 다음으로 기억하는 것은 좌석 뒤쪽으로 걸어가 경관에게 사실을 모두 말했다는 일뿐입니다. 여기 계신 이 경관입니다."

프적은 마치 바위처럼 무감각한 모습으로 발뒤꿈치를 붙이고 우뚝 서 있는 도일을 가리켰다.

"이야기는 그것뿐입니까?"

"네, 그렇습니다. 제가 알고 있는 일은 이것이 모두입니다."

프적은 한숨 돌린 듯 숨을 내쉬었다.

퀸은 프적의 윗옷 앞자락을 잡고 호통쳤다.

"모두가 아니오, 프적 씨! 당신은 어째서 좌석을 떴는지 그 이유를 아직 말하지 않았소."

총경은 작은 사나이의 눈을 노려보았다.

프적은 기침을 한 다음 어떻게 말을 꺼내야 할지 망설이듯 잠깐 몸을 앞뒤로 흔들고 있었다. 이윽고 그는 몸을 앞으로 숙여 총경의 귀에 대고 속삭였다.

"흠."

퀸은 입술에 미소가 떠올랐지만 목소리만은 근엄했다.

"그렇다면 프적 씨, 이거 너무 수고를 끼쳐 미안하오. 이제 이야기는 모두 알아들었소. 자리로 돌아가 있다가 나중에 모두 집으로 갈 때 함께 돌아가도 좋소."

그는 물러가도 좋다는 표시로 손을 흔들었다. 프적은 바닥의 죽은 사나이를 기분 나쁜 듯한 눈길로 잠깐 바라보더니 좌석 맨 뒷줄 벽 모퉁이를 돌아 여자 곁으로 갔다.

여자는 곧 나지막하지만 흥분된 목소리로 그와 이야기하기 시작했다.

총경이 엷은 미소를 띠고 벨리를 돌아보았을 때 엘러리는 어쩐지 못마땅한 듯한 몸짓을 하며 무언가 말을 꺼내려고 했으나 곧 생각을 돌렸는지 소리없이 뒤쪽으로 걸어가 모습을 감추었다.

총경이 낮은 목소리로 말했다.

"토머스, 그럼 이 사나이를 잠깐 들여다볼까."

그는 재빨리 좌석 맨 뒷줄과 그 바로 앞줄 사이에 한쪽 무릎을 꿇고 죽은 사나이 위로 몸을 숙였다. 천장의 조명등에서 비치는 눈부신 불빛에도 불구하고 바닥은 옹색하고 어두컴컴했다. 벨리가 손전등을 꺼내 총경의 어깨 너머로 밝은 불빛을 비추었다. 총경이 더듬는 손길을 따라 불빛이 옮겨졌다. 퀸은 깨끗한 셔츠 앞쪽에 꼭 한 군데 보기 흉하고 더러운 갈색 반점이 있는 것을 말없이 손가락으로 가리켰다.

벨리가 신음하듯 물었다.

"피입니까?"

총경은 조심스럽게 셔츠의 냄새를 맡아보았다.

"위스키인 것 같네."

그는 민첩하게 시체 위로 손을 이리저리 놀려 심장에 갖다댔다가 칼라가 느슨해진 목덜미를 만져보았다. 그런 다음 벨리를 올려다보았다.

"아무래도 독살 같네. 토머스, 그 스태트거드라는 의사를 데려오게. 플라우티가 오기 전에 그의 전문적 의견을 들어두어야겠네."

벨리가 명령하자 잠시 뒤 올리브색 피부에 거무스름한 콧수염을 기른 중키의 야회복 차림을 한 사나이가 한 형사의 뒤를 따라 나타났다.

"여기 왔습니다, 총경님." 벨리가 말했다.

퀸은 검사하던 손길을 멈추고 그를 올려다보았다.

"어떻습니까, 스태트거드 씨. 시체 발견 뒤 곧 당신이 검사했다는 보고를 들었습니다. 나로서는 분명한 사인이 무엇인지 모르겠는데, 당신 의견은 어떻습니까?"

"검사는 했지만, 상황이 그렇다보니 자세히 살펴본 게 아니라서……"

스태트거드 의사는 신중한 태도를 보였다. 그의 손가락이 먼지도 앉지 않은 비단옷깃을 털고 있었다.

"어두컴컴하고 보시다시피 이런 상황이라 처음에는 이렇다 할 사인을 전혀 발견할 수 없었습니다. 안면근육의 수축 상태로 보아 단순한 심장마비라고 생각했습니다. 그런데 좀더 자세히 살펴보니 얼굴에 푸른 기운이 감돌고 있는 것을 알았습니다. 이렇게 밝은 불빛 아래에서 보면 꽤 뚜렷이 나타나지 않습니까? 이 사실과 입에서 풍겨 나오는 알코올 냄새를 함께 연결시켜 보건대 어떤 알코올성 중독 증상이 아닌가 생각됩니다. 자신있게 말할 수 있는 것은, 이 사람은 총에 맞거나 칼에 찔려 죽은 게 아니라는 점입니다. 물론 나는 곧 그것을 확인해 보았습니다. 목 부분까지 다 조사해 보았습니다. 보시다시피 칼라를 이렇게 풀어놓고 있잖습니까? 교살이 아니라는 사실이 확인된 셈입니다."

퀸 총경은 미소지었다.

"잘 알았습니다. 정말 고마웠습니다. 아, 그런데 한 가지만 더 묻겠습니다."

그는 스태트거드 의사가 무언가 중얼거리며 한쪽으로 물러가려 하자 다시 붙잡고 물었다.

"이 사나이는 메틸알코올에 중독되어 죽었을지도 모른다고 생각되지는 않습니까?"

스태트거드 의사는 곧 대답했다.

"절대로 그렇지 않습니다. 무언가 강력하고 효과가 빠른 것입니다."

"이 사나이를 죽게 한 독물의 정확한 이름을 알아내주실 수 있겠습니까?"

올리브빛 피부를 가진 의사는 잠시 머뭇거렸다. 그러나 생각을 돌린 듯 말했다.

"유감스럽지만 총경님, 더 이상 정확한 것을 저에게 요구하는 것은 무리입니다. 이런 상황 아래서……."

뒷말을 우물거리며 의사는 물러갔다.

퀸 총경은 미소지으며 그 자리에 주저앉아 기분 나쁜 작업을 계속했다.

바닥에 나동그라져 있는 죽은 사나이는 언뜻 보기에도 기분 좋은 대상은 못되었다. 총경은 조용히 굳어진 손을 들어 올리고 찌푸린 얼굴을 찬찬히 들여다보았다. 그런 다음 좌석 밑을 살펴보았다. 아무것도 없었다.

그러나 검은 비단 안감을 댄 케이프가 아무렇게나 좌석 등받이에 걸쳐져 있었다. 총경은 야회복과 케이프의 양쪽 주머니에 든 물건을 꺼내고 있었다. 가슴 안주머니에서 몇 통의 편지와 서류를 꺼내고, 조끼와 바지주머니를 뒤져 꺼낸 물건을 두 무더기로 나누어 쌓아올렸다. 한쪽은 편지와 서류, 다른 한쪽은 잔돈과 열쇠, 그밖에 자질구레한 물건들이었다. 'MF'라는 머리글자가 새겨진 은제 위스키 병이 바지 뒷주머니에서 나왔다. 총경은 조심스럽게 병모가지를 쥐고 지문이라도 찾으려는 듯 둔한 빛을 내는 표면을 자세히 살펴보았다. 그런 다음 고개를 내젓고는 아주 조심스럽게 깨끗한 수건으로 병을 싸서 한옆에 살짝 놓았다. 그리고 총경은 '좌LL32'라고 적힌 파란 입장권 쪽지를 자기 조끼주머니에 넣었다.

다른 물건은 일일이 손에 들고 조사하지 않았다. 총경은 윗옷 안쪽을 부지런히 훑어보고 바짓가랑이를 재빨리 더듬어 보았다. 그리고 야회복 윗옷 아랫자락 쪽의 주머니를 만진 순간 낮은 목소리로 외쳤다.

"호, 토머스, 재미있는 물건이 있네!"

총경은 라임스톤이 번쩍이는 작고 두툼한 여성용 야회 핸드백을 꺼냈다.

총경은 손에 들고 이리저리 살펴보더니 결국 핸드백을 열고 속을 들여다보며 여러 가지 여성용 물건을 꺼냈다. 작은 칸막이 안에 루즈와 함께 조그마한 명함첩이 들어 있었다. 잠시 뒤 총경은 내용물을 모두 본디대로 담은 뒤 핸드백을 주머니에 넣었다.

그리고 서류를 집어 들고 재빨리 한 번 훑어보았다. 그 가운데 마지막 한 통을 보자 이마를 찌푸렸다. 그 서류의 주인 이름이 씌어 있었던 것이다.

총경이 얼굴을 들며 물었다.

"몬티 필드라는 이름을 들은 적 있나, 토머스?"

벨리는 입술을 긴장시켰다.

"그런 것 같습니다. 뉴욕에서 유명한 민완 변호사입니다."

총경은 심각한 표정을 지었다.

"토머스, 이 사람이 몬티 필드일세…… 이 시체가."

벨리가 신음소리를 냈다. 이때 엘러리의 목소리가 총경의 어깨 너머로 들렸다.

"경찰의 노력이 대개 허사가 되기 쉬운 것도, 몬터 필드 같은 악덕 변호사를 좀 더 철저히 추궁하지 않기 때문입니다.”

총경은 일어서서 무릎의 먼지를 정성껏 털고 코담배를 한줌 꺼내며 말했다.

“엘러리, 넌 도저히 우수한 경찰관은 못되겠구나. 그런데 네가 필드 변호사를 안다는 건 무슨 소리지?”

엘러리가 말했다.

“이 신사와 친한 사이라고 말하지는 않았습니다. 그러나 판테온 클럽에서 만난 일을 기억하고 있습니다. 그때 들은 이야기를 생각해 보면 누군가가 세상에서 이 인물을 없애버렸다고 해서 이상할 건 없을 듯합니다.”

총경이 무거운 목소리로 말했다.

“필드 씨의 결점에 대해서는 적당한 시간에 좀더 이야기해 보자. 나도 이 사람에 대해 좀 듣긴 했지만, 그리 유쾌한 이야기는 아니더구나.”

총경은 몸을 돌려 그곳을 떠나려 했다. 그러자 그때까지 시체와 좌석을 호기심어린 표정으로 지켜보고 있던 엘러리가 내키지 않는 듯한 태도로 물었다.

“여기서 무언가 옮기셨습니까, 아버지? 무엇이든 하나라도?”

퀸 총경은 머리를 돌렸다.

“왜 또 그런 거창한 말을 묻느냐?”

엘러리는 능청스럽게 대답했다.

“제 눈이 어떻게 됐다면 모르지만 이 사람의 실크햇이 좌석 밑에도 바로 옆 바닥에도 없기 때문입니다.”

총경이 쓸쓸하게 말했다.

“너도 그 점을 알아차렸구나, 엘러리. 내가 이 사나이를 검사하려고 들여다보았을 때 맨 먼저 본 것이, 아니 맨 먼저 보이지 않은 것이 실크햇이란다.”

이야기하는 동안 총경의 부드러운 태도가 사라져가는 듯했다. 미간에 주름이 잡히고 희끗희끗한 콧수염이 사납게 치켜 올라갔다. 총경은 어깨를 으쓱했다.

“주머니를 샅샅이 뒤졌지만 모자 보관증이 없었다. 플린트!”

사복 차림의 건장해 보이는 젊은이가 급히 앞으로 나왔다.

“플린트, 자네의 젊은 근육을 움직여 손과 무릎을 바닥에 대고 엎드려 실크햇을 찾아보지 않겠나? 분명 여기 어디에 있을 텐데…….”

“알았습니다, 총경님!”

플린트는 쾌활하게 대답하고 총경이 말한 구역을 차근차근 찾아보기 시작했다.

이어서 퀸 총경은 사무적으로 말했다.

“리터와 해시를 찾아주게, 토머스. 그래, 그 두 사람이면 되겠지. 데려와.”

벨리는 그들을 찾으러 갔다.

총경은 곁에 서 있던 다른 한 형사를 불렀다.

“헤이그스트롬.”

“네, 총경님.”

“이 물건들을 처리해주게.”

그는 몬티 필드의 주머니에서 꺼내 바닥에 쌓아두었던 두 개의 작은 무더기를 가리켰다.

“없어지지 않도록 모두 내 가방 속에 넣어주게.”

헤이그스트롬이 시체 곁에 쭈그려 앉자 엘러리는 조심스럽게 그 위로 윗몸을 굽혔다. 그리고 조금 전에 약도를 그려 넣은 책의 빈칸에 무언가 메모를 적어 넣었다. 그런 다음 그 책을 쓰다듬으며 혼잣말로 중얼거렸다.

"이 책도 슈텐드하우제*²에서 기념발간한 귀중한 것인데⋯⋯."

벨리가 리터와 해시를 거느리고 돌아왔다. 총경은 엄격한 목소리로 말했다.

"리터, 자네는 이 사나이의 주소로 찾아가게. 이름은 몬티 필드, 변호사일세. 서75번 거리 113번지. 교대하러 갈 때까지 수고해주게. 누가 찾아오거든 잡아두도록."

리터는 모자에 손을 대며 입 속으로 말했다.

"알았습니다, 총경님."

그는 돌아서서 나갔다.

총경은 계속해서 다른 한 형사에게 말했다.

"해시, 자네는 지금 곧 챔버스 거리 51번지의 이 사나이 사무실로 가 주게. 그리고 이쪽에서 명령할 때까지 기다리도록. 가능하면 안으로 들어가게. 들어갈 수 없으면 문 앞에서 밤새도록 지키고 있어야 하네."

"알았습니다, 총경님."

해시의 모습이 사라졌다.

퀸 총경은 몸을 돌려 엘러리가 폭넓은 어깨를 숙이고 죽은 사나이를 살피는 모습을 보자 미소지었다. 그리고 작은 목소리로 물었다.

"아버지를 믿을 수 없단 말이냐, 엘러리? 그 구석에서 무얼 하고 있는 거지?"

엘러리는 미소지으며 허리를 폈다.

"단순한 호기심입니다. 그뿐입니다. 이 불쾌한 시체에는 아주 흥미를 끄는 점이 있군요. 예를 들어 아버지는 이 사나이의 머리 치수를 재보셨습니까?"

엘러리는 윗옷주머니에 넣어두었던 책을 묶은 끈을 꺼내 아버지에게 내밀었다.

총경은 그것을 받자 얼굴을 찌푸리며 객석 뒤쪽에 서 있는 경관 한 사람을 불렀다. 총경이 낮은 목소리로 무언가 명령하자 끈을 받아든 경관은 조사하러 갔다.

"총경님."

퀸이 쳐다보았다. 헤이그스트롬이 눈을 빛내며 바로 곁에 서 있었다.

"서류를 집어 올리다보니 이것이 이 사나이의 좌석 밑 구석에 있었습니다. 벽 바로 옆에."

이렇게 말하면서 그는 짙은 녹색 병을 들어 올려보였다. 요란스러운 레테르에 '페이리스 엑스트라 드라이 진저에일'이라고 씌어 있었다. 병은 반쯤 비어 있었다.

총경이 짤막하게 말했다.

"좋아, 헤이그스트롬. 아직 뭔가 할 말이 있겠지. 들려주게."

"네. 이 병이 죽은 사나이의 좌석 밑에서 발견되었을 때 저는 오늘 밤 이 사나이가 마신 병이 틀림없다고 생각했습니다. 오늘은 낮 공연이 없었고, 청소부들은 24시간마다 객석을 청소하거든요. 따라서 오늘 밤 이 사나이나 이 사나이와 관계있는 누군가가 사용하지 않았다면 여기에 있을 리 없습니다. 그래서 저는 단서가 될지도 모른다고 생각했지요.

저는 이 구획 객석을 담당하고 있는 판매원 소년을 찾아내 진저에일을 한 병 달라고 해보았습니다. 그러자 판매원은 '이 극장에서는 진저에일을 팔지 않습니다'라고 대답하지 않겠습니까?"

헤이그스트롬은 미소지었다.

총경은 만족스러운 듯이 말했다.

"머리를 아주 잘 썼구먼, 헤이그스트롬. 그 판매원을 찾아서 이리 데려오게."

헤이그스트롬이 물러가자 야회복이 좀 흐트러진 완강한 몸집의 작은 사나이가 요란하게 소리치며 한 경관에게 팔을 꽉 잡힌 채 끌려왔다.

총경은 한숨을 내쉬었다.

작은 사나이는 158센티미터의 근육에서 땀을 뻘뻘 흘리며 몸을 길게 빼고 소리쳤다.

"당신이 이 사건의 책임자요?"

"그렇소" 하고 퀸 총경이 무겁게 대답했다.

그러자 끌려온 사나이는 소리 질렀다.

"그렇다면 당신에게 말하고 싶은 것이 있소! 이봐, 팔을 놓으라니까! 안 들려? 나는 당신에게 말할 게 있소!"

총경은 더욱 가라앉은 목소리로 경관에게 말했다.

"그 신사의 팔을 놓아주게."

"……대체 이런 법이 어디 있소? 사람을 이처럼 부당하게 모욕주어도 되는 거요? 나는 연극이 중단되고 나서 거의 한 시간이나 아내와 딸과 함께 있었소. 그런데 당신 부하들은 우리에게 일어서는 것조차 허락하지 않았소. 이건 지나친 모욕이오! 당신은 당신 마음대로 관객들을 모두 잡아둘 수 있다고 생각하는 거요? 나는 당신을 계속 지켜보고 있었소. 안 보는 줄 알았소? 당신은 우리가 앉아서 고통받고 있는데도 여기서 계속 어물거리고 있었소. 분명히 말하겠는데 지금 곧 우리를 보내주지 않으면 나는 내 친한 친구인 샘프슨 지방검사에게 연락하여 당신에 관한 개인적인 불만을 말하겠소!"

퀸 총경은 고집세보이는 자그마한 사나이의 보랏빛이 된 얼굴을 씁쓸한 표정으로 바라보았다. 그리고 한숨을 내쉬며 엄격한 목소리로 말했다.

"여보십시오, 당신은 한 시간 가까이 붙잡혀 있는 하찮은 일을 가지고 불평하고 있는데, 방금 사람을 죽인 인물이 이 관객들 가운데 있을지 모르며 어쩌면 당신 부인이나 따님 곁에 앉아 있을지도 모른다는 것을 생각해 보았소? 그 범인도 당신과 마찬가지로 빨리 이곳에서 빠져나가고 싶어 몸이 달아 있을 것이오. 당신이 친한 지방검사에게 불평을 털어놓고 싶다면 극장을 나간 다음에도 얼마든지 할 수 있소. 그러나 지금은 참으로 안됐지만 자리에 돌아가 나가도 좋다고 할 때까지 참아달라고 말할 수밖에 없군요. 나로서도 일을 빨리 깨끗하게 끝내고 싶소."

가까이 있던 관객들 사이에서 소리죽인 웃음소리가 일었다. 작은 사내가 당하는 것이 재미난 모양이었다. 작은 사내는 붉그락푸르락 얼굴을 붉히면서도 경관에게 떠밀려 물러갔다. 퀸 총경은 혼잣말로 "그리 영리한 편은 못 되는군!" 하더니 벨리를 뒤돌아 보았다.

"지배인과 함께 매표소로 가서 이 좌석이 모두 남았는지 확인해 보게."

그러면서 제일 뒷줄과 그 바로 앞줄의 빈 좌석번호를 낡은 봉투 한 귀퉁이에 적어서 그에게 건넸다. 좌LL30, 좌LL28, 좌LL26, 좌KK32, 좌KK30, 좌KK28, 좌KK26 번이다. 봉투를 받아든 벨리는 서둘러 밖으로 나갔다.

맨 뒷줄 벽에 기대서서 아버지와 관객들을 바라보기도 하고 이따금 객석의 배치를 확인해 보기도 하던 엘러리가 총경의 귀에 속삭였다.

"〈피스톨 소동〉같이 저질스러운 대중 연극에서 피살된 사나이의 좌석 바로 곁에 일곱 자리나 비어 있었다는 점이 아무래도 이상하군요, 아버지."

총경이 물었다.

“언제부터 그런 생각이 들기 시작했지, 엘러리 ? ”

그러나 엘러리는 무심하게 스틱으로 바닥을 톡톡 치고 있을 뿐이었다.

총경이 소리치듯 불렀다.

“피고트 ! ”

피고트 형사가 앞으로 나섰다.

“이 통로의 여자 안내원과 밖에 있는 도어맨을 데려오게. 거리에 서 있는 중년 사나이일세. 두 사람 모두 데려오도록. ”

피고트가 나가자 머리칼이 헝클어진 젊은 사나이가 손수건으로 얼굴을 닦으며 총경 곁으로 다가왔다.

총경이 물었다.

“어떤가, 플린트 ? ”

“바닥을 걸레질하듯 기어 다녔습니다, 총경님. 만일 모자가 이 구획 안에 있다면 참으로 교묘하게 감추었다고 말할 수 있겠지요. ”

“좋아, 플린트, 가서 기다리고 있게. ”

형사는 무겁게 발을 끌며 물러갔다.

엘러리가 천천히 말했다.

“저 디오게네스(술통 속에서 살았다는 그리스의 기인)가 정말로 실크햇을 찾아낼 수 있으리라 생각하셨습니까, 아버지 ? ”

총경은 쿵쿵 코를 울렸다. 그리고는 통로로 내려가 한 사람 한 사람에게 몸을 숙이고 낮은 목소리로 무언가 묻기 시작했다. 이 줄에서 저 줄로, 통로 서쪽 좌석 관객들로부터 차례차례 질문해 나가는 총경 쪽으로 모든 얼굴이 돌려졌다.

총경이 아무 표정 없는 얼굴을 엘러리 쪽으로 되돌렸을 때 끈을 들려 내보냈던 경관이 돌아와서 경례했다.

총경이 물었다.

“치수가 얼마던가?”

감색 제복의 사나이가 대답했다.

“모자가게 지배인은 정확하게 18센티미터라고 말했습니다.”

퀸 총경은 고개를 끄덕이고 그를 돌려보냈다.

벨리가 어깨를 축 늘어뜨린 지배인을 데리고 성큼성큼 돌아왔다. 엘러리는 벨리의 말을 듣기 위해 진지한 표정으로 몸을 내밀었다. 총경의 긴장된 얼굴에는 짙은 흥미의 빛이 떠올라 있었다.

“토머스, 매표소에서 무언가 좀 알아냈나?”

벨리 형사부장은 무감동한 표정으로 보고했다.

“총경님께서 주신 일곱 좌석의 입장권은 입장권 철에 없습니다. 매표소에서 팔린 것이라 언제 팔았는지 지배인으로서도 알 수 없답니다.”

“그 입장권은 위탁판매소에 돌려진 것일지도 모르지요, 벨리 부장” 하고 엘러리가 주의를 환기시켰다.

그러자 벨리가 대답했다.

“그것도 확인해보았습니다. 그 표는 어느 위탁판매 기록에도 나와 있지 않습니다. 그것을 증명하는 확실한 기록이 남아 있습니다.”

퀸 총경은 잿빛 눈을 빛내며 꼼짝 않고 서 있었다. 이윽고 그가 말했다.

“그렇다면 첫날부터 대만원이었던 연극에 일곱 장의 입장권이 틀림없이 팔렸는데, 그것을 산 사람들이 구경 오는 것을 한결같이 잊어버렸다는 말이 되는군!”

제3장 '목사'의 재난

 4명의 남자는 서로 얼굴만 바라볼 뿐, 한 동안 침묵이 흘렀다. 지배인은 발을 움직거리며 신경질적으로 기침을 했다. 벨리의 얼굴은 무언가 깊이 생각하는지 긴장되어 있었다. 엘러리는 뒤쪽으로 물러서서 잿빛과 하늘색이 섞인 총경의 넥타이를 멍하니 바라보았다.

 퀸 총경은 콧수염을 이로 잘근거리며 우뚝 서 있었다. 그는 갑자기 어깨를 으쓱하더니 벨리를 돌아보았다.

 "토머스, 자네에게 어려운 일을 부탁해야겠네. 제복경관을 대여섯 명 불러 이 자리에 있는 사람들을 하나도 빠짐없이 개별적으로 조사해 주게. 모두의 이름과 주소를 조사하면 되네.

 꽤 성가신 작업이라 시간이 걸리겠지만, 아무래도 꼭 해야 될 일 일 듯싶네. 그건 그렇고, 토머스, 자네가 조사할 때 발코니석의 안내원 가운데 누군가를 신문해 보지 않았나?"

 "물론 안내원을 붙잡고 정보를 들어보았습니다. 그 젊은이는 오케스트라석의 층계 아래에 서서 발코니석 표를 가진 손님들을 2층으로 안내하는 일을 하고 있습니다. 밀러라는 이름이지요."

팬더가 두 손을 비비며 참견했다.

"아주 건실한 젊은이입니다."

"밀러는 제2막이 오른 뒤 오케스트라석을 통해 위층으로 올라간 사람도 없고 발코니석에서 밑으로 내려간 사람도 분명히 없다고 말했습니다."

열심히 듣고 있던 총경이 말했다.

"그렇다면 자네 일이 많이 덜어지게 됐군, 토머스. 그럼, 부하들에게 오케스트라석을 조사하도록 이르게. 오케스트라석 관객만 조사하면 되겠지. 여기 있는 모든 사람들의 이름과 주소가 필요하다는 것을 잊지 말게! 한 사람 빼지 말고 모두! 그리고 토머스!"

"네, 총경님!" 벨리가 돌아보며 대답했다.

"이름과 주소를 기록할 때 각자 앉아 있던 좌석의 입장권 쪽지를 제시하도록 이르게. 그리고 또——그런 일이 있을 리 없겠지만——앉아 있는 좌석 번호와 다른 입장권을 가진 사람이 있거든 이유를 물어서 기록해 두게. 틀림없이 잘 해낼 자신이 있겠지, 토머스?"

"물론입니다."

벨리는 기세좋게 성큼성큼 걸어갔다.

총경은 희끗희끗한 콧수염을 쓰다듬더니 다시 코담배를 한줌 집어들고 깊이 숨을 들이마셨다.

"엘러리, 뭔가 마음에 걸리는 게 있는 모양인데 말해보렴."

"네?"

엘러리는 깜짝 놀라 눈을 껌벅거렸다. 그러나 곧 안경을 벗어들고 느릿느릿 말했다.

"존경해 마지않는 아버지, 지금 막 생각하기 시작했습니다. 얌전한 독서 애호가에게는 평화란 전혀 있을 수 없다는 것을요."

엘러리는 괴로운 눈길로 죽은 사나이가 앉았던 좌석 팔걸이에 걸터 앉았다. 그리고 갑자기 미소 지었다.

"아버지도 주의하셔야 합니다. 옛날 유명한 푸줏간 주인 이야기에 나오는 불행한 실수를 되풀이하지 않도록 말이지요. 푸줏간 주인은 소중한 칼이 없어졌다고 많은 종업원들을 몰아세우며 법석 떨었지요. 그런데 칼은 처음부터 자기 입에 물고 있었답니다."

"너 요즘 아는 게 아주 많아진 것 같구나, 엘러리."

총경은 갑자기 화가 난 듯 형사를 불렀다.

"플린트!"

형사가 앞으로 나왔다.

"방금 자네에게 귀찮은 일을 맡겼는데 말 나온 김에 하나 더 부탁함세. 마찬가지로 허리를 굽히지 않으면 안 되는 일인데 자네라면 잘 할 수 있을거야. 내가 기억하기론 자넨 순찰 근무 당시 경찰본부 체육대회에서 들어올리기 시합에 출전했다고 알고 있는데?"

플린트는 얼굴 가득 기쁨을 나타내며 말했다.

"네, 출전했습니다. 어지간한 일은 참을 수 있습니다."

총경은 두 손을 주머니에 넣어 더듬으며 말을 이었다.

"자네 임무는 부하들을 데리고——아차, 예비대원들을 함께 데려올 걸 그랬군——이 극장 건물 안팎을 한 치도 남기지 말고 철저히 조사하는 것일세. 찾아야 할 것은 입장권일세. 알겠나? 자네가 일을 마쳤을 때는 입장권 비슷한 것을 모조리 찾아내야 하는 걸세. 특히 객석 바닥을 꼼꼼하게 살펴보아야 하네. 그리고 좌석 뒤쪽, 발코니로 오르는 층계, 바깥 홀, 극장 앞 보도, 양쪽 복도, 아래층 휴게실, 남자화장실, 여자화장실 등도 소홀히 해서는 안되네. 아, 그래, 여자화장실은 안 되지. 가장 가까운 경찰서에서 여자 경관을 불러야겠군. 잘 알았겠지?"

플린트는 쾌활하게 고개를 끄덕이고 물러갔다.

총경은 두 손을 비볐다.

"팬더 씨, 잠깐 이리로 오시겠소? 오늘 밤에는 터무니없이 폐를 끼치는 것 같아 안됐소만, 어쩔 수 없는 일이니 이해해 주시오. 관객들도 이제 더 이상 참을 수 없는 폭발 직전에 이르러 있소. 그래서 부탁인데, 잠깐 무대로 올라가 관객들에게 여기 갇혀 있을 시간도 이제 얼마 안 남았으니 조금만 참아달라고 좀 말해주겠소? 부탁하오."

팬더가 가운데 통로를 급히 걸어 내려가자 관객들은 그에게서 무언가 들으려고 그의 윗옷을 붙잡고 늘어졌다. 그 몇 미터 앞에 서 있는 헤이그스트롬의 모습이 총경의 눈에 띄었다. 19살쯤 된 화사하게 차려입은 몸집 작은 소년이 그 곁에 서서 바쁘게 턱을 움직이며 껌을 씹고 있었다. 눈앞에 닥친 사건에 몹시 신경질적이 되어 있는 듯했다.

소년은 장식이 많이 붙은 화려한 검은 바탕에 금줄이 박힌 제복을 입고 있었는데, 빳빳하게 풀 먹인 와이셔츠에 둥근 칼라, 나비넥타이를 맨 차림이 어딘지 어색해보였다. 하인들이 쓰는 것 같은 테 없는 모자가 금발 위에 얹혀 있었다.

총경이 곁으로 오라고 손짓하자 소년은 내키지 않는 듯 기침을 했다.

헤이그스트롬이 그의 팔을 뜻있게 꽉 붙잡으며 엄격한 목소리로 말했다.

"이 극장에선 진저에일을 팔지 않는다고 한 소년입니다."

퀸이 부드럽게 물었다.

"그렇지는 않겠지. 대체 어떻게 된 거냐?"

소년은 분명 겁먹고 있었다. 그는 당황하여 이리저리 눈을 굴리며 너그러운 도일의 얼굴을 찾았다.

도일은 용기를 불어넣어주려는 듯 그의 어깨를 가볍게 두드리며 총경에게 말했다.

"조금 겁먹고 있습니다만, 제스 린치는 착한 소년입니다. 아주 어릴 때부터 이 아이를 알고 있지요. 제 담당 구역에서 자랐으니까요. 자, 총경님께 대답하거라, 제스."

소년은 발을 움직거리며 더듬더듬 말했다.

"정말 저, 저는 모릅니다. 휴식 시간에 팔아도 좋은 것은 오렌지 주스뿐입니다. 계약이 되어 있어서……."

소년은 유명한 음료수 회사 이름을 댔다.

"……회사의 물건만 팔고 다른 회사 것을 팔지 않으면 많이 할인해 줍니다. 그래서……."

퀸 총경이 물었다.

"휴식 시간에만 음료를 판단 말이지?"

소년은 이번에는 좀더 자연스럽게 대답했다.

"네, 막이 내리면 양쪽 통로로 나가는 문이 열리고 저희들, 그러니까 친구와 저는 스탠드를 준비하여 곧 손님들께 드릴 수 있도록 컵에 따라둡니다."

"그럼, 너 말고 또 한 명 있단 말이냐?"

"아니오, 모두 세 명입니다. 미처 말씀드리지 못했습니다만, 또 한 아이는 아래층 대휴게실에 있습니다."

퀸 총경은 크고 부드러운 눈으로 소년을 바라보았다.

"로마 극장에서는 오렌지 주스만 파는데, 이 진저에일 병이 여기 있었던 이유를 너는 어떻게 생각하니?"

총경이 팔을 내렸다가 다시 들어올리자 헤이그스트롬이 찾아낸 짙은 초록색 병이 그 손에 들려 있었다. 소년은 얼굴이 핼쑥해져서 입술을 깨물었다. 눈은 어디로 도망갈까 찾는 듯 이리저리 두리번거렸다. 그는 커다랗고 더러운 손가락을 목과 칼라 사이로 쑤셔 넣더니 기침을 했다.

"저, 저……."

아무래도 말하기 거북한 모양이었다.

퀸 총경은 병을 내려놓고 좌석 팔걸이에 조용히 몸을 기댔다. 그리고 거칠게 팔짱을 끼었다.

"이름이 뭐지?"

소년의 핼쑥한 얼굴이 짙은 노란색으로 바뀌었다. 그는 겁먹은 얼굴로 헤이그스트롬을 슬쩍 보았다. 형사는 보란 듯이 수첩과 연필을 주머니에 꺼내들고 험상궂은 얼굴로 대답을 기다렸다.

소년은 입술을 축였다. 그리고 쉰 목소리로 대답했다.

"린치, 제스 린치입니다."

그러나 총경이 겁주듯 물었다.

"막이 내려진 동안 네가 맡는 장소가 어디지, 제스?"

소년은 더듬거리며 말했다.

"저, 저는 왼쪽 통로를 맡고 있습니다."

총경은 심술궂게 미간을 찌푸려보았다.

"그래, 오늘 밤에도 너는 왼쪽 통로에서 음료수를 팔고 있었단 말이지?"

"물론 그렇습니다."

"그렇다면 이 진저에일 병에 대해 무언가 알고 있겠구나."

소년은 주위를 살피듯 둘러보았다. 마침 루이스 팬더의 작고 통통한 모습이 무대에서 이야기하려는 것을 보자 그는 몸을 앞으로 숙이고 낮은 목소리로 말했다.

"네, 그 병에 대해 알고 있습니다. 제가 아까 말하지 않았던 것은 팬더 씨는 규칙을 안 지키면 크게 야단치는 분이기 때문입니다. 제가 한 일을 알면 곧 해고될 겁니다. 팬더 씨에게는 말씀하시지 않겠지요?"

총경은 몸을 내밀며 미소지었다.

"말해보거라, 제스. 무언가 양심에 꺼리는 짓을 한 모양인데 다 털어놓는 편이 좋을 거야."

총경이 부드러운 태도를 취하며 손가락으로 자리를 피해달라고 하자 헤이그스트롬은 모른 체하며 자리를 떠났다.

그러자 제스 린치는 열심히 설명하기 시작했다.

"저는 제1막이 끝나기 5분 전에 언제나 처럼 바깥 통로에 스탠드를 준비했습니다. 제1막이 끝나 이 통로를 맡은 여자안내원이 문을 열자 저는 나오는 손님들에게 재치 있고 품위 있게 선전을 시작했습니다. 저희는 모두 그렇게 합니다. 많은 사람들이 마실 것을 사므로 너무도 바빠 저는 주위에서 무슨 일이 일어나고 있는지 전혀 알 수가 없었습니다.

한참 뒤 잠깐 숨 돌릴 틈이 생겼습니다. 그때 한 남자가 다가와서 '이봐, 진저에일 한 병 줘!'라고 말했습니다. 보니 야회복을 입은 멋쟁이 신사분이 제대로 몸을 가누지 못하고 서 있었습니다. 혼자 쿡쿡 웃으며 무척 기분 좋아 보였습니다. 저는 그가 저에게 와서 진저에일을 찾는 이유쯤은 알고 있었습니다. 아니나 다를까, 그 사람은 바지 뒷주머니를 툭툭 치며 눈을 찡긋해 보였습니다. 그래서……."

"잠깐!" 하고 퀸이 말을 가로막았다. "너는 죽은 사나이를 본 적 있니?"

소년은 신경질적으로 대답했다.

"본 적은 물론 없습니다만, 보았을지도 모릅니다."

"그렇다면 좋아. 진저에일을 달라고 한 사람이 이 남자였느냐? "

총경은 소년의 팔을 잡아 시체 위로 몸을 숙이게 했다.

제스 린치는 깜짝 놀라며 시체를 바라보고 나서 힘차게 머리를 끄덕였다.

"네, 이 사람이었습니다. "

"확실하지, 제스? "

소년은 고개를 끄덕였다.

"네 곁으로 왔을 때도 이런 옷차림이더냐? "

"네. "

"무언가 없어진 것은 없니, 제스? "

어두운 구석에 물러서 있던 엘러리가 몸을 조금 앞으로 내밀었다.

소년은 의아한 표정으로 총경의 얼굴을 바라보다가 눈길을 시체로 옮기더니 다시 퀸 총경에게로 돌렸다. 그리고 거의 1분쯤 침묵을 지키고 있었다. 그동안 퀸 부자는 초조하게 소년의 대답을 기다리고 있었다.

그러자 소년의 얼굴이 갑자기 빛나며 외치듯 말했다.

"그렇지, 맞아요. 모자를 쓰고 있었습니다. 제게 말을 건넸을 때 번쩍번쩍 빛나는 실크햇을 쓰고 있었지요. "

퀸 총경은 만족스러운 얼굴이었다.

"어서 이야기를 계속해, 제스. 어이, 플라우티, 오는데 무척 시간이 걸렸구먼. 무슨 일이라도 있었나! "

키가 크고 호리호리한 사나이가 검은 가방을 들고 카펫 위를 가로질러 성큼성큼 다가왔다. 이런 장소에서의 방화규칙도 아랑곳없이 잎담배를 물고 어딘지 서두르는 모습이었다.

"사건이군요, 총경님. "

플라우티는 가방을 내려놓고 퀸 부자와 악수를 나누었다.

"아시다시피 저는 이사를 해서 아직 전화가 가설되지 않았습니다. 아무튼 오늘은 바빴습니다. 그래서 일찍 잠자리에 들어 있었지요. 이 친구들이 저를 찾는데 시간이 걸렸습니다. 새로 이사간 집까지 사람을 보내야 했으니까요. 어쨌든 되도록 서둘러 달려왔습니다. 일거리는 어디 있지요?"

총경이 바닥의 시체를 가리키자 의사는 통로에 무릎을 꿇고 한 경관이 들고 있는 손전등 아래서 작업을 시작했다.

퀸 총경은 제스 린치의 팔을 잡고 한쪽 옆으로 데려갔다.

"그 남자가 진저에일을 달라고 한 뒤 어떻게 했지, 제스?"

눈을 동그랗게 뜨고 현장의 움직임을 지켜보던 소년은 침을 꿀꺽 삼키고 이야기를 계속했다.

"그래서 물론 저는 진저에일은 없고 오렌지 주스만 있다고 말했습니다. 그러자 그 사람은 좀더 가까이 다가왔습니다. 그때 술 냄새가 났습니다. 그리고는 작은 목소리로 '한 병 갖다주면 50센트 주지. 지금 곧 한 병이 필요해' 하고 말했습니다. 그래서——아시겠지만 요즘 팁 주는 사람이 어디 있습니까——저는 당장 사러 갈 수는 없지만, 제2막이 시작되면 바로 달려가 한 병 사다드리겠다고 했습니다. 그러자 그 사람은 자기 자리가 어디인지 일러주고 돌아갔습니다. 관람석으로 돌아가는 모습이 보였지요. 휴식 시간이 끝나 여자안내원이 문을 닫자 저는 통로에 스탠드를 그대로 둔 채 밖으로 나와 길 건너 리비 아이스크림 가게로 달려갔습니다."

"스탠드는 언제나 통로에 놓아두느냐, 제스?"

"아니오, 대개 문 잠그기 바로 전에 스탠드를 들고 안으로 들어가 아래층 휴게실에 갖다 둡니다. 그런데 그 사람이 진저에일이 곧 필요하다고 했기 때문에 먼저 한 병 사오면 왔다갔다하지 않아도 되리라 생각했습니다. 한 병 사가지고 돌아와 스탠드를 들고 앞문으로 들어가려고 생각했지요. 그래도 뭐라고 말할 사람이 없습니다. 어쨌든 저는 스탠드를 통로에 둔 채 리비네 가게로 달려갔습니다. 거기서 페이리스 진저에일을 한 병 사가지고 관객석으로 들어가 몰래 그에게 건네주었습니다. 그 사람은 1달러를 주었습니다. 저는 멋진 신사라고 생각했지요. 약속은 50센트였으니까요."

총경은 칭찬했다.

"아주 요령 있게 이야기를 잘해 주었다, 제스. 그런데 아직도 두세 가지 듣고 싶은 게 있어. 그 사나이가 앉아 있던 곳이 저 좌석이었느냐? 너에게 진저에일을 가져오라고 한 곳이 분명 저 좌석이었지?"

"네, 그렇습니다. '좌LL32'라고 했고, 분명히 그 자리에 있었습니다."

총경은 잠시 숨을 크게 쉬고 나서 슬쩍 물어보았다.

"그 사람 혼자였는지 함께 온 사람이 있었는지 기억이 나느냐, 제스?"

그러나 소년은 쾌활하게 대답했다.

"그건 확실하게 대답할 수 있습니다. 계속 혼자서 저 끝자리에 앉아 있었습니다. 실은 연극이 시작된 첫날부터 계속 대만원이었는데 그 손님 주위에 좌석이 많이 비어 있어 이상하다고 생각했거든요."

"좋아, 제스. 그 정도라면 탐정이 될 수 있겠구나. 자리가 몇 개나 비어 있었는지도 기억하겠니?"

"객석이 어두웠고 그리 주의해서 보지 않았기 때문에……. 대여섯 개쯤이었던 것 같습니다. 그 손님과 같은 줄의 몇 자리와 앞줄 오른쪽으로 몇 자리 비어 있었습니다."

"잠깐만, 제스."

엘러리의 낮고 차가운 목소리가 들리자 소년은 깜짝 놀란 듯 입술을 적시며 돌아보았다.

"진저에일을 건네줄 때 그 번쩍거리는 실크햇을 혹시 보지 못했니?"

엘러리는 깨끗하게 닦은 구두 끝을 스틱으로 가볍게 두드렸다.

소년은 더듬거리며 대답했다.

"물론, 네, 그렇습니다, 분명히 보았습니다. 병을 건네줄 때 모자가 무릎 위에 놓여 있었는데, 제가 돌아가려고 할 때 좌석 밑으로 집어넣었습니다."

"또 하나 알고 싶은데, 제스……."

총경의 믿음직한 목소리가 들리자 소년은 안도의 숨을 내쉬었다.

"병을 건네준 것은 제2막이 시작되고 대충 얼마나 지났을 때였지?"

제스 린치는 잠시 생각에 잠겨 있다가 또렷하게 대답했다.

"꼭 10분쯤 지났을 때입니다. 여기서는 시간이 아주 엄격하게 지켜지고 있지요. 10분쯤이라고 말하는 까닭은, 제가 관객석에 들어섰을 때 마침 무대에서 여자가 갱 소굴로 붙잡혀 악한에게 시달리는 장면을 하고 있었기 때문입니다."

엘러리가 갑자기 미소지으며 중얼거렸다.

"아주 눈치 빠른 꼬마 헤르메스(그리스 신화에 나오는 여러 신들의 사자)로군!"

오렌지 주스을 파는 소년은 그 미소를 보자 마음속에 남았던 공포심이 사라진 듯 마주 미소지었다.

엘러리는 손가락으로 소년에게 오라고 손짓하며 자기도 앞으로 나섰다.

"한 가지 묻겠는데, 제스, 바로 길을 건너가 진저에일을 사가지고 극장으로 돌아오는 데 왜 10분씩이나 걸렸지? 10분이라면 너무 오래 걸린 것 같구나. ”

소년은 얼굴이 새빨개지며 엘러리에게서 총경 쪽으로 호소하는 듯한 눈길을 옮겼다.

“그건 도중에 2, 3분쯤 머물러 여자 아이와 이야기했기 때문입니다. ”

“네 여자 친구냐? ”

총경의 목소리에는 좀 뜻밖인 듯한 울림이 담겨 있었다.

“네, 엘리너 리비입니다. 그 애 아버지가 아이스크림 가게를 하고 있지요. 제가 진저에일을 사러 갔더니 그 애가 가게에 잠깐 있어달라고 했습니다. 극장에 진저에일을 갖다 주어야 한다고 말하자 엘리너는 갖다 주고 곧 돌아올 수 없겠느냐고 물었습니다. 그래서 저는 그렇게 하겠다고 대답했습니다. 저희는 2, 3분쯤 그곳에 있었는데, 그러다가 문득 통로의 스탠드 생각이 났습니다. ”

“통로의 스탠드? ” 엘러리의 말투에는 열성이 담겨 있었다. “이상하구나, 제스……. 통로의 스탠드라니. 무언가 뜻밖의 일이 일어나 통로로 돌아왔다는 말은 아니겠지? ”

“분명히 저는 복도로 돌아왔습니다”라고 소년은 놀란 얼굴로 대답했다. “저희 둘이, 엘리너와 둘이 돌아왔습니다. ”

엘러리는 부드럽게 물었다.

“엘리너와 함께 왔단 말이지? 그래, 얼마 동안이나 그곳에 있었니? ”

엘러리의 질문에 총경의 눈이 번쩍 빛났다. 그리고 만족스러운 듯이 무언가 입 속으로 중얼거리며 소년의 대답에 조용히 귀 기울였다.

“저는 바로 스탠드를 옮기려 했습니다만 엘리너와 함께 그곳에서 이야기하고 있었지요. 그리고 엘리너가 다음 휴식 시간까지 통로에 있어도 좋지 않겠느냐고 말했기 때문에 저도 그게 좋겠다고 생각했습니다. 10시 5분에 막이 내리므로, 바로 그 몇 분 전에 돌아가서 곧 오렌지 주스를 새로 따라놓고 두 번째 휴식 시간으로 문이 열리기 전에 모든 준비를 해놓을 수 있으리라 생각했습니다. 그래서 저희는 그곳에 같이 있기로 했습니다……. 나쁜 짓을 한 건 아닙니다. 저는 결코 나쁜 짓이 아니라고 생각했습니다.”

엘러리는 몸을 똑바로 세우고 소년을 찬찬히 바라보았다.

“제스, 지금부터 묻는 말에 잘 생각해서 대답해야 한다. 너와 엘리너가 복도에 닿았을 때 정확히 몇 시였지?”

제스는 머리를 긁적거렸다.

“글쎄요……. 그 사람에게 진저에일을 갖다 준 것이 9시 25분쯤이었습니다. 그 다음 길을 건너 엘리너에게 가서 몇 분 동안 가게에 있다가 다시 통로로 왔습니다. 그때가 9시 35분쯤이었을까, 그 무렵일 겁니다. 즉 제가 오렌지 주스 스탠드로 돌아간 것은 9시 35분쯤이었습니다.”

“좋아. 그럼, 정확히 몇 시쯤 통로에서 떠났지?”

“10시 정각이었습니다. 안에 들어가 오렌지 주스를 새로 따라두어야 할 시간이 되지 않았나 싶어 엘리너에게 시간을 물었더니 손목시계를 보여주었습니다.”

“극장 안에서 무슨 소리가 들리지 않았나?”

“아니오, 저희는 이야기에 열중해 있었거든요……. 저는 통로를 나와 조니 체이스를 만날 때까지 안에서 무슨 일이 일어났는지 전혀 몰랐습니다. 조니는 안내원인데, 저기에 서서 감시하고 있었나봅니다. 조니는 안에서 무슨 사고가 일어났는지 팬더 씨가 왼쪽 복도로 가서 서 있으라고 했다고 말했습니다.”

“흠, 과연…….”

엘러리는 흥분하여 코안경을 벗어들고 소년의 눈앞에서 흔들었다.

"신중하게 잘 생각해봐야 해, 제스. 네가 엘리너와 함께 있는 동안 통로를 오고간 사람이 아무도 없었느냐?"

소년은 망설임 없이 또렷하게 대답했다.

"네, 한 사람도 없었습니다."

"그래, 고맙다."

총경은 소년의 등을 두드려주며 웃는 얼굴로 그를 돌려보냈다. 그리고는 날카로운 눈길로 주위를 둘러보더니 무대 위에서 아무 소용 없는 안내말을 막 끝낸 팬더에게 손가락을 들어 오라고 신호를 보냈다.

"팬더 씨, 연극 진행시간에 대해 알아보고 싶은데, 제2막이 몇 시쯤 시작되었소?"

팬더는 재빨리 대답했다.

"제2막은 9시 15분 정각에 시작해서 10시 5분 정각에 끝납니다."

"오늘 밤에도 그대로 진행되었소?"

"물론이지요. 타이밍이며 조명 등 여러 관계가 있어 정확하게 시간대로 진행시키지 않으면 안 됩니다."

총경은 입속말을 중얼거리며 계산해보는 모양이었다. 그리고 골똘히 생각에 잠기며 말했다.

"저 소년이 살아 있는 필드를 본 것은 9시 25분이다. 그리고 시체로 발견된 시간은……."

총경은 뒤로 돌아서서 도일을 불렀다. 도일이 급히 다가왔다.

"도일, 프적 씨가 살인이 일어났다고 자네에게 알려준 시간이 정확하게 몇 시였는지 기억하고 있나?"

도일은 머리를 긁적였다.

"정확하게 말씀드릴 수는 없습니다, 총경님. 제가 기억하고 있는 것은 제2막이 거의 끝나갈 무렵이었다는 것 뿐입니다."

퀸 총경은 화난 듯이 말했다.

"그건 분명치 못해. 배우들은 지금 어디 있나?"

"저기 중앙 구획 뒤쪽에 모아 놓았습니다. 그렇게 할 수밖에 도리가 없었습니다."

총경이 엄하게 명령했다.

"한 사람 데려오게!"

도일은 서둘러 물러갔다. 퀸 총경은 피고트 형사를 손짓으로 불렀다. 피고트는 양옆에 여자와 남자를 한 사람씩 데리고 몇 발자국 뒤에 서 있었다.

"도어맨을 데려왔나, 피고트?" 총경은 물었다.

피고트는 고개를 끄덕였다. 키가 크고 뚱뚱한 노인이 떨리는 손으로 모자를 들고 여윈 몸을 주름잡힌 제복에 감싼 모습으로 비칠비칠 나섰다.

총경이 물었다.

"당신이 극장 밖에 서 있는 사람이오? 정식 도어맨이오?"

도어맨은 모자를 만지작거리며 대답했다.

"네, 그렇습니다."

"좋소, 자, 묻는 말에 잘 생각해서 대답해주시오. 누군가, 누구든 말이오, 제2막이 공연되고 있는 동안 앞문으로 극장을 나간 사람이 있었소?"

총경은 마치 작은 그레이하운드 개처럼 앞으로 몸을 내밀고 있었다. 도어맨은 대답하기 전에 잠시 뜸을 들였다. 그리고 천천히 확신 있게 말했다.

"아니오, 아무도 극장에서 나가지 않았습니다. 오렌지 주스 파는 아이말고는."

총경이 큰소리로 물었다.

“당신은 그곳에 줄곧 있었지요?”

“네, 그렇습니다.”

“그럼, 제2막이 공연되는 동안 누군가 들어온 사람은 없었소?”

“저 제스 린치가, 그 오렌지 주스 파는 아이가 제2막이 오르자마자 들어왔습니다.”

“그밖에는 아무도 없었소?”

노인은 생각해 내려고 애쓰며 잠시 침묵에 잠겼다. 마침내 노인은 절망적인 눈으로 주위 사람들의 얼굴을 하나하나 애원하듯 둘러보았다. 그리고 기어들어가는 목소리로 우물쭈물 대답했다.

“기억이 안 납니다.”

총경은 화난 눈길로 노인을 바라보았다. 노인은 그 신경질적인 태도로 미루어보건대 있는 힘을 다해 견디고 있는 듯했다. 땀을 흘리며 곁에 있는 지배인의 눈치를 살피듯 훔쳐보았다. 기억력이 없어 해고당하지나 않을까 두려워하듯이.

도어맨은 다시 말했다.

“참으로 안타깝습니다. 정말 유감입니다. 누군가 분명 있었을 텐데, 요즘은 아무래도 젊었을 때처럼 기억력이 좋지 않아서, 저로서는 아무래도 기억해내지 못할 것 같습니다.”

엘러리의 차가운 목소리가 노인의 우물쭈물하는 이야기에 끼어들었다.

“당신은 몇 년째 도어맨으로 일하고 있습니까?”

노인은 낭패한 눈길이 이 새로운 신문자 쪽으로 옮겨졌다.

“이제 곧 10년이 됩니다. 늘 도어맨 일만 한 건 아닙니다만, 이제는 나이 들어 달리 아무것도 할 수 없기 때문에……”

“잘 압니다.”

엘러리는 상냥하게 말한 뒤 잠시 침묵을 지키다가 이윽고 단호한 어조로 말했다.

"당신처럼 오랫동안 도어맨 일을 하다 보면 제1막 공연 도중의 일은 혹시 잊을지도 모릅니다. 그러나 제2막이 시작된 뒤 극장에 들어오는 사람은 거의 없지요. 좀더 잘 생각해보면 확실한 대답을 할 수 있을 겁니다."

노인은 괴로운 듯이 대답했다.

"아무래도 기억해낼 수가 없는데요. 아무도 들어오지 않았다고 말할 수는 있지만, 참된 사실이 아닐지도 모르고 저로서는 대답할 수가 없군요."

총경이 노인의 어깨에 손을 얹었다.

"이제 됐소. 미안하오. 좀 지나치게 캐물었는지도 모르겠소. 지금은 이 정도면 됐소."

도어맨은 가엾은 노인 특유의 잰걸음으로 힘없이 물러갔다.

도일이 옆으로 다가왔다. 그 뒤에서 키 크고 발이 거친 트위드 옷을 입은, 얼굴에 아직도 덜 지워진 무대 화장이 얼룩져 남아 있는 잘생긴 남자가 따라왔다.

도일이 보고했다.

"필 씨입니다, 총경님. 이 연극의 주역입니다."

퀸 총경은 배우에게 미소지어 보이며 악수를 청했다.

"만나게 되어 반갑습니다, 필 씨. 잠시 물어볼 일이 있어 도움을 부탁드린 겁니다."

필은 성량이 풍부한 저음으로 대답했다.

"도움이 된다면 기쁘겠습니다, 총경님."

그는 죽은 사나이를 살펴보기에 바쁜 플라우티의 등을 잠깐 바라보더니 두려운 듯 얼른 눈길을 돌렸다.

총경이 물었다.

“당신은 이 불행한 사건으로 소동이 일어났을 때 무대에 있었겠지요?”

“네, 그렇습니다. 배우들은 모두 무대에 나와 있었습니다. 무엇을 알고 싶으신지요?”

“관객석에서 무슨 일이 일어났다는 것을 알아차린 시간을 정확하게 말해주실 수 있겠습니까?”

“네, 알고 있습니다. 막이 내리기 딱 15분 전이었습니다. 그 막의 클라이맥스에서는 제가 피스톨을 쏘는 역할을 맡았는데, 연습할 때 권총을 뽑아드는 순간을 놓고 의견이 분분했던 만큼 시간에 대해서 이처럼 분명히 말씀드릴 수 있는 겁니다.”

총경은 고개를 끄덕였다.

“큰 도움이 되었습니다, 필 씨. 바로 그 점을 알고 싶었습니다. 그리고 오신 김에 말씀드리겠는데, 여기에 이처럼 답답하게 잡아두어 미안하게 생각하고 있습니다. 아시다시피 바빠서 다른 데 손쓸 틈이 없었습니다. 당신도, 그리고 다른 배우 여러분들도 이제 자유로이 무대 뒤로 물러가서도 좋습니다. 그러나 말씀드릴 필요도 없겠지만, 연락이 있을 때까지 극장에서 나가서는 안 됩니다.”

“잘 알고 있습니다, 총경님. 도움드릴 수 있어 다행이었습니다.”

필은 인사하고 관객석 뒤로 돌아갔다.

퀸 총경은 가장 가까운 좌석에 기대어 생각에 잠겼다. 엘러리는 그 곁에서 멍한 표정으로 안경 렌즈를 닦고 있었다. 총경이 아들에게 의미 있는 신호를 보냈다. 그리고 낮은 목소리로 물었다.

“어떠냐, 엘러리?”

엘러리도 나직한 목소리로 대답했다.

“친애하는 왓슨(셜록 홈즈의 조수) 씨, 우리의 존경할 만한 피해자는 9시 25분에 마지막으로 살아 있는 모습을 보였고, 9시 55분쯤 죽어 있는 시체로 발견되었습니다. 따라서 그 사이에 무슨 일이 일어났다는 결론이 나옵니다. 어처구니없을 만큼 단순하지요."

"그러냐?" 퀸 총경은 중얼거렸다. "피고트!"

"네."

"바로 그 안내원이로구먼. 신문을 시작하지."

피고트는 곁에 서 있는 젊은 여자의 팔을 놓았다. 하얀 이가 가지런하고 얼굴에 흰 분을 덕지덕지 바른 그녀는 기분 나쁜 미소를 머금고 있었다. 그녀는 빠른 걸음으로 앞에 나와 겁도 없이 총경을 빤히 바라보았다.

총경이 쾌활하게 물었다.

"당신이 이 통로의 정식 안내원이오? 이름은?"

"오코넬, 매지 오코넬이에요."

총경은 그녀의 팔을 부드럽게 잡았다.

"아가씨는 사람을 두려워하지 않는 것과 같이 용기를 가져주어야겠소. 자, 잠깐 이쪽으로 오시오."

두 사람이 LL열까지 가서 멈춰서자 그녀의 얼굴이 죽은 사람처럼 파랗게 질렸다.

"미안하오만 플라우티, 잠시 방해해야겠소."

플라우티는 의아한 듯 얼굴을 찌푸리며 올려다보았다.

"좋습니다. 자, 어서……. 거의 끝나갑니다."

의무 검사관보는 일어나서 한쪽으로 비켜서며 잇새로 담배 도막을 잘근거렸다.

퀸 총경은 여자가 죽은 사나이 위로 엎드릴 때의 표정을 지켜보았다. 그녀는 깜짝 놀란 듯 숨을 들이마셨다.

"오코넬 양, 아가씨는 오늘 밤 이 손님을 안내한 기억이 있소?"

그녀는 머뭇거렸다.

“기억나는 것 같지만…… 오늘 밤에도 언제나와 마찬가지로 너무
바빠서…… 모두 2백 명이나 되는 손님들을 안내해야 했으니까요.
그래서 분명하게 말씀드릴 수는 없어요.”
“여기 비어 있는 자리 말인데…….”
총경은 일곱 개의 빈자리를 가리켰다.
“이 자리들이 제1막과 제2막이 공연되는 동안 내내 비어 있었는지
기억해낼 수 있겠소?”
“제가 통로를 왔다갔다 하며 보았는데, 지금과 마찬가지였던 것 같
아요. 네, 그래요. 오늘 밤 이 자리들에는 계속 아무도 앉지 않았
어요.”
“제2막이 공연되는 동안 이 통로를 드나든 사람이 없었소, 오코넬
양? 잘 생각해보시오. 정확하게 대답해 주어야 하오.”
그녀는 다시 망설이며 총경의 무감각한 얼굴을 스스럼없이 흘끗 보
았다.
“아니오, 이 통로로 드나든 사람은 아무도 못 보았어요.”
그리고 나서 그녀는 얼른 덧붙였다.
“저로서는 말씀드릴 게 그다지 없어요. 이번 일에 대해서는 아무것
도 모르니까요. 다만 제 일을 열심히 했을 뿐, 그밖에는…….”
“음, 그건 알고 있소. 그런데 손님을 객석으로 안내하지 않을 때는
대개 어디에 있소?”
그녀는 통로 뒤의 한쪽 구석을 가리켰다.
총경이 상냥하게 물었다.
“제2막이 공연되는 동안 줄곧 저곳에 있었소, 오코넬 양?”
그녀는 대답하기 전에 입술을 적셨다.
“그것은…… 네, 그랬어요. 하지만 여느 때와 다른 것은 아무것도
못 보았어요.”

"좋소. 이제 됐소."

총경의 목소리는 부드러웠다.

그녀는 서둘러 발걸음도 가볍게 돌아갔다.

그들이 서 있는 뒤쪽에서 소란이 일어났다. 퀸 총경이 돌아보자 바로 눈앞에서 플라우티 의사가 일어나 가방을 잠그고 있었다. 의사는 유쾌하지 않은 얼굴로 휘파람을 불고 있었다.

"어떻소, 선생? 이제야 끝난 모양이군. 판정이 어떻게 나왔소?"

"간단하고 분명합니다, 총경님. 이 사나이는 두 시간쯤 전에 죽었습니다. 처음엔 사망원인이 저를 좀 혼란시켰지만, 우선은 독살이라는 결론입니다. 모든 면에서 알코올 중독 증상을 보이고 있습니다. 총경님도 아시다시피 피부는 누런 청색으로 변해 있고, 입냄새만 해도 지금까지 맡아본 가운데에는 가장 뚜렷합니다. 꽤 강렬한 메틸을 마신 게 분명합니다. 보통 알코올로는 그리 간단히 절명할 리 없으니까요. 하여간 지금으로서는 이 정도 밖에 말씀드릴 수가 없겠군요."

의사는 말을 마치고 윗옷 단추를 끼웠다.

퀸 총경은 손수건으로 싼 필드의 술병을 주머니에서 꺼내 플라우티에게 건네주었다.

"이건 죽은 사나이의 술병이오. 내용물을 분석해 주오. 그러나 손대기 전에 지미에게 실험실로 가져가 지문을 조사하도록 시켜야 하오. 그리고 잠깐만, 플라우티!"

총경은 무엇을 찾는지 주위를 둘러보다가 통로의 카펫 한구석에 세워둔 반쯤 빈 진저에일 병을 손으로 들어올렸다.

"이 진저에일도 함께 분석해 주오."

의무 검사관보는 위스키 병과 진저에일 병을 가방에 넣은 뒤 모자를 정성껏 고쳐 썼다. 그리고 마치 큰일을 끝낸 사람처럼 말했다.

"그럼, 이만 가보겠습니다, 총경님. 해부한 다음 좀더 자세한 보고서를 작성하겠습니다. 무엇이든 참고가 될 자료를 드려야 할 텐데요. 아무튼 시체운반차가 밖에 와 있을 겁니다. 오는 도중 차를 한 대 보내라고 전화해 두었으니까요. 그럼, 실례합니다."
의사는 하품을 하며 천천히 돌아갔다.

플라우티 의사가 모습을 감추자 흰옷 입은 두 사나이가 들것을 가지고 급히 카펫 위를 걸어왔다. 그들은 퀸 총경의 지시로 시체를 들것에 실은 다음 흰 천으로 덮자 재빨리 나갔다.

문가에 있던 형사와 경관들은 기분 나쁜 짐이 실려 나가는 것을 안도의 눈길로 지켜보았다. 그날 밤 그들이 해야 할 주요 업무는 거의 끝나가고 있었다. 관객들은 소곤거리고, 일어서고, 기침을 하고, 투덜거리며 시체가 간단히 운반되어 나가는 것을 새로운 흥미를 가지고 몸을 비틀며 지켜보았다.

퀸 총경은 지친 듯 한숨을 내쉬며 엘러리 쪽을 돌아보았다. 바로 그때 객석 오른편 끝에서 이상한 소란이 일어났다. 극장 안의 모든 사람들이 자리에서 일어나 그쪽을 바라보았고, 경관들은 소리높여 조용히 하라고 외쳤다. 퀸은 서둘러 곁에 서 있던 제복경관에게 무언가 지시했다. 엘러리는 한 켠으로 물러나면서 소동이 일어난 쪽을 살펴보았다. 그런데 그 소동이 눈깜짝할 사이에 가까이 다가왔다. 두 경관이 소란을 떠는 사내를 억누르며 끌고 온 것이다. 그리고 왼쪽 통로까지 오자 울부짖는 사내를 제대로 세우려고 두 경관은 안간힘을 썼다.

그는 키가 작고 다람쥐 같은 사나이였다. 흔해빠진 싸구려 기성복을 입고 있었다. 그리고 머리에는 어딘지 시골 목사가 쓰는 것 같은 검은 모자가 얹혀 있었다. 입은 추하게 비뚤어지고 내뱉는 저주의 말투는 독기를 품고 있었다.

그러나 사나이는 총경의 눈이 자기를 똑바로 지켜보는 것을 알아차리자 반항을 멈추고 축 늘어졌다.

감색 제복의 경관 하나가 포로를 거칠게 흔들며 숨이 턱에 찬 목소리로 보고했다.

"총경님, 이 사나이가 건물 반대쪽 복도의 문으로 빠져 나가려고 해서 잡아왔습니다."

총경은 빙그레 웃으며 주머니에서 갈색 코담배 쌈지를 꺼내 깊이 들이마시고 재채기를 했다. 언제나와 같이 기분 좋아 보이는 재채기였다. 그는 두 경관 사이에 끼어 말없이 몸을 움츠리고 있는 사나이를 바라보며 미소지었다.

총경은 다정하게 말을 건넸다.

"여, '목사', 참으로 좋은 곳에 왔구먼."

제4장 두 용의자

　세상에는 묘하게 마음이 약해서 가엾은 사람을 보면 참지 못하는 사람들이 있다. 지금 엘러리 퀸은 살벌한 경관들에게 둘러싸여 불안에 떨고 있는 '목사'를 보고 있으려니 속이 울렁거릴 정도로 불쾌했다. 퀸 총경의 말에 감춰진 가차없는 채찍을 의식했는지 한순간 목사는 몸을 일으켜 총경을 노려 보았다. 그러나 이내 본래의 전술로 돌아가서 주위를 에워싼 완강한 팔에 반항하기 시작했다.

　그는 경관들의 손을 뿌리치고, 침을 뱉고, 욕설을 퍼부으며 맹렬하게 덤벼들더니 결국 모두 부질없음을 깨닫고 거친 숨결만 몰아쉬면서 다시금 침묵을 지켰다. 그러나 분노에 찬 '목사'의 광기가 체포자들에게도 감염되어 경관들도 그를 거칠게 다루게 되었고, 새로 가세한 젊고 힘센 형사들이 순식간에 그를 바닥에 옴짝달싹못하게 밀어붙였다.

　사나이는 갑자기 구멍 난 풍선처럼 맥이 풀려 축 늘어졌다. 한 경관이 거칠게 사나이를 잡아 일으켜 세웠다. 사나이는 눈을 내리깐 채 몸을 움츠리고 모자를 쥔 손에 힘을 주며 서 있었다.

　엘러리는 얼굴을 돌려버렸다.

총경은 성질부리며 한바탕 소란피우다가 갑자기 입을 다무는 개구쟁이 어린아이를 대하듯 말했다.

"이런 연극을 해봐야 내게는 효과가 없다는 것을 알고 있겠지? 지난번 강가의 올드 슬럼에서 같은 짓을 했을 때 어떻게 됐지?"

한 경관이 그의 옆구리를 쥐어박으며 소리쳤다.

"물으면 대답해!"

"저는 아무것도 모릅니다. 말할 게 아무것도 없습니다."

'목사'는 한쪽 발로부터 다른 발로 몸의 중심을 옮기며 우물쭈물했다.

퀸 총경이 부드럽게 말했다.

"정말 재미있군, '목사'. 나는 자네에게 무얼 아느냐고 물은 게 아닐세."

'목사'는 울화가 치미는 듯이 소리쳤다.

"죄 없는 사람을 잡아갈 권리는 없겠지요? 저는 여기 있는 어떤 사람에게도 뒤지지 않을 만큼 선량한 사람입니다. 표를 사고 버젓이 돈을 치렀습니다. 그런데 대체 왜 이러는 겁니까? 집으로 돌아가려는 사람을 못 가게 하다니!"

총경은 구두 뒤꿈치에 몸무게를 모두 싣고 몸을 앞뒤로 흔들었다.

"그래, 입장권을 샀단 말이지? 그거 참, 안됐군. 그럼, 입장권을 잠깐 이 퀸 아저씨에게 보여주겠나?"

'목사'의 손이 기계적으로 조끼주머니에 들어가더니 손가락이 놀라울 만큼 정교한 동작으로 그 속을 뒤졌다. 그러다가 곧 얼굴이 파랗게 질렸다.

천천히 나온 손에는 아무것도 없었다. 몹시 당황한 표정으로 다른 주머니를 뒤졌다. 그 동작이 총경으로 하여금 미소짓게 했다.

'목사'는 신음 소리를 냈다.

“제기랄! 왜 이렇게 운이 나쁘지. 언제나 입장권을 잘 간직하는
데, 하필이면 오늘따라 내던져버렸으니. 죄송합니다, 총경님.”
퀸 총경의 얼굴이 굳어지며 냉담한 표정이 되었다.
“아, 그건 아무래도 좋아. 거짓말은 그만둬, 캐저넬리. 자네는 오
늘 밤 이 극장에서 무얼 하고 있었나? 어째서 그처럼 서둘러 달아
나려고 했지? 대답해 봐.”
‘목사’는 주위를 둘러보았다. 두 제복경관에게 팔이 꽉 붙들려 있었
다. 그리고 험상궂은 얼굴의 여러 사나이들이 주위를 둘러싸고 있었
다. 아무래도 달아날 수는 없을 듯싶었다.

그의 얼굴에 또 다른 변화가 나타났다. 결백을 의심받아 너무나 놀
란 성직자 같은 표정이 되었다. 마치 누명 쓴 진짜 그리스도교 순교
자 같은 모습이었다. 따라서 거기 둘러서 있는 폭군들은 이단의 신문
관같이 보였다. 이 사내는 때와 장소에 따라 깜짝놀랄 만큼 인상이
달라지는 재주를 지니고 있어서 곤경에 처할 때마다 은근슬쩍 이 방
법을 동원했다.

이윽고 그가 말했다.

“당신에게는 이런 방법으로 저를 괴롭힐 권리가 전혀 없다는 것을
알고 계시겠지요, 총경님? 제게는 변호사를 선임할 권리가 있습니
다. 당연히 그 권리가 있습니다.”
그리고는 이제 더 이상 아무 말도 않겠다는 듯이 입을 다물었다.
총경은 묘한 눈길로 ‘목사’를 바라보며 물었다.
“필드를 마지막으로 본 게 몇 시였나?”
“필드? 설마 몬티 필드는 아니겠지요? 그런 사람과는 인연이 없
습니다.”
‘목사’는 좀 겁나는지 말을 더듬었다.
“저에게 무슨 죄를 뒤집어 씌우려는 겁니까?”

"죄를 뒤집어 씌우려는 게 아닐세. 그러나 자네가 대답할 마음이 없다면 잠시 기다릴 수밖에 없겠군. 아마 좀더 시간이 지나면 무언가 이야기할 게 생각날 테니까. 잊지 말아야 해. 자네는 아직도 보노모 실크 도난사건에 관계되어 있으니까."

총경은 한 경관을 돌아보았다.

"이 친구를 지배인 사무실의 응접실로 데려가 잠시 기다리도록 하게."

엘러리는 '목사'가 관객석 뒤쪽으로 끌려가는 것을 생각에 잠긴 눈길로 지켜보고 있다가 아버지의 목소리에 깜짝 놀라 제정신으로 돌아왔다.

"저 '목사'도 그리 머리가 좋은 편은 아니군. 그런 식으로 빠져나가려고 하다니……."

엘러리는 미소지었다.

"조그만 혜택에도 감사해야지요. 한 가지 잘못은 다시 스무 가지 잘못의 근원이 되니까요."

총경이 미소지으며 돌아보는데 마침 한 다발의 서류를 손에 든 벨리가 나타났다.

"아, 토머스가 돌아왔군!"

총경은 기분 좋은 듯이 소리내어 웃었다.

"무언가 발견했나, 토머스?"

벨리 형사부장은 서류 뭉치를 흔들며 대답했다.

"이것이 관객들의 절반을 조사한 명단입니다. 나머지 반은 아직 정리되지 않았습니다. 이 가운데에서 아주 재미있는 사실이 발견될 것입니다."

벨리는 이름과 주소를 휘갈겨 쓴 서류 다발을 퀸 총경에게 건네주었다. 총경이 벨리에게 명령하여 관객으로부터 알아낸 이름들이었다.

퀸 총경은 어깨 너머로 들여다보는 엘러리와 함께 이름들을 자세히 살피며 검토했다. 반쯤 읽어 내려가던 퀸 총경이 갑자기 긴장했다. 그는 자신의 눈길을 끈 이름을 곁눈질하며 고개를 들고 의아한 듯 벨리 형사부장을 보았다.

퀸 총경은 생각에 잠긴 목소리로 말했다.

"모건, 벤저민 모건. 아무래도 들은 적 있는 것 같은데, 토머스, 자네 기억 안 나나?"

벨리는 미소 지었다.

"그렇게 물으실 줄 알았습니다, 총경님. 벤저민 모건은 2년 전까지 몬티 필드와 공동 경영자로 일하고 있었습니다."

퀸 총경은 고개를 끄덕였다. 세 사나이는 서로 상대방의 눈을 지켜보았다.

이윽고 노인은 어깨를 움츠리며 짤막하게 말했다.

"잠깐 모건 씨를 만나 조사해 봐야겠군."

총경은 한숨을 내쉬고 다시 명단을 조사했다. 한 사람씩 이름을 살피며 이따금 생각에 잠기는 듯 고개를 들었다가는 머리를 내젓고 다시 계속했다. 퀸 총경의 기억력이 엘러리보다 훨씬 뛰어난 것을 아는 벨리는 존경이 담긴 눈길로 상관을 지켜보고 있었다.

마침내 총경은 서류를 형사에게 돌려주고 가라앉은 목소리로 말했다.

"그밖에는 아무도 없군, 토머스. 내가 그냥 보아 넘긴 이름 가운데 자네가 무언가 찾아낸 게 있다면 이야기는 다르겠지만. 어떤가?"

벨리는 말도 꺼내지 못하고 노인을 바라보다가 고개를 가로저으며 물러가려 했다. 그러자 총경이 다시 불러 세웠다.

"잠깐 기다리게, 토머스, 두 번째 명단이 정리되기 전에 모건 씨에게 지배인 사무실로 와달라고 전해주게. 겁주지는 말게. 이왕이면 그전에 입장권 쪽지를 가지고 있는지 어떤지 알아보는 게 좋겠군.”

벨리는 물러갔다.

총경은 형사들의 지시를 받으며 이것저것 수사에 임하고 있는 제복 경관들을 지켜보는 팬더에게 손짓했다.

뚱뚱하고 키 작은 지배인이 급히 왔다. 총경이 물었다.

“팬더 씨, 극장의 청소부들은 대개 몇 시에 청소를 시작하오?”

“이미 오래 전에 와서 작업을 시작하려고 기다리는 중입니다, 총경님. 대부분의 극장에서는 아침 일찍 정리하지만, 우리는 밤 공연이 끝나면 곧 청소부들이 청소를 시작합니다. 뭐 잘못된 거라도 있습니까?”

총경이 지배인에게 말을 건넸을 때 미간을 조금 찌푸렸던 엘러리는 이 대답을 듣자 얼굴이 환해졌다. 그는 만족스러운 듯 안경을 닦기 시작했다.

총경은 부드럽게 다음 말을 계속했다.

“당신이 해 주어야 할 일이 있소, 팬더 씨. 오늘 밤 모두들 돌아간 뒤 청소부들에게 특별히 정성껏 찾아보도록 지시해주시오. 무엇이든 다. 아무리 하찮게 보이는 것이라도 모두 주워서 보관하도록 말이오. 특히 입장권에 주의하도록 일러주시오. 청소부들은 믿을 만하오?”

“그건 염려 없습니다, 총경님. 이 극장이 세워졌을 때부터 지금까지 계속 일하고 있는 사람들이지요. 무엇 하나 빠뜨릴 리가 없습니다. 마음 놓으십시오. 그 모은 쓰레기들은 어떻게 해야 합니까?”

“정성껏 포장해서 내일 아침 믿을 만한 사람에게 들려 경찰국의 나에게 보내주시오.”

총경은 잠시 사이를 두었다.

“특히 말해두겠는데, 팬더 씨, 이것은 중요한 일이오. 보기보다 훨씬 중대한 일이오, 알겠소? ”

“네, 알겠습니다. ”

머리에 흰빛이 섞인 한 형사가 빠른 걸음으로 들어와서 왼쪽 통로를 돌아 모자에 손을 대고 퀸 총경에게 인사했다. 아까 벨리가 가져온 것과 같은 한 다발의 서류를 들고 있었다.

“벨리 부장께서 이 명단을 총경님께 갖다드리라고 하셨습니다. 나머지 관객들의 이름과 주소입니다. ”

퀸 총경은 갑자기 바짝 긴장하며 그 서류를 형사의 손에서 받아들었다. 엘러리도 앞으로 나섰다. 노인의 가느다란 손가락이 한 장 한 장 위에서부터 밑으로 더듬어 내려감에 따라 이 이름에서 저 이름으로 눈이 천천히 옮아갔다.

마지막 페이지 아래쪽에 가까워졌을 때 총경은 싱긋 웃으며 의기양양한 표정으로 엘러리를 올려다보고 그 서류를 덮었다. 그는 아들의 귀에 대고 무언가 속삭였다. 엘러리는 고개를 끄덕이며 얼굴이 환해졌다.

총경은 기다리고 있던 형사 쪽을 돌아보았다.

“이리 가까이 오게, 존슨. ”

그는 조사를 끝낸 서류의 페이지를 펼쳐 부하에게 잘 보이도록 했다.

“벨리 부장을 찾아 빨리 이리 오도록 해 주게. 그리고 자네는 이 여자를 잡아주어야겠네. ”

총경의 손가락이 한 이름과 그 뒤에 기록된 좌석 열과 번호를 가리켰다.

“이 여자와 함께 지배인 사무실로 가게. 거기에는 모건이라는 남자가 와 있을걸세. 내가 명령할 때까지 그 두 사람 곁을 떠나선 안되네. 만약 두 사람 사이에 이야기가 오가거든 잘 들어두게. 어떤 이야기를 하는지 알고 싶으니까. 여자는 정중하게 모셔야 하네."

"알겠습니다. 그리고 벨리 부장님이 전하는 말씀이 있습니다. 관객들 가운데 따로 떼어놓은 사람들이 있습니다. 입장권을 가지고 있지 않은 사람들입니다. 그들을 어떻게 조치할지 말씀 듣고 오라고 했습니다."

퀸 총경은 벨리에게 돌려줄 두 번째 서류다발을 건네며 물었다.

"그들의 이름도 두 개의 명단에 들어 있나, 존슨?"

"네, 들어 있습니다, 총경님."

"그럼, 다른 관객들과 함께 집으로 돌려보내라고 전하게. 하지만 그전에 그들만 따로 명단을 만들어두어야 하네. 나로서는 그들을 만날 필요도 이야기해 볼 필요도 없네."

존슨은 경례하고 돌아갔다.

퀸 총경은 무언가 마음 속으로 생각하고 있는 듯한 엘러리와 낮은 목소리로 이야기 나누었다. 마침 팬더가 그곳에 와서 두 사람은 이야기를 멈췄다.

지배인은 공손히 헛기침을 했다.

"총경님."

총경은 몸을 돌렸다.

"아, 팬더 씨였군요. 청소부들에게 잘 일러두었소?"

"네. 그밖에 또 무슨 일이 없을까 해서요. 그리고 이런 일을 묻는 건 실례일지 모르지만, 손님들은 앞으로 얼마나 더 기다려야 할지 많은 사람들로부터 귀찮게 질문받아 무척 괴롭습니다. 이번 사건으로 귀찮은 일이 일어나지 말았으면 좋겠는데요."

퀸 총경은 곧바로 말했다.

"그건 걱정하지 않아도 좋소, 팬더 씨. 그리고 관객들도 이제 조금만 더 기다리면 되오. 실은 몇 분 뒤 모두 내보내도록 부하에게 지

시하려던 참이었지요. 그런데 나가기 전에 또 한 가지 불평 들을
일이 있소."

"뭡니까, 총경님?"

"모두 몸수색을 받아야 하오. 물론 항의가 나올 거요. 항의나 육체
적 폭력으로 당신을 겁줄지도 모르지요. 그러나 걱정하지 않아도
되오. 오늘 밤 여기서 진행되는 일은 내가 모두 책임질 테니까, 당
신에게는 피해가 없도록 하겠소. 그건 그렇고, 내 부하를 도와줄
여자가 한 사람 필요하오. 여자 경관이 하나 왔지만, 그녀는 아래
층에서 일하고 있지요. 누구 믿을 만한 여자를 당신이 구해줄 수
없을까요? 될 수 있으면 중년 여자가 좋겠소. 누구에게나 달갑지
않은 일이니 투덜대지 않고 입이 무거운 여자면 좋겠소."

지배인은 잠시 생각했다.

"총경님의 주문에 맞는 여자가 있을 것 같습니다. 필립스 부인이라
는 극장 의상 담당자지요. 벌써 몇 년째 일하고 있는데, 인상도 좋
고 그런 일에 잘 어울리는 여자입니다."

퀸 총경은 곧 말했다.

"잘됐군요. 지금 곧 데려와서 정면 출구에 배치해주시오. 벨리 부
장이 필요한 지시를 내릴 거요."

마침 알맞은 순간에 벨리가 들어와 그 마지막 말을 들었다. 지배인
은 발코니석 쪽으로 서둘러 통로를 내려갔다.

"모건을 잡아두었나?" 총경이 물었다.

"네."

"잘했네. 다음으로 또 한 가지 일이 있네. 이것만 하면 오늘 밤 일
은 끝나는 걸세. 자네는 오케스트라석과 발코니석의 관객들이 나가
는 것을 지켜봐야겠네. 누구든 정면 출구가 아닌 다른 문으로 나가
게 해서는 안 되네. 옆 출구의 부하들에게 잘 일러 관객들을 정면

출구로 이끌어가도록 하게.”

벨리는 고개를 끄덕였다.

“잘 알겠지만, 몸수색을 해야 하네. 피코트!”

피코트 형사가 달려왔다.

“자네는 벨리 부장과 함께 가서 정면 입구로부터 나오는 관객들을 하나하나 살펴보는 일을 도와주게. 부인들 몸수색에는 여자감독이 한 사람 있을걸세. 지닌 물건을 모두 조사해야 하네. 무엇이든 수상한 것을 지니고 있지 않은지 주머니 속도 잘 뒤져봐야 하네. 입장권은 모두 압수하도록. 그리고 특히 ‘여분의 모자’에 주의하게. 내가 찾는 것은 실크햇일세. 그러나 어떤 종류의 모자라도 좋으니 여분의 모자를 가진 사람이 있거든 잡아두게. 잡을 때는 부드러운 태도를 보여야 하네. 자, 가서 일을 시작하게.”

그때까지 멍하니 기둥에 기대서 있었던 엘러리가 몸을 똑바로 세우고 피코트의 뒤를 따라 나갔다. 벨리가 그 뒤를 쫓아 천천히 가려는데 총경이 말을 건넸다.

“발코니석의 관객은 오케스트라석이 빌 때까지 내보내지 말게. 누구든 2층으로 사람을 보내 조용히 하도록 해 주면 좋겠군.”

마지막 중요 명령을 지시하고 나자 총경은 곁에 서서 명령을 기다리고 있는 도일을 돌아보며 조용히 말했다.

“도일, 자네는 아래층 휴대품 보관소에 가보게. 손님이 외투를 받아가는 것을 잘 지켜봐야 하네. 모두 가거든 보관소 안을 철저하게 수색하게. 선반에 남아 있는 것은 모조리 나에게 가져오도록.”

퀸 총경은 살인이 일어난 좌석 바로 뒤쪽 기둥에 마치 조명을 받고 있는 대리석상처럼 기대섰다. 두 손으로 윗옷 앞깃을 잡은 채 초점을 잃은 눈으로 그곳에 서 있는데 어깨가 넓은 플린트가 흥분으로 눈을 빛내며 바삐 걸어왔다.

퀸 총경은 긴장하여 부하를 바라보았다. 그리고 코담배 쌈지를 더 듬어 찾으며 물었다.

"뭘 발견했나, 플린트?"

형사는 아무 말 없이 '좌LL30'의 기호가 적힌 파란색 입장권을 내 밀었다. 총경은 커다랗게 소리 질렀다.

"아니, 이건 어디서 발견했나?"

"정면 입구 바로 안쪽에 있었습니다. 극장으로 들어서자마자 곧 떨 어뜨린 것 같습니다."

총경은 묵묵히 있더니 갑자기 조끼주머니에 손가락을 넣어 죽은 사 나이의 몸에서 발견한 파란 입장권 한쪽을 꺼냈다.

그는 그것을 말없이 바라보고 있었다. 둘 다 같은 파란색으로 한쪽 에는 '좌LL32', 또 한쪽에는 '좌LL30'이라는 번호가 찍혀 있었다.

총경은 눈을 가늘게 뜨고 얼른 보기에는 신기할 게 전혀 없는 그 종이쪽지를 살펴보고 있었다. 몸을 가까이 굽혀 찬찬히 입장권의 뒷 면을 서로 맞추어 보았다. 그리고 의아스러운 듯이 잿빛 눈을 빛내며 이번에는 표면을 서로 맞춰보았다. 그러고도 만족할 수 없는지 다시 표면과 뒷면을 맞춰보았다.

세 가지 경우 모두 입장권의 찢어진 자리는 들어맞지 않았다.

제5장 퀸 총경의 신문

퀸 총경은 모자를 눈 위까지 깊숙이 내려쓰고 오케스트라석 뒤에 깔린 붉은색 카펫 위를 서성거리고 있었다. 주머니 속에는 언제나의 버릇대로 코담배 쌈지를 만지작거리고 있었다. 그는 분명히 무언가 깊은 생각에 잠겨 있었다. 한 손에는 두 장의 푸른색 입장권 쪽지를 꼭 쥔 채 자신의 생각이 아무래도 만족스럽지 못한지 얼굴을 찌푸리고 있었다.

'지배인 사무실'이라고 씌어진 녹색 반점이 찍힌 문을 열기 전에 총경은 고개를 돌려 뒤쪽을 한 번 둘러보았다. 관객들의 움직임에는 이제 질서가 잡혀 있었다. 웅성거리는 소리가 가득하고 제복경관과 형사들이 좌석 사이를 누비며 명령을 내리고 질문에 답하고 사람들을 좌석에서 내몰아 가운데 통로에 줄 세운 뒤 커다란 정면 출구에서 몸수색을 받도록 하고 있었다.

총경은 관객들이 지금 당하고 있는 시련에 대해 항의다운 항의도 하지 못하고 있다는 사실을 어렴풋이 알아차렸다.

모두들 너무 지쳐 몸수색을 당하는 굴욕에 반발할 기운도 없는 모양이었다. 반쯤 화내면서도 한편 흥미로워하는 부인들이 한쪽에 길게 늘어선 검은 옷을 입은 중년부인에게 한 사람씩 재빨리 수색을 받고 있었다.

퀸 총경은 출입구를 봉쇄하고 있는 형사들을 잠시 바라보았다. 피고트는 오랜 경험으로 익숙해진 솜씨로 남자들의 옷을 요령 있게 조사하고 있었다. 벨리는 그 곁에 서서 검사를 받는 여러 타입의 사람들이 반응하는 모습을 지켜보고 있었다. 가끔 직접 수색하기도 했다.

엘러리는 거기서 조금 떨어져서 두 손을 커다란 외투주머니에 찌른 채 담배를 피우며 서 있었다. 사지 못한 초판본보다 중요한 것은 아무것도 없다고 생각하는 듯한 모습이었다.

퀸 총경은 한 차례 한숨을 쉬고 안으로 들어갔다.

지배인 사무실의 응접실은 청동과 떡갈나무로 장식한 좁은 방이었다. 벽 쪽으로 줄지어 놓인 의자 가운데 하나에 '목사' 조니 캐저널리가 가죽 쿠션에 파묻히듯 앉아 태연한 척하며 담배를 피우고 있었다. 의자 곁에는 제복경관 한 사람이 지켜 서서 억세 보이는 커다란 손을 그의 어깨에 얹고 있었다.

퀸 총경은 걸음을 멈추지 않고 지나가며 명령했다.

"따라와 '목사'."

키 작은 악당은 천천히 일어나 피우던 담배도막을 능숙한 솜씨로 번쩍이는 놋쇠 재떨이에 던져 넣고는 경관을 뒤에 거느린 채 총경의 뒤를 따라갔다.

퀸 총경은 사무실 문을 열고 문 앞에 서서 재빨리 주위를 둘러보았다. 그리고 나서 한쪽으로 비켜서서 악당과 감색 제복의 경관이 먼저 들어가도록 했다. 세 사람의 뒤에서 문이 탁 닫혔다.

루이스 팬더는 사무실 실내 장식에 남다른 취미를 지니고 있었다. 조각이 되어 있는 사무용 책상 위에는 산뜻한 녹색 전등갓이 밝게 빛나고 있었다. 의자와 재떨이, 교묘하게 세공한 옷걸이, 비단 덮개가 씌워진 소파——이런 가구들과 그 밖의 물건들이 실내에 알맞게 배치되어 있었다. 다른 지배인 사무실과 달리 그는 스타의 사진도 자신의 사진도 연출가의 사진도 '미인'의 사진도 사무실에 걸어놓지 않았다. 대신 몇 장의 고상한 판화와 큰 벽걸이, 그리고 컨스터블*3의 유화가 한 점 벽에 걸려 있었다.

그러나 퀸 총경으로서는 그때 지배인 사무실의 예술적 품위 같은 것에 관심 둘 여유가 없었다. 그보다는 지금 눈앞에 있는 6명의 인물에 더 관심이 쏠렸다. 존슨 형사 옆에는 기름이 오르기 시작한 중년에 접어든 사내가 앉아 있었는데, 눈매가 젊은이처럼 날카로운 그는 이 방에 불려온 이유가 영 못마땅한 듯 눈썹을 찌푸리고 있었다. 그 옆 의자에는 간단한 야회복에 외투를 걸친 예쁘장한 젊은 여자가 앉아 있었다. 그녀는 야회복을 입고 손에 모자를 든 채 자기 위로 허리를 굽혀 낮은 목소리로 열심히 무언가 이야기하고 있는 잘생긴 젊은이를 올려다보고 있었다. 두 사람 곁에는 또 다른 두 여자가 있었는데, 모두 몸을 앞으로 내밀어 열심히 귀 기울이고 있었다.

뚱뚱한 남자는 다른 사람들과 달리 초연하게 앉아 있었다. 퀸 총경이 들어서자 그는 기다렸다는 듯이 궁금한 표정으로 벌떡 일어섰다. 여자들은 입을 다물고 총경 쪽으로 새침한 얼굴을 돌렸다.

'목사' 조니는 못마땅한 태도로 헛기침을 하며 호위 경관을 거느린 채 카펫을 가로질러 한구석으로 갔다. 우연히 자리를 함께 하게 된 사람들의 화려함에 압도된 것 같았다. 그는 발을 움직거리며 절망적인 눈길로 총경 쪽을 바라보았다.

퀸 총경은 사무용 책상으로 걸어가 사람들을 향해 섰다. 손짓에 따라 존슨이 재빨리 그 곁으로 갔다. 총경은 다른 사람들에게 들리지 않도록 목소리를 낮춰 물었다.

"세 사람이 더 와 있는데, 누군가, 존슨?"

존슨이 속삭였다.

"저 노인이 모건입니다. 그리고 그 곁에 앉아 있는 미인이 총경님께서 잡아두라고 하신 여자입니다. 오케스트라석으로 저 여자를 찾으러 가자 저 젊은이와 다른 두 여자가 함께 있었습니다. 총경님의 말씀을 전하자 여자는 신경질적이 되었습니다. 그러나 아무튼 일어나서 순순히 따라 왔습니다. 그런데 다른 세 사람도 함께 따라온 겁니다. 저로서는 총경님께서 그들도 만나보시고 싶어 하실지 어떨지 판단이 서지 않았기 때문에……."

퀸 총경은 고개를 끄덕였다. 그리고 여전히 낮은 목소리로 물었다.

"뭔가 좀 들어봤나?"

"한 마디도 못 들었습니다, 총경님. 저 노인은 이들을 모르는 모양입니다. 그들 이야기는 오직 총경님이 저 여자를 왜 만나보려고 하는가 하는 문제뿐이었습니다."

총경은 손을 흔들어 존슨을 한구석으로 돌려보내고 기다리던 사람들에게 쾌활하게 말을 건넸다.

"당신들 두 분에게 잠깐 할 이야기가 있어 이리 모셨습니다. 다른 분들도 계신 모양인데, 기다리시겠다면 아무래도 좋습니다. 그러나 내가 이 신사와 잠깐 일을 끝낼 때까지 미안하지만 대기실에 있어주기 바랍니다."

총경은 악당 쪽을 향해 턱을 내밀어보았다. '목사'는 불쾌한지 몸을 굽혔다.

흥분하여 떠들어대며 두 사나이와 세 여자가 방을 나가자 존슨이 그 뒤에서 문을 닫았다.

퀸 총경은 '목사' 조니 캐저넬리 쪽으로 몸을 돌렸다. 그리고 냉혹한 목소리로 경관에게 말했다.

"그 시궁창 쥐새끼를 이리 데려오게 ! "

총경은 팬더의 의자에 앉아 손가락을 꺾는 소리를 냈다. 악당은 끌려 일어나 카펫을 가로질러 책상 바로 앞에 세워졌다.

총경이 다시 위협하듯 말했다.

"'목사', 아주 좋은 때 자네를 잡았네. 이제부터 아무에게도 방해받지 않고 잠깐 이야기를 나누어야겠네. 알겠나 ? "

'목사'는 의심스러워하는 눈을 힘없이 뜨고 묵묵히 서 있었다.

"아무 말도 하지 않을 작정인가, 조니 ? 이런 상태로 그냥 놓아줄 거라 생각하고 있나 ? "

악당은 무뚝뚝하게 대꾸했다.

"아까도 말씀드렸듯이 저는 아무것도 알지 못합니다. 그리고 변호사를 만나기 전까지는 아무 말도 하고 싶지 않습니다. "

총경은 진지한 목소리로 물었다.

"변호사 ? 자네 변호사의 이름은 ? "

'목사'는 입술을 깨물며 잠자코 있었다. 퀸 총경은 존슨을 돌아보았다.

"존슨, 자네는 바빌론 사건을 맡았었지 ? "

"네, 그렇습니다, 총경님. " 형사가 말했다.

퀸 총경은 부드러운 목소리로 악당에게 설명했다.

"그 사건으로 자네는 1년 동안 형무소에 들어갔었지. 기억하고 있나, '목사' ? "

'목사'는 계속 입을 다물고 있었다.

총경은 의자 등받이에 천천히 기대며 말을 이었다.

"그리고 존슨, 나는 아무래도 기억이 안 나는데, 이 친구의 변호를 맡은 변호사가 누구였지 ? "

존슨은 '목사'를 지켜보며 깜짝 놀란 듯 소리쳤다.

“필드였습니다. 그것은……”

“그렇다네. 지금 시체실의 차가운 바닥에 나동그라져 있는 신사지. 어떤가, ‘목사’. 무슨 말이든 좀 해보시지. 연극은 그만둬. 몬티 필드를 모른다니, 어떻게 그런 말이 나오나. 내가 필드라고만 했는데 자네는 몬티라고 금방 알아내지 않았나? 이렇게 되었으니 깨끗이 이야기하는 게 자네에게도 좋을 거야.”

악당은 눈에 겁먹은 절망의 빛을 띠고 경관 쪽으로 비틀거렸다. 이윽고 그는 입술을 축이며 입을 열었다.

“항복했습니다, 총경님. 하지만 이번 일에 대해서는 정말 아무것도 모릅니다. 솔직히 말해서 벌써 한 달이나 필드를 만나지 못했습니다. 너무합니다, 너무합니다! 당신은 설마 이 살인사건으로 제 목을 매달려는 것은 아니겠지요?”

‘목사’는 완전히 풀 죽어 총경을 바라보았다. 존슨이 그를 잡아채어 몸을 똑바로 하게 했다.

퀸 총경이 말했다.

“아니, 어째서 대뜸 그런 결론을 내리지? 나는 다만 간단한 정보를 구하고 있을 뿐일세. 물론 자네가 살인을 자백한다면 부하를 불러 자네 이야기를 완전히 확인한 뒤 집에 돌아가 잠을 자도 좋겠지만. 어떤가, 조니?”

악당은 갑자기 팔을 휘두르며 소리쳤다.

“아닙니다.”

존슨이 능숙하게 그 팔을 잡아 몸부림치는 등 뒤로 틀어올렸다.

“왜 또 그런 엉터리 이야기를 꾸미는 거지요? 저는 아무것도 자백하지 않았습니다! 아무것도 모릅니다. 오늘 밤 필드를 만나지도 않았고, 여기 있는지조차 몰랐습니다. 기억해 두는 게 좋을 겁니다. 저한테는 아주 유력한 친구가 있으니까요, 총경님. 그런 죄를 나에게 덮어씌울 수는 없을 테니 두고 보시지요."

"안됐군, 조니."

총경은 한숨을 내쉬고는 코담배를 한줌 꺼냈다.

"좋아, 몬티 필드를 죽이지 않은 걸로 하지. 자네는 오늘 밤 몇 시에 여기 왔나? 입장권은 어디 두었지?"

'목사'는 두 손으로 모자를 잡아 비틀었다.

"아까는 아무 말도 하지 않을 작정이었습니다, 총경님. 당신이 저를 함정에 빠뜨려 잡아가려는 줄 알았으니까요. 제가 언제 어떻게 이 극장에 왔는지 설명하는 것은 간단합니다. 8시 30분쯤 와서 패스를 보이고 들어왔습니다. 입장권은 여기 있습니다."

'목사'는 윗옷주머니를 세심히 뒤져 구멍이 뚫린 파란 입장권을 꺼냈다. 그것을 퀸에게 건네자 그는 흘끗 보더니 주머니에 넣었다.

"그런데 어디서 패스를 손에 넣었나, 조니?"

'목사'는 신경질적으로 대답했다.

"제, 제 여자 친구가 주었습니다, 총경님."

총경은 유쾌한 듯이 말했다.

"그런가, 이 사건에도 여자가 등장하는군! 그 젊은 키르케*4의 이름은 무언가, 조니?"

"그런 건 물어서 뭣합니까! 그녀는 아니, 총경님, 그 여자는 골치 아픈 일에 끌어넣으면 안됩니다! 그녀는 진실한 아가씨입니다. 그녀는 아무것도 모릅니다. 솔직히 말해서 저는……."

총경이 가로막았다.

"그 여자 이름은?"

조니는 처량한 목소리로 대답했다.

"오코넬입니다. 이 극장 안내원이지요."

퀸 총경의 눈이 빛났다. 총경과 존슨 사이에 재빠른 눈짓이 오고갔다. 형사는 방을 나갔다.

총경은 편안한 자세로 의자등받이에 몸을 기대며 이야기를 계속했다.

"그래, 내 옛 친구 '목사' 조니 캐저넬리는 몬티 필드에 대해 모른단 말이군? 좋아, 자네 여자 친구의 말이 얼마나 자네 주장을 뒷받침해 주는지 보아야겠네."

총경은 이야기하며 악당의 손에 들린 모자를 자세히 바라보았다. 그가 입은 촌스러운 옷차림에 어울리는 검정색 싸구려 중절모였다.

총경이 느닷없이 말했다.

"여보게, 그 모자 좀 이리 줘봐!"

악당의 머뭇거리는 손에서 모자를 받아든 총경은 찬찬히 살펴보았다. 안쪽의 가죽 밴드를 꺼내 꼼꼼하게 살펴본 다음 이윽고 돌려주었다.

"그렇지, 깜박 잊고 있었군."

퀸 총경은 경관을 돌아보았다.

"자네, 조니의 몸을 한 번 수색해 주게."

'목사'는 싫은 얼굴로 수색을 받았지만 그리 불평하지는 않았다.

"흉기는 없습니다."

경관은 수색을 계속했다. 바지 뒷주머니에 손을 넣어 두툼한 지갑을 꺼냈다.

퀸 총경은 지갑을 받아들고 대수롭지 않은 표정으로 돈을 세어보더니 경관에게 돌려주었다. 그러자 경관은 상대방 주머니에 다시 넣어주었다.

총경이 혼잣말처럼 중얼거렸다.

"122달러라면 큰돈인데, 조니. 그 지폐에서는 아무래도 보노모 실크 냄새가 나는군. 어때?"

총경은 미소짓고 나서 제복경관에게 물었다.

"술병은 없나?"

경관을 고개를 가로저었다.

"조끼나 셔츠 밑에도?"

경관은 다시 고개를 저었다. 퀸은 몸수색이 끝날 때까지 잠자코 기다렸다. '목사'는 마음 놓인 듯이 한숨을 내쉬었다.

"어때, 조니, 자네에게는 아주 운 좋은 밤이었군. 들어오시오!"

노크 소리에 퀸 총경이 대답했다. 문이 열리고 그날 밤 일찍 신문했던 제복 입은 날씬한 여자 안내원의 모습이 나타났다. 그 뒤에 존슨이 따라 들어와 문을 닫았다.

매지 오코넬은 카펫 위에 서서 눈을 내리깔고 생각에 잠긴 애인의 모습을 슬픈 눈으로 바라보았다. 퀸 총경 쪽을 흘끗 보더니 입을 삐쭉 내밀고 악당에게 쏘아붙였다.

"보라구요! 결국 붙잡혔잖아요. 멍청한 짓도 이제 그만해요. 그런 일로 달아날 생각은 말라고 했잖아요!"

그녀는 경멸하듯 '목사'에게 등을 돌리고 분첩으로 마구 얼굴을 두드리기 시작했다.

총경이 상냥하게 물었다.

"왜 아가씨는 아까 조니 캐저넬리에게 패스를 주었다는 말을 하지 않았지요?"

그녀는 배짱 두둑하게 대답했다.

"모든 일을 다 말해야 할 이유는 없잖아요, 경찰 나리? 왜 꼭 말씀드려야 하지요? 조니는 이번 사건과 아무 관계가 없는데 말예요."

총경은 코담배 쌈지를 만지작거리며 말했다.

"그 이야기는 나중에 다시 합시다. 지금 아가씨에게 듣고 싶은 것

은, 내가 아까 물었을 때보다 기억력이 좀 나아졌는지 어떤지 하는
거요.”
“무슨 뜻이지요 ? ” 그녀가 물었다.
“아까 아가씨는 연극이 시작되기 직전까지 정해진 자리에 있으면서
많은 손님을 자리로 안내했으나 몬티 필드, 그 죽은 사나이를 좌석
으로 안내했는지 어떤지는 기억이 나지 않으며 연극이 진행되는 동
안 내내 왼쪽 통로 끝에 서 있었다고 말했지요. 연극이 진행되는
동안 줄곧 말이오, 틀림없소 ? ”
“네, 틀림없어요, 총경님. 누군가가 그렇지 않다고 말하던가요 ? ”
그녀는 흥분하기 시작했지만 퀸 총경이 그 떨리는 손가락 끝을 노
려보자 떨림이 멎었다.
이때 뜻밖에도 ‘목사’가 강경한 어조로 말했다.
“그만둬, 매지 ! 더 이상 쓸데없는 바보짓할 것 없어. 어차피 둘이
함께 있었다는 것을 알게 될 테니까. 그렇게 되면 당신을 트집잡을
거야. 당신은 이 선생을 몰라. 깨끗이 말씀드리는 게 좋아. ”
총경은 유쾌한 듯이 악당과 젊은 여자를 번갈아보며 말했다.
“흠, ‘목사’ 양반도 관록이 붙어서 분별이 생긴 모양이구만. 둘이
함께 있었던 모양인데, 언제 어디서 얼마쯤 같이 있었나 ? ”
매지 오코넬의 얼굴이 붉으락푸르락했다. 그녀는 독기 품은 눈으로
애인을 흘겨보더니 퀸 총경 쪽으로 돌아섰다. 그리고 씁쓸하게 말했다.
“그렇다면 모두 말씀드리지요. 이 바보가 모두 털어놓은 이상 저도
아는 것을 모두 말하겠어요. 그리고 만일 저 난쟁이 지배인 멍청이
에게 일러바치고 싶다면 마음대로 해도 좋아요 ! ”
퀸 총경은 눈썹을 치켜 올렸지만 입을 열지 않았다.
그녀는 덤벼들 듯이 말을 계속했다.
“저는 조니에게 확실히 패스를 얻어주었어요. 아무튼…… 그래요,

조니 같은 남자들은 치고받고 쏘는 것을 좋아하니까요. 게다가 휴일 밤이었거든요. 그래서 패스를 얻어준 거예요.

동반권이었어요. 패스는 모두 다 그렇지요. 그래서 조니 옆자리는 계속 비어 있었어요. 왼쪽 통로 옆으로, 저 잔소리 많은 난쟁이 지배인에게서 얻어낼 수 있는 최상급 특등석이었지요.

제1막 때는 제가 너무 바빠서 함께 앉아 있을 시간이 전혀 없었어요. 첫 번째 휴식 시간이 끝나고 제2막이 오르자 시간이 나서 이 사람 곁에 앉기 좋은 기회가 왔어요. 물론 가서 앉았지요. 저는 제2막이 상연되는 동안 계속 이 사람 옆에 앉아 있었어요. 그게 왜 안 된다는 거지요. 저도 때로는 한 번쯤 쉬어도 좋잖아요?"

퀸 총경은 표정을 누그러뜨렸다.

"알겠소. 아가씨가 아까 그런 이야기를 했더라면 시간도 훨씬 절약되고 귀찮은 일도 없었을 텐데. 그건 그렇고, 아가씨는 제2막이 계속되는 동안 한 번도 일어나지 않았소?"

그녀는 경계하는 눈치를 보였다.

"아니오. 분명 두 번 자리를 떴어요. 하지만 별 다른 이상도 없었고 지배인도 둘러보실 것 같지 않아서 다시 그 자리로 돌아갔어요."

"자리에서 나왔을 때 필드는 뭘 하고 있었소?"

"그런데, 전 전혀 신경을 안 썼거든요."

"그럼, 옆에 누가 앉았는지도 모른단 말이오?"

"그래요, 그 사람이 거기 앉아 있는 줄도 몰랐어요. 그 쪽으로는 눈길도 주지 않았어요."

퀸 총경이 차갑게 물었다.

"아가씨는 제2막 공연 도중 맨 뒷줄 끝자리로 누군가를 안내한 기억이 전혀 없단 말이지요?"

"네, 총경님. 저도 그런 짓은 안하는 게 좋다는 건 알고 있어요. 하지만 저녁 내내 아무 이상도 없었어요."

그녀는 질문이 계속될수록 더욱 신경질적이 되어 갔다. 그리고 '목사'를 슬쩍 훔쳐보았지만 상대방은 바닥만 내려다보고 있었다.

퀸 총경은 벌떡 일어섰다.

"덕분에 크게 도움 되었소, 아가씨. 가도 좋소."

그녀가 돌아서서 나가려 하자 '목사'가 시치미 뗀 얼굴로 곁눈질하며 그 뒤를 따라 빠져나가려고 했다.

퀸 총경이 경관에게 눈짓했다. '목사'는 사정없이 잡아 세워져 본디 자리로 돌아왔다.

총경이 냉정하게 말했다.

"서두르지 말게, 조니. 그리고 오코넬 양!"

그녀는 무관심한 체하며 돌아보았다.

"당분간 지금 이야기를 지배인에게 하지 않겠소. 그러나 충고하는데, 행동을 조심하고 손윗사람과 이야기할 때는 말조심하는 법을 배워두는 게 좋을 거요. 이제 나가도 좋소. 그리고 만일 아가씨의 일로 또 다른 잘못이 발각된다면 그때는 나도 모르겠소."

그녀는 소리 내어 웃더니 몸을 흔들며 방에서 급히 나갔다.

퀸 총경은 경관 쪽으로 몸을 돌리고 손가락으로 악당을 가리키며 엄격한 목소리로 지시했다.

"수갑을 채워. 그리고 경찰국으로 연행하게!"

경관은 경례했다. 강철이 번쩍이더니 둔한 소리가 났다. '목사'는 넋이 나간 듯 손목의 수갑을 바라보고 있었다. 그리고 입을 열 틈도 없이 방에서 끌려나갔다.

퀸 총경은 더럽다는 듯이 손을 터는 몸짓을 하고는 가죽의자에 앉아 코담배를 한줌 꺼내 냄새 맡은 다음 완전히 달라진 말투로 존슨에게 명령했다.

"미안하지만 존슨, 모건 씨에게 이리 오도록 일러주게."

벤저민 모건은 확고한 걸음걸이로 퀸 총경의 임시 사무실에 들어섰지만, 어딘지 모르게 마음의 동요를 감추지 못하는 듯했다. 그는 쾌활하고 정력적인 바리톤으로 말했다.

"자, 총경님, 여기 왔습니다."

그리고는 바쁜 하루 일과를 끝내고 클럽 룸에 자리잡고 앉아 한숨 돌리는 사나이같이 만족스러운 모습으로 의자에 깊숙이 몸을 묻었다.

퀸 총경은 그 태도에 영향받지 않고 꼼짝도 않고 모건을 바라보고 있었으므로 배가 나오고 흰 머리가 드문드문 보이는 이 사나이를 당황하게 만들었다.

총경은 부드러운 태도로 말했다.

"나는 퀸입니다, 모건 씨. 리처드 퀸 총경입니다."

모건은 의자에서 일어나 악수하려고 손을 뻗었다.

"그럴 거라고 짐작했습니다. 내가 누군지는 아시리라 생각합니다. 몇 년 전 형사법정에서 당신을 여러 번 만난 적이 있습니다. 그 사건을 아마도 기억하고 계시겠지요? 나는 살인범으로 기소된 메리 두리틀의 변호를 맡고 있었습니다."

총경이 쾌활하게 대답했다.

"아, 그렇군요. 어디선가 뵌 것 같아 궁금하던 참이었습니다. 당신은 아마 그 여자도 석방시켰었지요? 정말 훌륭한 솜씨였습니다, 모건 씨, 대단했지요. 그 사람이 바로 당신이었다니, 이거 참으로……."

모건은 웃었다.

"그때는 참으로 잘되어갔지요. 그러나 그것도 지금은 옛날 이야기가 되었습니다, 총경님. 아시다시피 나는 이제 형사 부문에서 손을 떼었으니까요."

퀸은 코담배를 집어 들었다.

"그렇습니까? 모르고 있었군요. 무언가……."

총경은 재채기를 했다. 그리고 동정하듯 물었다.

"그럴 만한 일이라도 있었습니까?"

모건은 잠자코 있었다. 잠깐 사이를 둔 뒤 변호사는 다리를 포갰다.

"좀 곤란한 일이 있었습니다. 담배를 피워도 괜찮겠습니까?"

퀸이 고개를 끄덕이자 모건은 담배에 불을 붙여 물고 소용돌이치는 자욱한 연기를 바라보았다.

한참 동안 둘 다 입을 열지 않았다. 모건은 치밀하게 감시받고 있다는 것을 아는 듯 다리를 다시 고쳐 포개며 퀸의 눈길을 피하려고 했다. 퀸 총경은 목을 가슴에 묻고 무언가 깊은 생각에 잠겨 있었다.

침묵이 점점 무겁게 짓누르며 긴장되어 왔다. 방 안에는 구석의 커다란 탁상시계가 재깍재깍 초침을 움직이는 소리밖에 나지 않았다. 극장 안 어디선가 갑자기 떠들썩한 소리가 일었다. 분개하여 항의하는 목소리들이 한층 높이 두드러지더니 이윽고 그 소리도 그치고 들리지 않게 되었다.

"그런데 총경님……."

모건은 헛기침을 했다. 담배에서 피어오르는 소용돌이치는 짙은 연기에 둘러싸여 그 목소리는 날카롭고 긴장되어 있었다.

"이건 대체 뭡니까? 교묘한 고문입니까?"

퀸은 깜짝 놀라 눈길을 들었다.

"네? 실례했습니다, 모건 씨. 머릿속이 완전히 뒤죽박죽인 모양입니다. 내가 뭔가 실례되는 말이라도 했습니까? 나도 이젠 늙은 것 같습니다그려.”

총경은 일어나서 두 손을 뒤로 돌려 잡고 방 안을 잠시 서성거렸다. 모건은 그 모습을 눈으로 쫓고 있었다.

이윽고 총경은 언제나처럼 느닷없이 상대방에게 말을 거는 이야기 수법으로 변호사를 습격했다.

“모건 씨, 당신은 내가 왜 당신에게 남아 있어달라고 했는지 아십니까?”

“나로서는 도무지 알 수가 없습니다, 총경님. 물론 오늘 밤 여기서 일어난 사고에 관계된 일이리라는 것은 짐작합니다. 그러나 그 일이 나와 무슨 관계가 있는지는 솔직하게 말씀드려 도무지 알 수가 없군요.”

모건은 격렬하게 담배를 피워댔다. 퀸은 책상에 기대며 말했다.

“아마 이제 곧 알게 될 겁니다, 모건 씨. 오늘 밤 이곳에서 살해된 사람은——이것은 틀림없이 사고가 아닙니다——몬티 필드입니다.”

이 사실을 말하는 총경의 말투는 아주 담담했지만 모건에게 안겨준 효과는 놀랄 만큼 굉장했다. 그는 의자에서 튀어오를 듯이 놀랐다. 눈이 번쩍거리고 손이 떨리며 숨이 목에 막혀 아주 괴로운 듯했다. 피우던 담배도 바닥으로 떨어졌다.

퀸은 상대방을 무뚝뚝한 눈으로 지켜보고 있었다.

“몬티 필드!”

모건의 외침에는 힘이 들어 있어 소름이 끼칠 정도였다. 그는 총경의 얼굴을 뚫어지게 바라보았다. 그리고는 의자에 주저앉아 축 늘어졌다.

“담배가 떨어졌군요.” 퀸 총경이 주의를 주었다. “양탄자를 태워서야 방을 쓰게 해 준 팬더 씨의 호의가 무색해지겠죠.”

변호사는 기계적으로 몸을 숙여 담배를 주워 올렸다.

총경은 마음 속으로 생각했다.

‘이 사나이는 세계 으뜸가는 명배우든지, 아니면 일생일대의 충격을 받았든지 둘 중 하나야.’

퀸 총경은 자세를 바로잡았다.

“그런데 모건 씨. 분명히 해주십시오. 그의 죽음이 왜 그렇게 당신을 놀라게 하는 겁니까?”

“설마, 설마 그 사나이가, 몬티 필드가…… 아, 정말이지…….”

그는 얼굴을 뒤로 젖히고 큰소리로 웃기 시작했다. 그 비정상적으로 기뻐하는 모습이 퀸의 자세를 바로잡게 하고 경계심을 불러일으켰다. 발작이 계속되었다. 히스테리 증세를 나타낸 모건의 몸은 앞뒤로 흔들리고 있었다. 총경은 이런 증세를 잘 알고 있었다. 그리하여 변호사의 뺨을 한 차례 때리고 윗옷 깃을 붙잡아 바짝 잡아당겨 몸을 똑바로 하게 했다.

“흥분하지 마시오, 모건 씨!”

퀸 총경의 거친 말투가 효과를 나타냈다. 모건은 웃음을 멈추고 초점 없는 눈으로 총경을 바라보더니 의자 속에서 몸이 축 늘어졌다. 몸은 아직 흔들리고 있었지만 정상으로 돌아왔다.

모건은 손수건으로 얼굴을 가볍게 두드리며 더듬더듬 말했다.

“시, 실례했습니다, 총경님. 정말로 너무나 뜻밖이어서…….”

퀸 총경은 무뚝뚝하게 말했다.

“발 밑에서 땅바닥이 갈라진다 해도 이처럼 놀라지는 않을 겁니다. 모건 씨, 이게 대체 어떻게 된 일입니까?”

변호사는 줄곧 얼굴의 땀을 닦았다. 나뭇잎처럼 부들부들 떨며 얼굴이 빨갛게 상기되어 마음을 정하지 못해 입술을 깨물고 있었다.

이윽고 그는 겨우 입을 열었다.

"좋습니다, 총경님. 뭘 알고 싶으십니까?"

퀸은 만족스러운 듯이 말했다.

"그렇게 말씀하신다면 좋습니다. 몬티 필드를 마지막으로 만난 것이 언제인지 말씀해 주십시오."

변호사는 신경질적으로 가볍게 헛기침을 했다. 그리고 낮은 목소리로 말했다.

"저, 저…… 벌써 몇 년째 만나지 않았습니다. 우리가 전에 함께 일했던 사실은 알고 계시지요? 아주 번창한 법률사무소였습니다만, 어떤 사정으로 우리는 헤어졌습니다. 그 뒤로는 한 번도 그를 만나지 않았습니다."

"그게 언제쯤입니까?"

"2년 조금 넘었습니다."

퀸 총경은 몸을 앞으로 내밀었다.

"좋습니다. 그런데 당신들이 왜 동업을 그만두었는지, 그 사정도 꼭 듣고 싶군요."

변호사는 손가락 끝으로 담배를 만지작거리며 카펫을 내려다보고 있었다.

"나는…… 저, 당신도 나와 마찬가지로 필드에 대한 소문을 들어 잘 아시리라고 믿습니다. 우리는 도덕적인 문제로 의견이 맞지 않아 마찰이 있어서 헤어지기로 한 겁니다."

"원만히 헤어졌습니까?"

"그렇습니다. 그 무렵의 상황으로는 그렇습니다."

퀸 총경은 책상을 톡톡 두드렸다. 모건은 불안한 듯이 눈길을 들었다. 아직까지도 충격으로 일어난 마음의 동요를 누르지 못하고 있었다.

총경이 물었다.

"오늘 밤 극장에는 몇 시에 오셨습니까, 모건 씨?"

모건에게는 이 질문이 좀 뜻밖인 모양이었다.

"8시 15분쯤이었습니다."

"입장권을 보여주시겠습니까?"

변호사는 이쪽저쪽 주머니를 뒤지더니 입장권을 꺼내주었다. 퀸은 그것을 받아들고 자기 주머니에 넣어두었던 세 장의 쪽지를 꺼내 손을 책상 밑으로 내렸다. 이윽고 곧 들어올린 눈길에는 아무 표정이 없었고 네 장의 입장권 쪽지는 다시 주머니에 넣었다.

"당신은 중앙 M2에 앉아 계셨군요. 아주 좋은 자리지요. 그런데 오늘밤 어떻게 〈피스톨 소동〉을 보러 오게 됐습니까?"

모건은 당황하는 것처럼 보였다.

"어떻게라니요, 이건 아주 재미있는 연극입니다. 그렇지 않습니까, 총경님? 하지만 과연 나 자신 일부러 올 마음이 있었는지 어떤지는 미심쩍습니다. 어쨌든 연극을 즐기는 편이 아니니까요. 그런데 마침 로마 극장 사무실에서 친절하게도 오늘 밤 공연 초대권을 보내주었답니다."

퀸 총경은 놀라며 소리쳤다.

"정말입니까? 참으로 친절하군요. 그 표는 언제 받으셨습니까?"

"초대장과 함께 토요일 아침 내 사무실에서 받았습니다."

"흠, 초대장까지 보냈다고요? 지금 그 초대장을 가지고 있습니까?"

"네. 틀림없이 가지고 있을 겁니다."

모건은 내키지 않는 듯 말을 더듬으며 주머니를 뒤적이기 시작했다.

"아, 여기 있군요."

변호사는 작은 직사각형 흰 종이를 총경에게 건네주었다. 가장자리가 톱니 모양인 증권 용지를 이용한 것이었다. 퀸은 그것을 조심스럽게 다루며 들어올려 불빛에 비춰 보았다. 몇 줄의 타이프친 글귀 사이로 투시 무늬가 똑똑히 보였다. 그는 입술을 오므리며 조심스럽게 종이쪽지를 책상의 서류받침대 위에 놓았다.

모건이 지켜보는 가운데 총경은 팬더의 책상 맨 윗 서랍을 열고 속을 뒤져 서신 용지를 한 장 찾아냈다. 커다란 사각형 종이로, 위쪽에 장식된 극장 문장이 화려하게 인쇄되어 있었다.

총경은 두 장의 종이를 나란히 놓고 잠시 생각에 잠겨 있다가 이윽고 한숨을 내쉬며 모건이 건네준 종이를 집어 들었다. 그리고 천천히 내용을 읽었다.

저희 로마 극장에서는 오는 7월 24일 월요일 상연하게 될 〈피스톨 소동〉에 벤저민 모건 씨를 초대코자 합니다. 뉴욕 법조계의 지도적 위치에 계신 모건 씨로부터 사회 법률의 기록이라 할 수 있는 이번 연극의 평을 듣게 된다면 그 어찌 영광이 아니겠습니까. 부디 왕림하시길 바라옵고, 이 초대 또한 의무가 아니라 귀하의 뜻을 가장 존중하고 있음을 다시 한번 밝힙니다. 그리고 초대에 응하시더라도 별도의 연락을 취하실 필요가 없음을 아울러 알려드립니다.

로마 극장 S

'S'는 잉크로 갈겨썼으며, 겨우 알아볼 수 있었다.

퀸 총경은 미소지으며 그를 바라보았다.

"이 극장도 제법 하는데요, 그런데 좀 이상한 것이 있어서……"

총경은 여전히 미소지으며 구석 의자에 앉아 회견을 지켜보고 있던 존슨에게 손짓했다.

“지배인 팬더 씨를 데려오게, 존슨. 그리고 홍보담당인 닐슨인지 필슨인지 하는 사람이 근처에 있거든 함께 데려오게.”

존슨이 나가자 총경은 다시 변호사 쪽으로 향했다. 그리고 아무렇지도 않게 물었다.

“실례지만 잠깐 장갑을 보여주시겠습니까, 모건 씨?”

의아한 눈으로 모건은 퀸 총경 앞 테이블에 장갑을 놓았다. 총경은 신기한 듯이 장갑을 집어 올렸다. 흰 비단으로 만든, 흔한 야회용 장갑이었다. 총경은 열심히 장갑을 살펴보는 척했다. 속을 뒤집어 한 손가락 끝에 묻어 있는 오점을 자세히 살피더니 모건에게 우스갯소리를 던지며 자신이 직접 껴보기까지 했다.

조사가 끝나자 그는 아주 정중하게 장갑을 변호사에게 돌려주었다.

“그리고 아, 그렇지, 모건 씨. 당신이 가지고 있는 실크햇은 아주 고급인 것 같은데, 잠깐 보아도 괜찮겠습니까?”

변호사는 여전히 입을 다문 채 모자를 책상 위에 놓았다. 퀸 총경은 대수롭지 않은 태도로 모자를 집어들자 가냘프고 멋진 곡조로 ‘뉴욕의 사이드워크스’라는 곡을 휘파람으로 불었다. 그는 손에 든 모자를 이리저리 살펴보았다. 번쩍번쩍 빛나는 아주 고급품이었다. 안에는 희미한 광택이 있는 흰 비단으로 ‘제임스 카운시 상회’라는 모자상점 이름이 금박으로 찍혀 있었다. 그리고 ‘B.M.’이라는 두 개의 머리글자가 역시 금글씨로 밴드에 새겨져 있었다.

퀸 총경은 모자를 머리에 얹고 얼굴 가득 웃음을 띠었다. 아주 잘 맞았다. 그러나 그는 곧 모자를 벗어 모건에게 돌려주었다.

“실례되는 부탁을 들어주셔서 고맙습니다, 모건 씨.”

총경은 주머니에서 꺼낸 수첩에 메모를 써넣었다.

문이 열리고 존슨과 팬더와 닐슨이 들어왔다. 팬더는 머뭇머뭇 앞으로 나섰고 닐슨은 안락의자에 앉았다.

팬더는 자기 의자에 버티고 앉아 있는 머리가 희끗희끗한 신사를
의식적으로 무시하려고 무척 애쓰며 떨리는 목소리로 물었다.

"무슨 일이십니까, 총경님?"

퀸은 천천히 말했다.

"팬더 씨, 로마 극장에서는 서신 용지를 몇 종류나 쓰고 있소?"

지배인의 눈이 휘둥그레졌다.

"한 종류뿐입니다. 당신 앞 책상에 있는 종이입니다."

"흠."

퀸은 낮게 신음소리를 내며 모건에게서 받은 종이쪽지를 그에게 건
네주었다.

"이 종이를 잘 살펴봐주시오, 팬더 씨. 이것과 똑같은 종이가 로마
극장에 있소? 당신은 알겠지요?"

지배인은 그 종이를 미심쩍은 눈으로 한참 바라보고 있었다.

"아니, 없습니다. 절대로 없습니다. 이건 대체 무엇입니까?"

지배인은 타이프로 친 글을 두서너 줄 흘끗 보더니 외쳤다.

"닐슨!"

그는 선전계 쪽으로 몸을 돌려 그 얼굴 앞에 종이를 흔들어댔다.

"이건 뭔가! 자네가 발명한 최신 홍보 작전인가?"

닐슨은 지배인의 손에서 종이쪽지를 빼앗듯이 받아 얼른 읽어보았
다. 그리고 나서 그는 조용히 말했다.

"참으로 놀랍군요. 마치 대서양 무착륙 비행 기록*5이 깨진 것 같
은데요."

닐슨은 탄복한 표정으로 초대장을 다시 읽었다. 그리고 비난하듯
자기 쪽으로 돌려진 네 쌍의 눈이 보는 앞에서 그는 팬더에게 종이쪽
지를 돌려주었다.

"안됐지만 이 훌륭한 아이디어에 대해 저는 그 공로를 나눠가질 수

없다는 것을 인정할 수 밖에 없군요. 왜 진작 이런 착상을 해내지 못했을까…… . ”

유감스럽다는 듯이 말하고 닐슨은 본디 있던 구석으로 물러나 깊숙이 팔짱을 끼었다.

지배인은 낭패한 얼굴로 퀸 총경 쪽을 돌아보았다.

“정말 이상하군요, 총경님, 내가 아는 한 로마 극장에서는 이런 용지를 쓰고 있지 않습니다. 그리고 이런 홍보 방식을 허락한 적도 결코 없습니다. 더욱이 닐슨이 전혀 모른다면 이것은…… . ”

지배인은 어깨를 으쓱해 보였다.

퀸 총경은 종이쪽지를 정중히 주머니에 집어넣었다.

“용건은 그것뿐입니다. 고맙습니다. ”

총경은 턱으로 신호하여 두 사람을 내보냈다.

그리고 나서 살피듯이 변호사 쪽을 바라보았다. 모건의 얼굴은 불타는 듯 목에서 머리 밑까지 빨갛게 물들어 있었다. 총경은 손을 들어올려 작은 소리가 나도록 책상 위를 쳤다. 그리고 간단히 물었다.

“이건 어떻게 된 일입니까, 모건 씨 ? ”

모건은 벌떡 일어섰다. 그리고 퀸의 눈앞에서 주먹을 휘두르며 고함쳤다.

“엉터리 사기요 ! 나는 아무것도 모르오, 실례되는 말인지 모르나 그 점에서는 당신과 마찬가지요, 그리고 마술을 하는 것도 아니면서 장갑이나 모자를 주물러대어 나를 협박하려면 그렇지, 아직 내 속옷은 조사하지 않았군요, 총경님. ”

변호사는 숨이 차는지 말을 끊었다. 얼굴이 보랏빛이 되어 있었다.

총경이 점잖게 말했다.

“모건 씨, 왜 그렇게 흥분하십니까. 마치 내가 몬티 필드 살해범으로 당신을 몰아세우고 있는 듯하군요, 자, 자리에 앉아 마음을 가라앉히십시오, 나는 다만 단순한 질문을 했을 뿐입니다."

모건은 의자에 털썩 주저앉았다. 떨리는 손을 이마에 대고 혼잣말처럼 중얼거렸다.

"실례했습니다, 총경님. 나도 모르게 흥분했군요. 그렇지만 이건 너무 지독한 짓입니다."

변호사는 투덜거리다가 곧 얌전해졌다.

퀸 총경은 착잡한 눈으로 상대방을 지켜보고 있었다. 존슨은 천장을 올려다보며 웃음을 참느라고 헛기침을 했다. 소란스러운 소리가 다시 벽 너머로 들려왔지만, 멀리서 치는 천둥처럼 중간에 사라지고 말았다.

퀸 총경의 목소리가 날카롭게 침묵을 깨뜨렸다.

"이것 뿐입니다, 모건 씨. 이제 돌아가셔도 좋습니다."

변호사는 비틀거리며 일어나서 무언가 말하려는 듯 입을 열려다가 도로 다물었다. 그는 거칠게 모자를 쓰고 방을 나갔다. 존슨은 총경의 신호에 따라 마음 가볍게 여유 있는 동작으로 문 여는 것을 도와주었다. 그리고 두 사람 모두 모습을 감추었다.

퀸 총경은 방에 혼자 남겨지자 서둘러 일을 시작했다. 주머니에 입장권 네 장과 모건이 건네준 초대장, 죽은 사나이의 주머니에서 나온 야회용 핸드백을 꺼냈다. 이날 밤 벌써 두 번째로 핸드백을 열어 속에 든 것을 책상 위에 늘어놓았다. '프랜시스 아이브스 포프'라는 이름을 예쁘게 동판으로 인쇄한 명함 몇 장, 레이스 손수건 두 장, 분, 볼연지, 립스틱이 가득 담긴 케이스, 지폐 20달러와 주화 몇 개가 들어 있는 작은 돈지갑, 그리고 현관 열쇠.

퀸 총경은 잠시 생각에 잠겨 손가락 끝으로 이 물건들을 만지작거리다가 마침내 다시 담고 핸드백과 입장권과 초대장 등도 주머니에 도로 넣은 다음 일어나서 천천히 주위를 둘러보았다. 방을 가로질러 모자걸이 곁으로 가서 거기에 꼭 하나 걸려 있는 중산모를 집어 들어 안쪽을 조사했다. 'LP'라는 머리글자와 17.3센티미터라는 사이즈가 그의 관심을 끈 듯했다.

퀸 총경은 모자를 제자리에 걸어놓고 문을 열었다.

대기실에 앉아 있던 네 사람이 기다렸다는 듯이 벌떡 일어났다. 퀸은 두 손을 윗옷주머니에 찌른 채 미소지으며 문 앞에 서 있었다.

"자, 당신들 차례입니다. 어서 사무실 안으로 들어오시지요."

퀸 총경은 정중히 비켜서서 세 여자와 한 남자를 먼저 들여보냈다. 그들은 아주 흥분하여 떠들며 한 덩어리가 되어 안으로 들어갔다. 젊은 사나이가 재빨리 의자를 끌어 모으고 여자들은 거기에 앉았다.

네 쌍의 눈이 문가에 서 있는 노인을 열심히 지켜보고 있었다. 퀸은 아버지 같은 미소를 띠고 대기실을 재빨리 한 번 둘러보고는 문을 닫고 천천히 책상 곁으로 걸어와 코담배 쌈지를 더듬어 찾으며 의자에 앉았다.

총경은 부드럽게 말했다.

"우선 여러분을 오랫동안 기다리게 한 일을 사과드립니다. 아시다시피 공적인 일이란…… 그건 그렇고, 아니, 그보다 먼저 나는 여러분 서로의 관계를 알아야겠습니다."

총경은 부드러운 눈길을 세 사람 가운데 가장 아름다운 여자에게로 돌렸다.

"당신이 분명 프랜시스 아이브스 포프 양이지요? 아직 소개받는 영광은 갖지 못했지만요, 맞지요?"

그녀는 놀라 눈을 크게 떴다. 그리고 활기차고 음악적인 목소리로 대답했다.

"그렇습니다만, 어떻게 제 이름을 아시는지 모르겠군요."

그녀는 방그레 미소지었다. 사람을 끄는 듯한 미소로, 매력적이고 어딘지 모르게 깊은 여자다움이 배어 있어 아주 애교가 넘쳐흘렀다.
청춘의 절정에 이르러 성숙할 대로 성숙한 육체에 커다란 갈색 눈과
크림색 피부를 지녀 총경이 보기에도 상쾌할 만큼 건강하게 빛나고
있었다.

퀸 총경은 그녀를 내려다보며 싱긋 미소지었다.

"그건 말입니다, 아이브스 포프 양. 우리가 경찰이기 때문에 의심
하게 되는 것도 무리는 아니지만 그러실 필요 없습니다. 당신 사진
은 이따금 보는 편이니까요. 오늘 아침 신문의 사교란에도 나왔더
군요."

그녀는 좀 신경질적으로 소리내어 웃었다.

"어머나, 그러셨군요! 저는 지금 겁먹고 있던 참이에요. 그래, 용
건은 무엇이지요?"

"일입니다, 언제나 일이지요." 총경은 처량한 목소리로 말했다.
"누구에게 관심을 갖는 경우 언제나 그렇기 마련이랍니다. 경찰이라
는 직업에 특별히 열심이기 때문이지요. 그럼, 질문에 들어가기 전에
이 친구분들이 누군지 설명해 주시겠습니까?"

퀸 총경이 눈길을 돌리자 세 사람 가운데에서 당혹한 것 같은 헛기
침이 들렸다. 프랜시스는 선선히 말했다.

"실례했군요, 총경님. 그럼, 힐더 오린지 양과 이브 엘리스 양을
소개하겠어요. 저의 친한 친구들이랍니다. 그리고 이쪽은 스티븐
밸리, 약혼자예요."

퀸 총경은 좀 놀란 얼굴로 그들을 바라보았다.

"내가 잘못 안 게 아니라면…… 당신들은 〈피스톨 소동〉의 배우들
이 아닙니까?"

모두 함께 고개를 끄덕여 보였다.

퀸은 프랜시스 쪽을 돌아보았다.

“나는 지나치게 사무적인 것을 좋아하지 않지만, 아이브스 포프 양, 당신에게 설명을 부탁할 것이 있습니다. 왜 당신은 친구분들을 데려오셨습니까?”

경계심을 풀도록 총경은 미소지어 보였다.

“실례되는 말일지 모르나, 부하에게 나는 당신 한 사람만 모셔오도록 명령한 것으로 분명히 기억하고 있습니다만……”

세 배우는 순간 긴장하여 몸을 일으켰다. 프랜시스는 호소하는 듯한 눈길을 동료에게서 총경 쪽으로 옮겼다. 이윽고 그녀는 서둘러 대답했다.

“저, 죄송합니다, 총경님. 저는 이제까지 한 번도 경찰의 신문을 받아본 적이 없어요. 그래서 신경이 너무 날카로워져 약혼자와 친한 친구 두 사람에게 함께 가달라고 부탁한 거에요. 이것이 총경님의 뜻에 어긋날 줄은 전혀 몰랐기 때문에……”

퀸 총경은 미소지으며 대답했다.

“그렇습니까. 잘 알았습니다. 그러나 아시겠지만……”

퀸 총경은 안 된다는 뜻의 단호한 몸짓을 해보였다.

스티븐 밸리가 그녀의 의자 위로 몸을 굽혔다.

“나는 당신과 함께 있겠소. 당신이 바란다면.”

그는 총경 쪽을 도발적으로 노려보았다.

프랜시스가 안타깝게 외쳤다.

“하지만 스티븐……”

퀸 총경의 얼굴은 강철 같았다.

“당신은, 당신은 나가는 게 좋겠어요. 밖에서 기다려 주세요. 오래 걸리지 않겠지요, 총경님?”

그녀는 슬픈 눈으로 총경을 바라보았다.

퀸 총경은 고개를 끄덕여 보였다.

"시간은 많이 걸리지 않습니다."

그의 태도는 완전히 달라져 있었다. 냉정해진 것 같았다. 그녀는 총경의 마음 속에 일어난 변화를 알아차리고 어딘지 모르게 그 태도에 적의를 품기 시작했다.

40살쯤 되어 보이는 몸집이 크고 통통한 여자로 얼굴에 아직 사랑스러운 청춘의 자취가 남아 있는 힐더 오린지는, 방 안의 차가운 조명 속에서 꾸며보이던 표정을 완전히 벗어던지고 프랜시스의 머리 위로 몸을 내밀어 총경을 노려보고 있었다. 그녀는 화난 목소리로 말했다.

"밖에서 당신을 기다리고 있겠어요. 만일 기절하게 되거나 무슨 일이 있거든 조금만 소리를 질러요. 그러면 어떤 일이 일어날지 곧 알게 될 거에요."

힐더는 발끈하여 방을 나갔다. 이브 엘리스는 프랜시스의 손을 가볍게 두드렸다. 그리고 다정하고 맑은 목소리로 말했다.

"걱정하지 말아요, 프랜시스. 우리가 함께 있어줄 테니까."

그녀는 밸리의 팔을 잡고 힐더의 뒤를 따랐다. 밸리는 문을 닫기 전에 고개를 돌려 분노와 불안이 섞인 눈길로 퀸 총경을 쏘아보았다.

퀸 총경은 벌떡 일어섰다. 그 태도는 위세 있고 또한 비정스러웠다. 그는 손바닥으로 책상 위를 짚고 프랜시스의 눈을 똑바로 바라보았다. 그리고 단호한 목소리로 말했다.

"그럼, 프랜시스 아이브스 포프 양, 지금부터 당신이 이야기해야 할 것은 모두 공무에 속합니다."

총경은 주머니를 뒤져 무대의 마술사같이 능숙한 솜씨로 야회용 핸드백을 꺼냈다.

"우선 이것을 돌려드리지요."

프랜시스는 자리에서 반쯤 일어나 총경을 바라보던 눈을 희미하게 반짝이는 핸드백으로 옮겼다. 얼굴에서 핏기가 가셨다.

"어머나, 그것은 제 야회용 핸드백이에요!"

"그렇습니다, 아이브스 포프 양. 이 극장에서 발견됐습니다. 오늘 밤."

그녀는 좀 신경질적으로 웃으며 자리에 다시 앉았다.

"아, 저는 얼마나 멍청한지 몰라요. 지금까지 전혀 모르고 있었어요."

몸집 작은 총경은 침착하게 이야기를 계속했다.

"그런데 아이브스 포프 양, 당신의 핸드백이 발견된 사실은 찾아낸 장소보다 중요하지 않다고 봅니다."

퀸 총경은 여기서 일단 말을 끊었다.

"당신은 오늘 밤 이 극장에서 살인사건이 일어난 것을 아시지요?"

프랜시스 아이브스 포프는 눈에 격렬한 공포의 빛을 띠고 총경을 빤히 지켜보았다.

"네, 들었어요."

그녀는 숨을 들이마셨다.

퀸 총경은 인정사정없이 계속했다.

"당신의 핸드백이 죽은 사나이의 주머니에서 발견되었습니다, 포프 양."

프랜시스의 눈에 공포가 넘쳤다. 그녀는 억눌린 듯한 비명을 지르고 얼굴을 파랗게 긴장시키더니 의자에 앉은 채 옆으로 쓰러졌다.

퀸 총경은 얼른 뛰어갔다. 그 얼굴에 순간적으로 동정과 염려의 빛이 나타났다. 총경이 쓰러진 프랜시스 가까이 갔을 때 문이 홱 열리고 스티븐 밸리가 윗옷자락을 날리며 안으로 달려 들어왔다. 힐더 오린지와 이브 엘리스와 존슨이 그 뒤에서 달려 들어왔다.

스티븐 밸리는 퀸 총경을 어깨로 밀치며 소리쳤다.

"이 여자에게 무슨 짓을 했소! 이 바보 멍청이!"

그는 프랜시스의 몸을 가만히 안아올려 눈 위로 내려덮은 검은 머리카락을 쓸어 올리며 귀에 대고 열심히 부드럽게 속삭였다.

프랜시스는 겁먹은 눈을 반짝 뜨고 바로 곁에 와 있는 상기된 젊은이의 얼굴을 바라보며 크게 숨을 내쉬었다.

"스티븐, 나 정신을 잃었었나봐요."

그녀는 작은 목소리로 말하더니 남자의 팔 안에서 다시 축 늘어졌다.

스티븐 밸리는 프랜시스의 손을 문질러 따뜻이 해주며 소리쳤다.

"누구든 물을 좀 갖다 주시오."

재빨리 존슨이 그의 어깨 너머로 물컵을 내밀었다. 밸리가 그녀의 목에 억지로 몇 방울 흘려 넣자 곧 의식을 되찾았다. 두 여배우는 밸리를 옆으로 밀쳐내며 남자들에게 방에서 나가라고 말했다.

퀸 총경과 존슨 형사는 고분고분, 젊은 배우는 투덜대며 모두 방에서 물러났다.

밸리는 걷잡을 수 없이 퍼부었다.

"당신은 정말 형편없는 경관이군요. 대체 그녀에게 무슨 짓을 했지요? 경찰이 늘 하는 식으로 머리를 쥐어박았습니까?"

퀸 총경이 조용하게 말했다.

"여보게, 젊은이, 듣기 언짢은 말은 하는 게 아닐세. 저 아가씨는 다만 충격을 받았을 뿐일세."

남자들은 긴장된 침묵 속에 서 있었다. 얼마쯤 지나자 문이 열리며 여배우들이 프랜시스를 부축하고 나타났다. 밸리가 곧 그녀 곁으로 달려갔다.

그는 상대방의 손을 꼭 잡으며 속삭였다.

"이제 괜찮소?"

"제발 스티븐……, 집으로 데려다줘요!"

그녀는 힘 빠진 몸을 남자의 팔에 기대며 숨을 헐떡였다.

퀸 총경은 옆으로 비켜서서 그들을 지나가게 해 주었다. 그들이 천천히 정면 입구로 걸어가 밖으로 나가는 관객들의 짧은 줄 뒤에 서는 것을 바라보는 그의 눈에 안됐다는 표정이 떠올라 있었다.

제6장 지방검사, 죽은이에 대해 말하다

리처드 퀸 총경은 좀 색다른 인물이었다. 몸집이 작고 강인하며 희끗희끗한 머리에 경험을 말해 주는 잔주름진 얼굴, 회사 중역이든 야경꾼이든 어떤 직업이라고 말하더라도 그대로 통할 것 같은 얼굴이다. 알맞은 옷만 입는다면 그 온화한 모습은 어떤 변장에나 어울릴 것이다.

이처럼 언제 어느 경우에나 적응할 수 있는 풍모는 그 동작이며 태도에 있어서도 마찬가지였다. 협력자에게도, 적에게도, 법 절차에 넘겨지는 죄인들에게도 총경은 언제나 경이로운 대상이었다.

마음만 먹으면 정면 공격으로 나가는 일도, 상냥하게 대하는 일도, 건방지게 구는 일도, 아버지 같은 따뜻함을 보이는 일도, 불독처럼 사나운 태도를 취하는 것도 자유자재로 할 수 있었다.

그러나 마음 밑바닥에는, 누군가가 말했듯이 지나치게 감상적인 '황금 마음'을 지니고 있었다. 퀸 총경의 본디 마음은 악의 없이 깨끗하여 세상의 사악함에 조금도 물들지 않았다. 공식적으로 얼굴을 맞댈 기회를 가진 사람들에게 있어 총경은 만날 적마다 같은 인물로 여겨지지 않았다. 그는 끊임없이 변화하며 언제나 새로운 개성을 보여주고 있었다. 총경은 그것을 직무상 아주 편리한 능력으로 생각하고 있었다. 반면에 사람들은 리처드 퀸이라는 인물을 이해할 수 없었고, 무엇을 하려는지 무슨 말을 하려는지 알 수 없어 결과적으로 언제나 좀 두려운 대상이 되었던 것이다.

아무튼 총경은 혼자가 되자 팬더의 사무실로 돌아가 문을 굳게 잠그고, 수사가 잠시 중단되었으므로 그 인품의 본질이 뚜렷이 겉으로 드러났다.

그때 총경은 노인의 얼굴——육체적으로도 정신적으로도 늙었으나 깨달음을 얻은 얼굴이 되어 있었다. 그는 자신이 깜짝 놀라게 하여 정신을 잃게 한 여자의 일이 무엇보다도 마음에 걸렸다. 긴장하고 공포에 질린 얼굴이 자꾸만 떠올라 그의 마음을 언짢게 했다.

프랜시스 아이브스 포프는 겉보기에도 상냥해보이는 여성으로, 총경과 비슷한 연배의 남자라면 누구나가 자기딸이 이랬으면 싶을 정도로 여자다웠다. 그런 프랜시스를 자칫 기절시킨 것이다. 그녀를 지키려고 자기에게 사납게 대들던 약혼자를 떠올리며 총경은 그만 얼굴을 붉혔다.

단 한 가지의 도락——그것도 정도에 지나치지 않는 도락을 빼놓고는 절제가인 총경은 코담배 쌈지를 꺼내 한숨을 내쉬며 아무에게도 신경 쓰지 않고 마음껏 냄새를 맡았다.

문에서 힘찬 노크 소리가 들리자 총경은 다시 카멜레온이 되었다. 형사과 총경이 되어 책상 앞에 진지한 문제를 깊이 생각하고 있는 모습이 된 것이다. 마음 속으로 엘러리가 온 것이라면 좋겠다고 바라면서 그가 대답했다. "들어오시오"라는 총경의 상냥한 말이 떨어지자, 문이 열리며 두툼한 외투를 입고 털 머플러를 목에 두른 깡마른 몸집의 눈매가 시원스러운 인물이 들어섰다.

총경이 벌떡 일어났다.

"헨리! 자네 대체 이런 곳에서 뭘 하고 있나? 의사가 누워 있으라고 명령한 것으로 아는데."

지방검사 헨리 샘프슨은 한쪽 눈을 찡긋 해보이며 안락의자에 힘없이 주저앉았다.

그리고 나서 훈시하듯 말했다.

"의사가 하는 말을 듣고 있노라면 목이 더 아파져. 그런데 어떻게 되어가나?"

지방검사는 신음하며 목이 당기는 듯이 보였다.

총경도 다시 의자에 앉아 몰아세우듯 말했다.

"나이든 사람이 왜 그러나, 헨리! 자네같이 제멋대로 구는 환자는 처음 봤네. 어쨌든 조심하지 않으면 폐렴이 될지도 몰라."

지방검사는 빙그레 웃었다.

"옳은 말씀일세. 내 몸에는 많은 보험금이 걸려 있다네. 그러니 걱정할 것 없지. 그런데 자네는 아직 내 질문에 대답하지 않았네."

퀸 총경은 코를 울렸다.

"질문이라, 어떻게 되어 가느냐고 물었지. 지금 상태로서는 완전히 제로일세. 이것으로 대답이 되었나?"

샘프슨이 말했다.

"좀더 분명히 설명해주게. 나는 환자라서 두통이 굉장히 심하다는 걸 잊으면 곤란하네."

퀸 총경은 몸을 내밀며 진지하게 말했다.

"미리 경고해두지만, 이번에 맞닥뜨린 문제는 경찰이 생긴 뒤로 우리가 손댄 더없이 어려운 사건 가운데 하나일세. 자네 머리가 아프다고 했지? 그렇다면 내가 무엇을 생각하고 있는지 말하고 싶지 않군."

샘프슨은 이마를 찌푸리며 총경을 바라보았다.

"자네 말대로라면——나도 그렇게 생각하지만——시기가 좋지 않은 때 일이 터졌군. 선거도 얼마 남지 않았는데. 경찰당국이 무능해서 살인사건이 미궁에 빠졌다고 떠들어댈 경우……."

퀸은 낮은 목소리로 대답했다.

"그것도 이 사건을 보는 하나의 각도가 되겠지. 그러나 나는 이 사건을 굳이 선거와 결부시켜 생각하고 싶지 않네, 헨리. 한 사나이가 살해되었네. 그런데 지금 나로서는 이 범행을 누가 어떤 방법으로 해치웠는지 솔직히 전혀 짐작도 가지 않네."

"자네의 의미심장한 힐책을 순순히 받아들이지."

샘프슨 지방검사의 목소리가 조금 부드러워졌다.

"그러나 조금 전에 내가 들은 사실을 자네가 안다면, 전화로 들었는데……."

"잠깐만, 왓슨! ……이건 엘러리의 말투를 흉내 낸 거라네."

지방 검사의 말을 자른 퀸 총경은 갑자기 돌변해서 껄껄 웃으며 쾌활하게 얘기했다.

"어떤 일이 일어났는지쯤은 나도 알 수 있을 것 같네. 자네가 집에 있는데——아마 침대에 누워 있었겠지——전화가 걸려왔을 거야. 소리지르고 설득하며 아무튼 흥분한 사람이 낼 수 있는 온갖 잡음을 쏟아놓았겠지. 그는 아마 이렇게 말했을걸세. '나는 죄인 취급받으며 경찰에 감금되는 건 참을 수 없네. 그 퀸인가 하는 자를 엄중히 처벌해주게. 그는 개인의 자유를 침해하고 있네!'라는 내용의 말이었겠지."

"이거 놀랐는걸!"

샘프슨은 웃기 시작했다.

총경이 이야기를 계속했다.

"그 설쳐대던 목소리의 주인공은 키 작고 뚱뚱한 몸집에 금테안경을 썼으며, 기분 나쁠 만큼 여성적인 목소리를 가지고 있었네. 참으로 놀랄 만큼 가족들에 대해, 아내와 한 명의 딸에 대해서 배려를 보였지. 아마 주위에 신문기자라도 있을지 모른다 싶어 그랬을 테지만. 그는 곧이어 자네 이름을 꺼내며 '내 친한 친구인 지방검사 샘프슨'이라고 말하더군. 어때, 그 사람이 아니었나?"

샘프슨은 계속 총경을 지켜보고 있었다. 이윽고 그 영리해 보이는 얼굴에 미소가 떠올랐다.

"정말 놀랐네, 홈즈! 그처럼 자세하게 내 친구를 안다면 이름을 대는 것도 간단하겠군."

"그건, 아무튼 그 사나이였지?"

퀸은 말하면서 얼굴이 붉어졌다.

"나는…… 아, 엘러리, 마침 잘 왔다!"

엘러리가 방으로 들어왔다. 그는 샘프슨과 다정하게 악수를 나누었다. 지방검사도 오랜 교제에 의한 반가움을 나타내보이며 상대방을 맞았다. 엘러리는 지방검사라는 인물이 건강을 소중히 여기지 않는데 걱정하고 나서 불쑥 책상 위에 커다란 커피 주전자와 프랑스 과자가 들어 있음을 한눈에 알아볼 수 있는 종이봉지를 놓았다.

"자, 여러분, 대수사도 이제 끝났습니다──Kaput*6. 땀을 흘린 형사 여러분도 이제부터 밤참을 들도록 합시다!"

엘러리는 웃으며 아버지의 어깨를 다정하게 두드렸다.

퀸 총경은 기쁜 듯이 소리쳤다.

"이건 뜻밖의 성찬이로구나, 엘러리! 헨리, 자네도 우리들의 조촐한 축제에 한몫 끼게나!"

총경은 세 개의 종이컵에 김이 오르는 커피를 따랐다.

샘프슨이 말했다.

“무슨 축하인지 모르지만, 아무튼 한몫 끼워주게.”

그리고 세 사람은 크게 만족한 기분으로 완전히 마음이 모아졌다.

노인은 만족스러운 듯이 커피를 마시며 물었다.

“뭔가 좀 있었니, 엘러리?”

엘러리는 크림 과자를 베어 물며 입 속으로 말했다.

“하느님은 먹거나 마시지 않아도 되지만 저는 전능한 자가 아닙니다. 그보다도 아버지의 임시고문실에서 무슨 일이 있었는지 말씀해 주시겠습니까? 그럼, 저도 아버지가 모르시는 사실을 한 가지 가르쳐드리지요. 리비 아이스크림 가게 주인 리비 씨는——이 맛있는 과자도 거기서 사온 겁니다만——제스 린치의 진저에일에 대한 이야기를 확인해주었습니다. 그리고 앨리너 리비 양도 통로에 있었던 일을 훌륭히 확인했습니다.”

퀸 총경은 커다란 손수건으로 품위 있게 입술을 닦았다.

“그러냐, 진저에일에 대해서는 플라우티에게서 곧 확실한 보고가 올 거다. 나는 두서너 사람을 신문했는데, 이제는 할 일이 아무것도 없어.”

엘러리는 서슴치 않고 비평했다.

“고맙습니다. 훌륭한 설명입니다. 그렇다면 아버지께서는 이미 D A(지방검사)에게 오늘 밤의 해괴한 사건을 모두 보고하셨습니까?”

샘프슨 지방검사는 종이컵을 내려놓으며 말했다.

“내가 아는 걸 말해야겠군. 반시간쯤 전에 나의 ‘아주 친한 친구’ 가운데 한 사람으로부터 전화가 걸려왔네. 그 사나이는 배후에 권력을 지닌 인물인데, 나에게 오늘 밤 연극 공연 도중 살인사건이 일어났다고 알려주었지. 그의 말에 따르면 리처드 퀸 총경이 돌풍처럼 부하들을 거느리고 극장으로 쳐들어와 모든 사람을 무차별로 한 시간 이상이나 기다리게 했다는 걸세. 도저히 그냥 둘 수 없는 부당하기 이를 데 없는 처사라고 공격하더군. 뿐만 아니라 그 총경이라는 자는 자기를 범인 취급하여 극장에서 나가기 전 경관을 시켜 자신과 아내와 딸까지 몸수색했다고 주장했네.

이 정보 제공자의 이야기는 대충 그런 내용으로 나머지는 욕설과 폭언들일뿐 핵심에서 동떨어진 이야기일세. 그밖에 내가 알고 있는 또 한 가지는 밖에서 벨리 부장으로부터 들었는데, 살해된 사람이 몬티 필드라는 것 뿐일세. 바로 이 점이 모든 사실 가운데 가장 흥미 있는 점일세. "

퀸 총경은 코를 울리며 말했다.

"그렇다면 자네는 이 사건에 대해 내가 아는 것을 거의 모두 알고 있는 셈이로군. 아니, 나보다 더 잘 알고 있을지도 모르지. 자네는 필드의 행적을 자세히 알고 있을 테니까. 엘러리, 몸수색하는 동안 그쪽에서는 무슨 일이 있었느냐? "

엘러리는 편안한 자세로 다리를 포갰다.

"짐작하셨겠지만, 관객들의 몸수색은 아무 효과가 없었습니다. 아무것도 발견하지 못했습니다. 전혀 아무것도. 범인 같은 얼굴을 한 사람도 죄를 자백한 사람도 없었습니다. 다시 말해서 완전히 실패입니다. "

"물론 그럴 테지. 그랬을 거야. 이 사건의 배후에는 아주 머리 좋은 인물이 숨어 있으니까. 여분의 모자 같은 것도 발견하지 못했겠지? "

엘러리가 대답했다.

"바로 그것 때문에 휴게실에 계속 서 있었는데 없었습니다. 모자는 없었습니다. "

"모두들 돌아갔느냐? "

"제가 길 건너로 마실 것을 사러 갈 때는 거의 끝났습니다. 흥분해서 마구 떠드는 갤러리석 폭도들을 줄 세워 끌어내려 밖으로 내보내는 일만 남아 있었습니다. 지금쯤은 아마 다들 나갔겠지요. 갤러리석 관객도 직원들도 배우들도…… 배우란 기묘한 인종들이더군요. 하루 종일 하느님을 이야기하고 있다가 갑자기 아무 특징 없는 길거리의 여느 사람들과 같은 옷차림이 되어 인간에게 따라다니기 마련인 재난과 불행 등에 맞닥뜨리게 되니 말입니다. 그건 그렇고, 벨리 부장이 이 사무실에서 나온 다섯 사람의 몸을 수색했습니다. 그 가운데 젊은 여자는 굉장한 차를 갖고 있더군요. 틀림없이 아이브스 포프 양이라고 하던 것 같은데, 친구들과 함께 돌아갔지요." 그리고 나서 엘러리는 웃음을 띠우며 덧붙였다. "그들을 신문하는게 그리 호락호락하지는 않았다면서요?"

"좀 귀찮게 굴긴 했는데 덕분에 우리 입장이 난처해졌지." 총경은 쓴웃음을 지으며 지방검사에게 그녀가 졸도하기 직전까지 가게 된 상황을 요령있게 설명했다. 지방검사는 이마를 찌푸리고 묵묵히 듣고 있었다.

"지나간 일이야 할 수 없다치고 이번에는 자네가 좀 애기해보게. 몬티 필드에 대해 알고 싶은데, 우리가 아는 건 꽤 요령이 좋다는 정도 뿐이니 자세한 정보가 필요해."

"꽤 요령이 좋다는 말로는 부족하지!"

지방검사의 말투가 갑자기 과격해졌다.

"그의 죄상은 내 손금보듯 훤해. 만약 그가 피해자라면 원한 가진 자가 너무 많아서 수사하기가 꽤 어렵겠지만 그의 과거가 단서가 되는 것도 사실이겠지.

한때 지방검사 사무실에서도 그를 조사한 적이 있었다네. 내 전임자 시절이었는데, 증권사에서 거의 사기에 가까운 악질적인 소문이 나돈 시세조작 사건이 있었는데 그 일당들이 의심스러웠던 게지. 하지만 그 무렵 검사보였던 클로닌은 거기에 대해 아무 증거도 잡지 못했네. 필드는 자기의 증권 매매를 교묘하게 속였던 걸세. 우리가 그 일당에게 쫓겨난 '미끼'를 통해 알아낸 정보는 사실일 수도 있고 아닐 수도 있지. 물론 클로닌은 혐의를 두고 있다는 것을 직접적으로든 간접적으로든 필드가 결코 눈치 채지 못하도록 했지. 그래서 사건은 흐지부지되었네. 클로닌은 마치 불독 같은 사람이지만, 뭔가 단서를 잡은 듯싶으면서도 아무것도 알아내지 못한 상태였지. 그런 점에서 볼 때 필드는 도무지 어떻게 해볼 도리가 없는 인물이었네.

내가 검찰에 들어갔을 때 클로닌이 열심히 부탁하기에 필드의 뒷조사를 철저히 해보기로 했지. 물론 q·t(은밀히)로. 그래서 알아낸 사실은, 첫째 몬티 필드가 순수한 뉴잉글랜드 집안 출신이라는 것이었네. 그렇다고 메이플라워의 후예라고 큰소리칠 정도는 아니었지만. 어렸을 때는 가정교사를 두고 유명한 예비학교에 다녔으며 우수한 성적으로 그곳을 졸업했네. 그 뒤 아버지가 맹렬하게 힘을 써서 하버드에 들어갔지. 어릴 때부터 이미 상당한 수완을 보였던 모양일세. 범죄라고 할 만한 것은 없지만, 아주 제멋대로였다네. 그리고 또 자존심도 대단했지. 가족과 큰 충돌이 있었을 때 실제로 이름을 바꾸었을 정도니까. 본디 성은 필딩이었는데 몬티 필드로 이름을 고친 걸세."

퀸과 엘러리는 고개를 끄덕였다. 엘러리의 눈은 무언가 깊은 생각에 잠긴 듯했고, 퀸은 똑바로 지방검사를 바라보고 있었다.

샘프슨은 이야기를 계속했다.

"필드가 완전히 제멋대로였다고는 생각지 않네. 어쨌든 머리는 좋았으니까. 하버드에서는 법률을 전공하여 뛰어난 성적을 올렸지.

웅변도 잘했는데, 여기에 깊은 법률기술 지식이 더해져 더욱 빛을 냈다네. 그런데 졸업하자마자 가족들이 그 집안의 영광으로서 그의 학문적 지위를 잠깐이라도 즐길 여유를 주지 않고 그는 어떤 여자와 좋지 않은 관계에 빠져들었네. 아버지는 당장 그를 내쫓아버렸지. 정이 떨어졌다거나 집안에 먹칠을 했다거나 아무튼 그런 이유였겠지.

이 사나이는 물론 그까짓 일로 기가 죽을 위인이 아니었네. 고맙게도 아주 조금 나눠받은 재산을 최대한 효과적으로 이용하여 집을 나오자 스스로 돈벌이할 결심을 한 걸세. 그 시절을 어떻게 뚫고 나왔는지 우리는 밝혀내지 못했지만, 그 다음에 우리가 알아낸 것은 필드가 코엔이라는 인물과 손을 잡았다는 사실일세. 약삭빠르기로 동업자들 사이에 첫손가락 꼽히는 악덕 변호사였지. 그 공동사업도 역시 그런 거였네. 그 친구는 악당 중에서도 가장 세력이 큰 악당을 골라 단골을 만들어 한 재산 모은 걸세.

자네도 역시 잘 알고 있겠지만, 법률의 맹점에 대해 최고재판소의 판사보다 더 훤히 아는 인물들을 상대하는 것은 이만저만 어려운 일이 아닐세. 그들은 사사건건 요리조리 빠져나갔네. 범죄의 황금시대였지. 악당들은 코엔 앤드 필드 법률사무소가 나서서 변호를 맡아주면 마음을 푹 놓았으니까.

두 사람의 공동사업에서는 코엔이 선배라 급소를 잘 알고 있으므로 사무소의 단골과 '계약'을 맺거나 수임료를 정했다네. 정확한 영어도 제대로 못하면서 그 일만은 아주 능란하게 해치우며 모든 걸 혼자 마음대로 처리하고 있었지. 그런데 코엔이 어느 겨울날 밤 노스리버 강변에서 비참한 최후를 마쳤네. 머리에 총을 맞은 시체로 발견된 걸세. 그 다행스런 사건이 일어난 지도 벌써 12년이나 지났지만, 아직 범인을 알 수 없네. 다시 말해서 법률적인 의미에서 알지 못한다는 뜻일세. 우리는 그 사건의 범인으로 크게 혐의를 두고 있던 몬티 필드가 오늘 밤 죽었기 때문에 코엔 사건이 기록에서 제외된다 해도 전혀 뜻밖으로 생각지 않을걸세. ”

“그 사나이는 그런 건달이었군” 하고 엘러리는 중얼거렸다. “죽어서까지도 그 사나이는 불쾌했어. 그 녀석 때문에 초판본을 못 샀으니까 화나는군. ”

“그 일은 잊어버려라, 이 책벌레야! ” 하고 총경이 나무랐다. “그래서 헨리, 계속하게. ”

샘프슨은 책상 위에서 마지막 한 개 남았던 과자를 집어 맛있게 먹고는 말을 이었다.

“그래서 이제 이야기를 몬티 필드의 생애에서 가장 화려한 대목에 이르네. 공동 경영자가 불행하게 죽은 뒤 그 사나이는 아마 생애의 새로운 페이지를 펼친 모양일세. 그는 활동을 시작했네. 진짜 법률적인 사업을. 물론 그 사나이는 그 일을 잘 해나갈 만한 머리가 있었네. 몇 년 동안 혼자 열심히 일하여 과거의 나쁜 소문도 차츰 사라지고, 때로는 경박한 법조계 대가들에게조차 존경받을 만큼 되었지.

이 겉보기에 착한 시절이 6년쯤 계속되었네. 그리고 벤저민 모건을 만난 걸세. 이 사나이는 성실한 인물로 경력에 오점이 없고 평판도 아주 좋았지만 위대한 법률가가 되기에는 패기가 좀 모자랐던 모양일세. 어쨌든 필드는 모건을 설득하여 법률사무소의 공동 경영자로 만들었네. 그때부터 일이 얽히기 시작했지.

자네도 기억하고 있겠지만, 그 무렵 뉴욕에서는 아주 좋지 않은 사태가 일어나고 있었네. 우리는 장물아비, 악당, 변호사, 또 어떤 경우에는 정치인들까지 긴 거대한 범죄조직이 있다는 사실을 어렴풋이 짐작했네. 엄청나게 규모가 큰 절도사건이 몇 번이나 깨끗이 이루어지고, 밀주가 도시 언저리에서는 분명 하나의 전문기술이 되어가고 있었네. 더욱이 살인까지 저지르는 대담한 노상 강도 사건이 꼬리를 물어 경찰은 정신을 못 차릴 지경이었지. 그러나 이런건 자네도 나와 마찬가지로 잘 알고 있겠지. 자네들은 그들 가운데 몇 사람을 검거했네. 그러나 조직을 때려 부술 수는 없었고, 우두머리들에게는 한 번도 손이 닿지 않았네. 그러나 나는 이 몬티 필드가 그 거대한 사건 전체의 배후 두뇌였다고 믿을 만한 여러 가지근거를 쥐고 있네.

그만한 재능을 가진 인물에게는 식은 죽 먹기보다 쉬운 일이었지. 첫 번째 협력자였던 코엔의 지도 아래 그는 암흑가의 거물들과 아주 친해졌네. 코엔이 이제 이용 가치가 없다고 판단되자 깨끗이 없애버렸지. 그리고 나서 필드는——이제부터 이야기하는 건 주로 내 추정에 근거한 것이라는 사실을 기억해 두게——실제적인 증거는 전혀 없는 거나 마찬가지므로 존경할 만한 법률가라는 가면을 쓰고 글자 그대로 마음놓고 범죄조직을 구축한 걸세. 어떤 방법으로 그 일을 해냈는지는 우리로서는 알 수 없지. 이제 일에 착수해도 될 만큼 준비가 갖춰지자 그는 세상에서 존경받는 변호사로 잘 알려져 있는 벤저민 모건을 끌어들였네. 이로써 자신의 법률적 지위가 든든해지자 배후에서 대규모의 음모를 조종하는 일을 시작했네. 내 생각으로는 최근 5년 동안에 일어난 대규모 부정거래는 대부분 필드가 손을 댄 것 같네.”

엘러리가 물었다.

“그 사건들과 모건 씨의 관계는 어땠습니까?”

“이제부터 그 이야기를 하려던 참일세. 모건은 필드의 비밀업무와 아무 관계 없이 결백하다고 믿어도 좋을 만한 충분한 이유를 우리는 가지고 있네. 이 사나이는 주사위처럼 네모반듯한 인물로 피고가 악당일 경우에는 변호를 거부한 일도 많다네. 뒤에서 무슨 일이 이루어지고 있는지 모건이 알았다면 두 사람 사이에 분명히 갈등이 생겼을걸세. 그런 일이 실제로 있었는지 어떤지는 나로서 알 수 없네. 모건에게 직접 물어보면 쉽게 알 수 있겠지. 아무튼 두 사람은 관계를 끊었네. 둘이 헤어진 뒤 필드의 수법은 전보다 더욱 대담해졌네. 그러나 법정까지 끌고 갈 만큼 분명하고 구체적인 증거는 전혀 없었다네.”

“이야기 도중에 미안하지만, 헨리” 하고 퀸 총경이 생각에 잠겨 말했다. “두 사람의 사이가 나빠진 일에 대해 좀더 구체적으로 말해주지 않겠나? 다음에 모건을 만났을 때 참고하고 싶네.”

샘프슨은 우울한 표정으로 대꾸했다.

“그렇겠지. 주의를 환기시켜줘서 고맙네. 손을 끊자는 이야기가 막바지에 이르렀을 때 두 사람 사이에 굉장한 충돌이 있었다네. 하마터면 이때에도 비극이 일어날 뻔했었지. 웹스터 클럽에서 두 사람이 점심을 먹고 있었는데, 크게 싸우는 소리가 주위까지 들렸다네. 말다툼이 점점 기세를 올려 마침내 곁에 있던 사람들이 말리지 않을 수 없을 정도였지. 모건이 너무나 분개하여 완전히 제정신을 잃고 그 자리에서 필드를 죽여버리겠다고 협박했을 정도였으니까. 필드는 냉정을 잃지 않고 있었지만.”

퀸 총경이 물었다.

“그 싸움의 원인에 대해 알 만한 증인이 없을까?”

“유감스럽게도 없다네. 순간적인 일이었으니까. 그 일이 있은 뒤 두 사람은 아무 말썽 없이 제휴를 풀었네. 그것이 사람들이 두 사람에 대해서 들은 마지막 이야기였지. 물론 오늘 밤까지 말일세.”

지방검사가 이야기를 마치자 의미심장한 침묵이 주위를 감쌌다.

엘러리는 슈베르트의 곡을 나직이 휘파람으로 불었다. 퀸 총경은 위세 있게 코담배를 한줌 꺼냈다.

엘러리가 허공을 지켜보며 중얼거렸다.

"이건 단순한 제 육감이지만, 모건 씨가 크게 골탕먹었을 거라는 생각이 드는군요."

퀸 총경은 코를 킁킁거렸다.

샘프슨이 진지한 목소리로 말했다.

"이 다음은 자네들이 해결할 문제네. 나는 내가 할 일을 알고 있지. 필드가 사라졌으니 그 사나이의 서류를 다시 한 번 신중히 조사해 봐야겠네. 무엇보다도 이 일로 그 친구의 갱단이 완전히 와해되었으면 하고 바라는 마음 간절하군. 내일 아침에 부하를 한 사람 그의 사무실로 보내야겠네."

"내 부하 하나가 이미 사무실에 가서 지키고 있지."

퀸 총경은 방심한 얼굴로 말하더니 눈을 빛내며 엘러리에게 물었다.

"그렇다면 너는 모건이라고 생각하느냐?"

엘러리는 침착한 태도로 말했다.

"아까 제가 뭐라고 말씀드린 것 같은데요. 모건이 크게 골탕먹었을 거라던 말입니다. 저로서는 그 이상 말할 수가 없군요. 물론 논리적으로 모건이 용의자라는 것을 인정합니다. 한 가지 점만 제외한다면 말입니다."

총경이 얼른 물었다.

"그 모자 이야기겠지?"

"아닙니다. '다른 모자'입니다."

엘러리는 말했다.

제7장 퀸 부자의 추리

엘러리는 곧바로 말을 이었다.

"현 상태가 어떻게 되어 있는가 하는 가장 기본적인 선을 따라서 이 사건을 생각해 봅시다.

사실을 늘어놓으면 대충 이런 이야기가 됩니다. 악덕 변호사로 대규모 범죄조직의 배후 조종자로 짐작되는, 따라서 틀림없이 많은 적을 가지고 있었을 몬티 필드가 로마 극장에서 제2막이 끝나기 10분 전, 좀더 정확하게 말하면 9시 55분에 살해된 시체로 발견되었습니다.

발견한 사람은 윌리엄 프적이라는 머리가 좀 모자라는 사무원으로 같은 줄의 네 칸 떨어진 자리에 앉아 있었습니다. 프적 씨가 좌석에서 통로로 나가려고 피해자 곁을 밀치자 피해자는 숨지기 직전 '살인이다, 당했어'라는 내용의 말을 신음처럼 부르짖었습니다.

경관이 불려오고, 사나이가 죽었는지 어떤지 확인하기 위해 관객 가운데에서 의사를 찾아 진찰시켜 본 결과 어떤 알코올성 독약에 의해 피살되었다는 결과가 나왔습니다. 그 뒤 검사관보 플라우티 의사가 이 진단을 확인했습니다. 그러나 그는 한 가지 마음에 걸리는 사실이 있다고 했습니다. 즉 메틸 알코올이라면 사람이 그처럼 빨리 죽을 리 없다는 겁니다. 그러므로 지금으로서는 죽은 원인에 대한 문제를 다룰 수 없습니다. 해부에 의해서만 최종적인 결론을 내릴 수 있기 때문입니다.

제일 먼저 연락을 받은 경관은 장내를 가득 메운 관객들의 동요를 막기 위하여 지원을 요청했습니다. 근처를 순찰 중이던 경관이 불려왔고, 곧이어 경찰본부에서 형사들이 도착하면서 수사가 시작되었지요. 맨 처음 제기된 중요 문제는 범행시간과 범죄 발견 시간 사이에 범인이 현장에서 달아날 기회가 있었는가 하는 것이었습니다. 맨 먼저 현장으로 달려온 경관 도일은 곧 지배인에게 모든 출입구와 서쪽 복도에 감시인을 세우도록 일렀습니다.

저도 여기 오자 우선 거기에 생각이 미쳐 직접 조사해 보았습니다. 출입구를 모두 둘러보고 감시인에게 물어보았습니다. 그리하여 제2막이 공연되는 동안 관객석 문에는 모두 안내원이 붙어 있었다는 것을 알았습니다. 다만 두 가지 예외가 있었는데, 그것은 잠시 뒤에 말씀드리겠습니다.

한편 오렌지 주스를 파는 소년 제스 린치는 피해자가 제1막과 제2막 사이의 휴식 시간에 살아 있었다고 증언했습니다. 그때 오렌지 주스 파는 소년은 통로에서 필드를 만나 이야기를 나누었으니까요. 그리고 제2막의 막이 오르고 나서 10분 뒤에도 필드는 이상이 없어 보였다는 사실을 알았습니다. 그 시각에 제스 린치는 좌석에 있는 필드에게 진저에일을 한 병 갖다 주었는데, 그 뒤 그 좌석에서 죽어 있는 시체로 발견된 것입니다. 극장 안에는 발코니석으로 통하는 층계 아래에 안내원이 한 사람 서 있었는데, 그녀는 제2막 공연 동안 층계를 오르내린 사람이 하나도 없었다고 단언했습니다.

이 증언으로 범인이 발코니로 빠져나갔을 가능성은 사라졌습니다.

　아까 말한 두 가지 예외란 왼쪽 끝 통로에 있는 두 개의 문으로 여기에도 당연히 감시원이 서 있어야 하는데 매지 오코넬은 객석으로 들어가 애인 곁에 앉아 있었습니다. 결국 제 생각에는 범인이 어쩌면 이 두개의 문 가운데 어느 하나로 빠져나가지 않았나 싶습니다. 범인이 달아나려고 할 경우 가장 좋은 위치에 그 두 개의 출구가 있는 것 같습니다. 그러나 이 가능성도 오코넬 양의 증언으로 없어지고 말았습니다. 저는 아버지께서 신문하신 다음 그녀를 붙잡고 이야기해 보았습니다. ”

퀸 총경은 엘러리를 노려보았다.

“네가 그 아가씨와 몰래 이야기했던 말이냐 ? ”

엘러리는 소리 죽여 웃었다.

“네, 이야기를 나눴습니다. 그 결과 지금 단계의 수사에서 단서가 될 만한 중요한 사실을 발견했습니다. 오코넬 양은 문을 떠나 ‘목사’ 조니의 곁으로 갈 때 문 아래위에 빗장이 질리는 안쪽 걸쇠를 꼭 밟아 눌러두고 갔답니다. 소동이 일어났을 때 그녀가 ‘목사’의 곁에서 뛰어나와 가보니 문에는 그대로 빗장이 질려 있었기 때문에 도일이 관객들을 달래고 있는 동안 살며시 풀어 놓았다고 합니다. 그녀가 거짓말했다면 문제는 달라집니다만, 저는 그렇게 생각하지 않습니다. 이것은 범인이 그 문을 통해 나가지 않았다는 것을 증명해 줍니다. 시체가 발견되었을 때까지 문 안쪽에 자물쇠가 걸려 있었으니까요. ”

퀸 총경이 신음 소리를 냈다.

“그렇다면 한 방 맞았는걸. 그 아가씨는 나에게 그런 말을 한 마디도 하지 않았는데, 괘씸한 일이군. 두고 보라구, 혼내줄 테니. ”

엘러리는 웃었다.

"이야기를 계속하도록 해 주십시오. M. le guardien de lepaix(경관나리). 그 아가씨가 문 잠근 사실을 말하지 않은 건 아버지가 묻지 않으셨기 때문입니다. 사실 그녀로서는 그리 유쾌하지 않은 꼴을 당한 셈이니까요.

아무튼 오코넬 양의 증언으로 피살자의 좌석 곁에 있는 두 개의 문도 문제 밖으로 밀려난 결과가 되었습니다. 물론 저도 그 문제에 여러 가지 가능성이 있을 수 있다는 것은 인정합니다. 이를테면 그녀가 공범자일 수도 있으니까요. 어쨌든 저는 범인이 옆문을 통해 밖으로 빠져나가 결과적으로 사람 눈에 띄는 위험은 저지르지 않았으리라고 믿습니다. 그렇게 이상한 방법으로 그런 이상한 시간에 나간다면 더욱 사람 눈에 띄었을 것입니다. 제2막이 공연되는 도중에 나가는 사람은 거의 없을 테니까요.

게다가 범인은 오코넬 양이 임무를 게을리하리라는 것을 미리 알 수가 없습니다. 그녀가 공범이 아닌 한. 이 범죄는 신중하게 계획된 것으로, 이 점은 모든 사실로 판단하여 인정하지 않을 수 없습니다. 범인은 달아날 경로로서 옆문은 계산에 넣지 않았던 것으로 보아도 좋을 겁니다.

그렇다면 이제 단 한 가지 수사의 선만이 남는다고 생각합니다. 즉 정면 입구입니다. 그런데 여기서도 표 받는 사람과 도어맨의 결정적인 증언이 있어, 제2막 도중에 그 문을 지나 밖으로 나간 사람은 아무도 없다는 사실을 알았습니다. 물론 아무 상관도 없는 오렌지 주스 파는 소년은 별문제입니다만.

문에는 모두 안내원이 있든가 빗장이 질려 있었습니다. 그리고 통로는 8시 35분부터 린치와 엘리너와 조니 체이스——안내원이지요——에 의해 감시되고 있었습니다. 조니 다음에는 경관이 감시를 맡았지요. 이런 사실과 제가 질문하여 확인한 모든 결과는 살인이 발견되고 그 뒤 수사가 진행되는 동안 내내 '살인범이 극장 안에 있었다'는 결론을 가리키고 있습니다."

엘러리가 무겁게 선언한 뒤 잠시 침묵이 흘렀다.

그는 다시 조용히 말을 이었다.

"덧붙여 말씀드리지만, 저는 문득 생각이 떠올라 안내원들에게 제2막이 시작되고 나서 누구든 좌석을 떠난 사람을 못 보았느냐고 물어보았습니다. 그 결과 좌석을 바꾼 사람은 없었다고 하더군요."

퀸 총경은 새로 코담배를 한줌 집어냈다.

"훌륭한 솜씨다, 엘러리. 게다가 훌륭하게 논리가 서 있어. 그러나 결국 놀랄 만한 것도 결론적인 것도 없구나. 범인이 줄곧 극장 안에 있었다 하더라도 우리가 그를 잡을 가능성이 얼마나 있었겠니?"

지방검사가 미소 지으며 끼어들었다.

"엘러리는 그런 가능성이 있었다고 말하지는 않았네. 그렇게 신경 쓸 것 없어. 아무도 자네가 직무를 태만하게 수행했다고 신고할 사람은 없으니까. 오늘 밤 내가 들은 모든 점으로 미루어 자네는 사건을 훌륭히 처리했네."

퀸 총경은 중얼거리듯 말했다.

"출입구 문제를 좀더 철저하게 추적하지 않은 것이 좀 소홀했다고 인정하네. 하지만 범죄 직후 범인이 달아났을 가능성이 있었다 하더라도 나로서는 그때까지 극장 안에 있을지도 모를 경우를 생각하여 그런 조사방법을 취하지 않을 수 없었을 걸세."

엘러리는 정색하고 말했다.

"그건 당연합니다, 아버지. 아버지께는 해야 할 일이 아주 많았지만, 나는 멍청히 서서 소크라테스라도 된 기분으로 있으면 되었으니까요."

샘프슨이 호기심을 보이며 물었다.

"수사의 그물에 걸려든 사람들에 대해서는 어떤가?"

엘러리가 대답했다.

"그들에게서 무엇이 좀 나왔느냐는 말씀이시군요. 분명히 그들의 이야기나 행동에서 결정적인 결론은 하나도 얻지 못했습니다. '목사' 조니를 체포했지만 말입니다. 악당이긴 하지만, 현장에 있게 된 것은 자기 직업의 흥미 있는 측면을 그런 연극을 즐기려는 뜻 말고 별다른 이유가 없었던 것 같습니다. 그리고 매지 오코넬 양은 아주 이상한 성격을 지닌 여자라 지금 단계로서는 결정적인 이야기를 하기 어렵습니다. 공범일지도 모르고, 결백할지도 모르고, 단순한 게으름쟁이일지도 모르는, 어떻게든 생각할 수 있는 여자입니다. 그리고 몬티 필드의 시체를 발견한 윌리엄 프적이 있습니다. 아버지는 그 사나이가 머리가 모자란다는 것을 눈치채셨습니까?

그리고 벤저민 모건. 이 인물에서 우리는 비로소 어쩌면 그랬을지도 모르겠다는 미해결의 문제에 부딪칩니다. 그러나 오늘 밤 그의 행동에 대해서는 아무것도 모릅니다. 그렇지요. 초대장과 초대권에 대한 그의 말은 이상하게 들립니다. 초대장 같은 건 누구나 쓸 수 있으니까요. 모건 자신이 쓸 수도 있었을 겁니다. 그리고 몬티 필드를 공연히 협박한 사실과 이유는 알 수 없지만 2년 전 그 두 사람 사이에 있었던 적대감도 무시할 수 없습니다.

그리고 마지막으로 등장하는 사람이 프랜시스 아이브스 포프 양입니다. 아까 신문할 때 현장에 없었던 것이 유감입니다. 그러나 사실은 남아 있습니다. 흥미있는 일이 아닙니까? 그녀의 핸드백이 죽은 사나이의 주머니 속에서 나왔다는 것을 어떻게 설명해야 할지…… 누구든 설명하실 수 있다면 듣고 싶군요. 지금 상황은 대충 이렇습니다."

그리고 엘러리는 맥 빠진 듯이 덧붙였다.

"오늘 밤 여흥에서 우리가 끌어낼 수 있었던 것은, 혐의 과잉과 사실 빈곤이라는 것입니다."

퀸 총경이 아무렇지 않은 듯이 이야기했다.

"거기까지는 아주 잘했다. 하지만 너는 아무래도 수상한 그 빈 좌석 문제를 잊고 있구나. 그리고 몬티 필드의 입장권과 범인 것으로 추정되는 유일한 다른 입장권——플린트가 찾아낸 '좌LL30'의 입장권 말인데——가 서로 맞지 않는다는 놀라운 사실이 있다. 이 사실은 찢어진 흔적으로 보아 두 장의 입장권이 함께 찢어진 게 아니라 따로따로 표를 받은 사람 손에 쥐어졌다는 걸 뜻하지."

"한 방 먹었는데요" 하고 엘러리는 말했다. "그러나 그 문제는 우선 그대로 두고, 필드의 실크햇에 대해 이야기합시다."

총경은 흥미로운 듯이 물었다.

"모자……, 그렇지. 너는 어떻게 생각하느냐, 엘러리?"

"이렇습니다. 첫째로 모자가 우연히 분실된 게 아니라는 것은 거의 확실합니다. 제2막이 시작되고 나서 10분 뒤 피살된 사나이가 무릎 위에 모자를 얹어 놓고 있는 것을 제스 린치가 보았습니다. 그런데 지금은 그 모자가 보이지 않습니다. 이것을 설명하는 단 한 가지 합리적인 가설은 범인이 가져갔다는 것밖에 없습니다. 그러나 모자가 지금 어디 있느냐 하는 문제는 잠시 덮어두기로 합시다.

모자가 없어진 사실에서 우선 끌어낼 수 있는 결론은, 범인이 그것을 가져간 이유를 두 가지로 생각해 볼 수 있다는 겁니다. 첫째 이유는 모자 자체에 범인을 알아낼 만한 어떤 표지가 있어 남겨두면 정체가 밝혀지기 때문입니다. 범인을 가리키는 그 표지가 어떤 성질의 것인지는 지금 짐작해 볼 수 없습니다. 두 번째 이유는 모자에 무언가 범인이 원하는 물건이 있었기 때문입니다. 이렇게 말씀드리면 왜 원하는 물건만 가져가고 모자는 남겨두지 않았을까 생각하실 겁니다. 거기에 대한 대답은——범인이 원하는 물건이 모자에 들어 있었다는 가정이 맞는다고 칠 때——아마도 그 물건을 꺼낼 틈이 없었거나 또는 꺼내는 방법을 몰라 나중에 여유를 가지고 조사하기 위해 모자까지 함께 가져갔다고 보아도 좋겠지요. 여기까지의 견해에 찬성하십니까?"

지방검사는 천천히 고개를 끄덕였다. 퀸 총경은 왠지 침착치 못한 눈으로 가만히 앉아 있었다.

엘러리는 위세 있게 안경을 닦으며 이야기를 계속했다.

"그럼, 모자 속에 과연 무엇이 있었을까 잠시 생각해봅시다. 크기와 모양과 부피 등으로 미루어 보아 추정 범위는 그리 넓지 않습니다. 실크햇 속에 무엇을 감출 수 있을까? 제가 생각해 낼 수 있는 물건은 어떤 종류의 서류, 보석, 지폐 등 그런 곳에 넣어두고도 쉽게 남에게 눈치채이지 않을 작은 물건입니다. 그런데 그 의문의 물건을 단순히 모자 속에 넣기만 해서는 가지고 다닐 수 없습니다. 모자를 벗으면 곧 굴러 떨어지기 때문입니다. 따라서 그 물건이 어떤 것이든 모자 안감 속에 감춰져 있었다 생각해도 좋을 것입니다. 그러면 가능성 있는 품목의 범위는 더 좁아집니다. 크고 단단한 물건은 제외해야 합니다. 보석류라면 감출 수 있었을지도 모르지요. 지폐나 서류도 감출 수 있었을 겁니다. 그런데 제가 생각하기에는 우리가 알고 있는 몬티 필드의 인물됨으로 보아 이 경우 보석은 제외해도 좋을 것 같습니다. 그 사나이가 어떤 값진 물건을 지니고 다녔다면, 그것은 틀림없이 자기 직업에 관련된 어떤 물건이었을 겁니다.

잃어버린 실크햇 문제를 다루기 전에 또 한 가지 중요한 문제가 남아 있는데, 이것이 사건 해결의 결정적 단서가 될지도 모르겠습니다. 그것은 다름아니라 범인이 이 범죄를 저지르기에 앞서, 몬티 필드의 실크햇을 가져가야 한다는 것을 미리 알고 있었는지 어떤지를 밝혀내는 것이 우리에게 아주 중요한 일입니다.

다시 말해 모자에 어떤 의미가 있었다면, 범인이 그 의미를 '미리 알고' 있었는가 어떤가 하는 점입니다. 저는 범인이 그 사실을 몰랐다고 일단 가정하겠습니다. 추리를 논리적으로 이끌어가면, 밝혀진 모든 사실에서 연역적으로 결론을 얻을 수 있다고 믿기 때문입니다. 이 부분에 대해서 좀 더 구체적으로 설명하자면 몬티 필드의 실크햇이 없어진 대신 다른 실크햇이 발견되지 않았다는 사실은, 모자를 가져가는 것이 중요했다는 움직일 수 없는 증거입니다. 제가 이미 앞에서 지적했듯이 범인이 모자를 가져갔다고 해석하는 게 가장 타당하다는 것은 부정하지 못할 겁니다.

그럼, 왜 가져가야만 했는지는 잠깐 덮어두고 우리는 여기서 양자택일에 부딪칩니다. 첫째는 범인이 모자를 가져가야 한다는 것을 미리 알고 있었다는 가정, 둘째는 알지 못했다는 가정입니다. 먼저 전자의 경우에 대한 가능성을 자세히 검토해봅시다. 만일 범인이 미리 알고 있었다면, 피해자의 모자가 없어졌다는, 누구의 눈에나 얼른 띄는 위험한 단서를 남겨놓는 짓은 하지 않았을 겁니다. 필드의 모자 대신 놓고 갈 모자를 극장으로 가져왔으리라고 보는 게 타당하며 논리적이라 할 수 있지요. 바꿔칠 모자를 갖고 들어오는 것은 그리 힘들지 않았을 겁니다. 그리고 바꿔칠 모자를 구하는 데에도 아무런 어려움이 없었을 겁니다. 그 중요성은 이미 알고 있었고, 필드의 머리 치수며 실크햇의 모양 등 세세한 점에 대해 자세한 지식을 얻을 수 있었을 테니까요.

'그러나 바꿔친 모자는 없었습니다.' 이처럼 신중하게 계획된 범죄에는 당연히 바꿔친 모자가 있을 것으로 기대해도 좋을 테니 그것이 없다면 우리는 범인이 필드의 모자의 중요성을 미리 알지 못했다고 결론지을 수밖에 없습니다. 그렇지 않았다면 범인은 반드시 다른 모자를 뒤에 남겨두는 지혜를 짜냈을 테니까요.

그렇게 해 두었다면 필드의 모자에 어떤 의미가 있다는 사실을 경찰은 전혀 모르고 넘어갔을 겁니다.

범인이 미리 알지 못했다는 사실을 뒷받침해주는 또 다른 사실이 있습니다. 범인이 자기만 아는 어떤 이유로 바꿔칠 모자를 남겨두길 꺼려했다면 모자 속에 있는 물건을 빼내가는 방법을 취했을 게 틀림없습니다. 그건 간단한 일입니다. 미리 예리한 도구, 예를 들어 주머니칼 같은 것을 준비해 오기만 하면 됩니다. '알맹이를 빼내간' 모자는 비록 찢어져 있다 해도 '분실된 모자'의 경우처럼 문제를 일으키지는 않습니다. 모자 속에 든 것을 미리 알았다면 범인은 틀림없이 이 방법을 취했을 겁니다.

그런데 범인은 그렇게 하지 않았습니다. 그렇다면 이 또한 범인이 로마 극장에 오기 전에는 모자나 그 내용물을 가져가야 할 상황에 이르게 될 줄을 전혀 몰랐다는 유력한 증거가 된다고 저는 생각합니다. qoud erat demonstrandum(증명 끝)."

지방검사는 입술을 굳게 다문 채 엘러리를 지켜보고 있었다. 퀸 총경은 졸고 있는 듯했다. 한 손이 코담배 쌈지와 코 중간에서 머무른 채 흔들리고 있었다.

이윽고 샘프슨 지방검사가 물었다.

"그런데 자네 이야기의 요점은 무엇인가? 범인이 모자가 지닌 의미를 미리 알지 못했다는 것을 우리가 납득하는 일이 자네에게 왜 그처럼 중요한가?"

엘러리는 미소지었다.

"그 이유는 단순합니다. 범행은 제2막이 시작된 뒤 이루어졌습니

다. 저는 범인이 모자가 지닌 뜻을 미리 몰랐기 때문에 계획의 중
요 요소로서 첫 번째 휴식 시간을 이용할 수 없었다는 것을 스스로
확실히 납득하고 싶었던 겁니다. 물론 필드의 모자는 이 건물 어딘
가에서 발견될지도 모릅니다. 만일 발견된다면 이제까지 말한 가설
은 모두 무효가 되겠지요. 그러나 저는 발견되지 않으리라 봅니
다."

그러자 샘프슨이 찬성하듯 말했다.

"자네의 분석은 초보적인지 모르지만 내게는 상당히 논리적인 것으
로 생각되는군. 자네는 법률가가 될 걸 그랬네."

퀸 노인이 갑자기 싱글거렸다.

"도저히 이 퀸 집안의 머리에는 못 당한다니까."

그 얼굴에는 밝은 미소가 가득 떠올라 있었다.

"그런데 나는 이제부터 다른 방면을 조사해 보려네. 그러면 어딘가
에서 모자의 수수께끼도 방향이 바뀌겠지. 엘러리, 필드의 윗옷에
붙어 있던 양복점 이름을 알아두었느냐?"

"물론이지요."

엘러리는 미소지었다. 그리고 외투 주머니에 넣어두었던 작은 책
한 권을 꺼내 펼치더니 뒤쪽에 기록된 메모를 가리켰다.

"브라운 형제 상회입니다."

총경이 말했다.

"그래, 맞아. 오전 중에 토머스를 보내 조사해야겠다. 말해두지만,
필드의 양복은 특별 고급품이란다. 입고 있던 야회복은 3백 달러나
하는 것이었지. 브라운 상회의 양복은 대개 비싸기로 유명하니까.
그런데 그 점에 대해 또 한 가지 유의해야 할 것이 있다. 죽은 사
나이가 몸에 걸치고 있던 것에는 모두 같은 상점의 마크가 붙어 있
었다. 부자들에게는 그리 이상한 일도 아니지만, 브라운 상회에서

는 고객의 옷차림을 머리끝부터 발끝까지 완전히 갖춰주는 것을 상술로 하고 있단다. 따라서 이것은 거의 확실한 사실로 생각해도 좋은 일인데……."

샘프슨이 마치 자기가 발견한 것처럼 소리쳤다.

"필드는 모자도 그 상점에서 샀다고 봐야겠군."

퀸 총경은 싱글벙글하며 말했다.

"바로 그걸세, 타시타스*7. 토머스 벨리의 일은 이 옷 문제를 조사하는 걸세. 가능하면 필드가 오늘 밤 쓰고 있던 모자와 똑같은 것을 구했으면 싶군. 나도 꼭 한 번 보고 싶으니까."

샘프슨은 기침을 하며 일어섰다.

"아무래도 나는 이제 집으로 돌아가 누워야겠네. 내가 여기 온 것은 자네가 시장님을 체포하지 않도록 말리기 위해서였네. 아무튼 내 친구가 하도 펄펄 뛰어 도저히 어쩔 수 없었다네."

퀸 총경은 장난스러운 미소를 띠고 그를 올려다보았다.

"헨리, 돌아가기 전에 이번 일에서 내 입장이 어떤 건지 말해 주게. 물론 오늘 밤 내가 좀 지나쳤다는 것은 알고 있네. 그러나 그 일이 얼마나 필요했는지는 자네도 알아주어야겠네. 자네는 부하 가운데 누구에게 이 사건을 맡길 생각인가?"

샘프슨은 총경을 똑바로 바라보았다. 그리고 나무라듯 말했다.

"자네는 내가 자네의 수사방법에 불만을 갖고 있다고 여기나? 여보게, 왜 그리 마음 약하게 나오나? 나는 지금까지 한 번도 자네 일에 간섭한 적이 없네. 이제 새삼스럽게 그런 짓을 할 생각은 없네. 자네가 이 사건을 깨끗이 해결하지 못한다면, 내 부하 어느 누구도 해결할 수 없을걸세. 여보게, 자네 소신껏 하게나. 필요하다면 뉴욕 시민의 반을 가둬도 좋네. 나는 자네 뒷바라지를 해 주겠네."

"고맙군, 헨리. 나는 다만 확인하고 싶었을 뿐일세. 이제 자네가
이처럼 친절하게 말해 준 이상 내 솜씨를 보고 있게나!"

총경은 천천히 방을 가로질러 대기실로 나가서 극장으로 통하는 문
밖으로 머리를 내밀고 소리쳤다.

"팬더 씨, 잠깐 이리 와 주시오."

그는 얼굴이 거무스름한 지배인을 뒤에 거느리고 쓴웃음을 지으며
돌아왔다.

"팬더 씨, 샘프슨 지방검사를 소개하오."

두 사나이는 악수를 나누었다.

"팬더 씨, 이제 한 가지 일만 하면 집으로 돌아가도 좋소. 이 극장
에 생쥐 한 마리 들어오지 못하도록 단단히 문단속을 해 주어야겠
소."

팬더의 얼굴이 창백해졌다. 샘프슨은 이제 이 사건에서 완전히 손
을 떼었다는 듯 어깨를 움찔했다. 엘러리는 찬성하는 몸짓으로 점잖
게 고개를 끄덕였다.

작은 사나이는 신음 소리를 냈다.

"하지만, 하지만 총경님. 관객이 초만원을 이루는 이 시기에 그런
조치가 꼭 필요합니까?"

총경이 쌀쌀하게 대답했다.

"필요하오. 두 부하를 배치하여 밤낮으로 건물을 경계시킬 생각이
오."

지배인은 두 손을 비비며 샘프슨 쪽을 살폈다. 그러나 지방검사는
그에게로 등을 돌리고 벽의 판화를 바라보고 있었다.

팬더는 우는 소리를 늘어놓았다.

"어쨌든 큰일입니다, 총경님. 연출가 고든 데이비스가 뭐라고 할
지, 아마 펄펄 뛸 겁니다. 그러나 당신이 그렇게 말씀하시니 하겠

습니다.”

퀸 총경은 목소리를 조금 부드럽게 하여 말했다.

“뭐, 그리 겁낼 건 없소. 오히려 크게 선전되어 다시 문을 열면 극장을 확장해야 될 거요. 어쨌든 나는 며칠 이상 폐쇄시킬 생각은 없소. 밖에 있는 부하들에게 필요한 명령을 내려두겠소. 당신은 여기서 늘 하는 일을 끝내고, 뒷일은 내가 남겨두는 사람에게 맡기고 집으로 돌아가시오. 며칠 안으로 언제 다시 문을 열 수 있는지 이쪽에서 통지하지요.”

팬더는 처량한 얼굴로 모두와 악수를 나누고 밖으로 나갔다.

그러자 샘프슨이 퀸 쪽으로 홱 돌아서며 물었다.

“이거 큰일이구먼, 퀸 선생, 좀 지나치지 않은가? 왜 극장 문을 닫게 하는 건가? 이미 철저하게 조사하지 않았나?”

퀸은 천천히 말했다.

“아직 모자를 찾지 못했네. 관객들은 모두 줄지어 퇴장시키며 몸수색을 했다네. 그런데 모두들 모자를 하나씩밖에 갖고 있지 않았어. 그렇다면 찾고 있는 모자는 아직 여기 어딘가에 있다는 뜻이 아닌가? 만일 여기 있다면 누군가가 들어와서 가지고 나갈 기회를 줄 수는 없지. 할 만한 가치가 있다면 나는 무엇이든지 다 해야겠네.”

샘프슨은 고개를 끄덕였다. 세 사나이가 사무실에서 사람 그림자 없는 오케스트라 박스*8로 걸어 나왔을 때도 엘러리는 의심스러운 얼굴로 미간을 찌푸리고 있었다. 여기저기서 사람들이 좌석 너머로 들여다보며 바닥을 살펴보았다. 몇 명의 사나이가 훨씬 앞쪽의 박스 좌석으로 바쁘게 들락거리는 모습이 보였다. 벨리 형사부장이 정면 출구에 서서 낮은 소리로 피고트와 헤이그스트롬 두 형사와 함께 이야기하고 있었다. 플린트 형사는 한 무리의 사람들을 감독하며 오케스트라 박스 멀리 앞쪽에서 일하고 있었다. 청소부들이 여기저기서 지친 듯 진공청소기를 돌렸다. 좌석 뒤쪽 한구석에서 통통하게 살찐 여자 경관이 중년 여자와 이야기하고 있었다. 팬더가 필립스 부인이라고 부른 여자였다.

세 사나이는 정면 출구로 걸어갔다. 엘러리와 샘프슨이 썰렁한 텅 빈 관객석을 둘러보며 걷고 있는 동안 퀸 총경은 서둘러 벨리 부장과 이야기하며 낮은 목소리로 명령했다. 이윽고 그는 돌아보며 말했다.

"자, 여러분, 이것으로 오늘 밤일은 끝내도 좋소. 돌아갑시다."

바깥 길로 나가자 몇 명의 경관들이 넓은 광장에 줄을 쳐서 교통을 차단하고 있었고, 그 저쪽에서 호기심 많은 군중들이 입을 벌리고 서로 밀치닥거리며 서 있었다.

샘프슨이 못마땅한 듯 말했다.

"새벽 2시인데도 저 올빼미들은 브로드웨이를 방황하고 있구먼."

지방검사는 태워다주겠다는 것을 정중히 사양하는 퀸 부자에게 손을 흔들며 자동차에 올랐다.

기사거리 찾기에 열심인 신문기자들 무리가 경계선을 넘어 달려나와 퀸 부자를 둘러쌌다.

퀸 총경은 놀란 얼굴로 말했다.

"아니, 이게 또 어떻게 된 거요, 신사 여러분?"

기자들 가운데 한 사람이 성급하게 물었다.

"오늘 밤 사건의 진상은 뭡니까?"

"알고 싶은 것은 무엇이든 벨리 형사부장에게 물어보시오. 안에 있으니까."

총경은 기자들이 떼 지어 유리문을 지나 달려가는 것을 보며 미소 지었다.

엘러리와 리처드 두 부자는 말없이 길가에 서서 경관들이 군중을 밀어붙이고 있는 모습을 지켜보았다.

그러다 갑자기 피로가 몰려오는지 노인이 입을 열었다.

"자, 엘러리, 도중에 잠깐 걸어서 돌아가자."

＊1　스코틀랜드의 시인 윌리엄 팰코너(1732~1769). 대표작은 《난파선
　　(1762)》《해사사전》.

＊2　Stendhause.

＊3　존 컨스터블(1776~1837). 영국의 풍경화가.

＊4　키르케는 오디세우스에 나오는 아이아이아 섬에 사는 마녀로 오디세우
　　스의 부하들을 모두 동물로 만들었음.

＊5　《로마 모자의 비밀》이 발표된 1929년 전후는 태평양 및 대서양의 횡단
　　비행이 처음으로 이루어져 항공계에 원거리 및 오랜 시간의 항공기록
　　이 세워졌음.

＊6　t가 하나 모자라지만, 독일어의 '완전히'라는 뜻.

＊7　로마의 역사학자. 55?~117?

＊8　바닥보다 조금 높게 만든 무대.

제2막

……이를테면 언젠가 장 C라는 젊은이가 어려운 임무를 맡아 한 달 동안이나 애쓰며 수사한 끝에 나를 찾아왔다. 피로에 지친 얼굴이었다. 그는 아무 말없이 나에게 한 장의 관청 용지를 내밀었다. 나는 읽어보고 놀랐다. 사표였던 것이다.

"여보게, 장, 대체 무슨 뜻인가." 나는 소리쳤다.

"실패했습니다, 브리욤 씨" 하고 장은 중얼거렸다. "한 달 동안의 수사가 헛일이었습니다. 잘못된 방향을 짚었던 겁니다. 부끄럽기 이를 데 없습니다."

"여보게, 장." 나는 엄숙하게 말했다. "이것이 자네 사표에 대한 대답일세" 하고 놀라며 바라보는 그의 눈앞에서 그것을 갈기갈기 찢어버렸다. "이제 그만 가보게. 처음부터 다시 시작해. 그리고 '올바른 것을 알기 위해서는 먼저 잘못을 알아야 한다'는 격언을 언제나 잊지 말게."

오귀스뜨 브리욤 지음
《어느 경시총감의 추억》에서

제8장 퀸 부자, 필드의 약혼녀를 만나다

　서87번 거리에 있는 퀸 부자의 아파트는 벽난로 위의 파이프 걸이에서부터 벽에 걸린 빛나는 사벨에 이르기까지 모든 것이 남자들 살림이었다.

　그들은 빅토리아 시대 말기 유물인 세 가구가 함께 사는 석조건물 맨 위층에 살고 있었다. 어디까지 계속될지 짐작도 할 수 없을 만큼 길고 음산하며 깨끗이 정돈된 복도를 지나면 두꺼운 카펫이 깔린 계단이 나온다. 방문객은 그 층계를 올라가며 이토록 음침한 곳에서 살 수 있는 사람은 미라뿐이려니 생각할 즈음에 '퀸'이라고 써 붙인 커다란 나무문이 나타난다. 깨끗한 필체로 씌어진 문패 둘레에는 테두리까지 쳐놓았다. 덜커덕 소리가 나며 문이 열리면 그 뒤에 쥬너의 웃는 얼굴이 나타나고, 방문자들은 새로운 세계에 발을 들여놓게 된다.

　많은 사람들이 자기 집 벽 앞에 서서 하느님께 기도를 올리고, 지독한 고민 끝에 이 안식처로 피난처를 찾아 다리를 지치게 하는 층계를 기꺼이 올라왔다. 저명한 이름이 적힌 수많은 명함이 쥬너에 의해 현관 응접실에서 거실로 친절하게 전해지곤 했다.

응접실은 엘러리의 아이디어로 꾸며졌다. 작고 비좁은 방에 벽이 부자연스럽게 높아 탑처럼 보였다. 유머러스한 진지함으로 한쪽 벽은 수렵 광경을 그린 벽걸이가 완전히 덮고 있었다. 이 중세풍의 방에 더없이 잘 어울리는 장식이었다. 퀸 부자는 그것을 매우 혐오하고 있었지만, 공작으로부터 감사의 표시로 받은 것이라는 오직 그 이유 때문에 가지고 있는 것이다. 공작이란 꾸밈이 없는 소탈한 신사로, 그 아들이 일으킨 스캔들이 세상에 알려질 뻔한 것을 리처드 퀸이 구해 주어 그 이야기는 끝내 세상에 조금도 새어나가지 않았다.

벽걸이 밑에는 묵직한 미션풍*¹ 테이블이 놓여 있고, 그 위에 양피지 갓을 씌운 스탠드와 세 권짜리 《아라비안나이트》를 꽂아놓은 청동 책꽂이가 하나 있었다.

그밖에 미션풍 의자 두 개와 작은 카펫이 있었다. 응접실의 장식은 그것뿐이었다.

늘 음산하고 언제 보아도 소름끼칠 듯한 이 답답한 장소를 지나노라면 다음엔 어떤 곳으로 끌려들어가도 겁내지 않을 만한 마음의 준비를 하게 되기 마련인데, 예상과 달리 다음에 나타나는 커다란 방은 구석구석까지 밝고 쾌적했다. 타고난 엘러리의 장난기가 만들어낸 이 대조의 묘미는 근엄하고 정직하게 살아온 아버지로서는 도저히 상상도 할 수 없는 일이었다. 그러므로 사랑하는 아들의 장난이 아니라면 이제 오래 전에 그 암울한 장식품을 사람 눈에 띄지 않도록 숨겨버렸을 것이다.

거실은 세 면이 가죽 냄새나는 높은 책장으로 둘러싸여 있는데, 층층으로 된 선반이 겹쳐서 천장까지 닿았다. 네 번째 벽에는 크고 투박한 난로가 있었다. 든든한 떡갈나무 들보를 맨틀피스로 하여 둔한 빛을 내는 쇠틀이 불 때는 곳을 구획 짓고 있었다. 난로 바로 위에는 리처드가 젊은 시절에 독일에 유학했을 때 함께 생활했던 뉘른베르크의 펜싱 사범이 선물한 자랑거리인 사벨이 서로 엇갈려 걸려 있었다.

크고 넓은 방을 전등불이 밝게 비추고 있었다. 안락의자, 팔걸이의자, 낮은 소파, 발판, 밝은 색 가죽 쿠션 등은 여기저기 놓여 있다. 이것은 요컨대 사치스러운 취미를 가진 두 지식인 신사가 자신들의 거실로 고안해 낼 수 있는 가장 기분 좋은 방이었다.

그런 방은 아주 특색 있는 만큼 얼마쯤 시간이 지나면 권태로워지기 마련인데, 모든 일을 가리지 않고 하는 잡역부며 잔심부름꾼이며 늘 대기해 있는 하인이며 집안의 마스코트인 쥬너라는 명랑한 젊은이의 노력으로 그런 결과에 이르는 것을 막아주고 있었다.

쥬너는 엘러리가 아직 대학에서 공부하고 있을 때 리처드 퀸이 몹시 고독하여 데려온 젊은이였다. 이 쾌활한 젊은이는 19세로서, 자기 기억으로는 고아였지만 천진난만하여 성의 필요성도 전혀 느끼지 않고 있었다. 쥬너는 몸집이 작고 가냘퍼 신경질적으로 보이지만 성품이 명랑하여 유쾌하게 떠들다가도 필요한 경우에는 생쥐처럼 조용히 하고 있었다. 게다가 그는 옛날 알래스카 원주민들이 토템 앞에서 무릎꿇는 것과 거의 마찬가지로 리처드 퀸 총경을 몹시 존경하고 있었다.

쥬너와 엘러리 사이에도 깊고 조심스러운 친근감이 있었지만, 그것은 쥬너의 헌신적인 봉사 형태로 표현될 뿐이었다. 쥬너는 퀸 부자가 사용하는 침실 위의 작은 방에서 자는데, 리처드 퀸이 쿡쿡 웃으며 말한 표현을 빈다면 '밤중에 벼룩이 저희들끼리 들려주는 노래까지 들을 수 있을 정도'였다.

몬티 필드 살해사건이 일어난 분주한 밤이 지난 다음날 아침, 쥬너가 아침 식사를 위해 테이블보를 정돈하고 있는데 전화벨이 울렸다. 이른 아침에 걸려오는 전화에 익숙한 그가 수화기를 들어올렸다.

"퀸 총경님 댁 하인 쥬너입니다. 누구십니까?"

"오, 그런가?" 낮고 굵은 목소리가 전화 저쪽에서 고함치듯 말했다. "이봐, 집시 순경, 총경님을 어서 깨워주게. 서둘러야 해!"

"누구신지 하인 쥬너가 알기 전에는 퀸 총경님을 깨울 수 없습니다."

쥬너는 벨리 부장의 목소리를 누구보다도 잘 알고 있었지만 싱긋 웃으며 혀로 볼 안쪽을 밀었다.

이때 가느다란 손이 쥬너의 목을 움켜잡고 방 안을 반쯤이나 밀려가도록 빙글 돌렸다. 완전히 옷을 차려입은 총경은 아침에 처음 맡는 코담배 냄새에 아주 만족스러운 듯 콧구멍을 벌름거리며 수화기에 대고 말했다.

"나 퀸일세. 쥬너의 말에 신경쓰지 말게, 토머스, 무슨 일인가?"

벨리가 걸걸한 목소리로 크게 말했다.

"아, 총경님이시군요. 이렇게 아침 일찍 방해하게 되어 죄송합니다만, 조금 전에 리터가 몬티 필드의 아파트에서 전화를 걸어왔거든요. 재미있는 보고가 있었습니다."

총경은 싱긋 웃었다.

"그렇다면 리터가 누구를 체포했나? 그게 누구인가, 토머스?"

벨리의 여유있는 목소리가 들려왔다.

"맞았습니다. 총경님. 리터의 이야기로는 그곳에서 민망하게도 déshabillée(발가벗은) 여자를 잡았다고 합니다. 더 이상 그 여자와 둘이서만 있게 한다면 그는 아내로부터 이혼당할 겁니다. 어떻게 하지요, 총경님?"

퀸은 쾌활하게 웃음소리를 냈다.

"알았네, 토머스. 지금 곧 그곳으로 두 사람쯤 보내 리터를 지키도록 하게. 나도 양이 꼬리를 두 번 흔드는 동안 그곳으로 가지. 엘러리를 침대에서 끌어내자마자 바로 말일세."

총경은 싱글벙글하며 수화기를 내려놓았다.

“쥬너!”

쥬너의 얼굴이 작은 부엌문 안쪽에서 내다보았다.

“빨리, 계란과 커피!”

그리고 나서 총경은 엘러리를 찾으려고 침실 쪽을 돌아보았다. 칼라는 아직 달지 않았지만 틀림없이 옷을 차려 입은 엘러리가 잠이 덜 깬 얼굴로 서 있는 모습이 눈에 들어왔다.

총경은 팔걸이의자에 느긋하게 앉아 탐탁치 않은 듯한 목소리로 말했다.

“아니, 벌써 일어났구나. 침대에서 끌어내야겠다고 생각하던 참인데, 이 게으름쟁이야!”

엘러리는 딴청을 부렸다.

“네, 마음 푹 놓으십시오. 저는 분명히 일어나 있습니다. 쥬너가 내 뱃속 벌레에게 활기를 넣어주기만 하면 아버지를 방해해서 폐를 끼치지 않을 겁니다.”

그는 성큼성큼 침실로 들어가더니 잠시 뒤 칼라와 넥타이를 흔들며 다시 나타났다.

퀸 총경은 벌떡 일어나 외치듯 물었다.

“아니, 너 지금 어디 가려는 거냐?”

엘러리는 시치미 떼며 대답했다.

“책방에 가는 겁니다, 총경님. 그 펠코너의 초판본을 놓치고 싶지 않거든요. 아직 남아 있을지도 모릅니다.”

퀸 총경은 못마땅한 듯이 말했다.

“그까짓 펠코너 따위야 어떻게 되든 상관없어. 너는 이미 한 가지 일에 손을 댔으니 결과가 나올 때까지 거들어야 해. 쥬너, 식사 준비는 되었느냐?”

쥬너가 한 손에 쟁반, 한 손에 우유 주전자를 들고 균형을 잡으며 민첩하게 방으로 들어왔다. 그는 재빨리 식탁준비를 했다. 커피가 끓고 토스트가 구워졌다. 아버지와 아들은 말없이 서둘러 아침을 끝냈다.

엘러리는 빈 커피 잔을 내려놓으며 말했다.

"자, 이제 알카디아풍 식사를 끝냈습니다. 불길이 어딘지 가르쳐주시지요."

퀸 총경은 투덜거렸다.

"모자와 외투를 가져 오너라, 바보 같은 질문은 그만두고, 귀찮은 아들 녀석이로군."

3분 뒤 두 사람은 길로 나와 택시를 부르고 있었다.

택시는 당당한 아파트 앞에 멈춰섰다. 피고트 형사가 입에 담배를 물고 길 위를 서성거리고 있었다. 총경은 그에게 윙크를 던지고는 서둘러 로비로 들어갔다.

퀸과 엘러리가 엘리베이터를 타고 4층으로 올라가자 헤이그스트롬 형사가 두 사람을 맞으며 '4 D'라고 적힌 방을 가리켰다. 문패 위의 글자를 읽으려고 몸을 앞으로 숙였던 엘러리가 재미있는 듯한 눈길로 아버지의 주의를 끌려고 돌아보았을 때 퀸 총경이 조급하게 누른 벨에 응답하여 문이 활짝 열리고 빨갛게 상기된 리터의 커다란 얼굴이 두 사람을 내다보았다.

리터는 열린 문을 잡고 선 채 입 속으로 우물우물 말했다.

"안녕하십니까? 와 주셔서 고맙습니다."

퀸과 엘러리는 방 안으로 들어갔다. 두 사람은 사치스러운 가구로 장식된 좁은 응접실에서 발길을 멈췄다. 눈길이 닿는 정면에 거실이 있고, 그 안쪽에 닫힌 문이 있었다. 그리고 테두리 장식이 달린 여자용 슬리퍼를 신은 날씬한 발목이 보였다.

총경은 앞으로 한 발 내딛다가 생각을 돌려 재빨리 복도문을 열고 밖에서 어슬렁거리고 있는 헤이그스트롬을 불렀다.

헤이그스트롬이 달려왔다. 총경이 날카로운 목소리로 말했다.

"안으로 들어오게. 자네가 해야 할 일이 있네."

엘러리와 사복형사를 뒤에 거느리고 총경은 성큼성큼 거실로 들어갔다. 성숙한 아름다움을 지녔으나 좀 지친 듯 짙게 바른 볼연지 밑으로 푸른 기 도는 퇴색한 피부 빛깔이 들여다보이는 여자가 벌떡 일어섰다. 얇은 천의 화려한 네글리제를 걸치고 머리카락은 헝클어진 채였다. 그녀는 신경질적으로 담배를 발로 밟아 뭉갰다.

그리고 분노에 떠는 날카로운 목소리로 퀸에게 소리쳤다.

"당신이 우두머리인가요?"

퀸은 우뚝 선 채 무표정하게 상대방을 뜯어 보았다.

"대체 당신이 뭔데 부하 순경을 보내 나를 이 방에 밤새도록 가둬두는 거에요?"

그녀는 마치 할퀴며 덤벼들 듯한 기세로 노인을 향해 돌진했다. 리터가 재빨리 그녀의 앞을 가로막고 팔을 비틀었다. 형사가 소리쳤다.

"이봐, 질문받기 전까지는 얌전히 있어야 해."

그녀는 리터를 노려보았다. 그러더니 암호랑이처럼 몸을 한 번 틀어 형사의 손을 풀고 의자에 털썩 앉아 숨을 헐떡였다. 눈은 분노로 타오르고 있었다.

총경은 두 손을 허리에 짚어 팔꿈치를 펼치고 우뚝 선 채 혐오의 표정을 노골적으로 드러내며 그녀를 아래위로 훑어보았다.

엘러리는 그녀에게 잠시 눈길을 던졌을 뿐 천천히 방안을 서성거리며 벽지와 일본 판화를 들여다보고, 책상 위의 책을 들어 올려보고, 어두운 구석으로 얼굴을 디밀어 보기도 했다.

퀸은 헤이그스트롬에게 지시했다.

"이 여자를 옆방으로 데려가 잠시 함께 있게."

형사는 사정없이 그녀를 몰아붙여 일으켜 세웠다. 그녀는 마음대로 해보라는 듯이 흔들며 앞장서서 옆방으로 들어갔다.

노인은 한숨을 내쉬고 안락의자 가운데 하나에 몸을 묻었다.

"리터, 어떻게 된 일인지 설명해보게."

리터는 부동자세로 대답했다. 눈이 치켜 올라가고 충혈되어 있었다.

"저는 어젯밤 총경님이 명령하신 대로 했습니다. 여기까지 경찰차를 타고 와서 길모퉁이에서 내렸지요. 누군가가 지켜보고 있을지도 모른다고 생각되었기 때문입니다. 그리고는 이 방까지 천천히 올라왔습니다.

주위는 아주 조용하고 불빛도 전혀 보이지 않았습니다. 그것은 건물 안으로 들어오기 전에 안뜰로 나가 아파트 뒤창을 올려다보았기 때문에 알고 있었습니다. 아무 대답도 없었지요."

리터는 커다란 턱을 긴장시키며 다음 이야기를 계속했다.

"그래서 다시 한번 벨을 눌렀습니다. 이번에는 좀더 오래 세게. 그러자 효과가 있었습니다. 안에서 자물쇠 풀리는 소리가 들리고 저 여자가 콧소리로 '당신이세요, 허니? 열쇠는 어떻게 했어요?'라고 말했습니다. 저는 곧 필드 씨의 여자 친구가 나를 그로 잘못 알고 있구나 생각했지요. 그래서 한 발을 문틈으로 밀어 넣고 그녀가 어떻게 된 일인지 모르는 사이에 꽉 붙잡았습니다. 그런데 그만 깜짝 놀랐습니다. 저는 옷을 차려입고 있으리라 생각했는데, 글쎄 잡고 보니 얇은 잠옷차림이었습니다. 틀림없이 얼굴이 시뻘개졌을 겁니다."

리터는 우물쭈물하며 싱긋이 웃었다.

엘러리가 작은 옻칠 화병 위로 몸을 숙이며 중얼거렸다.

"흠, 우리 선량한 사법관의 보람이라고 할 만하군."

리터는 이야기를 계속했다.

"꽉 붙들자 그녀는 소리소리 질렀습니다, 굉장히 요란하게. 이 거실에 가두자 그녀는 불을 켜서 자세히 볼 수 있었습니다. 겁먹어 파랗게 질리긴 했지만 굉장한 여자였습니다. 저에게 욕을 퍼붓기 시작하며 대체 어떤 녀석이냐, 밤중에 여자 방에 밀고 들어와 뭘 하려는 거냐는 등 정신없이 퍼부어대더군요. 그래서 배지를 보여주었지요. 저 콧대 높은 시바의 여왕께서는 배지를 보자 곧 조개처럼 입을 꼭 다물고는 뭘 물어도 대답 한 마디 하지 않았습니다."

"왜 그랬을까?"

노인의 눈은 바닥에서 천장으로 두리번거리며 방 안을 둘러보고 있었다.

"모르겠습니다, 총경님. 처음에 그녀는 겁먹은 것 같았습니다. 그런데 배지를 보자 굉장히 고집이 세어져 내가 이곳에 오래 있으면 있을수록 더욱 철면피가 되는 겁니다."

퀸 총경이 낮은 목소리로 날카롭게 물었다.

"필드에 대해서는 말하지 않았겠지?"

리터는 비난하듯 흘끗 상관을 바라보았다.

"제 입으로는 내비추지도 않았습니다. 아무래도 그녀로부터는 정보를 끌어낼 수 없다는 것을 알고――아무튼 그녀는 줄곧 '몬티가 돌아올 때까지 기다려봐, 이 멍청이야!'라는 말만 되풀이했으니까요――저는 침실을 들여다보았습니다. 아무도 없었기 때문에 그녀를 그 안에 가두어 문을 열어놓은 채 불을 켜고 밤새도록 지키고 있었습니다. 잠시 뒤 그녀는 침대에 들어가 잠이 든 것 같았습니다. 아침 7시가 되자 그녀는 부스스 일어나더니 또다시 같은 소리를 되풀이하기 시작했습니다. 아마 필드가 경찰에 체포되었다고 지레짐작한 것 같습니다. 자꾸만 신문을 보고 싶다고 하더군요. 나는

그럴 수 없다고 말해주고는 곧 경찰국으로 전화했습니다. 그 뒤로
는 아무 일도 일어나지 않았습니다.”

엘러리가 방 한쪽에서 급히 불렀다.

“아버지, 우리들의 법률가 선생께서 무엇을 읽고 있었는지 아십니
까? 아버지는 아마 상상도 못하실 겁니다. 《필적분석 입문》이라는
책입니다.”

총경은 콧방귀를 뀌며 일어섰다.

“언제까지 책이나 주무르고 있을 거냐? 이제 그만둬. 자, 따라오
너라!”

총경은 침실문을 활짝 열었다. 여자는 침대 위에 무릎을 포개고 앉
아 있었다. 침대는 화려한 장식이 달린 프랑스식을 모방하여 만든 것
으로, 술이 요란하게 달려 있고 바닥까지 수를 놓은 커튼이 드리워져
있었다.

헤이그스트롬은 무뚝뚝하게 창에 기대서 있었다.

퀸 총경은 재빨리 주위를 둘러보았다. 그리고 나서 리터 쪽을 돌아
보며 다른 사람은 알아듣지 못하도록 낮은 목소리로 물었다.

“이 침대는 어젯밤 자네가 왔을 때 흐트러져 있던가? 누군가 잔
흔적이 있던가?”

리터는 고개를 끄덕여 보였다. 그러자 퀸 총경이 상냥하게 말했다.

“이제 됐네, 리터. 그만 돌아가서 한숨 자게. 자네에게는 그럴 만
한 권리가 있네. 나갈 때 피고트를 위로 보내주게.”

형사는 모자에 손을 대어 경례하고는 방을 나갔다.

퀸 총경은 여자 쪽으로 몸을 돌려 반쯤 외면한 얼굴을 찬찬히 살펴
보았다. 그녀는 울화가 치미는 듯 담배에 불을 붙였다. 노인이 온화
하게 자기 소개를 했다.

“나는 경찰국의 퀸 총경이오. 미리 말해두지만, 입을 다물고 침묵

을 지키거나 거짓말하면 엉뚱한 말썽에 끌려 들어갈 뿐만 아니라 더 곤란한 일이 생길 거요. 당신도 물론 알고 있겠지요?"

그녀는 얼른 얼굴을 돌렸다.

"저는 어떤 질문에도 대답하지 않을 거에요, 총경님. 무슨 권리로 당신이 저에게 질문하는 건지 알기 전에는. 조심해야 할 사람은 당신이라구! 당신이 내뱉은 말이나 파이프에 채워서 피우시지요."

총경은 코담배를 킁킁거렸다. 여자가 담배 얘기를 꺼낸 바람에 해로운 습관이 자극을 받은 탓이리라. 그리고는 여전히 부드러운 음성으로 "그렇군!" 하고 대답했다. "그러니까 당신은 홀로 외롭게 잠자는 여인을 한밤중에 두들겨 깨우는 건 틀림없이 수상쩍은 일이라고 비난하는 거군요. 그럼 당신은 그때 자고 있었다는 말이오?"

"물론 자고 있었어요."

그녀는 곧바로 대답하고는 아차 싶은지 입술을 깨물었다.

"그리고는 경관과 부딪쳤단 말이로군요. 깜짝 놀란 것도 당연하지요."

그녀는 날카로운 목소리로 말했다.

"깜짝 놀라지 않았어요!"

노인은 위로하듯 대답했다.

"그 점은 따지지 말기로 합시다. 그러나 이름을 들려주는 데는 아무 지장 없겠지요?"

"왜 이름을 말해야 하는지 잘 알 수 없지만, 말해서는 안 될 이유도 없을 것 같군요. 제 이름은 엔젤러 루소예요, 엔젤러 루소. 저는 필드 씨와 약혼한 사이에요."

퀸이 무겁게 말했다.

"그렇소? 엔젤러 루소 양으로 필드 씨와 약혼 중이라고요. 아, 좋소. 그런데 당신은 어젯밤 이 집에서 뭘 하고 있었소, 엔젤러 루소 양?"

그녀는 차갑게 대꾸했다.

"그건 당신이 참견할 일이 아니에요. 이제 돌려보내주세요. 법에 어긋나는 일은 아무것도 하지 않았어요. 저에게 이래라저래라 할 권리는 당신에게 없을 거에요."

엘러리는 방 한구석에서 창 밖을 내다보고 있다가 미소지었다. 퀸 총경은 몸을 숙여 그녀의 한 손을 다정하게 잡았다.

"루소 양, 내가 말하는 것을 믿어주시오. 당신이 어젯밤 여기서 뭘 하고 있었는지 꼭 알아내야만 하는 데에는 그럴 만한 타당한 이유가 있소. 어서 대답해주시오."

그녀는 손을 흔들며 소리쳤다.

"당신들이 몬티를 어떻게 했는지 알기 전에는 입을 열지 않겠어요. 그이를 체포했다면 이렇게 저를 괴롭힐 필요가 없잖아요. 저는 아무것도 모르니까요."

퀸 총경은 몸을 일으키며 단호하게 말했다.

"필드 씨는 지금 아주 안전한 곳에 있소. 나는 당신에게 매우 부드럽게 말씀드린 것으로 알고 있소. 몬티 필드 씨는 죽었소."

"몬티 필드가……."

그녀의 입술은 기계적으로 움직였을 뿐이었다. 그녀는 침대에서 뛰어 일어나 잠옷을 여며 뚱뚱한 몸에 죄어 붙이며 퀸 총경의 무표정한 얼굴을 바라보았다. 그러더니 느닷없이 짧게 웃음소리를 내고는 다시 침대에 몸을 내던지며 비웃었다.

"자, 어서 마음대로 하세요! 당신은 저를 끌어들이려 하고 있지요?"

퀸 총경은 희미한 미소를 떠올렸다.

"유감이지만 나는 그런 이야기를 농담으로 하는 취미를 지니고 있지 않소, 내 말을 있는 그대로 받아들여도 좋다는 것을 보증하오, 몬티 필드 씨는 죽었소, "

그녀는 총경을 뚫어지게 올려다보았다. 입술이 움직였지만 목소리는 나오지 않았다.

총경은 그녀 가까이로 얼굴을 갖다대어 귀에 대고 속삭였다.

"루소 양, 그는 살해되었소, 이만큼 말씀드리면 당신도 이제 질문에 대답해 주겠지요? 당신은 어젯밤 10시 15분 전에 어디 있었소?"

그녀의 몸이 침대 위에서 축 늘어지며 커다란 눈에 공포의 빛이 나타나기 시작했다.

총경은 무표정한 얼굴로 그녀를 바라보고 있었다.

그녀는 위안받을 데가 전혀 없다고 깨달았는지 느닷없이 울음을 터뜨렸다. 이윽고 훌쩍거리며 구겨진 베개 속에 얼굴을 묻어버렸다.

퀸 총경은 뒤로 물러나 방 안으로 방금 들어온 피고트에게 낮은 목소리로 말을 건넸다.

여자의 흐느낌 소리가 갑자기 멎었다. 그녀는 침대에 일어나 앉아 커다란 손수건으로 얼굴의 여기저기를 가볍게 누르고 있었다. 눈이 이상하게 빛나고 있었다.

그녀는 조용한 목소리로 말했다.

"당신이 말씀하신 뜻을 이제 알았어요, 저는 어젯밤 10시 15분 전에 이 아파트에 와 있었지요, "

퀸이 코담배 쌈지를 더듬으며 물었다.

"증명할 수 있소?"

그녀는 귀찮은 듯이 대답했다.

"아무것도 증명할 수 없어요, 그럴 필요도 없고요, 그러나 알리바이를 바라신다면 이 아파트 관리실의 수위가 9시 30분쯤 제가 이

건물로 들어오는 것을 보았을 거에요."

"그 점은 조사해 보면 곧 알 수 있겠지요"라고 퀸 총경이 인정했다. "그럼, 묻겠는데, 당신은 어젯밤 무엇 때문에 여기에 왔소?"

그녀는 내키지 않는 듯이 말했다.

"몬티와 약속이 있었어요. 어제 오후 우리집으로 전화해서 밤에 만나기로 약속한 거예요. 일이 있어 10시까지는 못 돌아온다기에 저는 이 방에서 기다리기로 했지요. 그래서 이곳에 온 거랍니다."

그녀는 잠깐 사이를 두었다가 머뭇거리는 빛도 없이 말을 계속했다.

"지금까지도 자주 이런 식으로 이 아파트에 찾아왔었어요. 우리는 대개 잠시 '이럭저럭' 시간을 보내다가 밤을 함께 지내곤 했지요."

"그렇소? 그랬군요."

총경은 조금 열없어하며 헛기침을 했다.

"그런데 필드 씨가 시간에 맞춰 돌아오지 않아……."

"아마 일이 예정보다 늦게 끝나는 모양이라고 생각했어요. 그래서 저는 좀 피곤하여 아마 잠깐 잠들었던 모양이에요."

퀸 총경이 서둘러 말을 받았다.

"잘 알았습니다. 그런데 필드 씨가 어디 간다든지, 그 일이 어떤 건지 말해 주었소?"

"아니오."

총경은 신중하게 다음 질문을 했다.

"그리 중요한 일은 아니지만 말 나온 김에 하나 더 물어보겠소. 대답해 준다면 꽤 참고가 되겠는데, 필드 씨는 연극을 좋아하셨나요?"

그녀는 의아한 눈초리로 총경을 바라보더니 잠시 후 곧 평정을 되찾았다.

"그리 좋아하지는 않는 것 같았어요. 그런데 왜 그런 걸 묻지요?"
총경이 맑은 얼굴을 지었다.
"그렇소, 바로 그것이 문제요. 그렇소."
총경이 헤이그스트롬에게 눈짓하자 형사는 주머니에서 수첩을 꺼냈다.
퀸 총경이 다시 말을 이었다.
"필드 씨의 개인적인 친구분 이름을 아는 대로 일러주시겠소? 사업관계로 아는 분 가운데 당신이 아는 사람이 있거든 그 이름도 말해주시오."
루소는 요염하게 두 손을 머리 뒤에서 깍지 꼈다. 그리고 어리광부리듯이 말했다.
"사실대로 말씀드리면 저는 아무도 몰라요. 여섯 달쯤 전 '빌리지'*2의 가면무도회에서 몬티와 만났어요. 우리가 약혼한 사실도 비밀로 해두었어요. 저는 그 사람의 친구는 한 사람도 만난 적이 없어요. 제가 보기에 몬티에게는 친구가 그리 많지 않았던 것 같아요. 그리고 사업관계의 교제에 대해서는 물론 전혀 알지 못해요."
"필드 씨의 재정 상태는 어땠습니까?"
상대는 천박한 태도를 완전히 되찾아 역습으로 나왔다.
"여자가 그런 일에 대해 알 수 있으리라고 생각하시나요? 몬티는 언제나 돈을 헤프게 쓰는 편이었어요. 돈에 불편을 느낀 적은 없어요. 저를 위해 하루 저녁에 5백 달러쯤 쓰는 건 보통이었지요. 몬티는 그런 사람이었어요. 마음씨가 아주 너그러웠지요. 운이 나빴나봐요. 가엾게도."
그녀는 서둘러 코를 훌쩍이며 눈물을 닦았다.
총경은 늦추지 않고 다그쳤다.
"그렇다면 은행 예금 사정은?"

루소는 미소지었다. 그녀는 마음먹은 대로 감정을 변화시킬 수 있는 것 같았다.

"수상하게 생각한 적은 한 번도 없었어요. 몬티가 저를 제대로 대우해 주는 한 그런 건 알 필요 없으니까요."

그리고 그녀는 얼른 덧붙였다.

"그 사람이 그런 것을 저에게 이야기할 리 없고, 그러니 제가 관심을 가질 필요가 없지요."

이때 엘러리가 아무렇지도 않은 듯한 목소리로 물었다.

"루소 양, 당신은 어젯밤 9시 30분 '전에는' 어디 있었습니까?"

그녀는 새로운 목소리에 깜짝 놀라 돌아보았다. 두 사람은 주의 깊게 서로 상대방을 살펴보았다. 이윽고 그녀의 눈에 따뜻한 빛이 떠올랐다.

"당신이 누구인지 모르겠지만, 그것을 알고 싶다면 센트럴 파크의 연인들에게 물어보시는 게 좋을 거에요. 나는 공원을 산책하고 있었으니까요. 너무나 할 일이 없어서 7시 반부터 여기 올 때까지 공원을 산책했어요."

"아주 운이 좋군." 엘러리가 중얼거렸다.

총경이 바쁘게 문 곁으로 걸어가며 다른 세 사람에게 손가락을 굽혀 신호를 보냈다.

"우리는 자리를 비킬 테니 옷을 갈아입으시오, 루소 양. 지금은 이것으로 충분하오."

그녀는 사람들이 몰려나가는 것을 넋나간 눈으로 지켜보고 있었다. 퀸 총경은 맨 나중에 나가 문을 닫으며 아버지같이 부드러운 눈길을 그녀의 얼굴에 던졌다.

거실로 나오자 네 사나이는 부지런히 꼼꼼하게 수사에 착수했다. 총경의 명령으로 헤이그스트롬과 피고트가 방 한구석에 있는 조각이 새겨진 사무용 책상 서랍을 조사했다.

엘러리는 흥미있는 눈길로 《필적에 의한 성격판단》이라는 책의 페이지를 넘기고 있었다. 퀸은 계속 이곳저곳 돌아다니며 응접실 바로 옆의 거실 안쪽에 있는 옷장을 열고 살폈다. 널찍한 옷장으로 톱코트며 외투며 케이프 등 여러 가지 옷들이 양복걸이에 걸려 있었다. 총경은 그것들을 한곳에 모았다. 꼭대기 선반에는 모자가 몇 개 있었다.

"엘러리, 모자다!" 총경은 신음하듯 외쳤다.

엘러리는 읽고 있던 책을 주머니에 집어넣고 서둘러 방을 가로질러 달려왔다.

퀸 총경은 의미심장하게 모자를 가리켰다. 두 사람은 함께 그것을 살펴보기 시작했다. 모자는 모두 네 개 있었다. 빛바랜 파나마 모자 하나, 쥐색과 갈색의 페도라*3 두 개, 그리고 더비 하나. 그 모자들에는 모두 브라운 형제 상회 상표가 붙어 있었다.

두 사람은 모자들을 손에 들고 이리저리 돌려보았다. 그 가운데 세 개에는 안감이 없다는 사실을 곧 알아차렸다. 파나마 모자와 두 개의 페도라였다. 네 번째 모자는 최고급품 더비였는데, 퀸은 그것을 자세히 살펴보았다. 안감을 만져보고 가죽 밴드를 뒤집어 꺼내보더니 머리를 내저었다.

퀸이 천천히 말했다.

"이 모자에서 단서가 발견되리라 기대하는 것은 멍청한 짓이야. 어째서 그런 생각을 했는지 나도 모르겠구나. 필드는 어젯밤 실크햇을 쓰고 있었고, 그 모자는 이 방에 있을 리가 없다는 것을 알면서 말이지. 수사 결과로 판단하건대 범인은 우리가 도착했을 때 아직 극장 안에 있었어. 리터는 11시에 이곳으로 왔거든. 그러므로 모자를 이 아파트로 가져올 수가 '없었어.' 그리고 또 범인이 그런 짓을 할 이유가 없지 않느냐? 만일 물리적으로 그렇게 할 수 있었다 하더라도 말이다. 필드의 아파트가 곧 수사받으리라는 것쯤은 범인도 잘 알고 있었을 테니까. 정말 나도 좀 어떻게 되었던 모양이다, 엘러리. 이런 모자 따위로는 아무런 단서도 잡을 수 없는데."
총경은 기분이 상한 듯 더비를 본디 있던 선반에 던져버렸다.
엘러리는 생각에 잠겨 언짢은 얼굴로 우뚝 서 있었다.
"말씀하신 대로입니다, 아버지. 이런 모자 따위에는 아무 뜻도 없습니다. 그런데도 좀 이상한 기분이 드는군요. 그건 그렇고……."
엘러리는 몸을 똑바로 세우고 안경을 벗었다.
"아버지는 어젯밤 필드의 소지품 가운데 모자말고 또 다른 것이 없어진 사실을 모르셨습니까?"
퀸 총경은 무뚝뚝하게 말했다.
"그 질문에는 간단히 대답할 수가 없구나. 하지만 분명히 대답하지 못할 것도 없어. 예를 들면 스틱이 있지. 그러나 내가 어떻게 단정할 수 있겠니? 필드가 스틱을 들고 다녔다 하더라도 말이다. 스틱을 가져오지 않은 누군가가 극장을 나가며 필드의 스틱을 슬쩍 들고 나가기는 아주 간단한 일이지. 어떻게 그 사나이를 붙잡아 스틱의 임자를 가려낸단 말이냐? 그렇기 때문에 그런 것은 생각해보지도 않았다. 그리고 만약 스틱이 로마 극장 안에 있다면 아직도 그대로 있을 거다, 엘러리. 그 점에 대해서는 염려 없어."
엘러리가 빙그레 웃었다.
"그 점에 대한 아버지의 머리 회전이 너무도 훌륭하여 감탄의 표시로 셸리나 워드워즈를 인용하고 싶을 정도입니다. 그러나 제게는 '그러다가 문득 생각이 떠올랐다'는 문구 이상으로 시적인 글귀는 떠오르지 않는군요. 왜냐하면 이제까지 생각이 미치지 못했으니까요. 그건 그렇고, 요점은 이렇습니다. 옷장 속에 스틱이 한 개도 없다, 그러나 필드같이 야회복 차림으로 외출할 만큼 거만한 취미를 가진 사람은 아마 틀림없이 여러 옷차림에 맞는 스틱을 따로 지니고 있었을 겁니다. 스틱이 없다는 사실——침실 옷장에서 스틱이 나타난다면 이야기가 다르지만 아무래도 그렇지 않을 것 같습니다, 외투 종류는 모두 이곳에 있는 모양이니까요——로 미루어 필드가 어제 스틱을 지니고 있었을지도 모른다는 가능성은 배제됩니다. Ergo(따라서), 스틱에 대해서는 생각하지 않아도 좋을 것 같습니다.”

총경은 방심한 태도로 대답했다.

“일리 있는 말이다, 엘러리. 나는 거기까지는 생각지 못했구나. 그럼, 모두들 어떻게 하고 있는지 가보자.”

두 사람은 방을 가로질러 서랍을 뒤지고 있는 헤이그스트롬과 피고트 곁으로 갔다. 서류와 메모 등이 책상 위에 작은 무더기로 쌓여 있었다.

퀸 총경이 물었다.

“재미있는 게 나왔나?”

피고트가 대답했다.

“제가 보기에는 쓸 만한 게 아무것도 없는 것 같습니다, 총경님. 모두 흔한 물건들뿐입니다. ——편지 몇 통——주로 루소라는 여자에게서 온 것으로 꽤 열렬한 내용이군요. 그리고 계산서, 영수증 등입니다. 여기서는 아무것도 안 나올 것 같습니다.”

퀸 총경은 서류를 흘끗 들여다보았다.

“그렇군, 쓸 만한 건 아무것도 없어. 그럼, 다른 곳을 찾아보지.”

그들은 서류를 책상에 도로 넣었다. 피고트와 헤이그스트롬은 능숙하게 방 안을 수색해 나갔다. 가구를 두드려 보고 쿠션 밑을 들여다보고 카펫을 들춰보는 등 철저하고 익숙한 솜씨였다.

퀸과 엘러리가 그들을 묵묵히 지켜보고 있는데 침실문이 열렸다. 루소가 회색 산책 옷에 도크 모자*4를 쓴 멋쟁이 차림으로 모습을 나타냈다. 두 형사는 쳐다보지도 않고 수색작업을 계속했다.

그녀는 걱정스러운 목소리로 물었다.

"저 사람들 뭘 하고 있는 거지요, 총경님? 무언가 좋은 물건이라도 찾고 있나요?"

날카로운 눈매가 몹시 흥미를 느낀 듯했다.

"여자분으로서는 아주 빠르게 옷을 입었군요" 하고 총경은 놀라운 듯이 말했다. "돌아가는 거요?"

그녀는 곁눈질로 총경을 흘끗 훑어보았다. 그리고 얼굴을 돌리며 대답했다.

"물론이지요."

"지금 사시는 곳은?"

그녀는 그리니치 빌리지의 맥도걸 거리 번지를 말했다. 총경은 메모를 하며 정중히 말했다.

"고맙소."

그녀는 방을 가로질러 걸어나가려고 했다.

"아참, 루소 양!"

그녀가 돌아보았다.

"가시기 전에 하나만 더 물어봅시다. 필드 씨는 술을 마시는 버릇이 있었습니까? 특히 술이 센 편은 아니었는지요?"

그녀는 재미있다는 듯한 웃음소리를 냈다.

"알고 싶은 건 그것뿐인가요? 그렇다고 할 수도 있고 그렇지 않다고 할 수도 있어요. 저는 몬티가 밤새도록 계속 마시고도 몸을 제대로 가누며, 마치 목사님처럼 똑바로 하고 있는 것을 본 적이 있어요. 그런가 하면 어떤 때는 겨우 한두 잔 마시고도 우스울 만큼 몸을 가누지 못하기도 했어요. 때와 장소에 따라 다른 모양이에요."

그녀는 또다시 소리내어 웃었다.

경감이 혼잣말처럼 중얼거렸다.

"그렇소, 우리들 대부분이 그러니까요. 그렇다고 당신에게 억지로 남의 비밀을 폭로하라고 말하는 건 아니오, 루소 양. 아마 당신은 그가 어디서 술을 구하는지 아시겠지요?"

그녀는 곧 웃음을 멈추고 시치미 뗀 얼굴에 경멸의 표정을 지었다.

"저를 어떻게 생각하시는 거지요, 총경님? 그런 건 알지 못하고, 또 안다 하더라도 말하고 싶지 않아요. 밀매자라도 그들을 잡아가려고 날뛰는 사람들보다 열심히 일하고 머리나 분별력이 더 나은 사람이 많아요."

퀸 총경은 달래듯 말했다.

"인간은 누구나 마찬가지요. 그렇더라도 언제고 다시 우리가 그 대답을 필요로 할 경우에는 당신이 반드시 가르쳐주리라 확신하는데 어떻소?"

침묵이 흘렀다.

"지금으로선 그것뿐이오, 루소 양. 다른 곳으로 가지 말고 뉴욕에 계시오, 알겠지요? 곧 당신의 증언이 필요하게 될지도 모르니까요."

"그럼, 이만 가보겠어요."

그녀는 고개를 까딱해 보였다. 그리고 대기실 쪽으로 걸어갔다.

"루소 양!"

퀸 총경이 갑자기 날카로운 목소리로 그녀를 불러 세웠다. 그녀는 문손잡이를 잡은 채 돌아보았다. 입술에서 미소가 사라졌다.

"벤저민 모건 씨는 필드 씨와 손을 끊은 다음 뭘 하고 있었소?"

몇 초쯤 망설이다가 곧 그녀의 대답이 튀어나왔다. 그녀는 미간을 찌푸리고 이마에 주름을 잡으며 되물었다.

"누구 말씀이지요 ? "

퀸 총경은 카펫 위에 우뚝 서 있었다. 그는 불쑥 말했다.

"아니, 됐소, 안녕히 가시오, "

그는 그녀에게로 등을 돌렸다. '쾅' 하고 문이 닫혔다. 바로 그 뒤를 쫓아 헤이그스트롬이 슬그머니 방을 나갔다. 방에는 피고트와 퀸 총경 그리고 엘러리만 남았다. 세 사나이는 모두 같은 생각을 하고 있었던 듯 침실로 달려 들어갔다. 얼른 보기에는 아까와 상태가 똑같았다. 침대는 흐트러져 있고 루소의 가운과 네글리제가 바닥에 떨어져 있었다.

퀸 총경은 침대의 옷장문을 열었다.

엘러리가 말했다.

"그 사람은 의상에 대해 굉장한 취미를 가지고 있었군요. 마치 맬베리 거리의 보 블랜멜*5 같은데요. "

모두들 옷장 안을 뒤져보았지만 아무것도 나오지 않았다. 엘러리는 목을 길게 빼고 위의 선반을 들여다보았다. 그리고 만족스러운 목소리로 중얼거렸다.

"모자도 스틱도 없군요, 이것으로써 모두 해결됐습니다. "

좁은 부엌으로 모습을 감추었던 피고트가 반쯤 빈 술병 상자를 무거운 듯이 들고 비틀거리며 나왔다.

엘러리와 퀸은 상자 위로 몸을 숙였다. 총경은 신중히 마개를 뽑아 내용물의 냄새를 맡아보고 병을 피고트에게 건네주었다. 피고트도 상관이 하는 것처럼 진지하게 냄새를 맡았다.

피고트가 말했다.

"겉으로 보기에는 냄새에도 아무 이상이 없는 것 같습니다. 그러나 맛보는 것만은 사양하겠습니다……. 어제 일이 있었으니까요.”

그러자 엘러리가 싱글거리며 말했다.

“자네가 조심하겠다는 건 당연하지. 그러나 생각이 달라져 바커스의 영혼을 일깨울 작정이라면 이 기도문을 외게나. ‘오, 술이여, 사람에게 알려진 이름이 없다면, 그대로 죽음이라고 부르게 해다오.[1]’”

퀸 총경이 씁쓸하게 말했다.

“이 술은 분석을 시켜야겠군. 스카치와 라이를 섞은 거야. 라벨은 진짜 같군. 그러나 확실하다고 말할 수는 없어…….”

엘러리가 갑자기 아버지의 팔을 붙잡고 긴장된 모습으로 몸을 앞으로 숙였다. 세 사나이는 몸을 긴장시켰다. 물건을 긁는 듯한 희미한 소리가 응접실을 통해 들려오고 있었다.

퀸 총경이 속삭였다.

“누가 열쇠로 문을 여는 모양이군. 피고트, 숨어 있다가 누구라도 상관없으니 들어오거든 곧 덤벼들어 잡게.”

피고트는 날쌔게 거실을 지나 응접실 쪽으로 달려갔다.

퀸과 엘러리는 보이지 않게 숨어 침실에서 기다리고 있었다.

바깥문에서 나는 소리 말고는 주위가 완전히 정적에 휩싸였다.

새로 온 방문객은 열쇠가 잘 맞지 않아 애쓰는 것 같았다. 갑자기 자물쇠 열리는 소리가 들리고 그와 동시에 문이 활짝 열렸다. 그리고 거의 곧바로 다시 닫혔다. 짓눌린 듯한 외침 소리. 목쉰 것 같은 신음 소리. 반쯤 숨이 막힌 듯한 피코트의 욕설. 쿵쾅거리는 발소리. 엘러리와 그의 아버지는 거실을 지나 응접실로 달려갔다.

피고트는 검은 옷을 입은 우락부락하고 건장한 체격의 사나이 팔 안에서 버둥거리고 있었다. 바닥에는 격투하던 도중 내던져진 듯한 슈트케이스가 하나 나동그라져 있었다. 신문지 한 장이 공중으로 날

아올라갔다가 엘러리가 마침 욕설을 주고받는 두 사나이 곁에 닿았을 때 바닥으로 떨어져 내렸다.

세 사람이 힘을 합쳐 겨우 방문객을 잡아 누를 수 있었다.

마침내 상대방은 거칠게 숨을 몰아쉬며 바닥에 드러누웠고, 피고트가 그 가슴을 꽉 내리눌렀다.

총경은 몸을 숙여 분노로 빨갛게 타오르는 상대방의 얼굴을 흥미로운 듯이 지켜보며 부드럽게 물었다.

"당신은 누구요?"

제9장 수수께끼 인물 마이클스 등장

침입자는 어색한 모습으로 일어났다. 키가 크고 체격이 떡 벌어진 사나이로, 엄숙한 표정에 힘없는 눈을 하고 있었다.

외모도 태도도 그리 두드러진 데가 없었다. 애써 특징을 찾아내면 풍채와 태도가 너무 평범하여 어디 한 군데 집어낼 게 없다는 것이었다. 어떤 사람인지 직업이 무언지 모르지만 개성있는 특징을 모두 없애려고 일부러 노력한 것 같았다.

"대체 왜 이렇게 난폭한 짓을 하는 겁니까?"

사나이는 낮은 목소리로 물었는데, 그 말투조차 밋밋하고 생기가 없었다.

퀸 총경은 피고트를 돌아보고 엄격하게 물었다.

"어떻게 된 건가, 피고트?"

피고트는 아직도 숨을 몰아쉬며 설명했다.

"저는 문 뒤에 서 있었습니다. 이 들고양이가 들어오기에 팔을 잡았지요. 그러자 이 사나이는 마치 돌진하는 호랑이처럼 나에게 덤벼들었습니다. 그야말로 정면으로 부딪쳐왔습니다. 그래서 한 방

먹여주었지요, 총경님. 그러자 다시 문 밖으로 달아나려고 했습니다."

퀸은 정색을 하고 고개를 끄덕였다.

"그건 거짓말입니다. 이 사람이 저에게 덤벼들었습니다. 저는 다만 방어했을 뿐입니다."

"그거 안됐군요." 엘러리가 중얼거렸다. "엉뚱한 일로……."

이때 문이 홱 열리고 존슨 형사가 문 앞에 나타났다. 그는 총경을 한 옆으로 데려갔다.

"벨리 부장님이 혹시 일이 있을지도 모르겠다며 보냈습니다. 그래서 이쪽으로 올라오던 도중 저 사나이를 발견했습니다. 잘은 모르지만 무언가 냄새 맡으러 돌아다니는지도 알 수 없다 싶어 뒤를 밟았습니다."

퀸은 힘 있게 고개를 끄덕였다.

"잘 왔네. 나에게도 크게 도움이 되네."

총경은 낮은 목소리로 말하고 눈짓하며 앞장서서 거실로 들어갔다.

퀸 총경은 몸집 큰 침입자에게 무뚝뚝하게 말했다.

"한바탕 소란은 끝났네. 그런데 자네는 대체 누구며 여기서 뭘 하고 있었나?"

"저는 찰스 마이클스라는 사람으로, 몬티 필드 씨의 하인입니다."

총경의 눈이 가늘어졌다. 사나이의 전체적인 거동이 어딘지 모르게 달라져 있었다. 아까와 마찬가지로 얼굴에는 아무 표정이 없고 태도도 크게 달라지지 않았으나 총경은 상대방의 변화를 알아차렸다. 그는 엘러리를 재빨리 돌아보고 아들의 눈에서 자기 생각이 맞았다는 것을 읽어냈다.

총경은 침착하게 물었다.

"하인이라고? 그렇다면 이런 아침 시간에 슈트케이스를 들고 어디

가려는 건가?”

총경은 한 손을 내밀어 슈트케이스를 가리켰다. 검은색 싸구려 가방으로 피고트가 응접실에서 주워다 거실에 갖다 놓았던 것이다. 엘러리는 문득 생각난 듯이 응접실 쪽으로 걸어가더니 웅크려앉아 무언가를 주워 올렸다.

마이클스는 총경의 질문에 당황한 기색이었다.

“무슨 말씀이지요? 저건 제 슈트케이스입니다. 바로 오늘 아침에 휴가를 떠날 참이었습니다. 출발하기 전에 급료 수표를 받으러 이리 오기로 필드 씨와 약속되어 있었던 겁니다.”

노인의 눈이 번쩍 빛났다. 마이클스의 표정이나 전체적인 행동은 처음이나 마찬가지로 달라진 점이 없었지만 목소리와 억양은 눈에 띄게 달라져 있었다.

총경이 중얼거리듯 말했다.

“필드 씨와 약속하여 오늘 아침 수표를 받기로 되어 있었다는 말이로군. 그거 아주 이상한데. 잘 생각해봐.”

마이클스는 자기도 모르게 깜짝 놀란 표정을 얼굴에 잠깐 떠올렸다.

“왜 그러십니까? 왜, 필드 씨는 지금 어디 계십니까?”

엘러리가 응접실에서 싱글거리며 말했다.

“주님의 차갑고 차가운 흙 속에.”

그는 마이클스가 피고트와 격투할 때 떨어뜨린 신문을 흔들어 보이며 다시 거실로 돌아왔다.

“당신은 정말 지나치게 머리가 모자라는군. 이건 당신이 들고 온 아침 신문인데, 맨 처음 눈에 띄는 것이 필드 씨의 사건을 보도한 굉장히 큰 제목이오. 제1면 페이지가 온통 그 사건으로 가득찼소. 그런데도 당신은 그 기사를 못 보았단 말이오?”

마이클스는 돌같이 굳어져 엘러리와 신문을 뚫어지게 바라보았다. 그러나 이윽고 눈을 내리깔며 우물쭈물 말했다.

"오늘 아침에는 신문을 읽을 틈도 없었습니다. 필드 씨에게 무슨 일이 있었습니까?"

총경은 내뱉듯 말했다.

"필드는 살해되었네, 마이클스. 그리고 자네는 처음부터 그걸 알고 있었어."

마이클스는 조용히 항의했다.

"아닙니다. 저는 몰랐습니다."

퀸 총경이 단호하게 말했다.

"거짓말하지 말고 왜 이곳으로 왔는지 자백해. 그렇지 않으면 법정에서 온갖 것을 말하지 않을 수 없게 될 거야!"

마이클스는 참을성 있게 노인을 바라보고 있었다.

"저는 진실을 말씀드렸습니다. 필드 씨는 어제 제게 오늘 아침 수표를 가지러 오라고 말씀하셨습니다. 제가 알고 있는 것은 그것뿐입니다."

"여기서 만나기로 되어 있었나?"

"그렇습니다."

"그렇다면 자네는 왜 벨을 누르지 않았지? 아무도 이곳에 없다는 것을 알기라도 한 것처럼 열쇠를 썼단 말이야."

하인은 눈을 크게 떴다.

"벨이라니요? 저는 언제나 열쇠를 쓰고 있습니다. 될 수 있는 한 필드 씨를 방해하고 싶지 않아서요."

"필드는 왜 어제 자네에게 수표를 주지 않았지?"

총경은 목소리를 높였다.

"마침 수표책이 없었기 때문이겠지요."

퀸 총경은 입술을 찡그렸다.

"자네에게는 상상력이 별로 없는 모양이군, 마이클스. 자네가 어제 마지막으로 그를 본 것이 몇 시였나?"

마이클스는 얼른 대답했다.

"7시쯤이었습니다. 저는 이 아파트에 살지 않습니다. 필드 씨가 너무 비좁다고…… 뭐랄까요, 자기 생활을 방해받는 것이 싫었던 거겠지요. 보통 저는 아침 일찍 이곳에 와서 아침 식사를 만들어드리고 목욕 차비를 한 다음 옷을 준비합니다. 필드 씨가 사무실에 나가시면 청소를 하고 그 다음은 저녁 무렵까지 제 시간입니다. 저는 5시쯤 돌아와 낮에 필드 씨로부터 밖에서 식사하시겠다는 연락이 없는 한 저녁 식사 준비를 합니다. 그리고 식사와 밤에 입으실 옷가지를 모두 준비해 놓습니다. 그런 다음 밤에는 일이 없습니다. 어제는 입으실 옷을 준비해 놓은 뒤 필드 씨가 수표 이야기를 하셨습니다."

"그리 힘든 일과는 아니로군" 하고 엘러리는 중얼거렸다. "어제 저녁에는 어떤 옷을 준비했소, 마이클스?"

하인은 공손히 엘러리 쪽으로 돌아섰다.

"속옷과 양말, 야회복과 두꺼운 셔츠, 스태드(칼라 커프스단추), 칼라, 흰 넥타이, 야회복 케이프, 모자."

"잠깐만, 모자라고?" 퀸 총경이 말을 가로막았다. "모자는 어떤 종류였나, 마이클스?"

"실크햇입니다. 하나밖에 없는데 아주 비싼 물건입니다."

그리고는 말에 힘을 주어 덧붙였다.

"브라운 형제 상회 제품이었을 겁니다."

퀸 총경은 기분이 언짢은 듯 의자팔걸이를 똑똑 두드렸다.

"그렇다면 묻겠는데 마이클스, 자네는 어제 저녁 여기서 나간 뒤 뭘 했나? 7시 이후에 말일세."

"집으로 돌아갔습니다. 가방에 짐을 챙겨야 했고, 좀 피곤했습니다. 가벼운 식사를 하고 곧 잠자리에 들었습니다."

그리고 사나이는 순진하게 덧붙였다.

"침대에 든 시각은 9시 30분쯤이었을 겁니다."

"어디에 살고 있나?"

마이클스는 브롱크스 이스트 146번지의 주소를 댔다.

"필드 씨에게 요즘 자주 찾아오는 손님이 있었나?"

마이클스는 품위 있게 이마를 찌푸렸다.

"그것은 저로서는 말씀드리기 어렵습니다. 필드 씨는 여러분들이 흔히 말하는 사교를 즐기는 사람은 아니었습니다. 그리고 저는 저녁식사가 끝난 뒤에는 이곳에 있지 않았기 때문에 돌아간 뒤 누가 왔는지 말씀드릴 수 없습니다. 다만……."

"다만?"

마이클스는 몸을 긴장시키고 머뭇머뭇했다.

"여성이 한 분 계셨습니다. 이런 사정 아래에서 다른 사람 이름을 일러드리는 건 좋은 일이 아닌데……."

"그녀의 이름이 뭐지?" 퀸 총경은 지친 듯 물었다.

"그건 저——좋은 일이 아닌데——루소입니다. 엔젤러 루소 양입니다."

"필드 씨는 언제부터 루소 양을 알고 있었나?"

"몇 달 전부터입니다. 그리니치 빌리지의 어느 파티에서 만나신 것으로 알고 있습니다."

"그런가. 두 사람은 아마 약혼 중이었지?"

마이클스는 당혹스러운 표정을 지었다.

"글쎄요, 그런 관계를 그렇게 말한다면 그렇다고 할 수 있겠지요.

정식이라고 보기에는 좀……. ”

침묵이 흘렀다

총경은 다시 다그쳐 물었다.

“자네는 몬티 필드 씨 밑에서 일한 지 얼마나 됐나, 마이클스 ? ”

“다음 달이면 3년이 됩니다. ”

퀸 총경은 질문의 방향을 바꿨다. 필드의 연극관람 취미, 재정 상태, 술버릇 등에 대해 캐물었다. 이런 점에 대한 마이클스의 대답은 루소의 말을 뒷받침해 주었다. 새로운 것은 아무것도 나오지 않았다.

퀸은 의자등받이에 기대며 말했다.

“방금 자네는 필드 씨 하인으로 3년 가까이 일했다고 했는데, 어떤 인연으로 고용되었나 ? ”

마이클스는 얼른 대답하지 않았다.

“신문광고를 보았습니다. ”

“흠, 3년이나 일하고 있었다면 마이클스, 자네도 벤저민 모건을 알고 있겠군 ? ”

마이클스는 입가에 품위 있는 미소를 띠며 상냥하게 대답했다.

“물론 벤저민 모건 씨를 알고 있습니다. 그분은 아주 훌륭한 신사입니다. 변호사로 필드 씨의 협력자였습니다. 그러나 2년쯤 전에 손을 끊었고, 그 뒤로는 만나 뵙지 못했습니다. ”

“손을 끊기 전에는 자주 만났나 ? ”

우락부락한 하인은 왠지 그리워하는 듯한 말투로 대답했다.

“아닙니다. 필드 씨는 모건 씨와——말하자면——성격이 많이 달라서 두 분 사이에 사교상의 교제는 없었습니다. 그렇습니다, 저는 이 집에서 서너 번 그분을 뵈었습니다. 그것도 아주 바쁜 일이 있을 때 뿐이었습니다. 그런 일에 대해서도 그리 말씀드릴 게 없습니다. 어쨌든 필드 씨는 저를 밤에 이곳에 있게 하지 않았으니까요.

제가 알고 있는 한 두 분이 손을 끊은 다음 모건 씨가 이곳에 오신 적은 없습니다."

퀸 총경은 신문이 시작된 뒤 처음으로 미소지었다.

"정직하게 대답해 주어서 고맙네, 마이클스. 그건 그렇고, 이번에는 오래된 소문 이야기를 묻겠는데, 두 사람이 헤어질 때 무언가 불쾌한 이야기가 없었나?"

마이클스는 대답했다.

"천만의 말씀입니다. 싸우셨다든지 그런 이야기는 한 번도 들어본 적이 없습니다. 필드 씨는 그분과 헤어진 뒤에도 모건 씨와 계속 친구로서 지낸다고 말씀하셨을 정도입니다. 아주 사이좋은 친구라고 말씀하셨습니다."

누군가가 그의 팔을 건드렸으므로 마이클스는 힘없는 표정을 띤 얼굴을 공손하게 그쪽으로 돌렸다. 엘러리였다.

"무슨 일이십니까?" 마이클스는 공손히 물었다.

엘러리는 엄격하게 말했다.

"나는 남의 옛 상처를 건드리는 것을 좋아하지 않지만, 마이클스, 자네는 왜 감옥에 간 일이 있다는 사실을 총경님께 말씀드리지 않나?"

마치 전기가 통하기라도 한 듯 마이클스의 몸이 갑자기 굳어지며 꼼짝도 하지 않았다. 얼굴이 핼쑥해졌다. 입을 멍하니 벌리고 완전히 침착성을 잃은 채 엘러리의 미소짓는 눈을 바라보고 있었다.

"어떻게, 어떻게, 그걸 아셨지요?"

숨을 헐떡이며 묻는 그 말투에는 지금까지와 같은 부드러움도 품위도 없었다. 퀸 총경은 만족스러운 얼굴로 장하다는 듯이 아들을 바라보았다. 피고트와 존슨은 떨고 있는 사나이 쪽으로 다가갔다.

엘러리는 담배에 불을 붙였다. 그리고 유쾌한 목소리로 말했다.

“나는 아무것도 몰랐네, 자네가 말해주기 전까지는. 자네도 델포이
의 신탁*6을 공부해 두면 도움이 될걸세, 마이클스.”

마이클스의 얼굴이 완전히 질렸다. 그는 몸을 떨며 퀸 총경을 돌아
보았다. 그리고 기어드는 목소리로 말했다.

“당신이, 당신이 그건 물어보시지 않았기 때문에…….”

그 말투는 다시 밋밋하고 무표정하게 되어 있었다.

“그리고 그런 사실은 그다지 경찰에 알려드리고 싶지 않으니까요.”

총경이 부드러운 목소리로 물었다.

“어디서 복역했나, 마이클스?”

마이클스는 더듬거리며 대답했다.

“앨미러 교도소입니다. 처음 저지른 범죄였습니다. 그럴 마음은 없
었는데, 먹고 살기 어려워 돈을 조금 훔친 겁니다. 단기형이었습니
다.”

퀸 총경은 일어섰다.

“마이클스, 물론 알고 있겠지만 지금 자네는 완전히 자유의 몸이라
고 할 수 없네. 집으로 돌아가 다른 일자리를 찾아보는 것도 좋겠
지. 그러나 지금 주소에 계속 머물러 언제든 부를 수 있도록 해 주
게. 잠깐만, 돌아가기 전에 한 번 볼까?”

총경은 검은 슈트케이스 곁으로 가서 뚜껑을 활짝 열었다. 마구 쑤
셔 넣은 옷가지——검은 양복 한 벌, 셔츠, 넥타이, 양말, 그 중에는
세탁한 것도 있고 더러운 것도 있었다——등이 나왔다. 퀸 총경은
재빨리 내용물을 뒤져 조사를 끝내고 뚜껑을 닫자 답답한 표정으로
힘없이 곁에 서 있는 마이클스에게 건네주었다.

퀸 총경은 미소지으며 말했다.

“여행 떠나는 사람이 아주 간단한 물건밖에 안 챙겨 넣었군, 마이
클스. 휴가여행이 취소되어서 안됐네. 그러나 이게 세상이라네.”

마이클스는 낮은 목소리로 작별인사를 하더니 슈트케이스를 집어 들고 밖으로 나갔다. 그 바로 뒤를 쫓아 피고트가 슬그머니 방에서 나갔다.

엘러리는 천장을 바라보며 유쾌한 듯이 웃기 시작했다.

"저렇게 점잖은 바보가 다 있지? 시치미 떼고 거짓말을 하는군요. 아버지, 저 녀석이 여기에 왜 왔다고 생각하십니까?"

"물론 무언가 가져가려고 왔겠지."

총경은 생각에 잠겼다.

"그렇다면 우리가 아직 찾아내지 못한 무언가 중요한 것이 여기에 있다는 이야기가 되는데……."

총경은 다시 생각에 잠겼다. 전화벨이 울렸다.

"총경님이십니까?" 수화기 너머로 벨리 형사부장의 커다란 음성이 전해왔다. "경찰국에 걸었더니 안 계셔서 아직 그 집에 계신 줄 알았습니다. 브라운 형제 상회에서 쓸 만한 이야기를 들었습니다. 지금 그쪽으로 갈까요?"

"아니, 여긴 끝났네. 챔버스 거리의 필드 사무소에 들렀다가 곧 들어가겠네. 그 사이 중요한 일이 생기거든 필드 사무실로 연락하게. 자네는 지금 어디 있나?"

"5번 거리입니다. 브라운 형제 상회에서 막 나온 참입니다."

"그렇다면 경찰국으로 돌아가서 기다려주게. 그리고 토머스, 지금 곧 제복경관 한 사람을 이리 보내주게."

퀸 총경은 수화기를 내려놓고 존슨을 돌아보았다. 그리고 조용히 말했다.

"자네는 경관이 올 때까지 여기 있게. 그리 오래 걸리지 않을걸세. 아파트를 잘 지키도록 일러두고 교대 수배도 해 주게. 그런 다음 경찰국에 돌아가서 보고하게. 가자, 엘러리. 오늘도 바쁘게 되었구나.”

엘러리가 항의했지만 소용없었다. 퀸 총경은 서둘러 엘러리를 건물에서 데리고 나와 거리로 나섰다. 시끄러운 택시의 소음으로 총경의 잔소리는 들리지 않게 되었다.

제10장 수사의 열쇠는 실크햇

퀸 총경과 그의 아들이 '변호사 몬티 필드'라고 고딕체로 씌어 있는 반투명 유리문을 밀고 들어갔을 때는 정각 10시였다.

두 사람이 들어선 넓은 대합실은 필드와 같은 옷 취미를 가진 사람에게서 당연히 기대할 만한 양식으로 꾸며져 있었다.

사람 그림자 하나 없었다. 퀸 총경은 의아한 눈길을 흘끗 던지고는 엘러리를 뒤에 거느리고 문을 밀치며 일반 사무실로 들어섰다.

길쭉한 방에는 책상들이 가득 들어차 있었다. 묵직한 법률 서적이 가득 꽂힌 책장만 없다면 신문사 편집국과 비슷했다.

사무실은 혼란스러운 상태였다. 타이피스트들이 여기저기 모여서서 흥분한 얼굴로 소곤거렸고, 몇몇의 남자 사무원들도 한 구석에서 수군거리고 있었다. 그 한가운데 해시 형사가 버티고 서서 관자놀이께의 머리가 희끗희끗한, 마르고 음산해 보이는 남자와 이야기에 열중하고 있었다. 필드의 죽음으로 사무실에 혼란이 일어났음이 분명했다.

퀸 총경이 들어서자 모두들 깜짝 놀란 듯 서로 얼굴을 마주보며 재빨리 자기 책상으로 돌아갔다. 어색한 침묵이 주위를 감쌌다.

해시가 서둘러 앞으로 나섰다. 눈이 충혈되고 치켜 올라가 있었다.

총경이 불쑥 말을 걸었다.

"별일 없나, 해시? 필드의 개인사무실은 어디인가?"

형사는 두 사람을 안내하여 방을 가로질러 다시 '소장실'이라 적힌 다른 문 앞으로 갔다.

세 사람은 눈이 핑핑 돌 만큼 사치스러운 작은 사무실로 들어갔다.

"이 남자는 기분파였나보군요!"

엘러리는 싱글거리며 빨간 가죽 팔걸이의자에 털썩 몸을 주저앉혔다.

총경도 엘러리 흉내를 내며 말했다.

"보고하게, 해시!"

해시는 빠른 말투로 이야기를 시작했다.

"어젯밤 여기 와보니 문이 잠겨 있었습니다. 안에 불이 켜진 곳도 안 보였습니다. 귀 기울여보아도 전혀 소리가 들리지 않았습니다. 그래서 안에는 분명 아무도 없나보다 판단하고 복도에서 하룻밤을 버텼습니다. 오늘 아침 9시, 지금부터 15분쯤 전에 사무장이 들어오기에 바로 그에게 지시했습니다. 총경님이 들어오실 때 이야기하고 있던 그 키 큰 사나이입니다. 루윈이라는 이름입니다. 오스커 루윈."

노인은 코담배를 들이마시며 물었다.

"사무장이라고?"

"그렇습니다, 총경님. 그는 아마 벙어리거나 아니면 입을 철저히 다무는 요령을 터득한 사람인 듯합니다. 물론 벌써 아침 신문을 읽어보고 필드 살인사건 기사로 완전히 제정신이 아니었습니다. 그러나 제 질문에 대해서도 그리 환영하지 않는 눈치였습니다. 그래서 결국 아무것도 짚어내지 못했습니다, 그야말로 아무것도.

　어제 저녁에는 곧장 집으로 돌아갔더군요. 필드는 오후 4시쯤 나가서 그 뒤 돌아오지 않은 것 같습니다. 사무장은 아침에 신문을 읽기 전까지 살인사건에 대해 아무것도 몰랐답니다. 총경님이 오시기를 기다리며 아침 내내 이곳에서 아무 하는 일없이 빈둥거리고 있었습니다.”

“루윈을 데려오게.”

해시는 키가 후리후리한 사무장을 데리고 돌아왔다.

오스커 루윈은 겉으로 풍기는 인상이 좋지 않은 사나이였다. 검은 눈이 약삭빨라 보이고 지나치게 여위어 있었다. 갈고리 같은 코, 뼈가 앙상한 얼굴에 어딘지 추하고 탐욕스러운 데가 있었다.

총경은 차갑게 상대방을 뜯어보았다. 이윽고 그는 입을 열었다.

“당신이 사무장이오? 이번 사건을 어떻게 생각하오, 루윈 씨?”

루윈은 신음하듯 대답했다.

“무서운 일입니다. 그야말로 너무도 무서운 일이어서 왜 어떻게 이런 결과가 되었는지 저로서는 상상도 할 수 없습니다. 뭐라고 해야 할지. 바로 어제 오후 4시쯤에도 이야기를 나누었었는데…….”

사나이는 진심으로 슬퍼하고 있는 것 같았다.

“당신과 이야기할 때 필드 씨에게서 어딘지 이상하다거나 걱정스러워하는 태도를 보지 못했소?”

루윈은 신경질적으로 대답했다.

“네, 전혀요. 정말 드물게 기분 좋아 보였습니다. 자이언트(야구 팀)에 대해 농담하기도 하고, 밤에는 재미있는 연극 〈피스톨 소동〉을 보러 가신다고 했습니다. 그런데 오늘 아침 신문을 보니 그 극장에서 피살되셨다고…….”

“당신에게 연극 이야기를 했소? 혹시 누구와 함께 간다는 말은 하지 않던가요?”

“아니오.”

루윈은 발을 움직거렸다.

“그래요?”

퀸 총경은 잠시 말없이 있었다.

“당신은 사무장이니까 다른 직원들보다 필드 씨와 친했겠지요. 필드 씨에 대해 무언가 개인적으로 아는 점이 없소?”

루윈이 서둘러 대답했다.

“아무것도 모릅니다, 전혀. 필드 씨는 직원들과 친해질 인품이 아니었습니다. 가끔 자신에 대해 말씀하신 적도 있지만, 언제나 일반적인 것으로서 진지하다기보다 농담에 가까웠습니다. 그러나 우리들에게는 언제나 사정을 알아주는 너그러운 고용주였습니다. 제가 알고 있는 것은 그것뿐입니다.”

“필드 씨가 다룬 업무의 규모는 정확히 어느 정도였소? 당신은 아마도 그 방면에 대하여 무언가 알고 있겠지요?”

루윈은 깜짝 놀란 듯했다.

“업무라고요? 이곳에서는 물론 법률관계 업무를 다루며, 제가 이제까지 본 어느 사무소에도 뒤지지 않을 만큼 훌륭합니다. 저는 2년 동안 필드 씨 밑에서 일했는데, 그분에게는 지위 높은 유력한 단골이 많았습니다. 원하신다면 그 명단을 보여드릴 수도 있습니다.”

“그렇게 해 주겠소? 명단을 내 앞으로 보내주시오. 그러니까 장사가 번창하는 정당한 사업을 해왔다는 이야기로군요. 그건 그렇고, 요즘 특히 당신이 알고 있는 누군가 개인적인 방문객은 없었소?”

“늘 사업관계 손님들뿐 그 밖의 일로 찾아온 사람은 본 적이 없습니다. 물론 사업상의 손님 가운데에는 사교적인 친지도 있었겠지만

……. 아참, 그분의 하인이 가끔 찾아왔습니다. 키가 크고 튼튼한 남자로, 마이클스라는 이름이지요. ”

“마이클스? 그 이름을 기억해 둬야겠군요. ”

퀸 총경은 생각에 잠긴 듯한 얼굴로 루윈을 올려다보았다.

“좋소, 지금으로서는 이 정도로 충분하오. 사무소 직원들은 돌려보내도 좋지만, 당신은 잠깐 남아 있어 주시오. 샘프슨 지방검사에게서 곧 사람이 올 테니까. 그러면 당신 도움이 필요할 거요. ”

루윈은 무겁게 고개를 끄덕이고 물러갔다.

문이 닫히는 순간 퀸 총경이 벌떡 일어섰다.

“필드의 개인 화장실이 어디지, 해시? ”

형사는 방 한구석의 문을 가리켰다.

퀸 총경은 그 문을 열었다. 엘러리가 그 뒤에 바짝 따라 붙었다. 두 사람은 벽 한구석에 만들어 놓은 작은 화장실을 들여다보았다. 세면대와 약장, 그리고 작은 옷장이 있었다. 퀸 총경은 우선 약장 선반을 들여다보았다. 옥도정기 한 병, 옥시풀 한 병, 그리고 면도 크림 튜브 하나, 그밖에 면도 도구가 있었다.

“아무것도 없군요, 아버지. 옷장은 어떻습니까? ”

노인은 호기심어린 표정으로 옷장문을 잡아당겼다. 외출복이 한 벌 걸려 있고, 넥타이 여섯 개와 페도라 모자가 한 개 있었다. 총경은 그 모자를 사무실로 들고 나와 조사해 보았다. 그리고는 엘러리에게 건네주었는데, 엘러리는 더러운 것이라도 만지듯 곧 옷장 모자걸이에 다시 걸었다.

총경이 내뱉듯 다시 말했다.

“꼴도 보기 싫은 모자로군. ”

문에서 노크 소리가 나고 해시가 점잖아보이는 젊은이를 데리고 들어왔다.

새로운 방문자가 정중하게 물었다.

"퀸 총경이십니까?"

"그렇소." 총경은 딱딱하게 말했다. "당신이 신문기자라면 경찰은 몬티 필드 살인사건의 범인을 24시간 안에 체포한다고 써도 좋소. 지금 당신들에게 할 말은 그것뿐이오."

젊은이는 미소지었다.

"유감스럽게도 총경님, 저는 신문기자가 아닙니다. 아서 스토츠입니다. 샘프슨 지방검사 사무실에 새로 들어온 직원이지요. 오늘 아침까지 검사님과 연락이 닿지 않은데다 저도 다른 일로 바빴기 때문에 조금 늦었습니다. 필드 씨도 딱하게 됐군요."

스토츠는 코트와 모자를 의자 위로 던지면서 싱긋이 웃었다.

퀸 총경이 입 속으로 우물거리며 말했다.

"보는 각도에 따라 다르겠지요. 그 사나이는 사방에서 성가신 일만 저지르고 다녔소. 그런데 지방검사의 지시는 뭐요?"

"사실 저는 필드 씨의 경력에 대해서는 잘 모릅니다. 팀 클로닌의 대타로 나선 겁니다. 오늘 아침에는 팀이 다른 일에 매달려 있기 때문에 오후쯤 그의 손이 빌 때까지 우선 제가 손대게 되었습니다. 아시다시피 클로닌은 벌써 2년 전부터 필드를 점찍어 왔습니다. 지금 머리를 싸매고 그의 기록을 조사하고 있지요."

"그거 잘됐구먼. 샘프슨이 클로닌에 대해 이야기한 말이 맞는다면 그 서류 속에 어떤 범죄 사실이 있을 경우 그는 틀림없이 찾아내겠지. 해시, 스토츠 씨를 밖으로 모시고 가서 루윈에게 소개해드리게. 스토츠 씨, 그 사나이에게서 눈을 떼지 않도록 주의해야 하오. 아무래도 교활하고 수상해 보이니까. 그리고 스토츠 씨, 당신은 이곳 서류로 정당한 업무와 단골 등을 조사하는 게 아니라 무언가 속임수를 찾아내야 한다는 것을 명심해 두시오. 그럼, 다음에 또 만

납시다. ”

스토츠는 유쾌한 미소를 남기고 해시를 따라 나갔다. 엘러리와 그의 아버지는 서로 얼굴을 마주보았다.

노인이 날카롭게 물었다.

“그 손에 들고 있는 게 뭐냐. ”

“《필적분석 입문》입니다. 이 책장에서 찾아냈지요. ” 엘러리는 귀찮은 듯이 대답했다. “왜 그러십니까, 아버지 ? ”

총경은 천천히 말했다.

“지금 와서 생각해 보니, 그 필적에는 아무래도 수상한 데가 있어. ”

그러나 곧 하는 수 없다는 듯이 머리를 흔들며 일어섰다.

“자, 가자, 엘러리. 여기에는 수상한 것이 없는 듯싶구나. ”

해시와 루원과 스토츠 세 사람밖에 없는 빈 사무실을 지나가며 퀸 총경은 형사에게 손짓했다. 그는 부드럽게 말했다.

“자네도 집으로 돌아가게, 해시. 자네를 감기들게 할 수는 없지. ”

해시는 빙긋이 웃고는 서둘러 문 밖으로 나갔다.

몇 분 뒤 퀸 총경은 센터 거리 경찰국의 자기 방에 앉아 있었다. 엘러리는 그 방을 ‘스타 체임버’*7라고 불렀다. 작고 아담하며 안정된 방이었다.

엘러리는 의자에 앉아 필드의 아파트와 사무실에서 집어온 두 권의 필적에 관한 책을 열심히 읽기 시작했다. 총경이 벨을 누르자 토머스 벨리의 당당한 얼굴이 문 앞에 나타났다.

“어서 오게, 토머스. 자네가 브라운 형제 상회에서 가져왔다는 흥미로운 이야기란 무언가 ? ”

벨리는 벽 쪽에 늘어놓은 등받이가 곧은 의자 가운데 하나에 앉으며 아무렇지도 않게 말했다.

"어느 정도 흥미로우실지 잘 모르겠습니다, 총경님. 그런데 제게는 아무래도 진짜같이 보입니다. 총경님께서는 어젯밤 필드의 실크햇에 대해 조사하라고 명령내리셨습니다. 그런데 그것과 똑같은 모자가 지금 제 책상 위에 있습니다. 보시겠습니까?"

"농담하면 안 되네, 토머스. 빨리 가져오게."

벨리는 방을 나가 조금 뒤 모자상자를 들고 다시 돌아왔다. 상자의 끈을 풀자 번쩍거리는 실크햇이 나왔다. 퀸이 눈을 휘둥그렇게 뜰 정도로 최고급품이었다. 총경은 호기심을 보이며 모자를 들어올렸다. 안쪽에 '18센티미터'라는 치수가 표시되어 있었다.

"브라운 상점에 가서 판매 책임자와 이야기했는데, 벌써 몇 년째 필드의 옷을 담당해 온 사나이입니다. 필드는 입을 것은 하나부터 열까지 모두 그 가게에서 산 모양입니다. 벌써 오랫동안. 그는 그 판매원이 마음에 들었던 것 같습니다. 물론 그 늙은 너구리는 필드의 취미며 필요로 하는 물건을 꽤 잘 알고 있었습니다.

여러 가지 이야기를 했지요. 필드는 옷에 대해 아주 까다로운 사람이었다고 말하더군요. 그의 옷은 모두 주문품으로서 브라운 상회의 특별 봉제부에서 만들었답니다. 양복감도 재봉도 복잡한 것을 좋아하고 속옷, 칼라, 넥타이 종류까지 모두 최신 유행을 쫓았답니다."

"모자는 어떤 것을 좋아했던가요?"

엘러리는 중간에 끼어들어 물으며 책에서 눈을 떼지 않았다.

벨리가 말을 계속했다.

"지금 그 이야기를 하려던 참입니다. 그 판매원은 모자에 대해서 특별히 흥미로운 이야기를 해주었습니다. 실크햇에 대해 묻자 '필드 씨는 실크햇에 대해 거의 광적이었습니다. 최근 여섯 달 동안 세 개나 사가셨거든요'라고 말하는 것이었습니다. 물론 나는 곧 그 말꼬리를 잡아 판매대장을 조사해 보았습니다. 정말이더군요. 필드는 지난 반년 동안에 실크햇을 세 개 샀습니다.”

엘러리와 그의 아버지는 서로 얼굴을 마주보며 같은 질문이 입술에서 튀어나오려 했다.

노인이 먼저 말했다.

“세 개……. ”

엘러리는 안경을 만지며 천천히 말했다.

“그건 아무래도 너무 뜻밖의 이야기로군요. ”

퀸 총경이 어이없는 듯이 말을 이었다.

“그럼, 나머지 두 개는 어디로 간 거야! ”

엘러리는 잠자코 있었다. 퀸 총경은 조급하게 벨리 쪽을 돌아보았다.

“그밖에 또 어떤 것을 발견했나, 토머스? ”

“특별히 가치 있는 것은 없습니다. 다만 한 가지, 필드는 입는 옷에 대해 아주 헤폈답니다. 그래서 지난해에는 옷 열다섯 벌에 실크햇까지 끼어서 모자를 열두 개도 넘게 사갔다더군요. ”

총경이 신음 소리를 질렀다.

“모자, 모자, 계속 모자인가. 그 사나이는 미쳤던 게 분명해. 그런데 토머스, 필드가 브라운 형제 상회에서 스틱을 샀는지 알아보았나? ”

벨리의 얼굴에 아차하는 표정이 스쳐갔다. 이윽고 그는 풀이 죽어서 대답했다.

“그건 깜빡 잊었습니다. 물어보지도 않았습니다. 어젯밤 총경님으로부터 그 이야기는 듣지 못했기 때문에……. ”

“좋네, 누구든 완전할 수는 없지. ” 퀸 총경은 신음하듯 말했다. “그 판매원을 전화로 불러주게, 토머스. ”

벨리는 책상 위의 전화기를 들어올려 2, 3분 뒤 수화기를 상관에게 건네주었다.

노인은 빠른 목소리로 말했다.

"퀸 총경이오, 당신은 오랫동안 몬티 필드 씨를 담당하고 있었다고요? 그래서 자세하게 확인하고 싶은 점이 몇 가지 있습니다. 필드 씨가 당신 가게에서 스틱을 산 적이 있소? 음, 아, 그래요? 그럼, 또 한 가지 묻겠는데, 그가 양복 만드는 데 특별한 주문을 한 적이 있었소? 예를 들면 여분의 주머니라든가 뭐 그런 것 말이오. 그런 일은 없었다고요? 좋소. 아, 그렇소? 고맙소."

총경은 수화기를 내려놓고 몸을 돌렸다. 그리고 불쾌한 듯이 말했다.

"우리의 가엾은 친구는 모자를 좋아한 것만큼이나 스틱은 싫어했던 모양이군. 판매책임자 이야기로는 몇 차례나 필드에게 스틱에 흥미를 갖도록 노력해 보았지만 언제나 거절한 모양이야. 싫어한다고 말했다는군. 그리고 여분의 주머니에 대해서도 판매원이 확인해 주었어. 그런 주문은 한 적이 없다는 거야. 결국 우리는 막다른 골목에 다다른 채 꼼짝할 수 없게 되었구나."

그러자 엘러리가 시치미 떼고 말했다.

"정반대입니다. 그렇지 않습니다, 아버지. 결과적으로 어젯밤 범인이 가지고 달아난 필드의 '유일한 소지품'이 모자였다는 사실이 결정적으로 증명된 셈입니다. 이로써 문제는 간단해졌다고 생각합니다."

"나는 머리가 나쁜 모양이구나" 하고 총경이 씁쓸하게 말했다.

"그런 건 나에게 아무 의미가 없다고 생각되니 말이다."

이때 벨리가 정색하며 말했다.

"그건 그렇고, 총경님. 지미가 필드의 위스키 병 지문에 대해 보고

해 왔습니다. 두서너 개 지문이 있긴 하지만 모두 필드의 지문임에 틀림없다는 겁니다. 지미는 그것을 확인하기 위해 시체안치소에서 지문을 채취해 왔답니다."

"그런가? 위스키 병은 이 범죄와 아무 관계가 없을지도 모르지. 어쨌든 플라우티로부터 그 병의 내용물에 대한 보고가 오기를 기다릴 수밖에 없겠군."

"또 보고할 것이 있습니다, 총경님. 그 쓰레기, 총경님께서 팬더에게 오늘 아침까지 보내라고 말씀하신 그 극장 쓰레기가 몇 분 전에 도착했습니다. 보시겠습니까?"

"물론 봐야지, 토머스. 그리고 나가는 길에 어젯밤 자네가 만든 입장권을 갖고 있지 않았던 관객 명단도 가져오게. 좌석번호는 저마다의 이름에 모두 적어놓았겠지?"

벨리는 고개를 끄덕이고 모습을 감추었다. 퀸이 우울한 표정으로 아들의 머리를 내려다보고 있는데 형사부장이 큰 보따리와 타이프친 관객 명단을 가지고 돌아왔다.

퀸도 함께 거들어 포장된 꾸러미를 정성껏 책상 위에 풀어놓았다. 그것은 대부분 구겨진 프로그램과 캔디 상자에서 나온 종이들이었으며 입장권도 꽤 많이 나왔다. 플린트와 그 부하들이 수색하며 빠뜨린 것들이었다. 모양이 다른 부인용 장갑 둘, 남자 윗옷에서 떨어진 듯싶은 작은 갈색 단추 한 개, 만년필 뚜껑 하나, 부인용 손수건 한 장, 그밖에 흔히 극장 안에서 잃어버리거나 내버리기 쉬운 자질구레한 물건이 몇 개 나왔다.

총경이 말했다.

"중요한 것은 없는 듯하군. 뭐, 좋아. 적어도 입장권은 조사할 수 있겠지."

벨리가 떨어져 있던 쪽지를 한데 쌓아놓고 그 번호와 글자를 읽자 총경은 부장이 가져온 명단과 대조하기 시작했다. 그리 많지 않았으므로 몇 분 만에 끝났다.

총경은 눈길을 들어 물었다.

"그뿐인가, 토머스?"

"이것 뿐입니다, 총경님."

"이 명단에 따르면 아직도 50명 정도가 대조에서 빠졌군. 플린트는 어디 있지?"

"이 안 어딘가에 있을 겁니다. 총경님."

퀸 총경은 수화기를 들어올려 짤막하게 명령을 내렸다. 플린트는 금방 달려왔다.

총경이 불쑥 물었다.

"어젯밤에 뭐 좀 발견했나, 플린트?"

플린트는 겸연쩍은 듯이 대답했다.

"그 장소를 하나도 남김없이 다 뒤져 자질구레한 것이 발견되긴 했지만, 대부분 프로그램 따위들이어서 함께 일하던 청소부들에게 맡기고 왔습니다. 그러나 입장권 쪽지는 굉장히 많이 주웠습니다. 특히 바깥 복도에서."

플린트는 주머니에서 고무 밴드로 깨끗이 묶은 두꺼운 종이뭉치를 꺼냈다.

벨리가 그것을 받아 번호와 글자 읽어주는 작업을 계속했다.

그 일이 끝나자 퀸 총경은 타이프 친 명단을 앞 책상 위에 털썩 내려놓았다.

엘러리가 책에서 눈길을 들며 조용히 말했다.

"그믐밤에 등불도 없는 상태입니까?"

"패배야. 쪽지를 가지고 있지 않았던 사람은 하나도 빠짐없이 다 조사가 끝났다."

총경은 신음 소리를 냈다.

"쪽지도 이름도 숫자도 모두 들어맞아. 남는 건 하나도 없어. 그렇지, 아직 한 가지 해 볼 일이 있군."

총경은 쪽지 무더기를 뒤져 명단과 대조하며 프랜시스 아이브스 포프의 입장권 쪽지를 찾아냈다. 그리고는 주머니에서 월요일 밤에 모아가지고 온 쪽지 넉 장을 꺼내 필드의 좌석 쪽지와 여자의 쪽지 끝을 세밀히 조사했다. 두 장의 입장권은 찢어진 자리가 전혀 들어맞지 않았다.

총경은 입장권 다섯 장을 조끼주머니에 넣으며 말을 이었다.

"그래도 한 가지 위안은 있어. 우리는 필드의 좌석 옆과 앞 여섯 개 좌석의 입장권을 아직 발견하지 못했으니까."

"그것은 앞으로도 발견되지 않을 겁니다, 아버지."

엘러리는 책을 내려놓고 여느 때 볼 수 없는 진지한 얼굴로 총경을 바라보았다.

"아버지는 필드가 왜 어젯밤 그 극장에 있었는지 우리가 전혀 짐작하지 못하고 있다는 사실을 잠깐이라도 생각해 보셨습니까?"

퀸은 희끗희끗한 눈썹을 찌푸렸다.

"물론 나도 그 문제가 궁금해. 루소 양과 마이클스는 필드가 연극에 흥미 없었다고 증언했으니까."

엘러리가 또렷이 말했다.

"인간이란 어떤 변덕을 부릴지 알 수 없는 겁니다. 여러 가지 까닭으로 연극을 싫어하던 사람이 갑자기 그런 종류의 오락을 즐길 마음이 들 수도 있으니까요. 그거야 어떻든 사실은 남아 있습니다. 그 사나이가 극장에 있었다는 사실 말입니다. 그러나 저는 그 사나이가 왜 그곳에 있었는지 알고 싶습니다."

노인은 무겁게 고개를 내저었다.

"사업상의 모임 약속이 있었는지도 모르지. 루소 양이 말했지 않느냐? 10시까지는 들어오겠다고 약속했다고."

엘러리도 그 말에 찬성했다.

"저도 사업상의 모임 약속이 있었으리라고 추측합니다. 그러나 얼마나 많은 가능성이 있는지 생각해 보십시오. 루소 양이 거짓말하고 있는지도 모릅니다. 필드가 그런 약속을 하지 않았을지도 모른다는 거지요. 약속했다 하더라도 여자와 10시에 만날 약속을 지킬 마음이 없어졌는지도 모릅니다."

"내 생각은 대충 정해져 있다. 맞든 안 맞든 필드는 연극을 보러 로마 극장에 간 게 아니야. 그는 이유가 있어 그곳에 간 거야, 사업 때문에."

엘러리는 미소 지으며 말했다.

"저도 그렇게 생각합니다. 그러나 여러 가지 가능성을 저울질해 본다고 해서 지나칠 건 없지요. 그리고 만일 사업상 극장에 갔다면 누군가를 만났다는 이야기가 되는데, 그 '누군가'가 범인이라는 말씀입니까?"

"너는 여러 가지로 질문이 너무 많아, 엘러리. 토머스, 그 밖의 물건을 보여주게."

벨리는 잡다한 물건들을 하나하나 조심스럽게 총경에게 건넸다. 장갑, 만년필 뚜껑, 단추, 손수건 등을 총경은 재빨리 조사하고는 한 옆으로 밀어버렸다. 다음에 남은 것은 작은 캔디 종이조각과 구겨진 프로그램들뿐이었다. 캔디 종이는 아무 단서가 되지 못했다. 퀸 총경은 프로그램을 집어 올렸다. 그것을 들여다보다가 갑자기 그는 기쁜 듯이 외쳤다.

"이걸 찾아냈어!"

세 사나이는 총경의 어깨 너머로 들여다보았다. 퀸 총경은 한 장의 프로그램을 손에 들고서 구겨진 곳을 펴고 있었다. 안쪽 페이지에 흔한 남자 옷차림에 대한 기사가 있는데, 그 둘레에 여러 가지 기호가 적혀 있었다. 어떤 것은 글자, 어떤 것은 숫자, 어떤 것은 사람들이 멍한 생각에 잠겨 있을 때 흔히 장난으로 그리는 수수께끼 같은 도형들이었다.

플린트가 흥분하여 소리쳤다.

"총경님, 아무래도 그건 필드의 프로그램인 것 같은데요!"

총경도 날카롭게 말했다.

"그렇고말고, 플린트, 어젯밤 죽은 사나이 옷에서 발견한 서류를 조사해서 그의 서명이 든 편지를 가져오게."

플린트는 급히 방을 나갔다.

엘러리는 그 낙서를 열심히 들여다보고 있었다. 종이 위쪽 주변에도 그림과 같은 낙서가 있었다.

이윽고 플린트가 편지를 가지고 들어왔다. 총경은 서명을 비교해 보았다. 분명히 같은 사람의 필적이었다.

노인은 중얼거렸다.

"분석실로 보내 지미에게 조사하도록 해야겠군. 그러나 이건 아무래도 진짜 같은데. 필드의 프로그램임에 틀림없어. 자네는 어떻게 생각하나, 토머스?"

벨리는 우물쭈물했다.

"다른 숫자는 무슨 뜻인지 짐작이 안 가지만, 이 '50,000'은 돈을 뜻한다는 생각이 드는군요."

총경이 다시 말했다.

"그는 은행 예금 계산을 한 게 틀림없어. 자기 서명을 바라보며 즐기고 있었던 모양이지."

그러자 엘러리가 항의했다.

"그건 필드를 제대로 본 것이 아닙니다. 사람들이 무엇을 기다리며 우두커니 앉아 있거나 연극이 시작되기 전 극장 안에 앉아 있을 때 같은 경우 가장 자연스러운 동작은 손에 잡히는 것에 자기 이름 머리글자를 쓰거나 이름을 낙서하는 것입니다. 극장에서 가장 쉽게 손에 잡히는 거라면 프로그램이지요. 자기 이름을 쓰는 것은 심리 작용의 기본적인 행동입니다. 그러므로 아마도 필드는 그것을 보고 즐길 만큼 자기본위의 인물은 아니었을 겁니다."

"그건 지엽적인 문제야."

총경은 이마를 찌푸리며 낙서를 바라보았다.

엘러리가 대답했다.

"그럴지도 모르지요. 그렇다면 좀더 중요한 문제로 이야기를 되돌리겠습니다. 그 '50,000'이라는 숫자는 아마 필드의 은행 예금을 나타내는 것이리라고 말씀하셨지만, 저는 그렇게 보지 않습니다. 자기 은행잔고를 적을 때 그렇게 반올림해서 적당히 계산할 사람은 드물겠지요."

총경은 수화기를 들어올리며 반박했다.

"그거라면 네 말이 맞는지 어떤지 금방 확인할 수 있다."

그는 경찰 교환대를 불러내어 필드의 법률 사무소 전화번호를 찾아보도록 일렀다. 잠시 오스커 루윈과의 통화를 끝내고 총경은 풀죽은 모습으로 엘러리를 돌아보았다.

"네가 말한 대로구나, 엘. 필드는 깜짝 놀랄 만큼 적은 잔고를 가지고 있다. 모두 합쳐서 6천 달러도 안돼. 그런데 그는 자주 1만 달러나 1만 5천달러씩 예금하고 있었다니 정말 놀랄 일이지. 루윈도 깜짝 놀란 모양이다. 내가 조사를 부탁하기 전까지는 루윈도 필드의 개인 재정이 어떤 상태인지 전혀 몰랐다는구나. 필드는 주식이며 경마에 손대고 있었을 거다. 이 점에 대해서라면 어떤 내기를 걸어도 좋다."

엘러리가 의견을 말했다.

"저는 그 정보에 그리 놀라지 않습니다. 그 말을 들으니 프로그램에 씌어진 '50,000'이 무엇을 뜻하는지 짐작되는군요. 이 숫자는 돈을 나타낼 뿐만 아니라 그 이상의 것을 의미하고 있습니다. 5만 달러가 관련된 거래를 나타내는 겁니다. 하룻밤 일로서는 나쁘지 않은 벌이지요, 살아 있기만 했더라면."

"다른 두 숫자는 어떻게 생각하느냐, 엘러리?"

"그건 이제부터 잠깐 머리를 짜내 생각하려는 중입니다."

엘러리는 다시 자기 의자로 돌아가 앉았다. 그리고 멍하니 안경 렌즈를 닦으며 덧붙였다.

"이런 고액이 포함된 거래란 대체 어떤 것인지 알고 싶군요."

"어떤 거래인지는 모르지만," 총경이 거드름피우며 말했다. "옳지 못한 일인 것만은 확실하다."

엘러리가 정색하며 물었다.

“옳지 못한 일이라니요?”
총경은 싱글거리며 한 방 먹였다.
“무릇 돈을 사랑하는 것은 모든 악의 근원이라는 말이지.”
엘러리는 여전히 정색한 목소리로 말했다.
“근원일 뿐만 아니라 열매이기도 합니다.”
그러자 노인은 빈정거렸다.
“또 인용이냐?”
엘러리는 시치미떼며 말했다.
“필딩을 말하는 겁니다. [8]”

제11장 과거의 어두운 그림자

전화벨이 울렸다.

"Q인가? 샘프슨일세."

전화에서 지방검사의 목소리가 들렸다.

"여, 헨리. 지금 어디 있나? 오늘 아침 상태는 어떤가?"

샘프슨은 소리 죽여 웃었다.

"사무실일세. 상태는 아주 안 좋아. 의사는 이렇게 일어나 돌아다니면 시체가 된다고 야단이고, 검찰에서는 내가 일을 안 하면 뉴욕이 암흑세계가 된다고 야단이니 이 일을 대체 어쩌면 좋겠는가? 그렇지 않나, Q?"

총경은 책상 너머로 엘러리에게 한쪽 눈을 찡긋해 보였다. '용건은 이미 알고 있다'는 태도였다.

"그래, 용건이 뭔가, 헨리?"

샘프슨은 목소리의 억양을 낮추어 말했다.

"지금 내 사무실에 신사 한 분이 찾아오셨는데, 자네도 만나보면 크게 도움이 될걸세. 그 신사는 자네를 만나고 싶어 하고 있네. 지금 뭘 하고 있는지 모르지만 잠깐 미뤄두고 빨리 이리 와야 할 것 같네. 이분은…….”

샘프슨의 목소리가 속삭임으로 바뀌었다.

“내가 함부로 대들 수 없는 상대라네, Q!”

총경은 이마를 찌푸렸다.

“자네 지금 아이브스 포프 씨를 말하는 거지? 그래, 화가 잔뜩 나 있나? 어젯밤 애지중지하는 따님을 우리가 신문했다고.”

“그렇지도 않은 것 같아. 생각보다 꽤 예의도 바른 노인이고 하니 우리도 한 번 정중한 태도로 대응하지 않겠나? 어때?”

총경은 껄껄 웃었다.

“비단장갑을 끼고 모시겠네. 자네에게 지장이 없다면 엘러리도 데려가고 싶군. 우리 사교 모임에는 언제나 동석하는 게 습관이라서 말일세.”

샘프슨은 고마움이 담긴 목소리로 말했다.

“물론 좋지.”

총경은 수화기를 내려놓고 엘러리 쪽을 돌아보며 어릿광대처럼 말했다.

“가엾게도 샘프슨이 어떤 골치 아픈 일에 걸려들어 애먹는 모양이다. 남의 비위 맞추는 걸 나무랄 수는 없지. 개처럼 병들어 고통 받고 있는데 정치가들은 덤벼들지, 게다가 저 크로에사스*9가 현관에서 짖어댄다니 말이야. 같이 가자, 엘. 그 이름도 드높은 프랭클린 아이브스 포프를 만나러!”

엘러리는 두 팔을 벌리고 신음 소리를 냈다.

“이렇게 계속 다그치시면 아버지는 환자를 하나 더 거느리게 되실 겁니다.”

말은 그렇게 했지만 엘러리는 벌떡 일어나 모자를 머리에 얹었다.

"어디 그 실업계의 거물을 구경해 볼까?"

퀸 총경은 벨리에게 미소지어 보였다.

"잊어버리기 전에 일러두겠는데, 토머스, 오늘 자네가 알아내야 할 일이 있네. 몬티 필드가 그토록 번창하는 법률사무소를 가지고 왕처럼 생활하면서 은행잔고가 겨우 6천 달러밖에 안되는 까닭을 조사하는 걸세. 아마 주식 투자나 경마장 때문이리라 생각되는데, 자네가 확인해주게. 지불이 끝난 수표를 조사해 보면 무언가 알게 되겠지. 필드의 사무실에 가면 루윈이 거들어줄걸세. 그리고 또 이건 아주 중요한 일인데, 어제 하루 동안의 필드의 움직임을 완전히 조사해주게."

두 사람의 퀸은 샘프슨의 사무실을 향해 떠났다.

지방검사 사무실은 아주 바쁜 곳이다. 형사과의 총감독자라 할지라도 이 신성한 여러 방들에서는 형편없는 대접을 받았다. 엘러리는 크게 화냈지만 총경은 조용히 미소지을 뿐이었다.

이윽고 지방검사가 자기 방에서 급히 달려나와 딱딱한 의자에서 엉덩이가 차갑게 되도록 친구를 앉혀두는 무례한 실례를 저지른 사무관을 나무랐다.

샘프슨이 실수를 저지른 사무관을 꾸짖으며 앞장서 그들을 사무실로 안내하는 도중 퀸은 엘러리에게 말조심해야 한다고 주의를 주었다. 그리고는 지방검사에게 물었다.

"재계의 거물을 만나는데 이런 차림은 괜찮을까?"

샘프슨은 문을 열고 서 있었다. 방 안으로 들어선 퀸 부자 눈에 두 손을 머리 위로 깍지 낀 채 흥미도 없는 바깥 경치를 창 너머로 내다보고 있는 사나이의 모습이 들어왔다. 지방검사가 문을 닫자 그는 그만한 지위에 있는 사람으로서는 놀랄 만큼 민첩하게 홱 돌아섰다.

프랭클린 아이브스 포프는 지나간 미국 경제 발전시대의 산 증인이었다. 코르넬리우스 밴더빌트[*10]처럼 거대한 재산을 모았으며 밴더빌트만큼 강한 개성의 힘을 가지고 월 거리를 지배한, 굳센 자기 주장을 지닌 재계 거물이었다.

아이브스 포프는 투명한 잿빛 눈에 쇳빛을 띤 흰 머리, 흰빛이 섞인 콧수염을 기르고 있었다. 그의 단단해 보이는 몸에서는 아직도 젊은 기운이 배어나오는 듯하고, 그 위엄 있는 태도에는 그야말로 주위를 제압하는 무언가가 있었다. 흐린 유리창으로 스며드는 햇살을 등지고 선 그의 모습이 너무도 인상적이어서, 엘러리와 총경이 인사를 하려 굳이 앞으로 나갈 것도 없이 상대가 제대로 된 지혜를 갖춘 사람임을 알아보았다.

샘프슨이 조금 당황하여 미처 소개도 못하고 있는데 이 재계 거물은 깊고 상쾌한 목소리로 이야기를 걸어왔다.

"사람 사냥의 명수 퀸 총경님이시지요? 오래 전부터 한번 만나 뵙고 싶다고 생각해 왔습니다."

그는 크고 모난 손을 내밀었다. 퀸 총경은 위엄을 갖추어 그 손을 잡았다. 그리고 엷게 미소지으며 말했다.

"이쪽에서는 당신 인사를 흉내낼 필요가 없겠지요, 아이브스 포프 씨? 전에 한 번 월 거리에 손을 대보았는데, 당신이 제 돈을 좀 빼앗아가셨을 겁니다. 제 아들 엘러리입니다. 퀸 집안의 두뇌며 자랑이지요."

아이브스 포프의 눈이 엘러리의 체격을 감탄하듯 찬찬히 뜯어보았다.

악수를 나눈 뒤 그는 말했다.

"훌륭한 아버님을 모시고 있어 행복하겠군요."

샘프슨 지방검사는 세 개의 의자를 마련하며 한숨을 내쉬었다.

"이제 한숨 돌렸습니다, 아이브스 포프 씨. 당신은 상상도 못하시겠지만, 저는 이 회합에 굉장히 신경 쓰고 있었습니다. 퀸은 사교적인 예의범절에 전혀 개의치 않는 사람이기 때문입니다. 당신이 악수하려고 내민 손에 철컥 수갑을 채운다 해도 저는 그리 놀라지 않을 것입니다."

재계의 거물이 터놓고 웃기 시작했기 때문에 긴장이 풀어졌다.

지방검사는 곧장 용건으로 들어갔다.

"Q, 아이브스 포프 씨는 따님 일을 어떻게 처리할 것인지 직접 알아보시려고 나오신 걸세."

퀸 총경은 고개를 끄덕였다. 샘프슨은 아이브스 포프를 돌아보았다.

"아까도 말씀드렸듯이 우리는 퀸 총경을 절대적으로 신뢰하고 있습니다. 지금까지도 계속 그래왔습니다. 퀸 총경은 지방검사국의 간섭이나 감독을 전혀 받지 않고 활동하고 있지요. 이번 일에서도 그 점을 미리 분명히 해두고 싶습니다."

아이브스 포프도 긍정의 뜻을 나타내보였다.

"그건 건전한 방법이지요, 샘프슨 씨. 저도 제 사업을 언제나 그런 주의로 하고 있답니다. 그리고 퀸 총경에 대해 들어온 바로 판단해보아도 당신의 신뢰는 당연하다고 생각됩니다."

그러자 퀸이 말을 받았다.

"이따금 자신의 기분에 역행하여 일해야 할 때도 있습니다. 솔직히 말씀드려 어젯밤에 제가 임무상 수행한 일 가운데 어떤 것은 저로서 아주 불쾌했습니다. 아마 따님께서도 어젯밤 잠깐 저와 만난 회견으로 굉장히 기분이 상했을 것입니다."

아이브스 포프는 잠시 아무 말도 하지 않았다. 이윽고 그는 머리를 들어 총경의 눈길을 똑바로 받았다.

"퀸 총경님, 우리 두 사람은 세상에 알려진 사람이고 자기 일에서는 전문가들입니다. 우리는 여러 종류의 기묘한 사람과 관계를 맺어왔습니다. 그리고 다른 사람들이라면 엄청나게 곤란해 했을 문제들을 해결해 왔습니다. 그러므로 서로 솔직하게 이야기를 나눌 수 있으리라 생각합니다.

그렇습니다. 딸아이 프랜시스는 놀란 정도가 아닙니다. 그애 어머니까지 놀라서 야단입니다. 엎친 데 덮친 격이지요. 더욱이 오빠인 스탠포드가——제 아들입니다만——아니, 그건 말씀드릴 필요가 없겠군요. 아무튼 프랜시스는 어젯밤 친구들과 함께 돌아와 있었던 일을 모두 이야기했습니다. 저는 딸아이에 대해 잘 알고 있습니다, 총경님. 그애와 필드 씨 사이에는 아무 관계도 없다는 것을 저의 전 재산을 걸고 보증하겠습니다. ”

"아이브스 포프 씨, 저는 따님을 조금도 나무라지 않았습니다. 범죄수사 도중 어떤 기묘한 일이 일어날 수 있는지 저보다 더 잘 아는 사람은 아마 없을 겁니다. 따라서 저는 아무리 사소한 점이라도 결코 그냥 보아 넘기지 않습니다.

따님을 만나려 한 것은 핸드백의 주인을 확인하기 위해서였습니다. 따님이 그것을 확인하자 저는 어디서 발견되었는지 이야기했습니다. 물론 저는 거기에 대해 설명을 듣고 싶었습니다. 그런데 따님은 결코 말씀을 않으시니……. 아이브스 포프 씨, 살인사건이 일어나고 여자용 핸드백이 살해된 남자의 주머니에서 발견되었을 경우, 그 핸드백의 주인을 찾아내어 피해자와의 관계를 알아내는 것은 경찰의 임무입니다.

이 점을 기억해 주시기 바랍니다. 그러나 그 점에 대해 당신을 설득할 생각은 조금도 없습니다. ”

재계의 거물은 의자팔걸이를 가볍게 두드리고 있었다.

"당신 입장은 잘 압니다, 총경님. 그것은 분명 당신의 임무입니다.

한 가지 문제를 끝까지 추궁하며 밝혀내는 것도 당신의 임무입니다. 사실 저는 당신이 이 일을 위해 온갖 노력을 다 쏟아주기를 바라고 있습니다. 제가 보기에 딸아이는 상황의 희생자인 것 같습니다. 그러나 그애를 변호할 생각은 없습니다. 저는 충분히 당신을 신뢰하고 있으니까 문제를 완전히 밝혀낸 뒤의 당신 판단에 맡기겠습니다.”

아이브스 포프는 잠깐 말을 쉬었다. 이윽고 그는 변명하듯 어렵게 말했다.

“어떻습니까, 총경님, 내일 아침 우리 집에서 잠깐 딸아이를 만나주시겠습니까? 이런 귀찮은 일을 부탁드리고 싶지는 않지만, 프랜시스는 완전히 자리에 누워버려 아내가 집을 나가지 못하도록 야단이랍니다. 들어주시겠습니까?”

퀸 총경은 조용히 대답했다.

“정말 안됐군요, 아이브스 포프 씨. 찾아뵙겠습니다.”

아이브스 포프는 회견을 끝내고 싶지 않은 듯했다. 그는 의자 속에서 답답한 듯 자세를 바꿨다.

“저는 지금까지 올바르게 살아왔습니다. 그런데 이런 부탁을 드리려니 제 지위를 이용하여 무언가 특별한 특권을 얻어내려는 수단으로 의심받을까봐 걱정되는군요. 저는 결코 그런 뜻에서 부탁을 드린 게 아닙니다.

딸아이는 어젯밤 당신과의 회견에서 충격을 받아 자초지종을 제대로 이야기하지 못했습니다. 집에서 만난다면 주위에 가족들도 있어 당신이 만족할 만큼 사건과의 관계를 깨끗이 밝혀줄 수 있으리라 생각합니다.”

아이브스 포프는 잠시 망설이다가 마침내 좀더 차가운 목소리로 말을 이었다.

"딸아이의 약혼자도 그 자리에 있을 것입니다. 그가 함께 있어준다면 딸아이도 훨씬 마음이 놓일 것이기 때문입니다."

그러나 그 목소리는 개인적으로는 그렇게 생각하지 않는다는 것을 나타내고 있었다.

"10시 30분에 기다리면 되겠습니까?"

총경은 고개를 끄덕이며 대답했다.

"좋습니다. 그건 그렇고, 누구누구가 곁에 있는지 좀더 분명하게 알아두고 싶군요."

아이브스 포프는 담담하게 설명했다.

"그 점에 대해서는 바라시는 대로 할 수 있습니다. 그러나 아내도 곁에 있겠다고 나설 테고, 밸리——딸아이의 약혼자지요——도 같이 있으려고 할 겁니다. 아마 프랜시스의 친구들——연극을 하는 사람들인데——도 올 것입니다. 아들 스탠포드도 오겠다고 할지 모르겠군요. 하지만 그애는 바쁘니까요."

아이브스 포프는 어딘지 못마땅해 보이는 눈치였다.

세 사나이는 거북스러운 듯 자세를 고쳤다. 아이브스 포프는 크게 한숨을 내쉬며 자리에서 일어섰다. 엘러리와 퀸과 샘프슨도 따라 일어섰다.

아이브스 포프는 더욱 목소리를 가볍게 하여 말했다.

"이제 끝난 것 같군요, 총경님. 이밖에 제가 할 수 있는 일이 있으시다면……."

"아니, 아무것도 없습니다."

"그럼, 그렇게 하기로 합시다."

아이브스 포프는 엘러리와 샘프슨을 돌아보았다.

"물론 샘프슨 씨도 틈을 낼 수 있거든 같이 와 주셨으면 좋겠군요. 틈을 낼 수 있겠지요?"

지방검사는 고개를 끄덕였다.

그러자 재계의 거물은 엘러리 쪽을 돌아보았다.

"당신도 와 주시지요. 아버님과 함께 이번 수사에서 크게 애쓰고
계신 것으로 알고 있는데, 오신다면 고맙겠습니다. "

"가겠습니다. " 엘러리는 공손히 대답했다.

아이브스 포프는 사무실을 나갔다.

샘프슨은 회전의자에 앉아 들뜬 기분으로 물었다.

"자네 생각은 어떤가, Q ? "

"아주 재미있는 인물이군. 공정하게 대처하려고 마음을 단단히 먹
었나보이. "

"아참, 저, 자네가 오기 전에 그는 발표를 어떻게 좀 부탁할 수 없
겠느냐고 묻더군. 말하자면 특별히 호의를 베풀어달라는 이야기일
세. "

총경은 소리 내어 웃었다.

"나에게 직접 말할 만한 배짱이 없었나보군. 그야말로 인정미 있는
사람이야. 좋네, 헨리. 할 수 있는 데까지 해보지. 그러나 그 아가
씨가 사건에 깊이 개입되어 있다면 신문을 따돌릴 수 있다고 장담
하지는 못하네. "

"알고 있네, Q. 그건 자네에게 맡기지. "

샘프슨은 신경질적으로 말했다.

"이 목구멍이 답답해 못 견디겠군 ! "

지방검사는 책상 서랍에서 약이 든 분무기를 꺼내 화가 치미는 듯
이 목구멍에 뿜어넣었다.

엘러리가 샘프슨 쪽을 돌아보며 느닷없이 물었다.

"아이브스 포프는 얼마 전 화학연구기금으로 10만 달러를 기부하
지 않았던가요 ? "

“그런 것 같긴 한데…….” 샘프슨은 양치질하며 말했다. “왜 그러나?”

엘러리는 입 속으로 우물쭈물 설명했지만 격렬하게 분무기를 뿜어대는 소리에 지워져 들리지 않았다.

퀸 총경은 생각에 잠긴 눈으로 아들을 바라보고 있었다. 이윽고 그는 머리를 흔들고 시계를 꺼내 들여다보며 말했다.

“엘러리, 이제 그만 점심 먹으러 갈 시간이구나. 어떤가 샘프슨, 함께 식사하지 않으려나?”

샘프슨은 괴로움을 참으며 웃는 얼굴을 지었다.

“나는 일이 목까지 밀려 있네. 그러나 지방검사라도 식사는 해야겠지. 조건이 한 가지 있는데, 그것을 받아들인다면 함께 가겠네. 점심은 내가 산다는 것. 아무튼 나는 자네에게 빚이 있으니까.”

모두 외투를 입자 퀸 총경은 전화를 집어들었다.

“모건 씨입니까? 아, 여보시오, 모건 씨. 오늘 오후에 잠깐 만나 이야기하고 싶은데 시간 좀 내주실 수 있겠습니까? 좋습니다, 2시 30분이면 됩니다. 그럼…….”

총경은 무거운 짐을 내려놓은 것처럼 중얼거렸다.

“정중하게 대하면 언제나 보답이 있는 법이다, 엘러리. 기억해 두렴.”

2시 30분. 두 사람의 퀸은 벤저민 모건의 법률사무소로 곧 안내를 받아 들어갔다. 얼른 보기에도 필드의 사치스러운 방과는 딴판이었다. 장식이 풍부하긴 했지만 보다 사무적이고 간소했다. 미소 띤 얼굴의 젊은 여자가 두 사람이 들어선 문을 뒤에서 닫아주었다.

모건은 얼마쯤 조심스러운 태도로 퀸 부자를 맞이했다. 자리에 앉자 그는 담배 상자를 내밀었다.

총경이 상냥하게 말했다.

"고맙습니다만 나는 코담배를 피웁니다."

엘러리는 소개가 끝나자 담배에 불붙여 동그랗게 연기를 내뿜었다. 모건은 떨리는 손으로 담배에 불을 붙였다.

"오늘 오신 이유는 어젯밤 이야기를 계속하기 위해서겠지요, 총경님?"

퀸 총경은 재채기를 하고 코담배를 집어넣은 다음 의자에 등을 기대고 몸을 젖혔다. 그리고 침착한 목소리로 말했다.

"당신은 어제 충분히 마음을 열어주시지 않았습니다."

모건은 얼굴을 붉혔다.

"무슨 말씀입니까?"

총경은 생각에 잠긴 얼굴로 말했다.

"당신은 어젯밤 이렇게 말씀했습니다. 2년 전 필드 앤드 모건 법률 사무소를 해산할 때 필드 씨와 원만히 헤어졌다고요. 안 그렇습니까?"

"그렇게 말했습니다."

"당신은 웹스터 클럽에서 벌어졌던 다툼을 어떻게 설명하시겠습니까? 남의 생명을 위협하며 헤어진 것은 '원만히' 손을 끊었다고 보기 어려운데요."

모건은 몇 분 동안 가만히 앉아 있었다. 그동안 퀸은 참을성 있게 그를 지켜보고 있었고 엘러리는 한숨을 쉬었다.

이윽고 모건은 눈길을 들고 열성이 담긴 낮은 목소리로 말했다.

"실례가 많았습니다, 총경님."

모건은 눈길을 피했다.

"그런 광경은 사람들의 기억에 오래 남는 법임을 미처 깨닫지 못했습니다. 말씀하신 대로 그건 사실입니다. 저는 그날 필드와 함께 웹스터 클럽에서 점심을 먹었습니다. 그가 그렇게 하자고 했지만 사실 저로서는 될 수 있으면 필드와 만나고 싶지 않았습니다.

그런데 그날 점심식사를 한 목적이 해산에 대해 몇 가지 세부사항을 논하는 것이었기 때문에 피할 수 없었습니다. 정말 더 이상 참을 수가 없었습니다. 그래서 죽여버리겠다고 협박했습니다. 그러나 그것은 홧김에 한 말에 지나지 않습니다. 1주일도 지나기 전에 그 일은 완전히 잊어버렸습니다."

총경은 선선히 고개를 끄덕여보였다.

"그렇지요, 흔히 있을 수 있는 일입니다. 그러나……."

모건은 다음에 나올 말을 예상하고 견디기 어려운 듯이 입술을 적셨다.

"아무리 그럴 마음이 없었다 해도 단순히 사업상의 사소한 일로 남의 생명을 위협하는 사람은 없을 겁니다."

총경은 모건의 움츠러든 몸에 손가락을 갖다댔다.

"자, 어서 모두 털어놓으시지요, 무엇을 감추고 있습니까?"

모건의 온 몸이 축 늘어졌다. 입술은 잿빛이 되고 말없는 호소가 담긴 눈이 퀸 부자를 번갈아보았다. 그러나 두 사람의 눈길은 차가웠다.

마치 모르모트를 바라보는 생체 해부학자처럼 그를 바라보고 있던 엘러리가 끼어들어 냉랭하게 말했다.

"모건 씨, 필드는 당신의 어떤 약점을 쥐고 있었고 당신과 관계를 끊는 시기가 그것을 이용할 좋은 기회라고 여긴 겁니다. 그것은 당신 몸속에 붉은 피가 도는 것처럼 분명합니다."

"당신의 추측은 얼마쯤 맞습니다. 나는 조물주가 지금까지 만든 가장 불행한 인간 가운데 한 사람입니다. 그 악마 같은 필드──그 녀석을 죽인 게 누군지는 모르지만, 인류에 대한 공헌을 인정하여 훈장을 줄 만한 인물입니다. 그 녀석은 문어가 둔갑한 놈입니다.

인간의 탈을 쓴, 영혼을 갖지 않은 짐승입니다. 나는 지금 얼마나 기쁜지 모릅니다. 네, 정말 기뻐하고 있습니다. 그 녀석이 죽은 것을.”

퀸 총경이 나섰다.

“너무 흥분하지 마십시오, 모건 씨. 우리들의 친구가 굉장한 존재였다는 것은 짐작하지만, 그런 비평이 당신에 대해 동정적이 아닌 누군가의 귀에 들어가지 않는다고 장담할 수 없으니까요. 그래서요?”

“이야기는 이렇습니다.”

모건은 책상 위의 잉크 흡수지에 눈길을 못박고 더듬더듬 말을 이었다.

“참으로 말하기 거북한 일인데, 아직 대학에 다니던 시절 어떤 여자와 문제를 일으켰었습니다. 대학 식당의 여종업원이었지요. 나쁜 여자는 아니었으나 몸이 약했습니다. 생각해 보면 나는 그 시절에 철이 없었던 것 같습니다. 아무튼 그녀에게서 아이가 태어났습니다, 내 아이가. 아시겠지만 나는 이름 있는 집안 출신입니다. 아직 모르신다면 조사해 보면 곧 알게 될 것입니다. 집에서는 나에게 큰 기대를 걸고 있었습니다. 사회적인 야심을 지니고 있었지요. 간단히 말해서 그녀와 결혼할 용기가 없었던 겁니다. 그녀를 아버지께 데려가 아내라고 소개했을 때 과연 어떤 모욕이 그녀에게 쏟아질까 두려워서…… 그런 짓을 한다는 것은 크나큰 수치였습니다.”

모건은 잠시 이야기를 끊었다.

“그러나 이미 일어난 일은 어쩔 수 없었습니다. 이것이 문제의 전부입니다. 나는 그녀를 변함없이 사랑했습니다. 그녀는 물론 자기 앞날에 대해 걱정하고 있었지요. 나는 넉넉하게 받는 학비에서 얼마쯤 떼어 그녀에게 주고 있었습니다. 맹세코 말씀드렸지만, 이 세상에서 그 사실을 알고 있는 사람은 아무도 없었습니다. 미망인이 된 그녀의 어머니만 빼놓고. 그 어머니는 훌륭한 노부인이었습니다. 맹세코 말씀드리지만 그녀밖에는 아는 사람이 없었습니다. 그런데……."

모건은 주먹을 불끈 쥐었지만 한숨을 내쉬고 다음 이야기를 계속했다.

"결국 나는 가족이 골라준 여자와 결혼했습니다."

모건이 목을 울리며 한숨 돌리는 동안 무거운 침묵이 흘렀다.

"mariage de convenance(지위와 재산이 목적인 결혼)였던 것입니다. 그뿐, 그밖에는 아무 일도 없었습니다. 아내는 상류가정 출신이고, 나에게는 돈이 있었습니다. 우리는 그런대로 행복하게 지냈습니다. 그러다가 필드와 알게 된 겁니다. 나는 그와 손잡기로 약속한 날을 저주합니다. 그러나 그 무렵에는 사업도 생각대로 되어가지 않았고, 필드는 다른 거야 어떻든 적극적이고 머리 좋은 변호사였습니다."

총경은 코담배를 한줌 집어냈다.

모건은 단조롭고 낮은 목소리로 이야기를 계속했다.

"처음에는 모든 일이 순조롭게 되어갔습니다. 그러나 차츰 나는 공동 경영자가 당연한 일을 지키는 인간들과 조금 다르다고 의심하기 시작했습니다. 기묘한 손님, 정말 기묘한 손님이 집무시간 뒤 그의 개인사무실을 드나드는 것이었습니다. 그들에 대해 물어보아도 제대로 대답해 주지 않았습니다.

차츰 일이 되어가는 형편이 이상스럽게 보이기 시작했습니다. 마침내 나는 그와 계속 손을 잡고 나간다면 내 명예에 상처입을 위험이 있다고 판단했습니다. 그래서 손을 끊자는 이야기를 꺼냈습니다. 필드는 완강하게 반대했습니다만, 내 고집도 만만치 않아 결국 그도 이 희망을 막을 수 없게 되었습니다. 그리하여 우리는 결국 헤어지게 되었습니다."

엘러리의 손가락이 스틱 손잡이를 무심코 두드리고 있었다.

"그리고 나서 웹스터 클럽에서 그런 일이 일어난 겁니다. 필드는 마지막 두어 가지 세부항목을 결정하기 위해 꼭 함께 식사하자고 끈질기게 졸랐습니다. 물론 그것은 그의 목적이 아니었습니다. 그의 의도는 상상하실 줄 믿습니다만…… 그는 내가 한 여자와 사생아에게 돈을 보내고 있다는 사실을 안다는 깜짝 놀랄 이야기를 능청스럽게 꺼냈던 겁니다. 그것을 증명할 방법도 있고, 내가 그녀에게 보낸 지불이 끝난 수표도 몇 장 가지고 있다는 것이었습니다. 내 책상에서 훔쳐냈다는 것을 인정하더군요. 나는 그 서류들을 사무실 책상서랍에 신경도 쓰지 않았답니다. 그런데 그 작자가 내게 그 서류들을 사지 않겠느냐고 뻔뻔스럽게 묻더군요."

"공갈협박이었군요?" 엘러리는 눈을 빛내며 물었다.

모건은 내뱉듯 말했다.

"그래요, 공갈협박이었습니다. 다른 아무것도 아닙니다. 그는 이 이야기가 세상에 알려지면 어떤 결과가 될지 교묘한 말로 설명했습니다. 필드는 그야말로 빈틈없는 악당입니다. 나는 지금까지 쌓아올린, 몇 년이나 걸려 고생하여 쌓아올린 사회적 지위의 밑바탕이 모조리 무너져 내리는 것을 똑똑히 보는 듯한 생각이 들었습니다. 아내와 처가 가족들과 우리 가족. 그뿐만 아니라 우리가 살고 있는 주변 세상에 대해 나는 수렁에 빠진 채 얼굴도 못 들고 다닐 게 틀림없습니다. 게다가 사업면에서도 중요한 단골은 법률상의 의뢰를 다른 곳에 맡길 것입니다. 나는 덫에 걸린 겁니다. 나도 그 사실을 알고 그 녀석도 알고 있었습니다."

"그래, 얼마나 요구하던가요?" 하고 퀸 총경이 물었다.

"상당한 액수였습니다. 2만 5천 달러였지요. 입을 다문다는 대가로 말입니다. 그것으로 깨끗이 끝난다는 보장도 없었습니다. 나는 꼼짝없이 걸려든 겁니다. 완전히 걸려들고 말았습니다. 덧붙여 말씀드리지만 사건이 몇 년 전에 끝난 그런 일이 아니었으니까요. 나는 그때까지도 가엾은 여자와 어린아이에게 계속 돈을 보내고 있었습니다. 지금도 보내고 있고, 앞으로도 계속 보내줄 생각입니다."

모건은 손가락의 손톱을 바라보았다. 그는 씁쓸하게 말을 이었다.

"그래서 2만 5천 달러를 주었습니다. 앞으로 계속 요구해 오리라는 것을 알면서도 준 겁니다. 그러나 내가 이미 지독한 꼴을 당했다는 것은 지워질 수 없습니다. 나는 클럽에서 자제력을 잃어버렸습니다. 그 뒤 무슨 일이 있었는지는 짐작이 갈 것입니다."

총경이 물었다.

"공갈협박은 그 뒤에도 줄곧 계속되었습니까, 모건 씨?"

"그렇습니다, 2년 동안 계속. 그는 참으로 한없이 탐욕스러운 녀석입니다. 지금까지도 나로서는 알 수가 없습니다. 그도 자기 법률사무소에서 꽤 많은 돈을 벌고 있었을 텐데 늘 돈을 필요로 하고 있었던 이유를 말입니다. 그것도 적은 액수가 아니었습니다. 나는 1만 달러 이하의 돈을 그에게 주어본 적이 없습니다."

퀸 총경과 엘러리는 서로 얼굴을 마주보았다.

총경이 말했다.

"이거 참, 놀랍습니다. 필드의 이야기를 들으면 들을수록 그 사나이를 없앤 자에게 수갑을 채우고 싶지 않군요. 그건 그렇고, 지금 당신에게서 들은 이야기에 따르면 어젯밤 필드와는 벌써 2년 동안이나 안 만났다고 한 당신의 말은 분명 거짓이었던 게 되는군요. 마지막으로 그를 만난 적이 언제였습니까?"

모건은 기억을 더듬었다.

"두 달쯤 전이었습니다, 총경님."

퀸 총경은 의자 속에서 고쳐 앉았다.

"그렇습니까? 어젯밤에 그런 사실을 다 말씀해 주지 않은 것은 유감이었습니다. 아시겠지만 당신 이야기는 경찰로서는 아무 저촉 사항이 없습니다. 그러나 아주 중요한 정보였습니다. 그건 그렇고 혹시 엔젤러 루소라는 여자를 아십니까?"

모건은 눈을 크게 떴다.

"그건 왜 물으십니까? 전혀 모릅니다. 그런 여자에 대해서는 들은 적도 없습니다."

퀸 총경은 잠시 가만히 있었다.

"'목사' 조니를 알고 있습니까?"

"그에 대해서라면 좀 알려드릴 수 있을 겁니다. 필드와 같이 일하고 있을 때 그는 자신의 음흉한 일 때문에 그 조무래기 악당을 부리고 있었던 것 같습니다. 집무시간 뒤 그 사나이가 필드의 개인사무실로 들어가는 것을 몇 번 보았습니다. 필드에게 묻자 그는 우습다는 듯이 '아, 그는 내 친구인 '목사' 조니라네' 하고 말했습니다. 그러나 그것만으로도 그 사나이의 정체는 알만합니다. 두 사람이 어떤 관계였는지는 말씀드릴 수 없습니다. 모르니까요."

"고맙습니다, 모건 씨. 모두 이야기해 주어서 정말 고맙습니다. 그런데 또 한 가지 묻고 싶은 점이 있습니다. 찰스 마이클스라는 이름을 들어본 적 없습니까?"

그러자 모건은 화가 치미는 듯이 대답했다.

"분명히 들은 적이 있습니다. 마이클스는 필드의 이른바 '하인'이었습니다. 그의 보디가드로 일하고 있었지요, 실제로는 부하였지만 말입니다. 만일 그렇지 않다면 사람 보는 내 눈이 형편없다는 말이 되겠지요, 그 사나이도 가끔 사무소에 얼굴을 내밀었습니다. 그밖에는 생각나는 점이 없는 것 같군요, 총경님.”

“물론 그 쪽에서도 당신을 알고 있겠지요?”

“네, 그렇게 생각합니다” 하고 모건은 확실치 않게 대답했다. “나에게 말을 건넨 적은 없습니다. 그러나 사무실에 왔을 때 아마 보았을 것입니다.”

“그렇습니까? 네, 이것으로 되었습니다, 모건 씨.”

퀸 총경은 내던지듯 말하고 벌떡 일어섰다.

“정말 재미있고 충실한 회담이었습니다. 그리고, 아니, 이제 아무것도 없는 것 같군요. 지금으로서는 걱정하지 않아도 될 겁니다, 모건 씨. 다만 이곳에서 떠나지 말아주십시오. 뭔가 필요한 일이 있으면 곧 연락이 닿도록. 잊지 마십시오.”

모건은 괴롭다는 듯이 말했다.

“잊을 수가 없을 겁니다. 그리고 저——아까 말씀드린 이야기——내 아이 일은 세상에 알려지지 않겠지요?”

“그 점에 대해서라면 조금도 염려하실 필요 없습니다, 모건 씨.”

그리고 몇 분 뒤 총경과 엘러리는 거리로 나와 있었다.

엘러리가 중얼거리듯 말했다.

“역시 공갈협박이었군요, 아버지. 그래서 한 가지 생각이 떠올랐는데, 아시겠습니까?”

“그래, 내게도 두세 가지 생각이 있다.”

총경은 싱글벙글 웃고 있었다. 두 사람은 마치 약속이라도 한 듯이 입을 다물고 활기 있게 경찰국 쪽으로 걸어갔다.

제12장 퀸 부자의 방문

수요일 아침, 쥬너는 멍하니 생각에 잠겨 있는 총경과 끊임없이 이야기를 늘어놓고 있는 엘러리에게 커피를 따라주었다.

이때 전화벨이 울렸다. 엘러리와 퀸 총경은 서로 먼저 전화를 받으려고 했다.

퀸 총경이 아들에게 소리질렀다.

"이게 무슨 짓이냐, 엘러리! 내게 걸려올 전화를 기다리고 있던 참이다. 그 전화가 지금 온 거야."

"아닙니다, 아버지. 책벌레에게도 전화받는 권리쯤은 인정해 주셔야지요!" 하고 엘러리는 대들었다. "어쩐지 제 친구인 책방주인이 도망쳐 돌아다니는 팰코너에 대한 일로 걸어온 전화인 듯한데요."

"무슨 소리냐, 엘러리! 여러 말 할 것 없다."

두 사람이 테이블을 사이에 두고 어린아이처럼 옥신각신하는 동안 쥬너가 얼른 수화기를 집어들었다.

"총경님, 총경님 말씀입니까? 총경님, 전화 받으십시오."

쥬너는 앙상한 가슴에 수화기를 댄 채 싱글싱글 웃고 있었다.

엘러리가 풀죽어 의자에 주저앉자, 퀸 총경은 의기양양하게 수화기를 받아들었다.

"여보시오."

"필드 법률사무소에 나와 있는 스토츠입니다." 시원하고 쾌활한 젊은 목소리가 들려왔다. "클로닌을 바꿔 드리겠습니다."

총경은 무언가 기대하는 듯 눈썹을 치켜올렸다. 엘러리도 긴장하며 귀를 곤두세우고 있었다. 쥬너까지도 그 못난 얼굴에 원숭이같이 열중하는 표정을 띠고 어떤 중대한 소식을 기대하듯 방 한 구석에 우뚝 서 있었다. 이럴 때의 쥬너는 마치 유인원 같아 보였다. 태도며 언동에 한 치의 빈틈도 없이 호기심어린 눈을 빛내고 있어 언제나 퀸 부자를 유쾌하게 해주었다.

이윽고 날카로운 목소리가 전화선을 타고 들려왔다.

"팀 클로닌입니다, 총경님. 별일 없으십니까? 오래 못 뵈었습니다."

"허리가 좀 아픈 것말고는 *끄덕없네*." 퀸 총경이 대답했다. "그런데 무슨 일인가? 뭐 새로운 것이라도 발견했나?"

클로닌의 흥분한 목소리가 들려왔다.

"정말 알 수 없군요, 총경님. 아시겠지만 저는 요 몇 년 동안 이 필드라는 흑막의 인물을 감시하고 있었습니다. 지독할 정도로 오래 저를 괴롭혀온 악몽이었습니다. 이 이야기는 그저께 밤에 지방검사님이 총경님게 말씀드렸다니까 다시 되풀이할 필요는 없겠지요. 그토록 오랜 시일 동안 감시하고 기다리고 염탐해 보았는데도 저는 그 악당을 법정에 끌어낼 만한 증거를 하나도 잡지 못했습니다. 그러나 그는 틀림없이 악당이었습니다, 총경님. 그 점은 목숨을 걸고라도 장담할 수 있습니다. 그러나 그것도 이제 사정이 이렇게 되고 보니 헛일이 되고 말았군요. 저는 필드를 너무나 잘 알고 있었기 때문에 사실 그 이상의 새로운 기대 같은 것은 걸 필요가 없었습니다. 하지만 아무리 그라 해도 언제 어디선가 발을 헛디딜 때가 있으리라고, 그의 개인적인 서류에 손댈 수만 있다면 덜미를 잡을 수 있으리라 별러왔습니다. 그런데 총경님, 그런 생각이 완전히 빗나가고 말았습니다."

퀸 총경의 얼굴에 순간 실망의 표정이 스쳐갔다. 엘러리도 그것을 알아차리고 한숨을 내쉬며 벌떡 일어나 조급하게 방 안을 왔다갔다 하기 시작했다.

퀸은 부드러운 태도를 취하려고 애쓰며 대답했다.

"달리 어쩔 방법이 없었던 모양이군, 팀. 너무 걱정할 것 없네. 또 무슨 방법이 있겠지."

그러자 클로닌이 갑자기 말했다.

"총경님에게도 아직 남은 카드가 많이 있습니다. 필드라는 사나이는 사실상 빈틈없는 바보천치입니다. 제가 보건대 감시의 눈을 교묘하게 피해 불법을 저지르는 천재란 사실 빈틈없는 바보천치라고 할 수밖에 없을 것 같습니다. 달리 뭐라 부를 수 없는 인물입니다. 덧붙여 말씀드리면, 우리는 아직 서류의 반도 조사하지 못했습니다. 게다가 지금까지 대충 훑어본 서류 가운데에도 제가 생각했던 것보다 훨씬 쓸 만한 것이 있을지 모릅니다. 그의 불법적인 비즈니스를 암시하는 내용은 수두룩합니다. 다만 직접적인 유죄증거가 없을 뿐이지요. 조사해 나가노라면 뭔가 발견할 희망이 있습니다."

총경은 중얼거리듯 말했다.

"알겠네, 팀. 열심히 뛰어주게. 그리고 어떤 결과가 나왔는지 알려주게. 거기 루원이 있나?"

클로닌이 목소리를 낮췄다.

"사무장 말씀입니까? 이 근처 어디에 있을 텐데요. 왜 그러시지요?"

"눈을 똑바로 뜨고 철저히 감시하는 게 좋을걸세. 아무래도 그 사나이는 겉보기만큼 멍청하진 않은 것 같아. 그곳에 흩어져 있는 서류에 손대지 못하도록 하는 게 좋을걸세. 우리가 알아본 바에 따르면 그 사나이도 필드를 도와 준 한패라는 의혹이 짙네."

"알겠습니다, 총경님. 다시 또 전화드리겠습니다."

저쪽에서 전화를 끊는 소리가 찰칵 하고 들렸다.

10시 30분에 퀸과 엘러리는 리버사이드 드라이브의 아이브스 포프 저택 입구의 높다란 문을 밀어젖혔다. 엘러리는 이곳의 분위기가 어디나 정장 차림을 요청하는 것 같아 어리둥절했다. 그리하여 돌로 된 정문을 지나 안으로 안내되었을 때 몹시 얼떨떨한 기분에 빠진 자신을 느끼지 않을 수 없었다.

아이브스 포프 집안 사람들이 살고 있는 이 집은 여러 가지 점에서 퀸 부자 같은 검소한 취향의 사람들에게는 외경스러움을 느끼게 했다. 거대하고 정돈되지 않은 낡은 석조건물이 찻길에서 깊숙이 들어간 꽤 넓은 잔디 위에 솟아 있었다. 총경은 건물을 둘러싸고 있는 잔디밭을 둘러보며 신음하듯 말했다.

"꽤 돈을 들였겠는걸."

정원, 정자, 산책길, 나무그늘 밑의 휴게소——바로 몇 미터 떨어져 저택을 둘러싼 높은 철책 너머에 시끄럽고 왁자지껄한 시가지가 있는데도 마치 몇십 마일이나 멀리 있는 듯한 착각이 들었다. 아이브스 포프 집안은 아주 오래 전, 그러니까 미국 식민지 시대를 거슬러 올라가는 유서깊은 가문일뿐더러 상상을 초월하는 막대한 재산을 소유하고 있다. 그러니 이토록 호화로운 저택도 그들 가문을 생각하면 오히려 당연하게 느껴졌다.

현관문은 마치 등이 강철로 된 것 같고 코가 위태로운 각도로 하늘을 향해 치켜진 듯이 느껴지는 구레나룻을 기른 집사에 의해 열려졌다. 엘러리는 제복 입은 그 집사를 신기한 듯 뚫어지게 바라보며 천천히 현관문을 들어섰다.

퀸 총경은 주머니를 더듬어 명함을 찾았다. 한 장을 찾아내는 데 꽤 시간이 걸렸다. 등이 위엄 있게 꼿꼿한 제복의 사나이는 돌부처처럼 우뚝 서 있었다. 총경은 얼굴을 붉히며 간신히 구겨진 명함을 한 장 찾아냈다. 그리고 명함을 쟁반에 얹고 집사가 어디인가에 있을 자신의 동굴로 물러가는 것을 지켜보고 있었다.

엘러리는 조각을 새겨 넣은 커다란 출입문 앞에 프랭클린 아이브스 포프의 늠름한 얼굴이 나타나자 아버지가 반사적으로 자세를 바로 하는 것을 보고 싱긋 웃었다.

부호는 빠른 걸음으로 두 사람 앞으로 다가와 친근한 말투로 인사했다.

"퀸 총경님, 그리고 퀸 씨, 어서 오십시오. 오래 기다리셨습니까?"

총경은 더듬거리며 인사했다. 세 사람은 차분하고 예스러운 가구로 꾸며지고 높은 천장 아래 바닥이 번쩍번쩍 빛나는 널찍한 복도를 걸어갔다.

"마침 때맞춰서 잘 오셨습니다."

아이브스 포프는 몸을 한쪽으로 비켜 퀸 부자를 넓은 방으로 안내했다.

"여기에 우리들의 조촐한 중역회의를 마련했습니다. 그리고 이분들은 그 참석자들입니다. 여기 모인 사람들은 모두 안면이 있으리라 생각됩니다만……."

총경과 엘러리는 그들을 한 바퀴 둘러보았다.

총경이 말했다.

"네, 모두 알고 있습니다. 저 신사분만 빼놓고는……. 스탠포드 아이브스 포프 씨라고 짐작됩니다만. 내 아들 엘러리는 아직 만나보지 못한 것 같으니 인사를 나눠야겠군요. 제임스 필 씨였지요? 그 다음은 밸리 씨, 그리고 물론 아이브스 포프 씨에게도……."

인사소개는 긴장된 분위기 속에서 이루어졌다.

샘프슨 지방검사가 급히 방을 가로질러와 낮게 속삭였다.

"여, Q, 이 자리는 좀처럼 찾아오기 어려운 기회인 것 같군. 나는 신문에 입회하는 이 사람들 대부분과 첫 대면일세."

퀸 총경도 역시 나지막한 목소리로 지방검사에게 물었다.

"저 필이라는 사나이는 여기서 대관절 무슨 일을 하고 있나?"

그러는 동안 엘러리는 방을 가로질러가 맞은편에 앉은 세 젊은이와 이야기를 시작했다. 아이브스 포프는 양해를 구하고 자리를 떠났다.

지방검사가 총경의 말에 대답했다.

"그는 프랭클린 아이브스 포프 씨의 친구라네. 물론 저기 있는 밸리와도 친한 사이지. 자네들이 오기 전에 잡담을 나누다가 아이브스 포프 씨의 아들 스탠포드가 밸리를 누이 프랜시스에게 소개했음을 알아냈네. 그것이 인연이 되어 그녀는 밸리와 만나 연애관계에 빠진 거라네. 필도 젊은 아가씨와 마음이 맞는 것 같더군."

"아이브스 포프와 그의 귀족적인 아내는 자녀들이 중류 계급의 친구들과 어울리는 것을 어떻게 생각하는지 의심스럽군."

총경은 방 안 맞은편에 옹기종기 모여 있는 젊은이들을 흥미 있게 바라보았다.

샘프슨은 빙긋 웃었다.

"이제 곧 알게 되겠지. 아이브스 포프 부인은 저 배우들을 볼 때마다 미간을 몹시 찡그리는데, 그 모습을 잘 살펴보게나. 저 친구들은 볼셰비키 패거리들 비슷한 환영을 받고 있음에 틀림없네. ”

퀸 총경은 뒷짐 지고 신기한 듯이 방 안을 둘러보았다. 그곳은 서재로, 수많은 진귀한 책들이 수집되어 번쩍번쩍 빛나는 유리미닫이 안에 잘 정리되어 있었다. 백만장자의 서재치고는 허세를 부리지 않은 듯해 총경은 만족스러운 기분으로 고개를 끄덕였다.

샘프슨이 이야기를 계속했다.

“이브 엘리스도 와 있다네. 월요일 밤 아이브스 포프 양과 그녀의 약혼자와 함께 로마 극장에서 만났다고 말한 그 여자일세. 지금은 아마 대를 이을 아가씨의 말벗 노릇을 하느라고 2층에 있을걸세. 포프 부인은 그녀를 그리 좋아하지 않는 눈치지만 둘 다 예쁜 아가씨들이라네. ”

퀸 총경이 쓴웃음을 지으며 말했다.

“아이브스 포프 집안의 가족들과 배우들이 이 저택에서 무릎을 맞대고 함께 지낼 때는 무척 유쾌한 시간이 되겠구먼. ”

네 젊은이가 두 사람 곁으로 다가왔다. 스탠포드 아이브스 포프는 키가 훤칠한 빈틈없이 잘 다듬어진 젊은이로 유행하는 옷차림을 하고 있었다. 눈 밑이 푹 패어 있었다. 퀸 총경은 그가 심심하고 따분해서 어쩔 줄 몰라 하고 있음을 한눈에 알아차렸다. 배우인 필과 밸리도 나무랄 데 없는 옷차림을 하고 있었다.

스탠포드 아이브스 포프가 우울한 표정으로 입을 열었다.

“아드님 이야기에 따르면 아주 어려운 문제에 맞닥뜨려 계시다고 들었습니다. 우리는 모두 가엾은 누이동생이 이번 사건에 말려든 것을 무척 안타깝게 생각합니다. 대체 왜 누이동생의 핸드백이 그 사나이 주머니 속으로 기어들어갔을까요 ? 밸리는 프랜시스의 괴로운 입장을 염려하여 뜬눈으로 밤을 새웠답니다. ”

총경은 눈을 빛내며 말했다.

"당신 누이동생의 핸드백이 어떻게 몬티 필드의 주머니에서 발견되었는지 그 까닭을 알고 있다면 나는 오늘 아침 여기 와 있지도 않을 거요. 그것이 이번 사건을 한없이 흥미롭게 만들어주는 한 가지 점이지요."

"기탄없이 말씀해 주십시오, 총경님. 하지만 설마 프랜시스가 이번 사건에 조금이라도 관련되어 있다고 생각하시는 건 아니겠지요?"

퀸 총경은 미소지었다. 그리고 항의하듯 말했다.

"나는 아직 어떤 생각도 하고 있지 않소. 나는 당신 누이동생으로부터 아직 그 점에 대해 아무 설명도 듣지 못했소."

이때 스티븐 밸리가 옆에서 끼어들었다.

"그것은 프랜시스가 반드시 설명해 드릴 겁니다. 총경님. 그 점에 대해서는 염려하실 필요 없습니다. 그녀가 터무니없는 혐의를 받고 있다는 것을 생각하면 저는 화가 치밀어 못 견딜 지경입니다. 모든 이야기가 너무도 황당무계합니다."

그의 잘생긴 얼굴에 피곤한 기색이 떠올라 있었다.

총경도 동정하는 듯이 말했다.

"그런 기분은 잘 알겠소, 밸리 씨. 그리고 이 기회에 어젯밤의 내 행동에 대해 사과하고 싶소. 좀 지나치지 않았나 싶어서……."

밸리는 내키지 않는 미소를 지어보였다.

"제 편에서도 사과해야 될 것 같습니다. 극장 지배인 사무실에서는 몇 가지 마음에도 없는 말을 지껄인 것 같습니다. 그때는 몹시 흥분해 있어서——프랜시스가——아이브스 포프 양이 기절한 것을 본 뒤라……."

밸리는 쑥스러운 듯이 말끝을 흐렸다.

제임스 필은 몸집 큰 사나이로 모닝코트를 입고 얼굴 혈색도 좋았으며 건강이 넘치는 듯이 보였다. 그는 밸리의 어깨에 다정하게 한 손을 얹으며 쾌활하게 말했다.

"총경님도 잘 알고 계실걸세, 스티븐. 너무 마음 아프게 여기지 않아도 괜찮아. 틀림없이 모든 일이 잘 해결될 걸세."

이때 샘프슨이 총경의 갈비뼈를 힘껏 치는 시늉을 하며 말했다.

"여러분, 그 일은 일단 퀸 총경에게 맡겨두는 게 좋습니다. 이 사람은 내가 알고 있는 한 배지 뒤에 악의를 감추고 있지 않은 단 한 사람의 경찰견입니다. 총경이 만족할 만큼만, 대충 납득할 만큼만 아이브스 포프 양이 설명하면 됩니다. 그때의 사정을 분명하게 할 수만 있다면 모든 일은 해결될 겁니다."

엘러리가 깊이 생각에 잠긴 목소리로 중얼거렸다.

"그것은 알 수 없는 일이지요. 아버지는 사람들을 깜짝 놀라게 하는 게 장기니까요. 아이브스 포프 양으로 말하면……."

엘러리는 풀죽은 시늉을 해보이며 미소짓더니 배우에게 허리 굽혀 절했다.

"밸리 씨, 당신은 정말 운이 좋은 분입니다."

"어머니가 보시기엔 그렇게 생각지 않을 겁니다" 하고 스탠포드 아이브스 포프가 짜증스러운 듯이 말했다. "아, 이리 오시는 것 같은데요."

남자들은 문 쪽을 돌아보았다. 굉장히 뚱뚱한 부인이 뒤뚱거리며 문을 들어서고 있었다. 제복 입은 간호사가 커다란 녹색 병을 손에 들고 큰 팔로 조심스럽게 그녀를 부축하고 있었다. 그 뒤를 따라 프랭클린 아이브스 포프가 기운차게 들어서고, 곁에는 검은 양복을 입고 검정색 가방을 든 소년 같은 얼굴에 머리가 흰 노인이 있었다.

뚱뚱한 부인이 커다란 의자에 몸을 묻자 아이브스 포프가 나지막한 목소리로 말했다.

"캐서린, 당신에게 이야기했던 그 신사분들이오. 리처드 퀸 총경과 그 아드님 엘러리 퀸 씨요.”

아이브스 포프 부인은 지독한 근시로 그녀의 돌처럼 굳어진 얼굴이 무표정하게 퀸 부자를 쳐다보자 그들은 엉거주춤 허리 굽혀 인사했다.

부인은 카랑카랑한 목소리로 말했다.

“정말 잘 오셨습니다. 그런데, 간호사! 어디 있나? 쓰러질 것 같아, 빨리!”

제복의 간호사가 녹색 병을 가지고 곁으로 달려왔다. 부인은 눈을 감고 깊이 숨을 들이마시더니 안도의 한숨을 쏟아놓았다. 부호는 머리가 흰 노인을 짤막하게 소개했다. 이 집의 주치의 빈센트 코니시 박사였다. 그는 재빨리 핑계를 대고 집사 뒤를 따라 모습을 감추었다.

샘프슨이 퀸 총경에게 속삭였다.

“코니시는 대단한 사람이라네. 시내에서 가장 번창하고 있는 의사일 뿐만 아니라 진짜 학자지.”

총경은 눈썹을 치켜올렸으나 아무 말도 하지 않았다.

스탠포드가 낮은 목소리로 엘러리에게 말했다.

“내가 의사라는 직업에 전혀 흥미가 없는 한 가지 이유는 어머니 때문이지요.”

“오, 프랜시스!”

아이브스 포프가 급히 앞으로 나서고 그 뒤를 이어 밸리가 튀어나가듯 문 쪽으로 달려갔다. 아이브스 포프 부인의 생기 없는 차가운 눈길이 그 뒷모습을 화가 치민 듯이 쏘아보고 있었다. 제임스 필은 당혹함을 헛기침으로 얼버무리며 샘프슨에게 한두 마디 귀엣말을 했다.

프랜시스는 얇은 모닝가운 차림으로 핼쑥한 얼굴이 굳어진 채 여배우 이브 엘리스의 팔에 완전히 기대어 방으로 들어왔다. 총경이 더듬거리며 인사할 때 답례로 지어보인 미소도 어딘지 어색했다.

필이 이브 엘리스를 소개하자 프랜시스와 그녀는 아이브스 포프 부인 가까이에 앉았다. 노부인은 긴장한 모습으로 의자에 앉아 마치 새끼가 위협당하고 있는 암사자처럼 둘레를 노려보고 있었다.

두 하인이 조용히 나타나 남자들의 의자를 준비했다. 아이브스 포프가 선 채로 권하자 퀸 총경은 커다란 사무용 책상에 자리잡고 앉았다. 엘러리는 의자를 사양하고 뒤쪽 책장에 기댄 채 여러 사람들 옆에 서 있기로 했다.

대화가 일단 중단되자 총경은 기침을 하고 나서 프랜시스 쪽으로 고쳐 앉았다. 그녀는 흠칫 놀란 듯이 속눈썹을 깜박거리더니 조용히 총경의 눈길을 받았다.

총경은 아버지가 딸을 대하는 듯한 친밀한 목소리로 입을 열었다.

"우선 프랜시스 양——이라고 부르겠소——월요일 밤의 내 행동을 아가씨께서는 도저히 용납할 수 없는 호된 취급이었다고 생각했을 터이니, 그 점에 대해 사과드리겠소. 아이브스 포프 씨께서는 아가씨가 사건이 일어난 날 밤의 행동을 하나하나 설명해줄 수 있을 거라고 하시더군요. 따라서 아가씨 문제는 오늘 아침의 이 조그마한 회담이 끝나면 사실상 수사에서 제외될 것이오.

아가씨는 이 회담을 갖기 전인 월요일 밤에는 사실 나에게 있어 한 사람의 단순한 혐의자에 지나지 않았소. 따라서 그런 경우 언제나 내가 하던 대로 행동했던 것이오. 지금은 나도 아가씨 같은 환경과 사회적 지위에 있는 숙녀가 그처럼 긴장된 상황 아래에서 경찰에게 날카로운 추궁을 받는다면 충격을 받아 지금 같은 상태에 놓일 거라는 것을 충분히 이해할 수 있소."

프랜시스는 가냘프게 미소지었다. 그리고 또렷한 목소리로 나지막하게 말했다.

"괜찮아요, 총경님. 그처럼 바보스럽게 굴었던 것은 제 실수였어요. 질문에 대해서는 무엇이든지 대답해 드리겠어요."

"잠깐만 기다려주시오."

총경은 몸을 조금 일으켜 침묵을 지키고 있는 참석자들을 둘러보며 무겁게 다짐을 주었다.

"여러분, 말씀드리고 싶은 점이 있습니다. 우리가 여기 모인 데에는 한 가지 뚜렷한 목적이 있습니다. 즉 우리는 포프 양의 핸드백이 죽은 사나이 주머니 속에서 발견되었다는 사실과 그녀가 경위를 설명하지 못했다는 사실, 이 두 가지 사실 사이에 어떤 관계가 있는지 밝히기 위해 여기 모였습니다. 틀림없이 거기에는 어떤 관계가 있을 것입니다. 그리고 특별히 오늘 아침의 이 회담이 어떤 결실을 거두든 못 거두든 여기서 오간 이야기 내용에 대해서는 절대로 비밀을 지켜주시도록 부탁드리겠습니다.

샘프슨 지방검사도 알겠지만, 나는 이처럼 많은 방청자들 앞에서 조사를 해 본 적이 없습니다. 굳이 예외적인 조치를 취한 까닭은, 여기 모인 여러분이 한결같이 이번 사건에 말려든 가엾은 포프 양에게 깊은 관심을 가지고 있다고 믿었기 때문입니다. 그러나 만일 오늘 회담의 내용이 한 마디라도 외부에 새어나간다면 여러분은 나로부터 어떤 편의 같은 것을 기대할 수 없을 것입니다. 여러분도 이 말을 잘 이해하시리라 믿습니다."

젊은 스탠포드가 항의했다.

"말씀이 좀 지나치신 것 같군요, 총경님. 우리는 모두 사건 내용을 잘 알고 있으니 어쨌든……."

"아마도 그렇겠지요." 총경은 쓴웃음을 지으며 반격했다. "그렇기 때문에 여러분이 여기에 함께 자리하는 것을 승낙한 것이오."

조그만 술렁임이 일었다. 아이브스 포프 부인은 금방이라도 분노에 찬 연설을 한바탕 늘어놓을 듯이 입을 벌렸다. 그러나 남편의 날카로운 눈길이 부인의 입술을 맥없이 다물게 하여 항의는 결국 입 밖으로 튀어나오지 못했다. 부인은 그 앙갚음인 듯 프랜시스 곁에 앉아 있는 이브 엘리스에게로 눈길을 옮겨 쏘아보았다.

이브 엘리스는 얼굴을 붉혔다. 간호사가 코로 맡는 약병을 들고 먹이를 덮치려는 세터 사냥개처럼 우뚝 서 있었다.

퀸 총경은 부드럽게 말을 이었다.

"프랜시스 양, 일단 사건의 경과를 말씀드리겠소. 나는 몬티 필드라는 이름의 남자 시체를 조사하고 있었소. 그는 유명한 변호사로, 그처럼 무참하게 살해되기 전까지는 아마 흥미진진한 연극을 구경하고 있었던 모양이오. 내가 그 시체를 조사하는 도중 야회복 윗옷 주머니에서 야회용 여자 핸드백을 발견했소. 그 속에 명함 몇 장과 개인적인 서류가 들어 있었으므로 곧 아가씨의 것임을 알게 되었지요. 나는 그때 '드디어 여자가 등장하는군' 하고 생각했습니다. 아주 자연스러운 생각이지요.

그래서 부하 한 사람을 시켜 아가씨를 불러오도록 해 이 의심스러운 상황에 대한 설명을 듣고자 했소. 아가씨는 오셨지요. 그리고 내가 그 핸드백을 내보이며 어디서 발견되었는지 들려주자 아가씨는 정신을 잃었소. 그때 나는 '이 아가씨는 뭔가 알고 있구나'하고 직감적으로 느꼈소. 부자연스러운 결론은 아니겠지요.

그럼, 지금부터 아가씨는 아무것도 아는 바 없으며, 정신을 잃은 것은 다만 그 사실에 충격을 받았기 때문이었다는 점을 나에게 납득시켜 주시겠소? 프랜시스 양, 나는 리처드 퀸으로서가 아니라 진상을 다루는 경찰의 입장으로서 문제를 제기하고 있다는 점을 잊지 말아주시오."

프랜시스는 총경이 말을 마친 뒤 한동안 계속된 무거운 침묵을 깨뜨리고 상냥하게 대답했다.

"제 설명이 기대하시는 것만큼 참고가 될지 모르겠군요. 그 가운데 어느 부분이 총경님에게 도움될지 저로서는 전혀 분간할 수가 없어요. 하지만 제게는 하찮게 여겨지는 어떤 사실이 총경님의 전문적인 안목으로 보면 중요한 의미가 있을지도 모르지요. 경위를 대충 요약해서 말씀드리면 대개 이렇습니다.

저는 월요일 밤 로마 극장에 갔어요. 아직은 무척 은밀한 이야기입니다만, 밸리 씨와 약혼한 다음부터……. "

아이브스 포프 부인이 코를 킁킁거렸고, 그녀의 남편은 딸의 검은 머리칼 너머 한 곳을 꼼짝 않고 지켜보고 있었다.

"저는 이따금 그 극장에 들러 연극이 끝난 뒤 약혼자와 만나곤 했어요. 그럴 때면 밸리 씨는 저를 집까지 바래다주거나 아니면 가까운 곳에서 저녁식사를 함께 했지요. 대개 극장에서 만날 때는 미리 약속했지만, 어떤 때는 갑자기 들르는 적도 있었어요. 월요일 밤에도 불쑥 들른 거였어요.

나는 제1막이 끝나기 몇 분 전에 로마 극장으로 들어갔어요. 그 〈피스톨 소동〉은 이미 몇 번이나 보았기 때문이지요. 저는 지정된 자리에 앉았어요. 벌써 몇 주일 전에 밸리 씨가 극장 지배인 팬더 씨에게 부탁해서 마련해 준 자리였지요.

안으로 들어가서 자리잡고 앉아 차분히 연극을 구경할 틈도 없이 막이 내리고 첫 휴식 시간이 되었어요. 저는 좀 덥게 느껴졌어요. 공기도 결코 깨끗하다고 할 수는 없었어요. 그래서 아래층 일반휴게실 끝에 있는 여자 화장실로 갔어요. 그 다음 다시 위로 올라가 열려 있는 문을 지나 바깥 통로로 나갔지요. 거기서는 꽤 많은 사람들이 맑은 공기를 쐬고 있었어요. "

프랜시스는 한동안 입을 다물고 있었다.

엘러리는 책장에 기댄 채 사람들의 표정을 날카롭게 살피고 있었다. 아이브스 포프 부인은 리바이어던*11 같은 모습으로 둘레를 살펴보고 있었다.

아이브스 포프는 여전히 프랜시스의 머리 너머로 벽을 지켜보고 있었다. 스탠포드는 손톱을 물어뜯고 있었다. 필과 밸리는 안절부절못하며 안타까운 표정으로 프랜시스를 지켜보다가 그녀의 진술이 총경에게 어떤 반응을 불러일으키는지 살펴보려는 듯 퀸 총경 쪽을 흘끗흘끗 바라보았다. 이브 엘리스는 손을 앞으로 내밀어 프랜시스의 손을 꼭 쥐고 있었다.

총경은 다시 한 번 헛기침을 했다.

"어느 쪽 복도였소, 아이브스 포프 양? 왼쪽이었소, 아니면 오른쪽이었소?"

"왼쪽이었어요, 총경님." 프랜시스는 곧 대답했다.

"제가 좌M8 자리에 앉아 있었다는 것은 알고 계시겠지요. 따라서 왼쪽 통로로 나간 건 아주 자연스러운 행동이 아니었을까요?"

"옳은 말이오." 퀸 총경은 미소지으며 말했다. "이야기를 계속해주시오."

프랜시스는 처음보다 신경이 많이 가라앉은 표정으로 다시 말을 이었다.

"저는 통로로 나갔어요. 그러나 아무도 아는 사람이 없었기 때문에 열려 있는 철문 조금 뒤쪽의 벽돌벽 옆에 서 있었어요. 비가 갠 뒤라 공기는 참으로 상쾌하고 기분 좋았어요. 거기 서서 2분도 채 안 됐을 때 누군가가 제 곁으로 바싹 다가서는 듯한 기척이 느껴졌어요. 누가 발을 잘못 디뎠나보다고 생각했기 때문에 저는 한쪽으로 몸을 좀 비켰지요.

그런데 그 남자가——네, 남자였어요!——다시 바싹 다가왔기 때문에 저는 좀 무서운 생각이 들어 그 자리를 피하려고 했어요. 그러자 그 남자는 제 손목을 잡고 끌어당기는 것이었어요. 마침 철문이 반밖에 열려 있지 않았기 때문에 그늘에 가려져 아무도 그 남자의 수작을 눈치채지 못했을 거에요.”

총경은 동정하는 목소리로 중얼거렸다.

“네, 그랬었군요. 전혀 알지도 못하는 사람이 공공연한 장소에서 그런 짓을 하다니 정말 예삿일이 아니었겠지요!”

“그는 곧 저에게 키스하려고 했던 것 같아요. 허리를 굽히고 ‘안녕, 허니’ 하고 작은 목소리로 말했어요. 그래서 저는 곧 그렇게 생각한 거에요. 저는 뒤로 조금 물러난 다음 될 수 있는 한 침착하려고 애쓰며 냉정하게 ‘제발 놓아주세요. 그렇지 않으면 소리지르겠어요’ 라고 말했지요. 그런데도 상대방은 웃기만 할 뿐 몸을 구부리고 더욱 가까이 다가왔어요. 위스키 냄새가 숨쉴 때마다 지독하게 풍겼어요. 그래서 더욱 기분이 나빴지요.”

프랜시스는 이야기를 그쳤다. 이브 엘리스가 위로하듯 그 손을 가볍게 토닥거렸다. 밸리가 화난 얼굴로 뭐라고 투덜거리며 반쯤 자리에서 일어나자 필이 팔꿈치로 쳐서 억지로 다시 앉혔다.

퀸 총경은 의자등받이에 몸을 젖히며 말했다.

“프랜시스 양, 이상한 질문인 것 같소만…… 들으면 무척 어이없는 물음이라고 생각할지 모르지만, 그 술 냄새로 보아 좋은 술인 것 같았소 아니면 나쁜 술인 것 같았소? 글쎄, 웃으실 줄 알았소.”

그 자리에 모였던 사람들이 모두 퀸의 익살스러운 표정에 소리 죽여 웃었다.

프랜시스는 명랑하게 대답했다.

“글쎄요, 무척 어려운 질문을 하시는군요. 저는 술에 대해 잘 몰라서…… 하지만 지금 돌이켜 생각해 보니 고급술이었던 것 같아요. 그러나 어찌나 고약한 냄새였던지……. ”

프랜시스는 끔찍한 듯이 조금 머리를 흔들었다.

스탠포드 아이브스 포프가 중얼거렸다.

“내가 그 자리에 있었다면 금방 술 이름을 알아맞힐 수 있었을 텐데. ”

그의 아버지는 입술을 긴장시켰으나 곧 그 긴장을 풀었다. 그리고 타이르듯 아들 쪽으로 얼굴을 돌리고 고개를 저어보였다.

퀸 총경이 말했다.

“설명을 계속해주시오, 프랜시스 양. ”

그녀는 붉은 입술을 떨며 털어놓았다.

“저는 완전히 공포에 휩싸이고 말았어요. 속이 메슥거렸기 때문에 곧 상대방의 팔을 뿌리치고 정신없이 극장 안으로 뛰어 들어갔어요. 그 다음 정신을 차리고 보니 좌석에 앉아 있었고, 제2막의 시작을 알리는 벨 소리가 요란하게 울렸지요. 정말 어떻게 좌석으로 돌아왔는지도 모를 만큼 제정신이 아니었어요. 심장의 고동이 턱까지 닿아 두근두근했지요. 그리고 지금도 분명히 기억하고 있지만, 이 돌발적인 일을 스티븐에게——밸리 씨에게——결코 말하지 않겠다고 생각했어요. 만일 이야기한다면 밸리 씨는 틀림없이 그 남자를 찾아내어 앙갚음하리라 생각되었기 때문이에요. 밸리 씨는 질투심이 굉장하거든요. ”

그녀는 약혼자를 향해 상냥하게 미소지었다. 상대방도 급히 마주 미소지었다.

프랜시스는 다시 이야기를 계속했다.

“총경님, 월요일 밤에 일어난 일에 대해 제가 알고 있는 것은 이것이 모둡니다. 그럼, 핸드백과 지금까지 말씀드린 이야기 사이에 어떤 연관이 있느냐고 물으시겠지요. 하지만 저는 전혀 연관을 지을 수가 없어요. 맹세코 말씀드리지만, 핸드백에 대해서는 아무것도 기억나지 않아요."

퀸 총경은 의자에서 몸을 일으켜 세웠다.

"그것은 대체 어떻게 된 일일까요, 프랜시스 양?"

"사실 저는 지배인 사무실에서 총경님이 보여주실 때까지 잃어버렸다는 사실조차 알지 못했어요. 제1막이 끝나고 자리를 떠나 화장실에 갈 때는 분명 들고 있었어요. 거기서 핸드백을 열고 분첩을 꺼내 사용한 것을 기억하고 있으니까요. 그러나 그때 잊어버리고 화장실에 두고 나왔는지, 아니면 그 뒤 어딘가 다른 장소에서 떨어뜨렸는지 도무지 알 수가 없어요."

"어떻게 된 걸까요, 프랜시스 양?"

총경은 대꾸하며 코담배 쌈지에 손을 댔으나 아이브스 포프 부인의 얼음장 같은 눈길과 마주치자 나쁜 짓을 하다가 들킨 것처럼 도로 주머니에 넣어버렸다.

"혹시 그 사나이가 곁으로 다가온 다음 통로에 떨어뜨렸을지도 모른다는 생각이 들지는 않소?"

안도의 표정이 프랜시스의 얼굴에 나타나고, 거의 여느 때와 같은 생기를 되찾은 것 같았다. 그녀는 커다랗게 소리쳤다.

"네, 총경님, 저도 줄곧 혹시 그런 게 아니었을까 생각하고 있었어요! 하지만 어쩐지 설명이 빈약하고 변명처럼 들릴 것 같았기 때문에…… 게다가 저는 정말 너무도 걱정스러워, 뭐라고 하면 좋을까요. 독거미줄 같은 것에 감겨질지도 모른다는 생각이 들었기 때문에 이야기를 꺼낼 용기가 나지 않았어요. 실제로는 아무 기억도 나지 않지만, 그것이 가장 이치에 맞을 것 같았어요. 그 남자에게 손목을 잡혔을 때 떨어뜨린 뒤 까맣게 잊어버리고 있었던 게 아닌가 여겨져요."

총경은 빙긋 웃었다.

"설명이 빈약하기는커녕 그것이 사실에 가장 잘 맞는다고 생각되는 유일한 설명이오. 아마도 그 사나이는 그 자리에서 핸드백을 발견하자 곧 주워 연정에 눈이 멀고 얼근히 취한 김에 주머니에 집어넣었을 거요. 나중에 아가씨에게 되돌려줄 작정으로. 그렇게 하면 다시 한 번 아가씨와 만날 기회를 만들 수 있으니까요. 아무래도 그는 아가씨의 매력에 완전히 반했던 모양이군요. 이해되지 않는 점은 하나도 없소."

말을 마치자 총경은 좀 어색하게 허리를 굽혀 가볍게 인사했다. 프랜시스는 얼굴이 발개졌다. 그러나 이제는 완전히 기운을 되찾은 표정으로 활짝 피어난 미소를 퀸 총경에게 보냈다.

"그런데 프랜시스 양, 아직 두세 가지 물어볼 일이 남았소. 그 대답만 들으면 이 간단한 신문도 끝나오. 아가씨는 그 남자의 얼굴이나 신체적 특징을 설명할 수 있겠지요?"

프랜시스는 곧바로 대답했다.

"네, 너무 혐오스런 인상이었어요. 총경님도 미루어 짐작되시겠지만. 키는 저보다 조금 큰 편으로 그러니까 173센티미터쯤 되는 것 같았어요. 그리고 좀 뚱뚱한 편이었지요. 얼굴은 살찐데다 눈 밑이 납빛깔로 움푹 패어 있었어요. 그처럼 바람기 있어 보이는 남자는 처음 봤어요. 얼굴은 면도를 깨끗이 했더군요. 콧날이 우뚝하다는 것 말고는 꼭 집어서 말할 만한 특징이 없는 용모였어요."

총경은 쓴웃음을 지으며 말했다.

"어쩐지 우리의 친구 필드 씨와 비슷하게 생겼던 모양이군요. 프랜시스 양, 잘 생각해서 대답해주시오. 혹시 전에 어디선가 그 남자를 만난 것 같은 느낌은 들지 않던가요? 낯익다고 느끼지는 않았소?"

그녀는 곧 대답했다.

"그 문제라면 깊이 생각할 필요도 없어요, 총경님. 세상에 태어나서 한 번도 본 적 없는 얼굴이라고 분명히 말씀드릴 수 있어요."

그 뒤에 잠시 이어진 침묵을 차갑고 단조로운 엘러리의 목소리가 깨뜨렸다. 그 목소리를 듣자 모두들 깜짝 놀란 듯 엘러리 쪽으로 고개를 돌렸다.

그는 정중하게 말했다.

"말씀 도중에 방해해서 죄송합니다만, 당신 곁으로 다가온 사나이가 어떤 옷차림을 하고 있었는지 기억하시나 알고 싶습니다, 아이브스 포프 양."

프랜시스는 미소지으며 엘러리를 돌아보았다. 엘러리도 다정한 눈길을 보냈다. 그녀는 반짝이는 이를 보이며 대답했다.

"그 남자의 옷차림에 특별히 주의를 기울이지는 않았지만 정장의 야회복을 입었던 것 같은 기억이 어렴풋이 나요. 셔츠 가슴께에 얼룩이 져 있었지요. 술자국 같았어요. 그리고 실크햇을 쓰고 있었어요. 기억나는 차림으로 판단한다면 아주 세련되고 고상한 취미였어요. 물론 셔츠의 얼룩만 빼놓는다면 말이에요."

엘러리는 감탄한 듯이 그녀에게 감사를 나타내고 물러나 다시 책장에 몸을 기댔다. 퀸은 아들을 흘끔 쳐다보더니 의자에서 일어섰다.

"그럼, 이것으로 끝내겠습니다. 이로써 이번 일은 완전히 매듭지어진 것으로 생각해도 좋습니다."

기뻐서 어쩔 줄 몰라 하는 웅성거림이 곧 일어났다. 모두들 자리에서 일어나 안도감으로 가슴을 쓸어내리는 프랜시스에게로 다가갔다. 밸리, 필, 이브 엘리스 등은 개선행진처럼 프랜시스를 에워싸고 방을 나갔다.

스탠포드는 짓궂은 미소를 띠고 어머니에게로 정중하게 팔을 내밀었다. 그는 띄엄띄엄 말했다.

"이리하여 첫 번째 과업은 막이 내렸습니다. 어머니, 졸도하시기 전에 제 팔을 잡으십시오."

아이브스 포프 부인은 마지못한 듯 아들에게 의지하여 방을 나섰다. 아이브스 포프는 퀸의 손을 힘 있게 잡고 흔들었다.

"그럼, 딸아이의 일은 이것으로 다 끝났다고 생각하십니까?"

총경이 대답했다.

"그렇게 생각합니다, 아이브스 포프 씨. 정말 여러 가지로 마음써 주셔서 고맙습니다. 그럼, 우리는 이제 돌아가야 되겠습니다. 할 일이 산더미처럼 쌓여 있으니까요. 가자, 엘러리!"

5분 뒤 퀸 총경과 엘러리와 샘프슨 지방검사는 그날 아침 일을 의논하며 어깨를 나란히 하여 72번 거리 쪽으로 리버사이드 드라이브를 향해 걸어가고 있었다.

샘프슨이 꿈꾸는 듯한 목소리로 말했다.

"그쪽 선의 수사가 헛수고에 그쳐 나로서는 정말 기쁘군. 그건 그렇고, 그 아가씨의 용기에 감탄했는걸!"

총경이 말했다.

"참한 아가씨더군."

그리고 갑자기 강물을 바라보며 나란히 걷고 있는 아들 쪽을 향해 물었다.

"엘러리, 너는 어떻게 생각하느냐?"

엘러리는 초점 잃었던 눈을 빛내며 곧 대답했다.

"네, 아주 아름답더군요."

총경은 화난 목소리로 말했다.

"그 아가씨에 대해서 물은 게 아니다! 내가 물은 것은 오늘 아침 일의 전체적인 형세에 대한 거야."

엘러리는 멋쩍게 웃었다.

"아, 그 말씀이었군요, 그러셨군요. 이솝 흉내를 좀 내도 괜찮습니까, 아버지?"

그의 아버지는 퉁명스럽게 대꾸했다.

"네 마음대로 하렴."

엘러리가 말했다.

"사자도 생쥐의 은혜를 입게 될지 모르는 일입니다."

제13장 아버지 대 아들

그날 저녁 6시 30분, 쥬너가 식탁의 접시를 다 치우고 퀸 부자에게 커피를 따라줄 무렵 현관 벨이 울렸다.

쥬너는 넥타이를 고쳐 매고 자켓의 매무새를 바로잡더니——총경과 엘러리가 그 모습이 재미있어 싱긋이 웃고 있었다——정색을 하고 현관으로 나갔다. 쥬너는 곧 은쟁반에 두 장의 명함을 얹어가지고 돌아왔다. 총경이 눈썹을 모으며 그것을 집어 들었다.

"몹시 거드름피우는군, 쥬너." 총경이 중얼거렸다.

"아니, 플라우티 '선생'께서 손님을 모시고 왔구먼. 어서 모셔와야지, 이 장난꾸러기 녀석!"

쥬너가 다시 나가서 의무 검사관보와 큰 키에 비쩍 여위고 완전히 대머리에 짧은 턱수염을 기른, 흐느적거리는 남자를 안내해 왔다.

"당신으로부터의 보고를 기다리던 참이오."

총경은 웃음 띤 얼굴로 플라우티와 악수를 나누었다.

"내가 잘못 본 게 아니라면 이분은 분명 존스 박사님이시지요? 잘 오셨습니다, 박사님."

비쩍 마른 남자는 허리를 조금 굽혀 인사했다.

"이쪽은 내 아들 엘러리입니다. 내 양심의 파수병이지요." 총경은 엘러리를 그에게 소개하고 덧붙였다. "엘러리, 새디우스 존스 박사님이시다."

존스 박사는 넓적한 손을 내밀고 기운차게 말했다.

"바로 당신이 엘러리 퀸 씨군요. 샘프슨 지방검사로부터 많은 이야기 들었소, 만나서 반갑소."

엘러리가 미소지으며 말했다.

"저도 뉴욕의 패러셀서스*12며 이름 높은 독물학자이신 박사님을 꼭 한 번 뵙고 싶었습니다. 뉴욕 시의 해골을 만져보는 영광은 모두 박사님께서 차지하시니까요."

엘러리는 과장된 몸짓으로 어깨를 으쓱해 보이며 의자를 권했다.

"함께 커피나 드시지요, 여러분."

총경은 부엌문 뒤에서 눈을 빛내며 내다보고 있던 쥬너를 큰소리로 불렀다.

"쥬너, 커피를 넉 잔 가져오너라."

쥬너는 싱긋이 웃으며 모습을 감추었는가 싶자 곧 어느새 요술 상자에서 튀어나온 인형처럼 김이 오르는 네 개의 커피 잔을 받쳐 들고 나타났다.

사람들이 흔히 머리에 그리는 메피스토펠레스 같은 모습의 플라우티는 주머니에서 늘 피우는 새까맣고 괴상한 담배를 하나 꺼내 맹렬한 기세로 연기를 뿜어대기 시작했다. 그는 담배를 문 입을 뻐끔거리며 쾌활하게 말했다.

"그런 잡담은 당신들같이 한가한 사람들에게는 좋을지 모르지만 저는 하루 종일 비버처럼 어떤 여자의 위장 내용물을 분석하느라고 눈코 뜰 새 없었습니다. 어서 돌아가 잠자리에 들고 싶군요."

그러나 엘러리가 중얼거리듯 말했다.

"그건 그렇고, 존스 박사님의 도움을 구한 것으로 미루어 필드 씨의 시체 분석에서 어떤 장애에 부딪친 모양이군요. 자, 자백하시지요, 아에스크라피우스*13 씨!"

플라우티는 분한 듯이 대답했다.

"자백하지요. 당신이 말한 대로요. 아주 큰 장애에 부딪쳤소. 직업상의 겸양지덕을 발휘하여 말하자면 죽은 신사숙녀의 장기 검사에 대해서는 얼마쯤 경험을 쌓은 편이오. 그러나 필드라는 사람의 장기처럼 엉망진창인 것은 지금까지 본 적이 없다고 자백하오. 이것은 솔직한 이야기요. 존스 박사님이 제 말이 진실임을 증명해주실 거요. 그 사나이의 식도며 기관은 모두 마치 누군가가 화염방사기로 안쪽에서 천천히 태우기라도 한 것처럼 엉망이 되어 있었소."

그러자 순수화학에 대해서는 완전히 무지하다는 것을 알리기라도 하듯 엘러리가 물었다.

"무슨 까닭일까요? 혹시 수은 염화황 때문이 아닐까요?"

플라우티가 신음하듯 말했다.

"도저히 그렇게 생각할 수는 없소. 어쨌든 대강 경위를 설명하지요. 저는 흔히 사용되는 독물에 대해서는 모두 실험해 보았습니다. 그런데 이번 경우에는 흔한 석유성분이 있음을 알아내긴 했으나 정확하게 무슨 물질인지 알 수가 없었소. 저도 완전히 두 손 들었지요. 이건 비밀이지만 말이오. 의무관까지 나서서 제가 과로하여 눈이 둔해진 걸로 여기고 그 자신만만한 이탈리아인의 손으로 직접 실험해 봤다오. 하지만 결과는 아무것도 없었소. 화학분석에 관한 한 그 ME(의무관)는 결코 아마추어가 아니오. 그래서 우리는 결국 두 손 들고 문제를 우리들 지혜의 샘인 존스 박사에게 맡기기로 한 거요. 그 뒷이야기는 박사님으로부터 직접 들어보시지요."

새디우스 존스 박사는 그 말을 가로막듯이 기침을 했다. 그리고 침착하게 우렁찬 목소리로 말했다.

"극적인 소개를 해줘서 고맙군, 플라우티. 그렇습니다, 총경님. 시체는 나에게로 돌아왔지요. 결론부터 말하겠는데, 나의 발견은 독물과가 지금까지 15년 동안 다루어온 것 가운데 가장 놀라운 것이었답니다."

퀸 총경은 코담배를 꺼내며 중얼거렸다.

"호! 나는 우리 친구를 죽인 범인의 두뇌를 존경하고 싶어지는군요. 요즘은 무슨 일이나 기상천외하지요. 그래, 뭘 발견하셨습니까, 존스 박사님?"

존스 박사는 앙상한 다리를 포개며 이야기를 시작했다.

"나는 물어볼 것도 없이 플라우티나 의무관의 예비실험이 아주 훌륭하게 이루어졌다고 확신했습니다. 대개 언제나 그랬으니까요. 그리하여 다른 방법에 착수하기 전에 우선 그리 알려지지 않은 독물분석을 해봤습니다. 그리 알려지지 않았다는 것은 범죄적으로 독물을 사용하는 입장에서였지요. 내가 얼마나 면밀하게 조사했는지 예를 들면 나는 우리의 친구인 미스터리 소설가가 즐겨 등장시키는 클라레까지도 생각했답니다. 그것은 남아메리카에서 나는 독약으로 다섯 편의 미스터리 소설 가운데 네 편에 등장하지요. 그러나 함부로 악용되는 이 독물류까지도 나를 실망시키고 말았습니다."

엘러리는 크게 소리 내어 웃었다.

"존스 박사님께서 제 직업을 슬쩍 비꼴 셈으로 그런 말씀을 하셨다면 주의를 환기시켜 드려야겠군요. 저는 한번도 제 소설에 클라레 따위를 등장시킨 적이 없습니다."

독물학자는 뜻밖이라는 듯 눈을 껌벅거렸다.

"그럼, 당신 동료 가운데 누구였던 모양이군요."

존스 박사는 프랑스 과자를 먹으며 생각에 잠겨 있는 총경을 돌아보고 안됐다는 듯이 덧붙였다.

"그럼, 사과하지요, 엘러리 퀸 씨. 그건 그렇고, 분명히 말해두는데, 진기한 독물일수록 대개 큰 어려움 없이 결론이 나오게 마련이랍니다. 다시 말해 약물사전에 오를 만큼 진기한 독물이라면 말입니다. 물론 우리에게 전혀 지식이 없는 진기한 독물도 여러 가지 있지요, 특히 동양 여러 나라의 약 가운데에서는……. 그럼, 이야기를 요약해 보겠습니다. 나는 참으로 불쾌한 결론에 이르러 물러날 수도 없는 처지에 빠지고 말았습니다."

존스는 추억에 잠겨드는 듯이 싱긋 웃었다.

"그건 결코 유쾌한 결론이 못되었습니다. 내가 분석한 독약은 플라우티가 말한 것처럼 우리에게 낯익은 어떤 특성을 가지고 있었지만, 또 한편 다른 특성에 대해서는 전혀 짐작도 가지 않았습니다. 나는 어제 오후 내내 증류기와 시험관 앞에서 생각에 잠겨 있었습니다. 그리고 저녁 늦게 문득 답을 찾아냈습니다."

엘러리와 퀸 총경이 귀 기울이며 자리에 고쳐 앉았다. 플라우티는 의자에서 안도의 숨을 내쉬고 긴장을 풀며 두 잔째의 커피에 손을 내밀었다. 독물학자는 포개놓았던 다리를 풀고 좀더 힘 있는 목소리로 말했다.

"희생자를 살해한 독물은 테트라에틸납이라고 불리는 흉측한 물질이었습니다."

과학자의 입장에서 본다면 존스 박사의 묵직한 말투와 어울려 이 발표는 극적인 효과를 빚어낸 것으로 여겨졌을지도 모른다. 그러나 총경에게는 아무 의미 없는 말이나 같았다.

엘러리도 다만 조그맣게 중얼거렸을 뿐이었다.

"어쩐지 신화에 나오는 괴물 이름처럼 들리는데요."

존스는 미소지으며 설명을 계속했다.

"아무래도 여러분은 그리 놀라는 기색이 없군요. 그럼, 테트라에틸납에 대해 좀 설명해 드리지요. 이것은 거의 무색투명하며——정확히 말해 겉보기로는 클로로포름과 비슷합니다. 그것이 첫째 문제점이지요. 둘째는 냄새가 있습니다——조금이지만 분명 에테르 비슷한 냄새가 납니다. 셋째는 놀라운 그 효력이지요. 실로 강력한 효과를 나타냅니다. 우선 이 강력한 화학물질이 생물 세포에 어떤 영향을 미치는지 설명해 드리지요."

이번에는 독물학자도 듣는 사람들의 주의력을 완전히 자기에게 집중시킬 수 있었다.

"나는 우리가 실험에 사용하는 건강한 토끼 한 마리를 가져와 귀 뒤의 부드러운 부분에 물을 타서 묽게 하지 않은 그 독약을 발라보았습니다. 단지 발랐을 뿐이라는 점을 기억해 두시기 바랍니다. 먹인 것이 아니라 피부에 발랐을 뿐입니다. 따라서 혈액에까지 도달하려면 살갗을 통해 흡수되어야 하지요. 나는 한 시간쯤 토끼를 지켜보고 있었습니다. 그런데 더 이상 지켜볼 필요도 없었습니다. 흔히 볼 수 있는 죽은 토끼와 조금도 다름없는 시체가 되어 있었으니까요."

총경이 의심스러운 듯이 말했다.

"그처럼 강력하다니 도무지 믿을 수가 없는데요, 박사님."

"못 믿겠다는 말씀입니까? 하지만 내 말을 믿어야 합니다. 참으로 놀라운 일이었습니다. 분명히 건강한 피부에 살짝 발랐을 뿐이라서 나는 정말 깜짝 놀랐지요. 만약 피부에 상처가 있다거나 독약을 먹였다면 이야기가 달라지겠지만요. 피해자가 그것을 '삼켰을' 때 몸속에서 어떤 일이 일어났을지 한 번 상상해보십시오. 게다가 그는 많은 양을 삼켰습니다."

무엇을 생각할 때면 늘 그렇듯 엘러리의 미간에 주름이 잡혔다. 그는 안경 렌즈를 닦기 시작했다.

존스 박사가 설명을 계속했다.

"그것뿐이 아닙니다. 내가 알고 있는 한 나도 이미 뉴욕 시에 몇십 년 근무하고 있고 세계의 다른 곳에서 내 전공학문이 얼마만큼 진보하고 있는지 전혀 모르는 바도 아니지만, 테트라에틸납은 아직 범죄에 사용된 적이 한 번도 없었습니다."

총경은 놀란 듯 벌떡 몸을 일으켰다.

"그건 귀담아들을 말한 이야기군요, 박사님. 틀림없습니까?"

"틀림없습니다. 그래서 나도 무척 흥미를 갖게 되었지요."

엘러리가 천천히 물었다.

"그럼, 대체 그 독약으로 사람을 죽이는 데 얼마나 시간이 걸릴까요?"

존스 박사는 얼굴을 일그러뜨렸다.

"그 점에 대해서는 나도 확실한 대답을 할 수 없군요. 거기에는 뚜렷한 이유가 있습니다. 내가 아는 한 지금까지 이 독물로 숨진 사람이 하나도 없기 때문입니다. 그러나 비슷하게 어림잡을 수는 있습니다. 나는 피해자가 이 독물을 삼킨 다음 기껏해야 15분 내지 20분쯤 살아 있지 않았을까 생각합니다."

그 뒤에 계속된 침묵은 퀸 총경의 기침 소리로 깨어졌다.

"그 독물이 그처럼 색다르다면 독약의 출처를 캐내는 데 그만큼 도움이 될 수 있겠군요. 그 독약을 쉽게 구할 수 있는 곳은 어디라고 생각하십니까, 박사님? 출처가 어디일까요? 그것을 범죄에 사용하고 흔적을 남기지 않으려면 어떻게 구할 수 있을까요?"

독물학자의 얼굴에 기분 나쁜 미소가 떠올랐다. 그는 진지한 목소리로 말했다.

"그 출처를 알아내는 일은 당신에게 맡기겠습니다, 총경님. 언제든지 손에 넣을 수 있지요. 테트라에틸납은 내가 추정하는 한, 세상에는 거의 알려져 있지 않지만 어떤 종류의 석유제품에나 대개 포함되어 있습니다. 나는 꽤 많은 양을 만들려면 어떤 방법이 가장 간단할까 밝혀내기 위해 장난스러운 실험을 해봤지요. 흔해빠진 휘발유에서 그것을 추출할 수 있답니다."

퀸 부자는 어이가 없어 한숨을 삼켰다. 총경이 커다랗게 외쳤다.

"휘발유! 이거 낭패로군. 어떻게 그것을 추출하지요?"

"그것이 문제점입니다. 나는 거리 모퉁이의 주유소에서 자동차 휘발유 탱크를 가득 채우고 집으로 돌아와 휘발유를 뽑아 실험실로 가져다가 순식간에 아주 쉽게 테트라에틸납을 증류해냈습니다."

엘러리가 눈을 빛내며 끼어들었다.

"그렇다면 필드를 살해한 범인은 얼마쯤 실험 경험이 있는 인물이라는 이야기가 되는군요! 화학분석이나 그 비슷한 일에 얼마쯤 지식을 가지고 있는 인물."

"아니, 반드시 그렇게 단정할 수는 없습니다. 자기 집에 양조용 '증류장치'*14를 가진 사람이라면 누구나 흔적을 남기지 않고 이 독약을 뽑아낼 수 있습니다. 여기서 가장 주목할 점은 휘발유에 함유된 테트라에틸납은 휘발유의 다른 성분들보다 비등점이 높다는 사실입니다. 이야기는 간단합니다. 휘발유를 일정한 온도로 데워 다른 성분을 모두 증발시키기만 하면 테트라에틸납이 남으니까요."

총경은 떨리는 손으로 코담배를 꺼내며 중얼거렸다.

"내가 할 수 있는 말은, 모자를 벗고 범인에게 경의를 나타내고 싶다는 것뿐입니다. 범인이 그런 지식을 가졌다면 독물학에 대해 제법 알고 있다고 봐도 되겠지요? 특별한 관심이 없다면 그런 것을 알 리 없으니까요. 따라서 그 방면에 경험도 있고……"

존스 박사는 코를 킁킁거렸다.

"당신의 그 질문에는 이미 답변을 했을 텐데요, 총경님."

"그것은 또 무슨 뜻이지요?"

"나는 아까 테트라에틸납을 얻는 방법을 설명했습니다. 독물학자로부터 이 독약에 대해 설명을 듣고 증류장치만 있다면 당신도 만들 수 있을 겁니다. 테트라에틸납의 비등점에 대한 것 말고는 그리 특별한 지식도 필요치 않습니다. 당신도 한 번 해 보시지요, 퀸 총경님. 독약을 통해 범인을 잡기는 우선 어려울 것 같습니다. 범인은 두 독물학자——아니면 이 독물에 대해 알고 있는 두 의사라고 해도 좋지만——가 이야기하는 것을 엿들었는지도 모릅니다. 그 다음은 간단합니다. 물론 이번 경우가 그렇다고 단정하는 것은 아닙니다. 화학자일 수도 있지요. 나는 다만 그럴 수도 있다는 것만 가르쳐 주면 되잖겠습니까?"

총경이 불쑥 물었다.

"아마 위스키에 섞어서 마시도록 했겠지요?"

존스 박사는 좀 귀찮은 듯이 대답했다.

"그 점은 의심할 나위가 없습니다. 위의 내용물에 많은 양의 위스키가 있었으니까요. 범인이 몰래 그것을 희생자에게 마시도록 하는 일은 간단했을 겁니다. 요즘 구할 수 있는 위스키에서는 대개 에테르 냄새가 나니까요. 그리고 희생자가 좀 이상하다고 느꼈다 해도 그때는 이미 마셔버린 뒤일 테니 아무 소용없지요."

엘러리가 힘없이 물었다.

"맛이 이상하지 않았을까요?"

"글쎄요, 나는 맛을 본 적이 없어서 단정적으로 말할 수가 없군요, 엘러리 퀸 씨. 하지만 피해자가 맛을 알았을까요? 큰일났구나 하고 당황할 정도로 말입니다. 일단 마신 다음에는 결국 알아차렸든 몰랐든 마찬가지지요.”

퀸 총경은 플라우티를 돌아보았다. 담뱃불은 이미 꺼졌고 그는 앉은 채로 졸고 있었다.

“플라우티!”

플라우티는 졸음이 가득한 눈을 떴다.

“내 슬리퍼가 어디 갔지? 언제나 이 슬리퍼가 어디론가 잘 사라진단 말이야, 제기랄!”

지금까지 긴장이 감돌던 방 안에 의무관보의 이 한마디로 웃음이 가득 찼다. 플라우티는 완전히 잠에서 깨어나 자신이 한 말을 깨닫고 한바탕 폭소를 터뜨렸다.

“저는 돌아가서 잠이나 자는 편이 낫겠군요. 퀸 총경님, 좀 물어보셨습니까?”

퀸 총경은 아직도 웃음을 참지 못하며 말했다.

“당신한테 물어봐야겠는데, 위스키 분석 결과는 어땠소?”

플라우티는 번쩍 정신이 든 모양이었다. “필드의 술병에 든 위스키는 제가 지금까지 감정한 술 가운데 어느 것에도 뒤지지 않는 고급품이었습니다. 저는 이미 몇 해째 술 감정만 하고 있지요. 필드의 아파트에서 당신이 갖다준 스카치 앤드 라이도 고급품이었습니다. 플라스크 술병 속의 술도 같은 것인 듯합니다. 사실 제가 보기에는 양쪽 샘플이 모두 수입품인 것 같더군요. 제1차 세계대전이 끝난 뒤 국산 가운데에는 그만한 고급술이 없습니다. 비축해 두었던 전쟁 전의 술이라면 다르지만…… 그리고 진저에일에는 아무 이상이 없다는 보고를 벨리 부장이 이미 당신에게 전했겠지요?”

퀸 총경은 고개를 끄덕였다.

“이것으로 이야기는 마무리된 것 같군. 아무래도 그 테트라에틸납 때문에 수사는 벽에 부딪친 것 같소. 하지만 만일을 위해 존스 박사님과 협력하여 어떤 실마리가 없을지 독약의 출처를 캐내는 데 노력해 주었으면 좋겠소, 플라우티 씨. 두 분은 이 문제에 관한 한 누구보다도 잘 알고 있고, 또 내 곁에는 두 분보다 더 훌륭한 적임 자가 없으니까요. 어둠 속에서 칼을 휘두르는 격으로 아마 그리 성 과도 없을 테지만요.”

그러자 엘러리가 중얼거렸다.

“네, 맞는 말씀입니다, 아버지. 소설가라면 마지막까지 버텨야 할 테구요.”

엘러리는 두 의사가 돌아가자 활기찬 목소리로 말했다.

“나는 지금부터 얼른 그 펠코너를 사러 책방에 다녀와야겠습니다.”

그는 자리에서 일어나 급히 윗옷을 찾기 시작했다. 총경이 고함치 며 아들을 의자에 붙잡아 앉혔다.

“안돼, 너의 그 잡동사니 책은 날개를 달고 달아나지 않아. 너는 여기 앉아 내 두통거리의 상대가 돼줘야겠다, 엘러리!”

엘러리는 한숨을 내쉬며 가죽 쿠션 속에 몸을 묻었다.

“인간 심리의 약점 따위는 아무리 찾아내려고 해봐야 공연한 시간 낭비라고 생각한 순간 저의 경애하는 영주님께서 다시 사물을 생각 하는 무거운 짐을 저에게 지우려 하시는군요. 좋습니다, 메뉴는 어 떤 겁니까?”

퀸 총경이 투덜거렸다.

“너에게 무거운 짐을 지우려는 게 아니다. 그리고 그 따위 과장된 말버릇은 그만두렴. 내가 너에게 바라는 것은 어디서부터 손대야 할지 모를 정도로 헝클어진 사건을 함께 협력해서 생각하며 풀어나 가자는 거야.”

“그러실 줄 알았습니다.” 엘러리가 얼른 말했다. “그럼, 어디서부 터 손댈까요?”

그러자 퀸 총경이 타이르듯 말했다.

"오늘 밤은 네가 아니라 내가 이야기하겠다. 너는 듣는 쪽이야. 들으면서 두세 가지 메모를 해두거라. 먼저 필드부터 시작하자. 그 사나이가 월요일 저녁 로마 극장에 간 것은 연극을 보기 위해서가 아니라 사업 때문이었다는 건 우선 의심할 여지가 없다. 네 생각은 어떠냐?"

"그 점은 저도 의문을 갖지 않습니다. 필드의 월요일 행적에 대해 벨리로부터 어떤 보고가 있었습니까?"

"필드는 9시 30분에 사무실에 출근했다. 여느 때와 같은 출근시간이지. 정오까지 일했는데 개인적인 손님은 없었단다. 12시에는 웹스터 클럽에서 혼자 점심을 먹었지. 1시 30분에 사무실로 돌아와 4시까지 줄곧 일을 했어. 그리고 집으로 곧장 돌아간 것 같다. 경비원 엘리베이터 안내원도 그가 4시 30분에 아파트로 돌아왔다고 증언했지. 그 뒤 행적은 마이클스가 5시에 찾아와 6시에 돌아갔다는 것 말고는 토머스도 전혀 알아내지 못했다. 필드는 우리가 발견했을 때의 옷차림으로 7시 30분에 외출했단다. 그날 필드가 만난 손님 명단을 구해 조사해 보았지만, 참고될 만한 것은 없었어."

"은행 예금 잔고가 뜻밖일 만큼 적었던 이유는 무엇일까요?"

"내가 상상한 대로였지. 필드는 주식에서 크게 손해보고 있었단다. 보통 상상하는 그런 금액이 아니야. 게다가 벨리가 알아 본 바로는 경마에도 큰돈을 쏟아붓고 있는 중이라더구만. 그토록 빈틈없는 사내건만 한 수 위의 사기꾼에게 걸리면 의외로 쉽게 허물어지는 모양이지. 어쨌든 그것으로 개인계좌에 잔고가 그처럼 적었던 까닭이 납득돼. 뿐만 아니라 우리가 발견한 프로그램에 씌어 있던 '50,000'이라는 숫자도 보다 명확하게 설명되지. 그것은 돈 액수임에 틀림없어. 그 돈이 또한 극장에서 만나기로 한 인물과 관계있다는 것도 확실하지.

　그런데 필드는 살인범과 아주 친하게 지냈다고 결론 내려도 좋을 것 같다. 왜냐하면 그는 우선 아무 의심도 품지 않고——이 표현이 조금 지나치다면——적어도 별 의심 없이 위스키를 받아마셨거든. 둘째로 두 사람의 만남은 처음부터 남의 눈을 피한다는 분명한 목적 아래 준비되었던 것 같아. 그렇지 않다면 하필 극장을 만나는 장소로 택할 이유가 없지 않겠니?"

엘러리가 입술을 오므리며 끼어들었다.

"좋습니다. 저도 아버지에게 같은 질문을 해보겠습니다. 은밀하고 수상쩍은 사업 거래를 하는 장소로서 왜 극장을 택하지 않으면 안 되었나 하는 점입니다. 비밀보장에는 오히려 공원이 더 안성맞춤이 아니었을까요? 아니면 호텔 휴게실 같은 곳이 더 편리하지 않았을까요? 어떻게 생각하시는지 한 번 대답해 보십시오, 아버지."

총경이 조용히 말했다.

"불행하게도 필드는 자신이 살해되리라는 사실을 알지 못하고 있었던 거야. 그는 거래를 앞두고 자신이 어떻게 행동해야 할 것인가를 생각하는 게 고작 아니었겠니? 어쩌면 실제적인 문제로서 필드가 직접 만날 장소로 극장을 택했는지도 모르지. 아마도 어떤 까닭이 있어 알리바이를 만들어놓고 싶었던 건지도 몰라. 우리는 아직 그가 무엇을 노리고 있었는지 말할 단계에 이르지 못했다. 호텔 휴게실을 택할 수도 있지 않느냐고 물었지만, 그렇게 하면 분명 남의 눈에 띌 위험이 있지. 또한 그로서는 공원같이 호젓한 장소를 선택하여 위험부담을 안고 싶지 않았을 거야. 그리고 좀더 나아가서 그는 뭔가 특별한 이유가 있어 상대방과 함께 있는 것을 남에게 보이고 싶지 않았던 것인지도 모른다. 기억하고 있겠지? 우리가 발견한 입장권 조작은 상대방이 필드와 함께 극장에 오지 않았다는 것을 나타내고 있다. 하지만 지금까지 이야기한 것은 모두 확실하지 않은 추측에 지나지 않아."

엘러리는 깊이 생각하는 듯한 얼굴로 미소지었으나 아무 말도 하지 않았다. 아버지 자신도 그 견해에 완전히 만족하고 있는 건 아니며, 아버지처럼 외곬으로 생각하는 습관을 가진 사람으로서는 좀 뜻밖의 일이라고 그는 혼자 마음속으로 생각하고 있었다.

그러나 총경은 아들의 생각 따위는 아랑곳없이 이야기를 계속했다. "그러나 엘러리, 우리는 필드의 거래 상대가 살인범이 아닐지도 모른다는 가능성을 늘 염두에 두지 않으면 안 된다. 물론 단순한 하나의 가능성으로서 말이지만. 그렇게 보기에는 이 범죄가 너무 교묘하게 꾸며진 듯한 생각이 드는구나. 그러나 만일 거래 상대가 범인이 아니라면 우리는 필드의 죽음과 직접적인 관계를 가진 '두 사람'을 월요일 저녁의 관객 가운데에서 찾아내야 돼."

"모건은 어떻습니까?" 엘러리가 지루한 듯이 물었다.

총경은 어깨를 움츠렸다.

"모건도 관계가 있을지 모르지. 그러나 관계가 있다면 어제 오후 우리와 이야기 나눌 때 왜 그 말을 하지 않았을까? 다른 이야기는 모두 털어놓으면서 말이다. 죽은 사나이로부터 협박받아 돈을 주었다는 사실을 털어놓았는데, 게다가 극장에 있었다는 사실이 더해지면 그것만으로도 상황 증거가 지나치게 불리해진다고 판단했는지도 모르지."

"이렇게 생각하면 어떨까요, 아버지? 우리는 명백하게 돈 액수를 나타내는 '50,000'이라는 숫자를 프로그램에 적어 넣은 사나이가 죽어 있는 것을 발견했습니다. 그리고 샘프슨과 클로닌의 이야기로 피해자는 고약한, 아마도 범죄와 관련을 지닌 사람이었다는 것이 드러났습니다. 게다가 모건의 증언으로 그가 공갈협박한 사실도 드러났습니다. 따라서 저는 필드가 누군지 아직 밝혀지지 않은 어떤 인물을 협박하여 5만 달러를 뜯어내거나 또는 뜯어내도록 하기 위해 월요일 저녁 로마 극장에 갔었다고 추정해도 되지 않을까 생각합니다. 여기까지는 아버지도 제 생각에 동의하시겠지요?"

"다음을 계속해봐라."

총경은 의견을 말하는 것을 피하며 언짢은 듯이 재촉했다.

"그날 저녁에 협박당한 사람과 범인이 같은 인물이라고 결론짓는다면 더 이상 동기를 찾을 필요도 없습니다. 범행동기는 이미 충분해진 셈이니까요. 협박자의 숨통을 끊어놓은 거지요.

그러나 범인과 공갈당한 사람이 같은 인물이 아니라 전혀 다른 두 사람이었다고 본다면 우리는 다시 범행동기를 찾아내기 위해 한 바탕 애쓰지 않으면 안 되겠지요. 그러나 제 생각으로는 그럴 필요가 없을 것 같습니다. 범인과 협박받은 사람은 같은 인물이라고 생각합니다. 아버지 생각은 어떠신지요?"

"네 생각에 찬성하는 쪽으로 기울고 있다, 엘러리. 나는 다만 그밖에도 가능성이 있을 수 있다는 점을 지적했을 뿐이야. 우선 필드에게 협박당한 피해자와 살인범이 같은 인물이라는 추정 아래 이야기를 진행시켜 나가기로 하자. 그럼, 이번에는 없어진 입장권 문제를 밝혀야겠는데……."

엘러리가 중얼거렸다.

"아, 없어진 입장권 말이지요? 아버지가 그 문제를 어떻게 생각하시는지 듣고 싶었습니다."

그러자 퀸 총경이 꾸짖듯 말했다.

"놀리면 안돼, 엘러리! 내 생각은 이렇다. 문제가 되는 좌석은 모두 여덟 개다. 그 가운데 한 자리에는 필드가 앉아 있었는데, 그 입장권 조각은 시체에서 발견되었지. 범인이 앉아 있던 자리의 입장권은 플린트가 발견했다. 따라서 결국 여섯 개의 좌석이 문제가 되는데, 매표구 담당 직원의 증언으로 그 자리의 표도 모두 팔린 사실이 밝혀졌으나 입장권은 극장 안 어디서도 찢어진 조각조차 발견되지 않았지. 그렇다면 이 여섯 장의 표가 월요일 밤 극장 안에 있다가 누군가에 의해 극장 밖으로 나갔을 가능성은 아주 적어. 너도 알다시피 몸수색이 입장권처럼 작은 물건까지 샅샅이 뒤져낼 만큼 면밀한 것이었다고 할 수는 없지만, 그래도 누군가가 입장권을 몸에 지니고 밖으로 나갔을 가능성은 거의 없다고 생각된다. 가장 이치에 맞는 설명은 필드나 범인 가운데 한 사람이 여덟 장의 입장권을 한꺼번에 사서 흥정하는 짧은 시간 동안 남에게 방해받지 않으려고 두 장만 쓰고 여섯 자리는 비워두었다는 것이지. 이런 경우 가장 좋은 방법은 표를 사자마자 찢어 없애는 거겠지. 그것은 누가 이 만남을 제안했느냐에 따라 결정되었겠지만, 필드나 범인 둘 중 어느 한쪽이었을 거다. 그러므로 이 여섯 장의 입장권에 대해서는 잊어버리는 수밖에 없어. 어디론가 사라져버려 다시는 우리 손에 들어오지 않을 테니까.

그리고 우리는 필드와 범인이 각기 따로 극장에 들어갔다고 보아야 한다. 그것은 두 장의 입장권 조각을 앞뒤로 맞춰보니 찢은 자리가 들어맞지 않은 사실로 미루어보아 틀림없어. 두 사람이 함께 들어간다면 보통 겹쳐서 찢으니까 말이야. 그러나 그렇다고 해서 두 사람이 함께 오지 않았다는 결정적인 증거는 못돼. 같은 시간에 도착하고서도 일행이 아닌 듯 따로따로 들어갈 수도 있으니까. 그러나 매지 오코넬은 제1막이 공연되는 동안 LL30 좌석에는 아무도 앉아 있지 않았다고 증언했고, 오렌지 즙을 파는 제스 린치도 제2막이 오르고 10분 뒤까지도 LL30에 아무도 없었다고 말했지. 이것은 범인이 아직 극장에 들어와 있지 않았거나 또는 미리 들어와 있었지만, 다른 좌석권을 가지고 오케스트라석의 다른 자리에 앉아 있었다는 뜻이 아니겠니?"

엘러리는 고개를 가로저었다.

노인은 화난 듯이 말했다.

"나도 네가 생각하는 정도는 알고 있다, 엘. 논리적으로 생각하고 있는 거야. 범인은 십중팔구 제시간에 극장에 들어오지 않았을 거라는 점도 말해두마. 아마 제2막이 시작되고 10분쯤 지난 뒤 들어갔을 거야."

엘러리가 귀찮은 듯이 말했다.

"저는 그 증거를 내놓을 수도 있습니다."

총경은 코담배를 한줌 꺼냈다.

"알고 있다. 그 프로그램의 수수께끼 같은 숫자 말이지? 거기에는 '930 815 50,000'이라고 씌어 있었지.

'50,000'이 무엇을 나타내는지는 이미 알고 있다. 다른 두 숫자는 돈 액수가 아니라 시간을 표시한 게 틀림없어. 먼저 '815'를 생각해 보자. 연극은 8시 25분에 시작되었다. 그렇다면 필드는 8시 15분쯤에 왔다고 생각해도 괜찮을 것 같구나. 좀더 일찍 와 있었다면 어떤 까닭이 있어 그 시각에 시계를 보았겠지. 필드가 누군가와 만나기로 약속했었는데, 그 인물이 우리가 추정한 대로 훨씬 늦게 왔다면 심심풀이로 프로그램 위에 아무 생각없이 이런 낙서를 할 수 있겠지. 자연스러운 일이야. 먼저 '50,000'이라고 쓴다. 이것은 그때부터 뜯어내려 하는 협박 흥정에 대해 생각하고 있었다는 증거가 된다. 그리고 '815'는 필드가 그 일을 생각하고 있었던 시각이 되는 셈이지. 마지막으로 '930'은 협박 대상자가 오기로 되어 있는 시각이었을 거야.

필드가 이런 낙서를 한 것은 아주 자연스러운 행위다. 심심할 때

낙서하는 버릇이 있는 사람이라면 누구나 그렇게 했을 거야. 다행 스럽게도 우리는 이로써 두 가지 사실을 알게 되었다. 첫째는 범인 과 만나기로 약속한 정확한 시각 즉 9시 30분이지. 둘째는 실제로 살인이 행해진 시각에 관한 우리의 추측이 뒷받침되었다는 점이다.

9시 25분까지 필드는 아직 살아 있었고 혼자였다. 9시 30분에는 필드가 남긴 낙서로 판단하건대 범인이 오기로 되어 있었지. 범인 은 약속한 시간에 도착했을 거야. 존스 박사의 설명에 따르면 그 독약이 필드의 심장을 멈추게 하는 데는 15분 내지 20분이 걸렸을 거라고 한다. 프적이 9시 50분에 필드를 발견했으니 독약은 아마 9시 30분쯤 사용되었다고 보아도 틀림없을 거야. 테트라에틸납이 아무리 길게 잡아도 20분 안에 효과를 나타낸다면 꼭 9시 50분이 라는 시각이 나오거든. 물론 그보다 훨씬 전에 범인은 현장에서 떠 나버렸겠지.

여기서 기억해야 할 것은 범인은 우리의 친구 프적 씨가 갑자기 일어나 자리를 뜨리라고는 예측하지 못했을 거라는 점이다. 범인은 아마 필드의 시체가 10시 5분 휴식 시간까지 발견되지 않으리라 계산하고 있었겠지. 그렇다면 필드가 한 마디 유언도 남기지 못하 고 숨을 거둘 수 있는 충분한 시간이 되는 셈이야.

그런데 의문 속의 살인범에게는 천만다행으로 발견이 늦어져 살 해되었다는 사실 말고는 필드로부터 정보를 얻어낼 수 없었지. 만 약 프적 씨가 5분만 일찍 자리에서 일어났다면 달아난 우리 친구는 지금쯤 쇠창살 안에 들어가 있을 텐데."

엘러리는 애정이 담긴 미소를 지으며 나지막하게 말했다.

"훌륭합니다. 완벽한 이야기입니다, 아버지. 엄숙하게 경의를 나타 내는 바입니다."

"무슨 소리를 지껄이는 거냐! 세수나 하고 오너라. 그럼, 여기서 월요일 밤 팬더 씨 사무실에서 알아낸 사실에 대해 다시 생각해 보자. 범인은 현장에서 9시 30분부터 9시 50분 사이에 사라졌지만, 그날 밤 우리가 관객들을 돌려보낼 때까지 내내 극장 안에 머물러 있었을 게다. 네가 경비원과 오코넬이라는 아가씨에게 물어본 결과, 도어맨의 증언, 제시 린치가 통로에 있은 일, 안내인의 사실 뒷받침 등 모든 상황을 종합해보건대 범인이 극장 안에 있었음에 틀림없다.

그 결과로 지금 우리는 꼼짝달싹 못하는 상태에 놓여 있는 거야. 지금 우리가 할 수 있는 일이라면 수사과정에서 떠오른 사람들 가운데 몇 명을 다시 훑어보는 정도지.”

총경은 한숨을 크게 내쉬었다.

“먼저 매지 오코넬은 제2막이 진행되는 동안 왼쪽 통로를 따라 출입한 사람이 하나도 없다고 말했지만 그 진술이 진실인지 어떤지가 문제야. 게다가 그녀는 9시 30분부터 시체가 발견되기 10분 내지 15분전까지도 LL30자리에 앉아 있는 인물을 보지 못했다고 증언했다. 하지만 이것도 진실인지 어떤지가 문제야.”

엘러리가 진지한 목소리로 말했다.

“그것은 합당치 못한 설명 같은데요, 아버지. 만일 그 아가씨가 거짓 증언을 했다고 친다면 우리는 중대한 정보를 놓치는 셈이니까요. 그녀가 거짓말했다면 지금쯤은 아마 범인의 인상이며 신원이며 이름까지 나왔을 겁니다. 그녀가 그처럼 신경질적으로 이상한 태도를 보인 것은 ‘목사’ 조니가 극장 안에 있는데, 그를 잡으려고 눈에 불을 켠 경관들이 수두룩하게 몰려와 있었기 때문이었다고 설명할 수도 있잖겠습니까?”

퀸 총경이 신음하듯 말했다.

“네 생각이 옳은 것 같구나. 그럼, ‘목사’ 조니는 어떠냐? 그는 이

번 사건과 어떤 관계가 있을까? 전혀 관련이 없는 것일까? 모건도 말했지만 '목사'가 필드와 밀접한 관계를 맺고 있었다는 것을 잊어서는 안 돼. 필드는 그의 변호사였지. 클로닌이 냄새 맡고 조사 중인 일에 조니를 매수하여 어떤 역할을 맡겼었는지도 몰라. 만일 '목사'가 극장에 있었던 게 우연히 아니라면 필드와의 관계 때문일까, 아니면 오코넬과의 관계 때문일까? 오코넬도 '목사'도 그녀의 초대를 받았다고 말하고 있지만 나는 한 번……."

퀸 총경은 콧수염을 세게 비틀어 올리며 덧붙였다.

"'목사' 조니를 다그쳐볼까 한다. 워낙 낯가죽이 두꺼운 녀석이니 웬만해서는 아프지도 가렵지도 않을 거야. 그리고 그 콧대 높은 오코넬도 함께 다그쳐야지. 그 아가씨를 겁주어 실토시킨다고 해서 밑질 일은 아무것도 없으니까."

잠시 말을 끊고 코담배를 피우며 총경은 한꺼번에 너무 많은 양을 들이켜 재채기가 터져나왔다. 엘러리도 동정은 하면서도 웃음을 참지 못했다. 잠시 후 간신히 총경의 이야기가 이어졌다.

"그 다음에는 친애하는 벤저민 모건 노인이야. 아주 그럴 듯한 수수께끼 같은 이유를 붙여 초대권을 보내준 익명의 초대장에 대한 그의 말은 진실일지도 모른다.

그리고 가장 흥미로운 여성인 엔젤러 루소──여자란 참으로 처치 곤란한 족속이야, 언제나 사나이의 이성을 뒤틀어놓으니까──가 뭐라고 했었지? 그래, 필드의 아파트로 9시 30분에 왔다고 했는데, 그녀의 알리바이가 완전하다고 볼 수 있을까? 물론 아파트의 수위는 그녀의 이야기를 뒷받침해 주었다. 그러나 수위를 설득하는 건 아주 간단한 일이지. 그녀는 필드의 사업, 특히 개인적인 일거리에 대해 그 내막을 좀더 자세하게 알고 있을지도 몰라. 필드는 10시에 돌아온다고 말했다지만 거짓말이 아닐까?

잊지 말아야 할 점은 필드가 극장에서 9시 30분 이후에 누구와 만날 약속이 정말로 있었음을 그녀가 알았다는 사실이다. 필드는 약속대로 10시에 아파트로 돌아갈 생각이었을까? 택시를 탄다면 15분, 아무리 붐비더라도 20분이면 돌아갈 수 있었겠지. 그렇게 따지면 흥정할 수 있는 시간은 10분밖에 없다는 이야기가 돼. 물론 전혀 불가능한 일은 아니야. 지하철을 탄다면 그처럼 짧은 시간 안에는 돌아가지 못할 거야. 그녀는 그날 밤 한 번도 극장에 얼굴을 내밀지 않았다는 사실을 잊어서는 안 된다.”

엘러리가 주의를 환기시켰다.

“아버지는 앞으로 곧 그 아름다운 이브 때문에 정신을 못 차리게 되실 겁니다. 그녀가 뭔가 숨기고 있는 비밀이 있음은 틀림없습니다. 그 뻔뻔스럽고 도전적인 태도에서 느낀 점이 없으십니까? 그런 태도는 단순한 자신감이 아닙니다. 그녀는 뭔가를 알고 있습니다, 아버지. 저는 그녀를 눈여겨 지켜볼 생각입니다. 속셈을 드러내는 것은 시간문제입니다.”

퀸 총경이 방심한 듯이 말했다.

“그녀는 헤이그스트롬이 맡아서 할 거야. 그럼, 마이클스는 어떨까? 그 사나이에게는 월요일 밤에 확실한 알리바이가 없어. 하지만 알리바이가 있는가 없는가는 대수로운 일이 아니지. 그 사나이는 극장에 없었으니까. 그러나 그는 뭔가 구린 데가 있어. 화요일 아침 필드의 아파트로 찾아왔을 때 뭔가 찾아내려 했던 게 아닐까? 그곳은 우리가 이미 철저하게 조사했었지. 조사할 때 뭔가 빠뜨린 게 있었을까? 그가 수표 이야기를 꺼내고 필드가 살해된 사실을 몰랐다고 말한 것은 거짓말이었음이 분명해. 그리고 이런 점도 고려에 넣지 않으면 안 돼. 필드의 아파트로 뛰어드는 일은 수배가 엄중해서 위험하다는 것을 그 사나이도 틀림없이 알고 있었을 거야. 그가 신문에서 살인사건 기사를 읽고서도 경찰이 그 아파트를 덮치는 데 능장부려 느지막하게 출동할 거라고 기대했다면 말도 안 되지. 그렇다면 죽든 살든 모험을 했다는 이야기가 되는데, 무슨 까닭으로 그런 짓을 했을까? 그 해답을 듣고 싶구나."

"그 사나이의 전과와 어떤 관계가 있을지도 모르겠군요. 제가 그 이야기를 꺼냈을 때 그 놀라는 모습이란 정말 볼 만하던데요."

엘러리는 싱긋이 웃었다.

"그럴지도 모르지. 그건 그렇고, 벨리로부터 마이클스의 엘미러 형무소 복역에 관한 보고가 있었다. 그 보고에 따르면 결국 미궁에 빠진 사건이었는데 형무소 기록에 남아 있는 경범죄보다 훨씬 중대한 범죄였던 모양이야. 마이클스는 지폐위조 혐의로 검거되었었다. 혐의가 꽤 짙었는데, 필드가 교묘하게 변호하여 죄목을 전혀 엉뚱한 것으로 바꿔놓았다는구나. 시시한 절도죄라나 뭔가로. 그래서 지폐위조 문제는 드러나지 않게 되었지. 마이클스에게서는 아무래도 냄새가 나. 좀더 뒤를 캐볼 필요가 있겠어."

엘러리가 신중하게 말했다.

"그에 대해서라면 제게도 좀 생각나는 점이 있습니다. 하지만 그것은 잠시 덮어두기로 하지요."

퀸 총경은 귀담아듣고 있는 것 같지도 않았다. 그는 돌로 된 벽난로의 타오르는 불길을 바라보고 있었다.

"또 루원이라는 인물이 있지. 루원 같은 사나이가 우리에게 진술한 사실 이상의 것을 알지도 못하면서 고용주와 잘 협력해 나갔다고 믿을 수는 없다. 무언가 숨기고 있음에 틀림없어. 그렇다면 하느님의 보호를 바랄 수밖에. 이제 곧 티머시 클로닌이 그를 무참하게 추궁할 테니까."

엘러리는 한숨을 내쉬었다.

"클로닌이 마음에 듭니다. 어떻게 그처럼 한 가지 생각에만 집착할
수 있는지 모르겠습니다. 아버지에게도 그런 경험이 있으세요? 그
건 그렇고, 저는 모건이 엔젤러 루소를 알고 있지 않나 하는 의심
이 드는군요. 두 사람 모두 아는 사이가 아니라고 부인하고 있지만
요. 만일 아는 사이라면 일이 무척 재미있게 될 겁니다. 그렇지 않
습니까, 아버지?"

퀸 총경이 못마땅한 듯이 말했다.

"엘러리, 괜히 사서 고생할 것까지는 없다. 이 이상 손을 벌리지
않아도 골치 아픈 일은 산더미처럼 쌓여 있어, 지겹도록."

조용한 침묵이 흐르고, 총경은 흔들거리는 벽난로 불길을 물끄러미
바라보며 두 다리를 길게 뻗었다. 엘러리는 부드러운 프랑스 과자 조
각을 맛있게 먹고 있었다. 쥬너가 거실 한구석에서 그들 쪽을 내다보
고 있다가 소리 없이 다가와 바싹 여윈 엉덩이를 바닥에 깔고 퀸 부
자의 이야기에 귀 기울이고 있는 참이었다.

갑자기 노인의 눈이 엘러리의 눈길과 마주쳤다. 문득 무슨 생각이
떠오른 것이다.

총경은 중얼거렸다.

"모자, 언제나 모자로 되돌아가는군."

엘러리의 눈길이 흐려졌다.

"되돌아가는 게 나쁜 일은 아닙니다, 아버지. 모자, 모자, 모자.
어디에 끼워 맞추면 될 텐데. 모자에 대해서 우리는 얼마나 알고
있는 걸까요?"

총경은 의자에서 고쳐 앉았다. 다리를 포개고 코담배 한줌을 꺼내
자 기세 좋게 이야기를 계속하기 시작했다.

"그래, 그 실크햇도 내버려둘 수는 없는 일이지. 우리는 지금까지
그 모자에 대해 얼마나 알고 있는가? 첫째 모자는 극장에서 밖으

로 나가지 않았다는 것을 알고 있지. 아무튼 이상한 일이 아니냐? 그토록 샅샅이 훑었는데도 흔적을 발견할 수 없다니, 도저히 있을 수 없는 일이야. 관객들이 모두 돌아간 다음 휴대품 보관소에는 아무것도 남아 있지 않았어. 청소할 때에도 모자를 갈기갈기 찢은 조각이나 태워 없앤 흔적은 전혀 없었다. 사실 깨끗이 사라져버려 단서가 될 만한 것은 하나도 없어. 그렇다면 이 문제에 있어 우리가 납득할 만한 유일한 결론은 모자가 있는 진짜 장소를 찾아내지 못했다는 것이겠지. 그곳이 어디든 모자는 아직도 그곳에 있을 거야. 만약을 위해 월요일 밤부터 극장을 폐쇄시켜 놓았으니까 내일 아침 다시 극장에 나가서 구석구석 뒤져보아야겠다. 이 문제의 어떤 실마리가 잡히기 전에는 잠도 제대로 못 잘 것 같구나.”

엘러리는 아무 말도 하지 않았다. 마침내 그는 중얼거리듯 말했다.

“저는 아버지가 지금까지 말씀하신 것에 대해 전혀 만족하지 못하겠는데요. 모자, 모자, 어디에선가 무엇이 빗나가고 있습니다.”

엘러리는 다시 침묵에 잠겼다.

“그렇습니다. 모자는 이번 수사의 핵심입니다. 그것 말고는 해결할 방법이 없습니다. 필드의 모자에 얽힌 수수께끼가 풀리면 범인을 찾아낼 수 있는 중요한 실마리가 잡히는 셈입니다. 저는 모자의 행방에 대한 납득할 만한 설명이 될 때 비로소 우리의 수사는 본궤도에 올랐다고 봐도 되리라고 확신합니다.”

노인은 힘없이 고개를 끄덕였다.

“어제 아침부터 나는 틈만 나면 모자에 대해 곰곰이 생각해 보았는데 아무래도 어딘지 잘못된 것 같은 예감이 든다. 오늘이 벌써 수요일 밤이야. 그런데도 실마리조차 잡히지 않고 있잖니. 손쓸 만한 것은 모두 손썼지만 아무것도 얻어내지 못했어.”

총경은 벽난로 불길을 지켜보고 있었다.

"하나에서 열까지 손도 못 댈 만큼 뒤엉켜 있어. 단서가 될 만한 사실들을 죄다 모아 이리저리 뜯어맞춰보려고 애썼지만 번번이 벽에 부딪쳐 앞뒤가 뒤틀려버렸다. 도무지 맞아떨어지지가 않아. 아무래도 설명할 수 없을 것 같아. 의심할 여지도 없이 구멍이 뚫린 부분은 그 모자야, 엘러리!"

전화벨이 울렸다. 총경이 얼른 수화기를 들었다. 그는 차근차근 침착하게 말하는 남자 목소리에 열심히 귀 기울이고 있다가 이따금 쾌활하게 자기 의견을 말하기도 했다. 이윽고 총경은 수화기를 내려놓았다.

엘러리가 싱긋이 웃으며 물었다.

"이런 한밤중에 전화 걸어 시끄럽게 떠드는 사람이 누굽니까? 혹시 신상문제 상담소로 착각한 게 아닌가요?"

총경이 대답했다.

"에드먼드 크루인데, 너도 기억하겠지? 어제 아침 로마 극장에 가서 조사해 달라고 부탁한 건축가지. 어제와 오늘 꼬박 이틀이나 걸렸다는구나. 그 극장 건물 안에 비밀 은닉 장소는 없다고 단언하고 있다. 이런 건축문제에 관한 한 최고권위자인 에드먼드 크루가 그렇게 말했다면 그대로 믿어도 틀림없지."

퀸 총경은 벌떡 일어났다. 그리하여 한구석에 웅크려 앉아 있는 쥬너를 발견했다.

"쥬너, 네가 잘하는 잠자리 준비를 해!"

쥬너는 싱긋 웃더니 아무 말없이 방을 미끄러지듯 가로질러 모습을 감췄다. 총경은 재빨리 아들을 돌아보았다. 엘러리는 이미 윗옷을 벗고 넥타이를 풀고 있었다.

노인은 단호한 목소리로 말했다.

"내일 아침 맨 먼저 해야 될 일은 로마 극장에 가서 다시 한 번 수사를 해보는 거야. 엘, 너한테 일러두는데 나는 빈둥빈둥 게으름피우는 것은 질색이다. 누구를 데려다 놓아도 너보다는 날카롭게 눈을 번쩍일 게다.”

엘러리는 건장한 한 팔로 정답게 아버지의 어깨를 감쌌다.

“자, 주무시지요, 엉터리 영감님.”

엘러리는 크게 소리 내어 웃었다.

(1) 엘러리 퀸은 여기서 아마도 셰익스피어의 한 구절을 흉내 내어 인용한 것
  이리라. 셰익스피어는 '오, 너, 투명한 술의 혼이여. 인간에게 알려진 이
  름으로라면 너는 악마라고 불려야 되리라'로 되어 있다.

＊1 간소하고 무거운 검은 가구의 일종.

＊2 뉴욕의 번화가 그리니치 빌리지. 예술가가 많이 삶.

＊3 챙이 젖혀진 중절모.

＊4 챙이 넓고 꼭대기가 볼록한 모자.

＊5 조지 블라이언 블랜멜(1776~1840)로, 영국 멋쟁이 남자의 대명사. 맬
  베리 거리는 런던의 번화가. 블랜멜은 그 남성다움으로 런던 사교계에
  군림했으나 나중에 몰락하여 프랑스의 칸느에서 미쳐 죽었음.

＊6 그리스 아폴로 신전의 신탁으로, 여기서는 그 신탁과 마찬가지로 애매
  한 의미밖에 없어 이렇게도 저렇게도 해석할 수 있다는 뜻.

＊7 1487년 런던에 세워진 고등재판소로, 재판이 행해졌던 웨스트민스터
  궁의 천장에 별 모양 무늬가 있었다. 불공정하다는 비판이 높아 1641
  년에 폐지되었음.

＊8 '무릇 돈을……'은 성서 디모데전서 제6장 제10절에 있으나 필딩
  (1707~1754)의 인용은 어느 책에 있는지 알 수 없음.

＊9 BC 560~546년 무렵 리디아의 왕. 굉장한 재산을 지녀 부자의 대명사
  가 되었음.

＊10 C. 밴더빌트(1794~1877). 종교 박해를 피하여 미국으로 망명한 네덜
  란드인을 선조로 하여 태어난 미국 재계의 전설적인 거인. 17살 때 도

선업을 시작하여 큰 기선회사로 발전시켰으며 철도에도 손대어 그 즈
음 돈으로 10억에 가까운 거부를 쌓아올렸음.
*11 구약성서에 나오는 땅 위에서 가장 큰 동물로 물 속에서 살고 있음.
*12 필리퍼스 오레오러스 패러셀서스(1893~1541). 스위스의 전설적 연금
술사로 만능 의사. 미스터리소설 속에 곧잘 인용됨.
*13 로마 신화에 나오는 의술의 신.
*14 이것은 미국 금주운동을 한 시대의 작품으로 그 즈음에는 많은 가정에
술 만드는 도구 일습이 있었던 것으로 알려져 있음.

제3막

좋은 탐정이란 본디 타고나는 것이지 훈련에 의해 이루어지는 게 아니다. 다른 모든 천재들과 마찬가지로 탐정은 신중하게 훈련된 경찰에서 나오는 게 아니라 민중 속에서 나타난다. 일찍이 내가 알고 있었던 탐정 가운데 가장 경탄할 만한 인물은 밀림 속에서 한 발자국도 밖으로 나간 일 없었던 못생긴 주술사였다. 그는 냉철한 논리의 법칙으로 세 가지 촉매——즉 사건에 대한 이상할 만큼 뛰어난 관찰력과 인간 정신에 대한 지식과 인간 심리에 대한 통찰력——를 적용할 줄 알았다. 이것은 참으로 위대한 탐정만이 지니는 특이한 천부적 재능이다.

제임스 레딕스 2세 지음
《탐정입문》에서

제14장 모자의 중대성

　9월 27일 목요일 로마 극장에서 살인사건이 일어난 지 사흘째 되는 날 아침, 퀸 총경과 엘러리는 일찍 일어나 서둘러 옷을 챙겨 입었다. 두 사람은 쥬너가 심통난 눈길로 바라보고 있는 동안 되는 대로 준비한 아침 식사를 급히 들었다. 쥬너는 글자 그대로 침대에서 끌어내려져 퀸 총경 집 하인으로서 그가 자랑스럽게 여기는 단정한 옷으로 갈아입고 있었다.

　아버지와 아들이 보잘것없는 팬케이크을 먹고 있는 동안 노인은 쥬너에게 일러 루이스 팬더에게 전화를 걸도록 했다.

　몇 분 뒤, 총경은 수화기에 대고 붙임성 있게 이야기하고 있었다.

　"안녕하시오, 팬더 씨. 아침 일찍 이런 시간에 잠을 깨워서 미안하오. 중대한 일이 생겨서 당신의 도움이 필요하기 때문이오."

　팬더는 잠이 덜 깬 목소리로 괜찮다고 띄엄띄엄 말했다.

　노인이 다시 말했다.

　"지금 곧 로마 극장에 나가 문을 열어주었으면 좋겠소. 오랫동안 문을 닫게 하지 않겠다고 말했었지요. 어쩌면 이번 사건으로 널리 선전되어 당신은 톡톡히 수입을 거둬들이게 될지 모르오. 언제 다시 문을 열 수 있을지 확언은 못하지만, 오늘 밤에라도 공연이 시작되지 말라는 법은 없으니까요. 어떻소, 나와 주시겠소?"

팬더의 기쁨에 들뜬 목소리가 전화선을 타고 들려왔다.

"이거 정말 반가운 소식이군요. 지금 곧 극장으로 나와 달라는 말씀이시지요? 30분 안에 나가겠습니다. 아직 옷을 갈아입지 못해서요⋯⋯."

"고맙소. 알고 있겠지만, 아무도 안에 들여놓아서는 안 되오. 문을 열지 말고 바깥 길에서 우리를 기다려주었으면 좋겠소. 그리고 이것은 아무에게도 말하지 마시오. 나머지는 극장에서 이야기하기로 합시다. 그리고 잠깐만⋯⋯."

총경은 수화기를 가슴에 대고 계속 몸짓으로 신호를 보내고 있는 엘러리를 의아한 눈길로 올려다보았다. 엘러리는 입술 모양으로 사람 이름을 발음했다. 노인은 알아들었다는 신호를 하더니 다시 전화에 대고 이야기하기 시작했다.

"그리고 지금 곧 당신이 해줘야 할 일이 또 한 가지 있소, 팬더 씨. 당신은 그 훌륭한 중년 부인과 연락이 되겠지요, 필립스 부인 말이오. 빠를수록 좋겠는데, 그 부인도 극장으로 나와줬으면 하오."

"알겠습니다, 총경님. 연락이 될지 안 될지는 모르지만 아무튼 해보지요."

퀸 총경은 수화기를 제자리에 내려놓았다.

"자, 이제 됐다."

총경은 손을 비비더니 주머니 속의 코담배 쌈지를 더듬었다.

"이 지저분한 풀잎사귀 때문에 앞장서서 싸운 월터 경*1과 모든 용감한 선구자들에게 축복 있으라, 하하하."

총경은 유쾌하게 코를 킁킁거렸다.

"그럼, 엘러리, 곧 출발하자!"

퀸 총경은 다시 수화기를 들어 형사과를 불러냈다. 간단한 두세 가지 지시를 내린 다음 테이블 위에 전화기를 내던지듯 밀쳐놓고 엘러리를 재촉하여 윗옷을 입혔다.

쥬너는 시무룩한 표정으로 두 사람이 밖으로 나가는 것을 지켜보고 있었다. 쥬너는 뉴욕에서 범인을 체포하러 가거든 부디 데려가 달라고 퀸 부자에게 수도 없이 부탁했지만, 청소년 교육문제에 나름대로 생각이 확고한 총경은 그때마다 안 된다고 잘라 거절했다. 그리하여 석기시대의 인간이 미신에 사로잡히듯 총경을 존경하고 있는 소년은, 하는 수 없이 사태를 받아들이기는 했지만 언젠간 허락할 날이 있으리라 다가올 장래에 희망을 걸었다. 제법 쌀쌀하고 습한 날씨였다. 엘러리와 그의 아버지는 외투 깃을 세우고 브로드웨이로 나가 지하철역 쪽으로 걸어갔다.

두 사람 모두 여느 때와 달리 말이 없었으나 그 얼굴에는 무언가를 열심히 기대하는 표정이 떠올라 있었다. 두 사람은 놀랄 만큼 닮았으면서도 전혀 다른 표정으로 가슴 두근거리는 어떤 계시가 내려지는 날이라는 기대에 부풀어 있었다.

높은 빌딩으로 에워싸인 브로드웨이 거리는 쌀쌀한 아침 바람결에 사람들 모습도 드문드문했다. 두 사람은 기운차게 47번 거리를 지나 로마 극장 쪽으로 걸어갔다. 복도 휴게실의 잠겨 있는 유리문 앞 보도에 볼품없는 외투 차림을 한 사나이가 어슬렁거리고 있었다. 또 한 사나이가 골목과 거리 사이의 철책에 한가하게 기대서 있었다. 극장 정면 문 앞에 서서 플린트와 이야기하고 있는 땅딸막한 루이스 팬더의 모습이 보였다.

팬더는 완전히 흥분한 상태였다. 악수하면서도 연신 감탄의 소리를
외쳤다.

"그럼, 이제 공연정지가 풀립니까? 그 소리를 듣자 어찌나 기쁘던
지……."

노인은 미소지었다.

"아니, 반드시 풀린다는 이야기는 아니오, 팬더 씨. 열쇠는 가져왔
지요? 잘 지냈나, 플린트? 월요일 밤부터 수고하는군. 좀 쉬었
나?"

팬더는 묵직한 열쇠꾸러미를 꺼내 복도 휴게실 중앙문의 자물쇠를
열었다. 네 남자가 줄지어 안으로 들어갔다. 까무잡잡한 피부의 지배
인이 안쪽 문 자물쇠를 덜거덕거리더니 얼마 뒤 겨우 열어젖혔다. 어
두운 오케스트라석이 그들 앞에 커다랗게 입을 벌리고 있었다.

엘러리는 몸서리를 쳤다.

"메트로폴리탄 오페라 하우스와 타이타스 툼*2을 빼놓고는 지금까
지 내가 들어와 본 극장 가운데 가장 음산한 곳이군. 죽은 사람에
게 걸맞는 무덤이야……."

아들보다 산문적인 총경은 뭐라고 투덜거리며 아들을 어두운 오케
스트라석 안으로 밀어 넣었다.

"어서 들어가거라. 네가 그런 말을 하는 바람에 모두들 겁먹겠구
나."

앞장선 팬더가 서둘러 전등의 메인 스위치를 눌렀다. 순간 커다란
아크 등과 샹들리에 불빛으로 극장 안은 보다 친근감 있는 윤곽을 드
러냈다. 엘러리의 기발한 비교도 현실의 극장 안 광경을 보면 그리
공상적이라고만 할 수는 없었다. 기다란 좌석마다 더러운 방수포가
덮여 있고, 음산한 그림자가 벌써 먼지가 쌓인 통로의 카펫 위에 줄
무늬를 그리고 있었다. 휑뎅그렁한 무대 뒤쪽의 하얀 벽이 좌석에 씌

운 빨간색 플러시 천의 바다 가운데에서 추악하고 커다란 얼룩이 되어 떠올랐다.

총경이 팬더에게 불쑥 말했다.

"저렇게 방수포가 덮여 있다니 유감인데요. 어차피 벗겨내야 되지 않겠소? 우리는 오케스트라석을 한 번 직접 조사해 볼 생각이오. 플린트, 바깥에 나가 두 사람을 불러오게. 국가에서 봉급을 받고 있으니 그들도 무언가 일을 해야 될 걸세."

플린트는 급히 달려 나가 극장 바깥에서 감시하고 있던 형사 둘을 데리고 돌아왔다. 총경의 지휘로 방수포를 한쪽으로 젖히자 밑에서 쿠션 달린 의자들이 나타나기 시작했다.

엘러리는 왼쪽 끝 통로 한쪽에 선 채 주머니에서 작은 책을 꺼냈다. 책에는 월요일 밤 극장에서 써넣은 메모와 대충 그려놓은 약도가 있었다. 엘러리는 그것을 살피며 아랫입술을 깨물고 있었다. 가끔 눈길을 들어 극장 안의 구조를 확인해 보았다.

퀸 총경은 재빨리 팬더가 신경질적으로 이리저리 걸어 다니고 있는 좌석 뒤쪽으로 돌아왔다.

"팬더 씨, 보다시피 앞으로 2시간 정도는 눈코 뜰새없이 바빠질 것 같소. 그런데 인원 요청을 하지 못해서 그러는데 좀 도와주지 않겠소? 나는 즉시 처리해야할 일이 생겨서 말이오. 그다지 시간은 걸리지 않겠지만 당신이 협조해 준다면 큰 도움이 될 거요."

키가 작달막한 지배인은 대답했다.

"좋습니다, 총경님. 도움되는 일이라면 기꺼이 하겠습니다."

총경은 기침을 했다. 그리고 변명하듯 설명했다.

"심부름꾼처럼 여긴다고 생각하면 곤란하오. 하지만 저 친구들은 이런 수사에 익숙한 사람들이라 여기를 뜰 수 없소. 그런데 나는 지금 시내에서 이번 사건을 다른 각도에서 조사하고 있는 검찰 쪽

사람 둘로부터 급히 어떤 중요 자료를 받아오지 않으면 안되오. 그래서 부탁인데, 당신이 그들 가운데 하나인 클로닌을 만나 내 메모를 전해주고 그쪽에서 건네주는 꾸러미를 받아왔으면 고맙겠소. 정말 미안한 부탁이오만……. ”

총경은 여기서 목소리를 낮추었다.

“아무나 보내기에는 너무 중대한 일이오. 대체 이 일을 어떻게 하면 좋담 ! 정말 사정이 이렇게 되어서……. ”

팬더는 언제나처럼 민첩한 작은 새 같은 표정으로 미소지었다.

“더 이상 말씀하시지 않아도 알겠습니다, 총경님. 무슨 일이든 맡기십시오. 지금 그 메모를 써주시려면 사무실에 종이가 준비되어 있습니다. ”

두 사람은 팬더의 사무실로 들어갔다가 5분 뒤 다시 관객석에 나타났다. 팬더는 봉함한 편지를 한 손에 들고 급히 거리로 뛰어나갔다. 퀸 총경은 지배인이 떠나는 것을 보자 크게 한숨을 몰아쉰 다음 엘러리를 돌아보았다.

엘러리는 필드가 피살된 좌석팔걸이에 멍하니 앉아 아직도 연필로 그린 도면을 뚫어지게 들여다보고 있었다.

총경은 아들에게 두세 마디 속삭였다. 엘러리는 미소지으며 노인의 등을 제법 힘주어 두드렸다.

퀸 총경이 말했다.

“그럼, 일을 시작해 보기로 할까. 아참, 지배인에게 필립스 부인과 연락이 되었는지 물어보는 것을 깜박 잊었군. 아마 연락이 되었겠지. 그렇지 않다면 무슨 말이든 했을 테니까. 그런데 그녀는 대체 어디 있지 ? ”

총경은 다른 두 형사를 도와 방수포 걷어내는 힘든 작업을 하는 플린트를 손짓으로 불렀다.

"플린트, 자네 오늘 아침에 요즘 유행하는 허리 굽히기 체조를 한 번 해줘야겠네. 발코니로 올라가서 해보게나."

어깨가 떡벌어진 형사는 싱글벙글하며 말했다.

"오늘은 무엇을 찾으면 되는 겁니까, 총경님? 월요일 밤보다는 좀 나은 행운이 있었으면 좋겠는데요."

"모자를 찾는 거야. 멋쟁이가 씀직한 번쩍번쩍하는 고급 실크햇. 하지만 다른 것이 발견되더라도 자네 목청껏 고함쳐 부르게."

플린트는 발코니를 향해 널찍한 대리석 층계를 뛰어올라갔다. 퀸 총경은 그 뒷모습을 지켜보며 머리를 내저었다. 그리고 엘러리를 향해 말했다.

"가엾게도 저 친구 또 실망하게 되지 않을는지. 하지만 그곳에 아무것도 없다는 사실을 결정적으로 확인해 두지 않으면 안돼. 월요일 밤 발코니로 통하는 층계를 지키고 서 있던 안내인 밀러의 이야기가 진실이었다는 것을 말이야. 자, 이리 오너라, 이 게으름쟁이야!"

엘러리는 못 이기는 체 외투를 벗고 작은 메모 수첩을 주머니에 넣었다. 총경도 코트를 벗어던지자 아들의 앞장을 서서 통로로 내려갔다.

두 사람은 나란히 관객석 맨 앞쪽의 악단석에서부터 조사하기 시작했다. 거기서는 아무것도 발견할 수 없었다. 다시 관객석으로 나와 엘러리는 왼쪽을, 퀸 총경은 오른쪽을 차근차근 조직적으로 살피기 시작했다. 좌석을 들어올려 보기도 하고 총경이 마술사처럼 윗주머니에서 꺼낸 기다란 바늘로 플러시 천의 쿠션을 찔러보기도 했다. 그리고 무릎꿇고 앉아 손전등으로 카펫을 구석구석 비춰보기도 했다.

방수포를 완전히 걷어낸 두 형사도 총경의 짤막한 지시를 듣고 서쪽을 맡아 좌석을 조사하기 시작했다. 엘러리는 민첩하고 능률적으로 일했고, 노인은 좀 느리게 살펴 나갔다. 한 줄의 조사가 끝나 가운데 쯤에서 얼굴이 마주치면 두 사람은 뜻있는 눈길을 나누고 머리를 크게 흔든 다음 다시 일을 계속했다.

팬더가 떠나고 20분쯤 지났을 무렵 수사에 열중해 있던 총경과 엘러리는 갑자기 울리기 시작한 전화벨 소리에 깜짝 놀랐다. 조용한 정적 속에서 그 소리는 혼비백산할 만큼 날카롭게 울려 퍼졌다. 순간 두 사람은 멈칫하며 서로 쳐다보았다. 이윽고 노인이 크게 웃으며 통로를 지나 팬더의 사무실 쪽으로 무거운 걸음을 옮겼다.

잠시 뒤 그는 빙그레 웃으며 되돌아왔다.

"팬더인데, 플린트의 사무실에 갔더니 문이 잠겨 있더라는군. 그럴 수밖에. 아직 9시 15분전이니까. 하지만 클로닌이 올 때까지 기다리라고 일러두었네. 뭐, 그리 오래 걸리지는 않을 거야."

엘러리도 빙긋 웃었다. 두 사람은 다시 일을 시작했다.

15분쯤 지나 두 사람이 거의 일을 마칠 즈음, 정면 문이 열리고 검은 옷을 입은 키 작은 중년부인이 밝은 아크 등 불빛에 눈을 깜박거리며 입구에 나타났다. 총경은 재빨리 그녀 앞으로 다가가 상냥하게 말을 건넸다.

"필립스 부인이시지요? 이렇게 일찍 나와주셔서 정말 고맙습니다, 부인. 여기 내 아들 엘러리는 알고 계시리라 믿습니다만……."

엘러리가 앞으로 나서서 좀처럼 보이지 않는 상냥한 미소를 떠올리며 은근한 태도로 인사했다. 필립스 부인은 존경할 만한 중년 부인의 전형이라고 할 수 있는 여성이었다. 작은 몸집에 자애로운 어머니를 연상시키는 모습이었다. 조금 반짝거리는 은발, 다정한 정이 넘쳐흐르는 모습이 순간 퀸 총경의 마음을 사로잡았다. 총경은 중년 부인 앞에 나서면 감상적이 되는 약점을 가지고 있었다.

그녀는 손을 내밀었다.

"네, 엘러리 퀸 씨는 잘 알고 있어요. 월요일 밤에는 아주 친절하게 대해주셨지요. 오래 기다리시게 하지나 않았는지 모르겠군요. "

그녀는 총경 쪽을 돌아보며 상냥하게 말을 이었다.

"팬더 씨가 오늘 아침에 사람을 보내 연락해 주셨어요. 전화가 없기 때문이지요. 무대에 있을 때는 늘 집을 비우기 때문에…… 하지만 될 수 있는 한 서둘러 왔어요. "

총경은 활짝 웃으며 말했다.

"무척 빨리 오신 겁니다, 필립스 부인. "

그러자 엘러리가 진지한 목소리로 말했다.

"아버지는 몇 백 년 전 브래니 스톤*3에 키스한 적이 있답니다, 필립스 부인. 총경님의 말을 곧이들으시면 안 됩니다. 오케스트라석의 나머지 일을 아버지에게 맡겨도 au fait(괜찮겠지요) ? 저는 필립스 부인과 잠깐 이야기하고 싶습니다. 혼자 일을 마칠 만한 체력은 있으시지요, 아버지 ? "

총경은 코를 울렸다.

"체력이 있느냐고 ? 너는 저쪽 통로에 앉아 네 일이나 하렴. 필립스 부인, 엘러리에게 되도록 협조해 주시면 고맙겠습니다. "

은발의 부인은 미소지었다. 엘러리는 부인의 팔을 잡고 무대 쪽으로 걸어갔다. 퀸 총경은 두 사람의 뒷모습을 부러운 듯 바라보고 있다가 어깨를 으쓱하고는 다시 하던 일을 계속했다. 잠시 뒤 허리를 펴고 바라보니 엘러리와 필립스 부인은 무대 위에 앉아 마치 두 사람의 배우가 무대연습이라도 하듯 열심히 이야기를 나누고 있었다.

총경은 천천히 좌석의 배열을 오르락내리락하며 빈자리 사이를 베틀의 바디처럼 열심히 들락날락했다. 그러나 아무 수확도 없이 마지막 두세 줄까지 이르렀다. 그는 실망한 듯이 고개를 설레설레 내저었다. 다시 고개를 들고 바라보니, 무대 위 두 개의 의자가 텅 비어 있었다. 엘러리와 부인의 모습이 보이지 않았다.

퀸 총경은 마침내 좌LL32 좌석까지 왔다. 몬티 필드가 죽은 자리였다. 그는 쿠션을 샅샅이 조사했다. 그러나 눈에 체념의 빛이 떠올랐다.

총경은 뭐라고 혼잣말을 중얼거리며 천천히 카펫 위를 걸어 관객석 뒤쪽으로 나오자 팬더의 사무실로 들어갔다. 2, 3분 뒤 다시 그곳을 나와 홍보담당 해리 닐슨이 사무실로 쓰는 칸막이된 방으로 들어갔다. 그리고 그 방에서 한참 동안 머물렀다. 다시 그곳을 나오자 매표소를 찾았다. 거기서 일을 마치자 그는 문을 닫고 오케스트라석의 아래층 일반 휴게실로 통하는 관객석 오른편 층계를 천천히 내려갔다.

거기서 오랫동안 벽과 움푹 들어간 곳과 쓰레기통들을 빈틈없이 두루 조사했다. 쓰레기통들은 모두 속을 뒤졌다. 분수 바로 밑에 놓인 커다란 수반을 의심어린 눈길로 바라보았다. 수반을 들여다보고 아무 것도 없음을 알자 천천히 걸음을 옮겨 그 자리를 떠났다.

그리고 깊게 한숨을 내쉬며 그는 '숙녀화장실'이라는 금박 글자가 씌어진 문을 열고 안으로 들어갔다. 그곳을 나오자 '신사화장실'이라고 표시된 문을 밀어젖히고 안으로 들어갔다.

아래층의 정밀수사가 끝나자 총경은 다시 층계를 터벅터벅 올라갔다. 오케스트라석 쪽을 바라보자 지배인 팬더가 적이 흥분된 얼굴에 자랑스러운 미소를 띠고 기다리고 있었다. 작달막한 지배인은 갈색 종이에 싸인 작은 꾸러미를 안고 있었다.

총경은 빠른 걸음으로 다가갔다.

"클로닌을 만났군요, 팬더 씨! 정말 수고 많으셨소. 뭐라고 고맙다는 말을 해야 될지 모르겠소. 이것이 그가 건네준 꾸러미요?"

"그렇습니다. 클로닌 씨는 아주 훌륭한 분이더군요. 총경님께 전화하고 나서 그리 오래 기다리지도 않았습니다. 클로닌 씨는 스토츠와 루원이라는 두 남자와 함께 오셨지요. 10분도 기다리게 하지 않았습니다. 꾸러미가 도움된다면 좋겠습니다만……. ”

팬더 지배인은 미소 지으며 보고를 계속했다.

“저도 수사의 실마리를 푸는 데 한몫 거들었다는 기쁨을 맛보고 싶습니다, 퀸 총경님. ”

지배인의 손에서 꾸러미를 받아들며 총경이 말했다.

“도움이 되었으면 좋겠다고요? 얼마나 중요한 것인지 당신은 상상도 못할 거요. 언젠가 좀더 자세하게 이야기해 드릴 수도 있겠지요. 잠시 실례하겠소, 팬더 씨. ”

작달막한 지배인이 좀 실망한 표정으로 고개를 끄덕이자 총경은 빙그레 웃으며 어두컴컴한 구석으로 내려갔다. 팬더는 어깨를 움츠리고 사무실로 모습을 감추었다.

팬더가 모자와 코트를 사무실에 두고 나왔을 때 퀸 총경은 꾸러미를 주머니에 집어넣으려 하고 있었다.

팬더가 물었다.

“바라시던 것을 손에 넣으셨습니까? ”

퀸 총경은 손을 비비며 말했다.

“아, 물론이오, 물론이지요. 자, 그럼 엘러리는 아직 안 보이는 것 같으니, 엘러리가 돌아올 때까지 당신 사무실에서 잠깐 기다리기로 할까요? ”

두 사람은 팬더의 방으로 들어가 자리에 앉았다. 지배인은 기다란 터키 담배를 꺼냈고 퀸 총경은 코담배로 손을 가져갔다.

“주제넘은 질문인지 모릅니다만 수사는 어떻게 돌아가고 있습니까, 총경님? ”

팬더는 짧고 굵은 다리를 포개며 담배연기를 내뿜었다.

퀸 총경은 풀죽은 얼굴로 고개를 저었다.

"도무지 좋지 않소. 오리무중이지요. 사건을 정면에서 해결하려고 하다가는 결국 아무 단서도 잡지 못할 것 같소. 그리 감출 일도 아니오만, 우리가 찾고 있는 어떤 물건이 손에 들어오지 않는 이상 수사는 실패로 끝날지도 모르오. 나도 상당히 애먹고 있소. 이렇게 골치 아픈 사건은 처음이오."

총경은 당혹한 듯이 미간을 찌푸리며 코담배 쌈지 뚜껑을 닫았다.

팬더는 진심으로 안됐다는 듯이 혀를 찼다.

"안됐습니다, 총경님. 제 희망은 다만 이런 개인적인 욕심을 내세워 법률의 요구를 잊어서는 안 되겠지요. 그런데 총경님이 찾고 계시는 물건은 도대체 무엇입니까? 외부 사람이 알아도 괜찮다면 들려주실 수 없을까요?"

퀸 총경의 표정이 밝아졌다.

"알아도 괜찮소. 당신에게는 오늘 아침 큰 신세를 지기도 했고 아니, 내 정신 좀 보게. 지금까지 그 점에 생각이 미치지 못했다니, 나도 좀 어떻게 된 모양이군."

팬더는 열중하여 몸을 앞으로 내밀었다.

"당신은 언제부터 로마 극장 지배인으로 일하고 있지요, 팬더 씨?"

지배인은 눈꼬리를 치켜올렸다.

"이 극장이 생겼을 때부터지요. 그 전에는 43번 거리의 그 오래된 엘렉트라 극장 지배인으로 일했습니다. 그 극장 소유주는 고든 데이비스 씨였습니다."

총경은 뭔가 깊이 생각에 잠긴 모습이었다.

"그렇다면 당신은 이 극장에 대해 하나에서 열까지 모두 알고 있겠군요. 이 건물을 설계한 건축가만큼 구조에도 밝겠지요?"

팬더는 몸을 뒤로 젖히며 털어놓았다.

"그렇다고 할 수 있지요. 웬만큼은 알고 있습니다."

"그거 잘됐군요. 그렇다면 만일 당신이 이 건물 어딘가에 아무리 샅샅이 뒤져도 결코 발견되지 않을 자리에 무언가 그렇지, 실크햇 같은 것을 감추려고 한다면 어떻게 하겠소? 어디를 택하겠소?"

팬더는 생각에 잠긴 듯이 담배를 바라보며 얼굴을 찡그렸다.

"참 묘한 질문이군요, 총경님. 대답하기 아주 어려운데요. 나는 이 극장 구조를 잘 알고 있습니다. 건축이 시작되기 전에 설계자의 상담을 받았으니까요. 그렇기 때문에 분명히 말씀드릴 수 있습니다만, 청사진에 그런 중세기풍의 장치——예를 들어 감춰진 통로라든가 비밀스러운 방 같은 것은 전혀 없었습니다. 실크햇같이 비교적 작은 물건이라면 감출만 한 자리를 낱낱이 들출 수 있지만, 본격적으로 철저히 뒤져서 발견되지 않을 장소는 한 군데도 없습니다."

총경은 실망한 듯이 손톱을 곁눈으로 노려보고 있었다.

"그렇군요. 그럼, 그것도 헛일이군요. 당신도 알다시피 우리는 이 건물 안을 구석구석 수사했소. 하지만 아무런 흔적도 발견하지 못했지요."

문이 열리며 엘러리가 답답한 듯하면서도 쾌활한 미소를 띠며 들어섰다. 총경은 호기심어린 눈으로 그를 흘끗 바라보았고, 팬더는 이 부자를 위해 자리를 피하려는 듯 우물쭈물 일어섰다. 한순간 퀸 부자 사이에 암시적인 눈길이 오갔다.

총경이 분명한 태도로 명령하듯 말했다.

"괜찮소, 팬더 씨, 그냥 계시지요. 당신에게는 아무것도 숨길 게 없으니까 앉으시오."

팬더는 다시 자리에 앉았다.

엘러리는 책상에 걸터앉아 안경을 만지작거리며 말했다.

“어떻습니까, 아버지? 팬더 씨에게 오늘 밤부터 극장문을 다시 열어도 좋다고 말씀하셔도 될 때가 아닙니까? 지배인이 없는 동안 오늘 밤부터 손님을 받고 다시 공연을 해도 좋다고 허락하기로 했잖습니까?”

총경은 그런 엉뚱한 결정은 지금 처음 듣는 것이었지만 시치미를 떼고 말했다.

“아참, 깜박 잊고 있었구나. 팬더 씨, 로마 극장의 폐쇄명령을 이제 해제하겠소. 이곳에서는 더 이상 수사할 것이 없다는 것을 알았으니까요. 따라서 이 이상 당신의 영업을 방해할 이유가 없지요. 오늘 밤부터 문을 열어도 좋소. 사실 우리도 연극이 시작되기를 간절히 바라고 있소. 그렇지 않냐, 엘러리?”

엘러리가 담뱃불을 붙이며 말했다.

“간절히 바란다고요? 그런 표현으로는 부족한데요. 무리해서라도 그렇게 해달라고 부탁해야 옳을 겁니다, 아버지.”

“네 말이 맞다” 하고 총경이 엄숙하게 말했다. “무리해서라도 그렇게 해주시면 좋겠소, 팬더 씨.”

지배인은 얼굴을 빛내고 의자에서 펄쩍 뛰어오르며 소리쳤다.

“정말 고맙습니다. 곧 데이비스 씨에게 전화하여 이 기쁜 소식을 알리겠습니다. 물론……”

지배인은 고개를 숙였다.

“이렇게 갑자기 문을 열게 되었으니 오늘 밤 입장객은 기대할 수 없겠지만 어쨌든 손님에게 알릴 시간도 없으니까요.”

“그 점은 염려할 것 없소, 팬더 씨. 우리 쪽에서 폐쇄시킨 것이니 오늘 밤에는 내가 그 보상을 하리다. 신문사에 전화해서 다음 판부터 극장문을 열었다는 것을 대신 알려주도록 하겠소. 아마 뜻밖의 큰 선전이 될 거요. 광고료는 물론 내지 않아도 좋소. 틀림없이 사람들의 호기심을 끌 테니 아마 초만원이 될 거요."

팬더는 손을 비비며 말했다.

"이렇게 친절을 베풀어주시다니……. 지금 제가 할 수 있는 일이 있다면 말씀해주십시오."

이때 엘러리가 끼어들었다.

"깜박 잊은 일이 한 가지 있습니다, 아버지."

그리고는 가무잡잡하고 키가 작달막한 지배인을 돌아보았다.

"팬더 씨, 오늘 밤 좌LL32번과 LL30번 좌석표를 팔지 않으실 수 없을까요? 아버지와 제가 오늘 밤 연극을 보고 싶습니다. 실은 아직 못 보았거든요. 물론 우리 신분은 절대로 비밀로 해 주십시오. 여러 사람들의 관심을 끄는 일은 질색이니까요. 극장 측에도 물론 비밀로 해주십시오."

팬더는 상냥하게 대답했다.

"알겠습니다. 그렇게 하고말고요, 퀸 씨. 매표계에 일러서 입장권을 남겨두겠습니다. 그럼, 총경님, 틀림없이 신문사에 전화를 걸어주신다고 말씀하셨지요?"

"그렇소."

퀸 총경은 수화기를 들어 시내 몇몇 신문사 편집국장을 불러내더니 능숙하게 용건을 마쳤다. 그 일이 끝나자 팬더는 급히 두 사람에게 고맙다는 인사를 하고 나서 여기저기 전화걸기에 바빴다.

총경과 그 아들이 오케스트라석으로 들어가자 플린트와 좌석 수사를 맡았던 두 형사가 기다리고 있었다. 총경이 그들에게 지시했다.

"자네들은 극장 둘레의 경계를 맡아주게. 특히 오후에는 정신 바짝 차리도록. 뭐 찾아낸 건 없었나?"

플린트가 찡그린 얼굴로 투덜거렸다.

"캐너시*4에서 대합조개를 잡는 게 나을 뻔했습니다. 저는 월요일 밤에도 똑같은 일을 했고 결과는 마찬가지였습니다. 오늘 다시 해본들 소득은 없다고 생각합니다. 2층 좌석도 깨끗이 훑었지만 1층과 다름없었고요. 아무래도 저는 실내에서 하는 작업에는 적합치 않은가 봅니다."

총경은 덩치 큰 형사의 어깨를 두드렸다.

"어린아이처럼 떼쓰면 못써, 플린트. 처음부터 발견될 것이 없었으니 단서가 잡힐 리 없지."

총경은 다른 두 형사를 향해 물었다.

"그래, 자네들은 뭐 좀 알아냈나?"

두 사람은 찌푸린 표정으로 고개를 가로저었다.

얼마 뒤 총경과 엘러리는 지나가던 택시를 잡아타고 경찰국으로 가는 짧은 시간 동안 몸을 늘여 긴장을 풀었다. 노인은 자동차 승객석과 운전석 사이의 칸막이 유리를 조심스럽게 닫았다.

엘러리는 뭔가 골똘히 생각에 잠긴 채 담배를 피우고 있었다.

총경이 그를 바라보며 엄격한 목소리로 물었다.

"좀 전에 너는 팬더 사무실에서 뭔가 의미심장한 복잡한 얘기를 하더라만, 무슨 말인지 이 늙은이도 좀 알아듣게 설명해주지 않으련?"

엘러리의 입술에 힘이 주어졌다. 그는 대답하기 전에 차창 밖을 내다보았다.

"먼저 이야기의 순서대로 시작하겠습니다. 아버지는 오늘 수사에서 아무것도 찾아내지 못하셨습니다. 부하들도 마찬가지였지요. 그리고 저도 찾아보았지만 역시 실패였습니다. 그렇다면 다음과 같은 점을 먼저 머리에 넣고 착수해야 될 겁니다. 즉 몬티 필드가 월요일 밤 〈피스톨 소동〉이 공연되기 전에 쓰고 있었고, 2막이 시작되었을 때 무릎에 올려놓고 있는 것이 목격되었으며 범죄가 일어난 뒤 범인이 가져갔다고 추정되는 모자는 '지금 로마 극장에 없으며, 월요일 밤 이래로 그곳에는 없었다'는 결론이 나옵니다. 따라서……."

총경은 희끗희끗한 미간을 찌푸리며 아들을 지켜보고 있었다.

"따라서 십중팔구 필드의 실크햇은 이미 존재하지 않을 겁니다. 이 주장에다 나는 아버지의 코담배 쌈지에 대해 팰코너 초판본을 걸겠습니다. 그 모자는 이 세상에서 사라져 지금쯤 재로 바뀌어 시청 쓰레기 처리장에 있을 겁니다. 이것이 첫 번째 문제입니다."

"그래서?" 하고 총경은 명령하듯 다음 말을 재촉했다.

"두 번째 문제는 유치할 만큼 초보적인 것입니다. 그럼에도 불구하고 감히 퀸 집안의 영특한 지혜를 욕되게 하는 특권을 부여받고 있지요. 필드의 모자가 지금 로마 극장에 없고 월요일 밤 이래 거기에 없었다고 하면, 당연히 그날 밤 언젠가 로마 극장으로부터 '반출되었음'에 틀림없습니다."

엘러리는 이야기를 끊고 뭔가 생각에 잠겨 차창 밖을 바라보고 있었다. 42번 거리와 브로드웨이의 교차로에서 순경이 교통정리를 하고 있었다.

"그런데 사흘 동안이나 우리를 지치도록 동분서주하며 뛰어다니게 한 것, 즉 우리가 찾고 있는 모자는 과연 로마 극장을 빠져나갔을까요? 이 점은 이미 사실에 입각하여 그 결론이 나와 있습니다. 변증법적으로 말한다면 그렇습니다, 빠져나갔습니다. 살인이 일어난 날 밤 로마 극장에서 빠져나간 겁니다. 그렇다면 우리는 더욱 중대한 문제에 부딪치게 되는 셈이지요. '언제 어떻게' 빠져나갔느냐 하는 문제입니다."

엘러리는 담배를 한 모금 빨더니 빨갛게 된 담뱃불을 바라보고 있었다.

"우리는 그날 밤 두 개의 모자를 가지고 있거나 또는 모자 없이 극장을 나간 사람이 하나도 없다는 것을 알고 있습니다. 극장에서 나간 사람 가운데 격에 맞지 않는 옷차림을 한 사람은 하나도 없었습니다. 다시 말해 정장한 남자로 페도라 모자를 쓰고 나간 사람이 없는 것처럼 실크햇에 평상복 윗옷을 입은 사람도 없었습니다.

아버지도 아시지만 그런 각도에서는 '누구도' 의심스러운 사람이 없다는 것을 우리는 인정하지 않을 수 없습니다. 그리하여 우리는 어쩔 수 없이——저 자신도 당황하고 있습니다만——세 번째 기본적인 결론에 이르게 됩니다. 다시 말해 필드의 모자는 아주 자연스럽게 극장에서 빠져나갔다는 것이지요. id est(즉) 누군지 말쑥한 야회복을 입은 사나이의 머리에 얹혀서 빠져나간 것입니다."

총경은 크게 흥미를 느낀 모양이었다. 엘러리가 말한 것을 잠시 골똘히 생각하고 있었다. 그리고 진지한 목소리로 말했다.

"네 이야기를 더듬어나가면 뭔가 실마리가 풀릴 것 같기도 하구나, 엘러리. 누군가가 몬티 필드의 모자를 쓰고 극장을 빠져나갔다는 말이지? 그것은 중대하고 아주 상당히 앞선 생각이다. 그러나 한 가지, 다음 질문에 대답해 보렴. 그럼, 그 사나이는 자기 모자를 어떻게 했을까 하는 문제다. 모자를 두 개 가지고 나간 사람은 아무도 없었거든."

엘러리는 미소지으며 말했다.

"아버지는 우리의 조그마한 수수께끼의 핵심에 접근한 셈입니다. 하지만 그것은 잠시 뒤로 미뤄두지요. 아직 여러 가지 생각해 봐야 할 점이 많이 있으니까요. 예를 들면 몬티 필드의 모자를 쓰고 나간 사나이가 진짜 범인이었나, 아니면 단순한 공범자였나, 이 둘 가운데 하나임은 분명합니다."

총경은 중얼거리듯 말했다.

"네가 무슨 생각을 하고 있는지 나도 알겠다. 이야기를 계속해보거라."

"만약 그 사나이가 범인이라면 성별을 결정적으로 단정할 수 있고, 그가 그날 밤 야회복을 입고 있었다는 사실도 확실해집니다. 이것을 알아냈다고 해서 크게 도움된다고 말할 수는 없지만요. 야회복 차림의 사나이는 극장 안에 몇십 명이나 있었을 테니까요. 그리고 실크햇을 쓰고 나간 사나이가 단순한 공범자였다면 우리는 범인이 다음 경우 가운데 한 가지에 속한다고 결론내릴 수 있습니다. 즉 어느 신사복을 입은 사나이, 아니면 여자였다고 말입니다. 신사복 차림으로 실크햇을 들고 나가면 의심받을 게 뻔하고 여자였다면 그런 모자를 쓴다는 걸 엄두도 못 낼 테니까요."

총경은 가죽 쿠션 속에 깊숙이 몸을 묻으며 소리 내어 웃었다.

"엘러리, 너는 억지 추리를 늘어놓고 있구나. 나는 지금 너에게 무척 감탄하고 있단다. 왜냐고? 네가 이처럼 신이 나서 우쭐대고 있기 때문이지. 하지만 이야기는 아까부터 조금도 진전되지 않고 있다. 네가 팬더의 사무실에서 연극을 꾸민 이유가 뭐냐?"

퀸 총경은 엘러리가 윗몸을 앞으로 숙여왔으므로 목소리를 낮췄다. 두 사람은 택시가 경찰국 건물 앞에 이를 때까지 소곤소곤 이야기를 계속했다.

퀸 총경이 엘러리와 함께 어두컴컴한 복도를 성큼성큼 걸어 조그만 자기 사무실에 들어서자 벨리 형사부장이 그 앞을 가로막았다.

그는 큰소리로 말했다.

"행방불명되신 줄 알았습니다, 총경님. 조금 전에 스토츠가 코가 늘어져서 여기에 찾아왔었습니다. 클로닌은 필드의 사무실에서 머리카락을 쥐어뜯고 있다더군요. 범죄사실을 뒷받침할 만한 단서가 서류 속에서 발견되지 않았답니다."

총경이 부드러운 말투로 그를 달랬다.

"내버려 두게, 내버려 둬, 토머스. 나는 죽은 사나이를 감방에 집어넣는 시시한 문제에는 관여할 수가 없네. 엘러리와 나는……."

전화벨이 울렸다. 퀸 총경이 얼른 테이블 위의 수화기를 집어 들었다. 전화의 목소리를 듣는 동안 얼굴에서 긴장이 풀어지고 다시 주름이 잡혔다. 엘러리는 주의를 기울이며 잠자코 아버지를 지켜보고 있었다.

전화에서 다급한 사나이의 목소리가 들려왔다.

"헤이그스트롬입니다, 총경님. 시간이 없어서 긴 말씀은 드릴 수 없습니다. 오늘 아침 내내 엔젤러 루소를 미행하느라 혼이 났습니다. 역시 미행하기를 잘했습니다. 30분쯤 전에 그녀는 마침내 저를 따돌렸다고 생각한 모양인지 택시를 잡아타고 번화가로 달렸습니다. 그런데 말입니다, 총경님. 지금부터 꼭 3분 전에 저는 그녀가 벤저민 모건의 사무실로 들어가는 것을 보았습니다."

퀸 총경이 소리쳤다.

"지켜 섰다가 나오거든 바로 붙잡아."

그는 수화기를 쾅 내려놓자 천천히 엘러리와 벨리를 돌아보며 헤이그스트롬의 보고를 들려주었다. 엘러리가 깜짝 놀라 얼굴을 찌푸리는 모습은 참으로 볼만했다. 벨리는 신이 나는 것 같아 보였다.

그러나 노인의 목소리는 경련하듯 목구멍으로 기어들어가고 실망한 표정으로 회전의자에 주저앉았다. 그는 신음하듯 중얼거렸다.

"그런 줄은 몰랐군……."

제15장 뜻밖의 고발

헤이그스트롬 형사는 끈질긴 사나이였다. 족보를 따지자면 그의 조상은 둔감이 미덕이며 참고 견디는 일로 가장 존경받는 노르웨이 산골 사람이었던 것이다.

그럼에도 불구하고 매던 빌딩 20층에서 '변호사 벤저민 모건'이라고 씌여진 청동과 유리로 만든 문으로부터 10여 미터쯤 떨어진 번쩍거리는 대리석 벽에 윗몸을 기댔을 때는 심장의 고동이 점점 빨라지는 것을 느꼈다. 그는 안절부절못해 두 발을 이리저리 바꿔 디디며 턱으로는 '씹는 담배'를 부지런히 질겅거리고 있었다.

솔직히 말해 헤이그스트롬 형사는 경찰에서 여러 가지 경험을 두루 쌓아온 인물이었지만, 여자를 체포한 적은 아직 한 번도 없었다. 그리하여 이제부터 수행할 임무에 미리 주눅이 들어 머뭇거리고 있었던 것이다. 게다가 그는 자기가 기다리는 여자의 성품이 사납다는 것도 잘 알고 있었다.

헤이그스트롬이 이처럼 걱정하는 데는 그럴 만한 까닭이 있었다. 20분쯤 복도를 서성거리며 혹시 일이 잘못되느라 '표적'이 다른 문으로 빠져나간 게 아닐까 부쩍 조바심이 날 무렵, 벤저민 모건 사무실 문이 불쑥 열리며 유행의 첨단을 걷는 트위드 앙상블 차림의 엔젤러 루소의 일그러진 커다란 얼굴이 나타났다. 숙녀답지 않은 태도가 몸에 밴 탓인지 정성들여 화장한 얼굴이 뒤틀려보였다.

그녀는 핸드백을 흔들며 엘리베이터 쪽으로 재빨리 걸어갔다. 헤이그스트롬은 팔목시계를 흘끗 보았다. 12시 20분 전이었다. 조금만 있으면 점심시간이다. 건물 안 사무실에서 사람들이 떼 지어 나올 것이다. 그는 될 수 있으면 아무도 없는 복도에서 아무도 모르게 체포하고 싶었다.

헤이그스트롬은 허리를 한 번 쭉 펴고 오렌지색과 푸른색이 섞인 넥타이를 고쳐 맨 다음 제법 침착한 태도로 다가오는 여자를 향해 성큼 나섰다.

그녀는 형사의 모습을 보자 분명 걸음을 주춤했다. 헤이그스트롬은 맞붙을 각오를 하고 그녀 쪽으로 급히 다가갔다. 그러나 엔젤러 루소는 의연하고 침착하게 여유 있는 태도를 보였다. 그녀는 고개를 뒤로 젖히고 위축된 표정도 없이 다가왔다.

헤이그스트롬은 넓적한 붉은 손으로 그녀의 팔을 덥석 잡았다. 그리고 날카로운 목소리로 말했다.

"무슨 일인지 알고 있겠지요? 함께 가줘야겠소, 소란피우면 수갑을 채우겠소."

루소는 형사의 손을 뿌리쳤다.

"어머나, 당신은 무례하군요? 대체 나를 어떻게 하려는 거에요?"

헤이그스트롬은 눈을 크게 떴다.

"억지 부리지 마시오!"

그의 손가락이 난폭하게 엘리베이터의 하강 버튼을 눌렀다.

"잠자코 순순히 따라오는 게 좋을 거요!"

그녀는 요염하게 형사를 빤히 바라보았다. 그리고 애교스러운 목소리로 말했다.

"나를 체포하려는 건가요? 하지만 체포하려면 영장이 필요하다는 것쯤은 알고 있을 텐데요."

형사가 고함쳤다.

"말이 많군. 체포하는 게 아니라 경찰국까지 같이 가서 퀸 총경님과 몇 마디만 나누면 되는 거요. 따라 가겠소, 어떻게 하겠소? 경찰차를 부를까요?"

불이 반짝 켜지고 엘리베이터가 멎었다. 엘리베이터 승무원이 낭랑한 목소리로 "내려갑니다" 하고 말했다. 엔젤러 루소는 주춤거리는 태도로 엘리베이터 쪽을 흘끗 보고 헤이그스트롬을 슬쩍 곁눈질하더니 결국 엘리베이터 안으로 발을 들여놓았다. 형사의 손이 그녀의 팔꿈치를 꽉 움켜쥐고 있었다. 두 사람은 호기심에 찬 몇 사람들이 흘끗흘끗 쳐다보는 가운데 묵묵히 아래로 내려갔다.

헤이그스트롬은 자기 옆에서 침착하게 따라 걷고 있는 그녀의 마음 속에 아무래도 폭풍이 휘몰아치기 시작할 것만 같아 불안했으나 단단히 각오하며 한순간도 방심하지 않았다.

입술에 미소가 떠올라 있긴 했지만 그녀의 얼굴은 볼연지 아래에서 파랗게 질려 있었다. 그녀는 갑자기 자기를 연행하는 사나이 쪽으로 돌아서서 굳어진 형사의 몸에 착 달라붙어 속삭였다.

"경관 아저씨, 저, 1백 달러 지폐를 써보고 싶다고 생각해 본 적 없어요?"

그녀의 손이 암시하듯 핸드백을 더듬고 있었다.

헤이그스트롬은 울화가 치밀어올랐다. 그는 코웃음치듯 말했다.

"이젠 뇌물공세로군, 나 참! 이것도 총경님께 보고해야겠는걸!"

그녀의 얼굴에서 미소가 사라졌다. 그 뒤 목적지에 닿을 때까지 그녀는 한 마디도 없이 운전수의 뒷머리만 바라보며 앉아 있었다.

　그러나 막상 위압적인 경찰서로 들어가 칙칙한 복도를 걸어가게 되자 다시 본래의 모습으로 돌아가 군인들 뺨치는 활발한 걸음걸이로 침착하게 행진했다. 헤이그스트롬이 퀸 총경 사무실문을 열고 기대서자 그녀는 거만하게 고개를 까딱하고 경찰 여간수까지도 속아 넘어갈 만큼 쾌활한 미소를 지으며 안으로 들어갔다.

　퀸 총경 사무실은 햇빛이 잘 드는 기분 좋은 방이었다. 그 순간에는 어느 클럽의 방을 연상케 하는 분위기였다. 엘러리는 긴 다리를 카펫 위로 편안하게 뻗고 앉아 《필적분석 입문》이라는 싸구려 책을 읽고 있었다. 담배 연기가 느슨한 손가락 사이에서 조용히 피어오르고 있었다.

　벨리 부장은 아까부터 벽가의 의자에 우두커니 앉아 퀸 총경의 코담배 쌈지를 넋 나간 듯이 바라보고 있었다. 코담배 쌈지는 노경관의 첫째와 둘째손가락 사이에 살짝 쥐어져 있었다. 총경은 자신의 안락한 팔걸이의자에 앉아 꿈속 같은 은밀한 생각에 잠겨 빙긋이 웃고 있었다.

　총경이 급히 자리에서 일어나며 큰소리로 외쳤다.

　"어서 오십시오, 루소 양. 토머스, 루소 양에게 의자를 갖다드리게."

　벨리는 묵묵히 총경의 책상 곁에 나무의자를 하나 갖다놓고 다시 말없이 구석 자리로 물러갔다. 엘러리는 여자 쪽으로 눈길조차 보내지 않았다. 여전히 입술에 미소를 머금은 채 골똘히 책을 보고 있었다. 노인은 루소에게 상냥하고 은근한 태도로 허리를 굽히고 있었다.

　루소는 이 평화로운 광경을 어이없는 듯이 둘러보았다. 위압적이고 엄격하며 거칠 것으로 짐작했던 사무실 분위기가 뜻밖에도 부드러워 당혹감을 느낀 듯했다. 그러나 어쨌든 자리에 앉아 어리둥절한 순간이 지나자 복도에서 능숙하게 해낸 것처럼 숙녀다운 몸가짐과 유쾌한 미소를 떠올려 보였다.

헤이그스트롬은 문 안쪽에 서서 의자에 앉은 그녀의 옆얼굴을 못마땅한 얼굴로 노려보고 있었다.

"이 여자는 1백 달러짜리 지폐를 제게 주려고 했습니다, 총경님."

순간 총경의 눈썹이 흠칫 치켜 올라갔다. 그러더니 슬픈 목소리로 외쳤다.

"루소 양, 설마 이 모범 공무원에게 그의 의무를 잊어버리게 하는 짓은 하지 않았겠지요? 물론 그럴 리 없다고 생각합니다. 내가 그런 어리석은 생각을 하다니. 헤이그스트롬, 자네가 아마 착각한 모양일세. 1백 달러 지폐라니……."

총경은 가죽 씌운 회전의자에 몸을 깊숙이 묻으며 안됐다는 얼굴로 머리를 내저었다.

루소도 미소지었다. 그리고 애교 있는 목소리로 말했다.

"경관들은 왜 그런 착각을 하는지 모르겠어요. 참 이상해요. 총경님, 분명히 말씀드리지만 저는 이분을 좀 골려주었을 뿐이에요."

"그렇겠지요."

총경은 그녀의 또렷한 말을 듣고 인간의 본성에 대한 신뢰를 되찾은 듯이 다시 미소 지어 보였다.

"헤이그스트롬, 그 이야기는 이것으로 끝내세."

형사는 멍청히 입을 벌린 채 상관에게서 눈을 돌려 미소짓고 있는 여자를 바라보았다. 그래도 그녀의 머리 너머로 벨리가 총경에게 윙크하는 것을 알아차릴 만한 여유는 있었다. 그는 뭔가 혼잣말을 중얼거리며 재빨리 밖으로 나갔다.

총경이 사무적인 말투로 묻기 시작했다.

"그런데 루소 양, 오늘은 무슨 용건이신지요?"

그녀는 어처구니없어하는 얼굴로 총경을 바라보았다.

"어머, 저는 총경님이 저를 만나고 싶어하시는 줄 알았는데요."

그녀의 입술은 곧 다물어졌다. 그러더니 이윽고 다시 새침하게 말했다.

"연극은 그만두세요, 퀸 총경님! 저는 자진해서 이런 곳에 사교적인 방문 같은 건 하지 않아요. 그 정도는 알고 계실 텐데요? 무슨 까닭으로 저를 잡아들인 거지요?"

총경은 상대방의 말을 가로막으며 가느다란 손가락을 벌리고 항의하듯 입술을 오므렸다.

"당신은 분명 나에게 할 말이 있을 거요, 여기 온 이상. 이 분명한 사실을 부인하지 못하겠지요? 당신이 여기 온 데는 까닭이 있습니다. 당신의 자유의사로 온 게 아니라는 점은 인정하오. 여기로 연행되어 온 것은 나에게 뭔가 이야기할 게 있기 때문이오. 알아듣지 못하겠소?"

루소는 총경의 눈을 똑바로 쏘아보았다.

"도, 도대체 무슨 말씀이세요? 제가 총경님께 무슨 할말이 있다고 그러세요? 전 그날 밤 하나도 빼놓지 않고 모두 말씀드렸다구요!"

노인은 미간에 주름을 모았다.

"그렇소. 그러나 내가 보기에 당신은 화요일 아침에 모든 질문에 한결같이 정확한 대답을 했다고 여겨지지 않소. 루소 양, 당신은 벤저민 모건 씨를 알고 있지요?"

그녀는 꿈쩍도 하지 않았다.

"알겠어요. 그 점에 대해서는 총경님이 결정적인 패를 갖고 계시지요. 당신 부하가 모건의 사무실에서 나오는 나를 붙잡았으니까요. 하지만 그게 어쨌다는 거지요?"

그녀는 일부러 핸드백을 열고 분첩으로 콧등을 토닥거리기 시작했다. 그러면서 곁눈질로 슬쩍 엘러리를 살폈다. 엘러리는 아직도 책에 열중하여 그녀의 존재 따위는 안중에도 없는 듯한 태도였다.

그녀는 고개를 한 번 뒤로 젖히고는 총경 쪽으로 고쳐 앉았다.

퀸 총경은 한심한 눈길로 그녀를 바라보았다.

"루소 양, 당신은 가엾은 노인에 대한 동정심이 모자라는군요. 내가 지적하고 싶은 것은 당신이, 지난번에 내가 묻는 말에 거짓 대답을 했다는 점이오. 그런데 그것은 경찰을 대할 때 참으로 위험한 방법이오. 아주 위험한……."

그녀가 불쑥 말했다.

"듣기 좋은 말로 애매하게 빙빙 돌리실 필요 없어요. 그래요, 전 분명 화요일 아침에 거짓말을 했어요. 설마하니 이토록 오랫동안 절 미행하실 줄은 몰랐으니까요. 그래서 되든 말든 모험을 감행했고 결국 실패한 셈이 되었군요. 그래서 내 거짓을 간파한 당신이 내게서 자세한 이야기를 듣고 싶으신 모양인데 한 마디로 어림없어요. 전혀 그럴 기분이 아니거든요."

"뭐, 뭐라고?" 퀸 총경은 놀란 얼굴을 했다. "그렇게 해서 얼렁뚱땅 넘어갈 생각인가 본데 루소 양, 이건 살인사건이오. 언제까지나 그런 태도로 나온다면 아름다운 당신 목에 밧줄이 감길지도 모를 일이오."

"뭐라고요?"

그녀에게서 허세는 이미 완전히 사라지고 없었다. 그녀의 얼굴은 교활한 본디 모습을 완전히 드러내보였다.

"당신이 제게서 트집잡을 일은 하나도 없을 거예요. 그건 잘 알고 계시겠지요? 그래요, 저는 거짓말을 했어요. 하지만 그것으로 어쩌시겠다는 거지요? 일이 이렇게 되었으니 거짓말한 사실은 인정해요. 모건의 사무실에서 무엇을 했는지도 이야기할 수 있어요. 그 것이 당신에게 어떤 도움이 된다면. 이래봬도 저는 정직하답니다, 총경님."

총경은 볼에 어렴풋한 미소를 떠올리며 괴로운 목소리로 말했다.

"우리는 당신이 오늘 아침 모건 씨 사무실에서 무슨 일을 하고 계 셨는지 이미 알고 있소. 그러므로 그 점에 대해 말씀해주신다 해도 대단한 호의로 여겨지지는 않을 것이오. 나는 당신이 이처럼 자신 을 죄악 속에 빠뜨리려 하는 것을 보고 참으로 뜻밖으로 여겼소. 루소 양, 협박이란 아주 무거운 죄요."

그녀의 얼굴이 파랗게 질렸다. 그녀는 반쯤 엉덩이를 들고 의자팔 걸이를 움켜잡았다.

그녀는 내뱉듯 말했다.

"그가 밀고했군요, 치사한 자식. 조금쯤은 현명한 사나이로 알았었 는데⋯⋯. 이제 곧 더 많은 밀고거리를 안겨줄 테니 잘 새겨듣는 게 좋을 거예요."

"오, 당신도 나와 같은 말을 사용하기 시작했군요" 하고 총경은 중 얼거리며 다가앉았다. "당신은 모건에 대해 어떤 사실을 알고 있지 요?"

"그 남자에 대해서라면 많이 알고 있어요. 총경님, 저는 당신에게 생생한 정보를 제공할 수 있어요. 당신은 가련하게 혼자 사는 여자 에게 공갈죄 같은 것을 뒤집어씌우지는 않겠지요?"

퀸 총경은 깜짝 놀란 듯한 표정을 지었다.

"무슨 말씀을, 루소 양. 그런 말을 해도 괜찮소? 물론 나로서는 아무 약속도 할 수 없지만⋯⋯."

퀸 총경은 몸을 일으켰다. 그녀가 움찔하며 몸을 뒤로 조금 물렸 다.

총경은 침착하게 말했다.

"우선 당신이 알고 있는 것을 말씀해 주실까요? 그렇게 하면 일반적으로 인정받고 있는 방법으로 내가 감사의 뜻을 나타낼 기회가 있을지도 모르오. 자, 다 털어놓아주시오. 진실한 내용을 말이오. 아시겠소?"

그녀는 중얼거리듯 말했다.

"당신은 고지식한 분이라는 것을 잘 알고 있어요. 그와 동시에 공평한 분이라는 것도요. 무엇을 알고 싶으신 거지요?"

"모두 다 알고 싶소."

그녀는 조금 침착을 되찾은 목소리로 말했다.

"하지만 그처럼 하나에서 열까지 모두 알고 있지는 못해요."

여기서 이야기는 중단되고, 그동안 퀸 총경은 그녀를 찬찬히 살펴보고 있었다. 모건을 공갈했다고 몰아붙임으로써 그는 교묘하게 그녀의 의표를 찌르는 데 성공했다. 그런데 지금 문득 의혹에 휩싸이게 되었다. 그녀는 자신의 안전에 강한 확신을 가지고 있는 것처럼 보였다. 그렇다면 그녀가 알고 있다는 정보도 이 회견 첫머리에 총경이 틀림없으리라고 점찍었던 것——모건의 과거 행적이 아닐까 하는 의심이 부쩍 들기 시작했다. 총경은 엘러리를 흘끗 쳐다보고 아들의 눈이 이미 책이 아닌 루소 양의 옆얼굴에 못 박혀 있음을 곧 알아차리고 만족했다.

루소는 의기양양한 목소리로 말했다.

"총경님, 저는 누가 몬티를 죽였는지 알고 있답니다."

"뭐라고요?"

퀸 총경은 핼쑥한 얼굴을 붉히며 자리에서 벌떡 일어났다. 엘러리도 의자에서 몸을 긴장시키며 날카로운 눈길로 그녀의 얼굴을 뚫어지게 보고 있었다. 읽고 있던 책이 손에서 미끄러져 바닥에 떨어졌다.

루소 양은 자신의 말이 불러일으킨 감동을 즐기며 되풀이했다.

"누가 몬티를 죽였는지 알고 있다고 말씀드렸어요. 벤저민 모건이에요. 저는 '몬티가 피살되기 전날 밤' 모건이 그를 협박하는 소리를 들었어요."

"오……."

총경은 신음 소리를 내뱉더니 다시 자리에 주저앉았다. 엘러리도 책을 주워들고 중단했던 《필적분석 입문》을 다시 읽기 시작했다.

방 안에 또 정적이 찾아들었다. 소스라칠 정도로 놀란 퀸 부자를 지켜보고 있던 벨리는 두 사람의 태도가 갑작스럽게 달라지자 납득이 가지 않는 모양이었다.

루소는 화를 내며 히스테리컬하게 말했다.

"당신은 또 제가 거짓말하고 있다고 생각하시는 모양이군요. 하지만 저는 결코 거짓말하고 있는 게 아니에요. 그럼요, 저는 제 귀로 똑똑히 벤저민 모건이 일요일 밤에 몬티 필드를 향해 죽여버리겠다고 말하는 것을 들었어요."

총경은 침울한 표정이었으나 조금도 동요하지 않았다.

"당신 말을 의심하지는 않소, 루소 양. 일요일 밤이 틀림없소?"

"틀림없느냐고요?" 그녀의 목소리가 한층 높아졌다. "틀림없다고 말씀드릴 수 있어요!"

"장소는 어디였지요?"

그녀는 물어뜯을 듯이 말했다.

"몬티 필드의 아파트에서였어요. 어디였다면 좋겠어요? 일요일 밤에 저는 몬티와 줄곧 함께 있었어요. 제가 보기에 몬티는 손님이 찾아오리라고는 전혀 생각지 못했던 것 같아요! 왜냐고요? 우리가 함께 밤을 지낼 때는 대개 손님을 부르지 않거든요. 11시쯤 벨이 울리자 몬티는 깜짝 놀라 일어서며 '빌어먹을! 누가 찾아왔담!' 하고 말했어요. 그때 우리는 거실에 있었지요. 몬티가 일어나서 문으로 갔어요. 이윽고 밖에서 남자 목소리가 들려왔어요.

저는 몬티가 다른 사람에게 저를 보이고 싶어하지 않으리라 생각하고 얼른 침실로 들어가 문을 닫고 틈새를 조금 남겨놓았지요. 몬티가 그 남자를 돌려보내려고 애쓰는 것을 들을 수 있었어요. 그러나 결국 두 사람은 거실로 들어왔지요. 문틈으로 내다보니 모건이었어요. 그때는 누군지 몰랐지만, 나중에 두 사람이 주고받는 말을 듣고 알았어요. 나중에 몬티도 모건이었다고 말해주었어요."

그녀는 여기서 이야기를 끊었다. 그러나 총경은 태연히 앉아 있었고, 엘러리는 그 이야기에 전혀 주의를 기울이지 않는 듯했다.

그녀는 될 대로 되라는 듯이 말을 계속했다.

"두 사람은 30분쯤 이야기하고 있었어요. 모건은 냉정하게 이성을 잃지 않고 끝까지 흐트러지지 않았지요. 이건 제 상상이지만, 몬티는 최근까지 어떤 서류와 교환조건으로 모건에게 큰돈을 요구했던 모양이에요. 모건은 그런 큰돈을 가지고 있지도 않고, 변통할 방법도 없다고 말하더군요.

몬티는 빈정대며 비열한 태도로 그를 대했어요. 몬티는 자신이 뭔가 필요할 때는 놀랄 만큼 비열해질 수 있는 사람이에요. 모건은 점점 흥분했어요. 저는 그 사람이 화를 눌러 참고 있다는 것을 잘 알 수 있었어요."

총경이 한마디 끼어들었다.

"필드 씨가 돈을 요구한 이유는 어떤 것이었습니까?"

그녀는 통명스럽게 대답했다.

"저도 그 점이 궁금했어요. 두 사람은 모두 그 이유를 입에 올리는 것을 몹시 조심스럽게 피하고 있었거든요. 아무튼 몬티가 모건에게 팔려던 것은 그 서류와 관계된 어떤 것이었어요. 몬티가 모건의 어

떤 약점을 쥐고 그것을 마지막까지 이용하려고 한다는 것쯤은 뛰어
난 머리가 아니라도 금방 상상할 수 있을 거에요."

'서류'라는 말이 튀어나오자 루소의 이야기에 대한 엘러리의 관심
이 되살아났다. 그는 책을 내려놓고 열심히 귀 기울이기 시작했다.

총경은 아들을 슬며시 바라보고 그녀에게 물었다.

"필드 씨는 돈을 얼마나 요구했지요, 루소 양?"

그녀는 깔보듯이 웃었다.

"말씀드려도 믿지 않으시겠지요? 몬티는 조무래기가 아니에요. 그
가 요구한 액수는 5만 달러였어요."

총경은 전혀 동요하는 눈치를 보이지 않았다.

"그래서요?"

"그래서 두 사람은 그 문제로 이러니저러니 다투었는데, 몬티는 점
점 냉정해지고 모건은 자꾸만 흥분을 더해갔지요. 마침내 모건은
모자를 집어 들더니 고함을 질렀어요. '더 이상 쥐어 짜인다면 나
는 끝장이야, 이 악당아! 마음대로 해봐, 나는 이제 이가 갈리니
까. 알겠어? 이젠 나도 끝장이란 말이야!' 하고 얼굴이 파랗게
질려 있었어요.

그러나 몬티는 의자에서 일어나지도 않았어요. 다만 '마음대로
해보게, 벤저민. 하지만 돈을 건네는 데 사흘 동안의 여유는 봐주
지. 한 푼도 에누리할 수 없으니 그리 알게. 5만 달러일세. 거절하
면 어떤 불쾌한 결과가 생기는지 새삼스럽게 밝힐 필요도 없겠
지?' 라고 말했을 뿐이에요. 몬티는 정말 말솜씨가 보통이 아니더
군요. 마치 전문가처럼 날카롭게 해대던걸요."

그녀는 감탄한 표정을 지어보였다.

"모건은 모자만 만지작거리고 있었어요. 마치 자신의 손을 어떻게
처리해야 좋을지 모르는 것처럼. 그러더니 갑자기 소리질렀어요.

'나는 자네에게 어디쯤에서 손을 떼야 하는지 말해주었지, 필드. 그 말은 허세가 아닐세. 그 서류를 공개할 테면 해봐. 나는 그 일로 파멸할지 모르지만, 자네도 앞으로 누군가를 협박하려 해도 이번이 마지막이 되게 만들어주지'라고요.

그리고 몬티의 코앞에서 주먹을 휘둘러 보였는데, 금방이라도 그를 때려눕힐 듯한 기세였어요. 그러더니 갑자기 잠잠해져서 더 이상 한 마디도 없이 방에서 나가버렸어요.”

“이야기 내용은 그것뿐이었습니까, 루소 양?”

“그만하면 충분하지 않은가요? 이제 총경님은 어떻게 하실 작정이세요? 사람을 죽인 비겁자를 보호하실 생각인가요? 그리고 그뿐이 아니었어요. 모건이 돌아간 다음 몬티는 저에게 '내 친구가 무슨 말을 했는지 듣고 있었지?' 하고 물었어요. 저는 아무 소리도 못 들은척 시치미 뗐지요. 그러나 몬티는 머리가 좋았어요. 저를 무릎 위에 앉히고 농담하듯 '그 사나이도 이제 곧 후회할 거야, 나의 천사!' 하고 말했어요. 몬티는 저를 언제나 '천사'라고 불렀답니다.”

그녀는 갑자기 수줍은 표정을 지었다.

총경은 골똘히 생각에 잠겼다.

“그랬소? 모건 씨가 정확하게 뭐라고 말했지요? 당신이 필드 씨의 생명이 위험하다고 느낀 대목 말이오.”

그녀는 이해할 수 없다는 듯이 총경을 바라보았다.

“질렸어요! 당신은 귀머거리인가요? 그 사람은 '앞으로 누군가를 협박하려 해도 이번이 마지막이 되게 만들어주지' 하고 말했어요. 바로 그 다음날 가엾게도 몬티는 살해된 거예요.”

퀸 총경은 미소지었다.

“아주 자연스러운 결론이오. 그럼, 당신은 벤저민 모건 씨를 살인죄로 고발할 겁니까?”

“무슨 말씀이세요? 그런 일 없을 거에요. 전 다만 평화를 원할뿐이라구요. 아무튼 할 얘기는 다 했으니 당신이 알아서 처리하세요, 총경님.”

그녀는 어깨를 움츠리고 일어서려는 시늉을 했다.

총경이 가늘고 화사해 보이는 손가락을 치켜들며 말했다.

“잠깐만, 루소 양! 당신은 어떤 ‘서류’에 대해서 이야기했지요? 필드 씨가 모건 씨를 협박하는 자료로 삼고 있던 것 말이오. 두 사람이 다툴 때 필드 씨가 한 번이라도 그 서류를 꺼내왔었소?”

루소는 차가운 눈길로 그를 쏘아보았다.

“아니오, 보여주지 않았어요. 별로 유감스럽게도 생각지 않아요.”

“정말 훌륭한 태도요, 루소 양. 가까운 장래에 또 뵙게 되겠지요. 알고 계시리라 믿소만, 당신의 스커트가 그렇지, 이것은 비유요만 이번 사건에 있어 전혀 얼룩이 없다고 말할 수는 없소. 그래서 말인데, 신중히 생각해서 다음 질문에 대답해 주시오. 몬티 필드는 개인적인 서류를 어디에 보관하고 있었소?”

그녀는 딱잘라 대답했다.

“생각하고 자시고도 없어요. 전 모르는 일이니까요. 아무것도 모르니 모른다고 할 밖에요. 아마 그럴 기회가 있었으면 어쩜 알지도 모를텐데. 어쩌죠. 총경님?”

퀸 총경은 미소지으며 캐물었다.

“당신은 필드 씨가 아파트를 비운 사이 조금 뒤져보았겠지요?”

그녀는 볼에 보조개를 지으며 대답했다.

“물론 뒤졌지요. 하지만 아무 소용없었어요. 그 방에 있었다는 건 틀림없지만요. 그밖에 또 질문할 게 있나요?”

“루소 양, 당신이 아는 한 그 세련된 레안다*5는 실크햇을 몇 개나

가지고 있었습니까? 의심할 나위 없이 당신은 오랫동안 그와 친하게 지냈으니까 아시겠지요."

엘러리의 맑고 차가운 목소리가 그녀를 깜짝 놀라게 한 것 같았다. 그러나 그녀는 태연하게 머리를 매만지며 그쪽을 돌아보았다.

"그건 참으로 엉뚱한 크로스워드 퍼즐이군요" 하고 여자는 목청을 울리며 말했다. "젊은 선생님, 내가 알고 있는 한 그는 한 개밖에 가지고 있지 않았어요. 당신에게는 몇 개가 필요하지요?"

"틀림없겠지요?" 엘러리가 다짐했다.

"당신이 세상에 태어난 것과 마찬가지로 확실해요. 저, 당신은 엘러리 퀸 씨지요?"

그녀의 목소리에 한층 더 애교가 어렸다. 엘러리는 진기한 동물이라도 바라보듯 그녀를 지켜보고 있었다. 그녀는 moue(볼멘 얼굴)로 우스꽝스럽게 돌아앉았다.

"저는 여기서 그다지 환영받지 못하는 모양이군요. 이만 실례하겠어요, 총경님. 이제 돌아가도 괜찮겠지요?"

총경은 허리를 굽혀 가볍게 인사했다.

"네, 돌아가도 좋소, 루소 양. 다만 얼마쯤 감시가 따를 것이오. 미리 양해를 구해두오만, 머잖아 공식적으로 출두를 요청할지도 모르니 뉴욕을 떠나지 않도록 해 주시오."

"명심하지요."

그녀는 웃음소리를 내며 재빨리 방에서 나갔다.

벨리가 군인처럼 벌떡 일어나며 물었다.

"총경님, 그럼 이로써 사건이 끝난 겁니까?"

퀸 총경은 실망한 얼굴로 의자에 몸을 묻었다.

"자네는 늘 앞질러가서 탈이야, 토머스. 마치 엘러리의 소설에 나오는 바보 형사부장처럼 말일세. 자네는 소설 속의 부장이 아닐세.

설마 모건 씨를 몬티 필드 살해범으로 체포하려는 건 아니겠지?”
“하지만 그럼 어떻게 해야 합니까?”
벨리는 당황한 모양이었다.
퀸 총경은 무겁게 대답했다.
“잠시 기다려보는 거야, 토머스.”

제16장 퀸 부자, 극장으로

엘러리와 그의 아버지는 작은 사무실 이 끝과 저 끝에서 서로 얼굴을 쳐다보았다.

토머스 벨리 형사부장은 의아한 표정으로 이마를 찌푸리며 제자리로 돌아갔다. 차츰 깊어가는 침묵 속에 잠깐 조용히 앉아 있더니 그는 갑자기 결심한 듯 밖으로 나가도 되겠느냐고 물었다. 총경은 코담배 쌈지 뚜껑을 손으로 더듬으며 싱긋 웃었다.

"너도 소름이 끼치더냐, 엘러리?"

그러나 엘러리는 아주 진지했다.

"그녀는 마치 워드하우스*6 류의 공포심을 내뿜더군요. 소름이 끼치는 것과 같은 평범한 일이 아닙니다."

"나도 한동안 그녀가 취한 태도의 의미가 납득되지 않았단다. 우리가 더듬더듬 찾고 있는 판국에 그녀가 '알고 있었다'고 생각하니 내 분별력은 멀리 달아나버렸지."

그러자 엘러리가 평했다.

"아까의 회견은 대성공이었습니다, 아버지. 특히 저는 글씨체에 대해 쓴 골치 아픈 책에서 두세 가지 흥미로운 사실을 캐내고 있었던 참이었으니까요. 그러나 엔젤러 루소는 제가 생각했던 여성과는 너무나 다르더군요."

총경이 껄껄 웃었다.

"무슨 소릴! 내가 보기엔 그 아름다운 친구도 네게 완전히 반한 모양이던데 잘해 보지 않고?"

엘러리는 당치도 않다는 듯 짜증스럽게 얼굴을 찡그렸다.

"알았다, 농담이다." 총경은 웃으며 테이블 위의 전화로 손을 뻗쳤다. "벤저민 모건에게 다시 한 번 기회를 줘야겠지. 그렇지 않으냐, 엘?"

엘러리는 심드렁한 목소리로 말했다.

"그럼요. 뭣하면 교수형에 처하시든지. 그런데 그것은 물론 형식적인 절차에 불과하겠지요?"

총경은 눈을 번쩍 빛내며 아들의 비꼼에 곧바로 응수했다.

"너는 서류에 대한 것을 잊었구나, 엘."

그리고 퀸 총경은 쾌활한 목소리로 교환원에게 이야기했고, 곧이어 벨이 울렸다.

퀸 총경은 활기차게 말했다.

"안녕하십니까, 모건 씨? 오늘은 기분이 좀 어떻습니까?"

모건은 잠시 머뭇거리는 듯하더니 대답했다.

"퀸 총경님이십니까? 안녕하십니까, 총경님. 수사는 어떻게 진행되고 있습니까?"

총경은 웃었다.

"좋은 질문을 해주셨습니다, 모건 씨. 하지만 그 질문에는 대답해 드릴 수가 없군요. 직무태만으로 문책당할 염려가 있으니까요. 그런데 모건 씨, 오늘 밤 혹시 시간이 나시겠습니까?"

잠시 말이 끊어졌다.

"음, 시간이 있는 건 아니지만……."

변호사의 목소리는 가까스로 들릴 정도로 낮았다.

"오늘 저녁에는 만찬을 위해 집으로 돌아가야 한답니다. 아내가 조촐한 브리지 파티를 준비하고 있어서요. 하지만 무슨 용건이라도 있습니까, 총경님?"

총경은 유감스러운 듯이 말했다.

"오늘 밤 내 아들도 합석하여 셋이 저녁이나 함께 드실 수 없을까 해서 전화드렸는데, 만찬 시간에 빠질 수는 없는 형편이겠지요?"

한동안 말이 끊어졌다.

"꼭 필요하시다면 빠져야지요."

"물론 강요하는 것은 아닙니다, 모건 씨. 그러나 초대를 받아들여 주신다면 고맙겠습니다."

"네, 좋습니다. 그렇다면 말씀대로 하지요. 어디서 만나뵐까요?"

모건의 목소리는 아까보다 결심을 굳힌 듯 또렷했다.

"다행입니다, 정말 다행입니다. 카로스에서 6시에 만나면 어떨까요?"

"알겠습니다, 총경님."

변호사는 조용히 말하고 수화기를 놓았다.

총경이 중얼거렸다.

"이 가엾은 사나이에게 동정을 금치 못하겠군."

엘러리는 코를 킁킁거렸다. 그에게는 남을 동정할 만한 마음의 여유가 없었다. 엔젤러 루소의 개운치 않은 뒷맛이 아직도 남아 있었던 것이다.

6시가 되자 퀸과 엘러리는 카로스 레스토랑 휴게실의 들뜬 분위기 속에서 벤저민 모건과 만났다. 변호사는 풀죽은 태도로 빨간 가죽 시트 의자에 앉아 손등을 내려다보고 있었다. 입술은 힘없이 늘어져 의기소침해 보이고 두 무릎도 활짝 벌어진 게 암울한 기분이 그대로 드러나 보였다.

그래도 퀸 부자가 다가오자 억지로 웃음을 띠고 자리에서 일어났다. 머리가 비상한 두 부자이니만치, 이 사내가 오늘 밤 어떻게 행동할지 미리 단단히 결심을 했다는 것을 눈치챘다.

총경은 더할 바 없이 기분 좋아 보였다. 이 뚱뚱한 변호사를 진심으로 좋아하기 때문이기도 했지만 이날 밤의 모임이 자신의 업무였기 때문이다. 엘러리는 여느 때처럼 태연한 태도였다.

세 사람은 오랜 친구처럼 악수를 나누었다. 허리를 꼿꼿이 세운 종업원이 세 사람을 한 구석 테이블로 안내할 때 총경이 말했다.

"시간에 맞춰 나와 주서서 고맙습니다, 모건 씨. 만찬을 방해한 데 대해 진심으로 사과드립니다. 용서하십시오."

총경은 한숨을 크게 내쉬고, 모두들 자리를 잡았다.

모건은 기운 없는 미소를 지으며 말했다.

"사과하실 것까지는 없습니다. 당신도 아시겠지만 결혼한 남자에게는 이따금 여자가 빠진 식사도 즐거운 법이지요. 그건 그렇고, 총경님, 하실 말씀이란 무엇입니까?"

총경은 타이르듯 손을 내저었다.

"일 이야기는 그만둡시다, 모건 씨. 지금은 이곳의 요리를 맛보는 게 더 중요하고, 아마도 루이 지배인이 특별한 요리를 준비해 줄 겁니다. 안 그런가?"

음식은 참으로 훌륭했다. 식도락과 전혀 인연이 없는 총경은 메뉴 선택을 아들에게 맡겼다. 엘러리는 음식이며 그 조리법 같은 미묘한 문제에 이상할 만큼 흥미를 가지고 있었다. 그리하여 세 사람의 식사는 아주 만족스러운 것이 되었다.

처음에 모건은 음식맛 따위에 관심을 가질 여유가 없었으나 차례로 나오는 훌륭한 요리에 차츰 정신을 빼앗겨 나중에는 마음 속의 걱정도 완전히 잊은 채 상대방과 이야기를 나누며 웃었다.

Café au lait(커피)와 담배가 나와 엘러리는 정중하게, 총경은 가볍게, 모건은 무척 맛있게 담배를 피우기 시작했을 때 총경이 비로소 용건을 꺼냈다.

"모건 씨, 단도직입적으로 이야기하겠습니다. 내가 오늘 밤 왜 당신을 이곳에 오시라고 했는지 이미 알고 계시리라 믿습니다. 나는 어디까지나 솔직하게 말씀드릴 생각입니다. 나는 나흘 전인 9월 23일 일요일 밤에 일어난 일에 대해 당신이 왜 입을 다물고 있었는지 그 진실된 설명을 듣고 싶습니다."

모건은 총경이 이야기를 꺼내는 순간 태도가 진지해졌다. 피우던 담배를 재떨이 위에 놓고 말할 수 없이 가련한 표정으로 퀸 총경을 바라보았다.

"이렇게 되는 것이 당연한 순서겠지요. 어차피 곧 당신이 알게 되리라고 처음부터 생각했어야 옳았습니다. 루소가 홧김에 총경님께 털어놓았겠지요?"

총경은 솔직하게 대답했다.

"그렇습니다. 신사로서 그런 고자질에 귀 기울이는 것은 참으로 안 된 일이지만, 경찰로서는 일단 들어두어야 한답니다. 당신은 어째서 그것을 숨기고 계셨지요, 모건씨?"

모건은 스푼으로 테이블 보 위에 의미도 없는 그림을 그리고 있었다.

"그것은…… 네, 그렇습니다. 인간이란 언제나 자신의 바보스러움을 깨달을 때까지는 어리석게 행동하기 마련이지요."

그는 눈길을 들고 조용히 말을 이었다.

“나는 기도하고 또 기도했습니다. 인간의 약점이라고나 할까요, 그 일이 죽은 자와 나만의 비밀이 되기를. 그런데 그 창녀가 침실에 숨어 있다가 내가 한 이야기를 모두 들었다는 사실을 알았을 때는 풍선에서 바람이 쑥 빠지는 기분이었습니다. ”

모건은 컵의 물을 마시더니 서둘러 이야기를 다시 계속했다.

“하늘에 맹세코 정직하게 진실만 말씀드리겠습니다, 총경님. 나는 함정에 빠진 셈이라 그것을 증명할 만한 유력한 증거를 제시할 수 없다고 생각한 겁니다. 첫째, 나는 극장에서 내가 가장 증오하는 적이 피살 시체로 발견된 좌석에서 그리 멀지 않은 곳에 있었습니다. 극장에 간 이유를 설명하라면, 바보스럽고 아무 뒷받침도 없는 이야기밖에 갖고 있지 못합니다. 게다가 전날 밤, 죽은 사나이와 실제로 다투기까지 했으니까요. 도무지 꼼짝 못할 입장입니다, 총경님. 이해해 주셨으면 합니다. ”

퀸 총경은 잠자코 있었다. 엘러리는 의자등받이에 몸을 기댄 채 어두운 눈길로 모건을 지켜보고 있었다.

모건은 침을 꿀꺽 삼키고 이야기를 계속했다.

“이런 까닭으로 나는 아무 이야기도 하지 않았던 것입니다. 법률로 먹고 사는 사람이다 보니 일부러 자진해서 수사의 표적이 될지도 모를 어리석은 행동은 피하는 게 당연하지 않습니까? 이해 못하시겠습니까? ”

퀸 총경은 한동안 침묵을 지키더니 입을 열었다.

“그 이야기는 잠시 접어두기로 하지요, 모건 씨. 당신은 왜 일요일 밤 필드 씨를 만나러 갔었습니까? ”

변호사는 쓸쓰레하게 대답했다.

“거기에는 뚜렷한 까닭이 있었습니다. 지난주 수요일 필드는 내 사무소로 찾아와 ‘마지막 모험을 해야겠네. 그러려면 5만 달러가 지금 당장 필요해' 하고 말했습니다. 5만 달러입니다. "

모건은 차갑게 웃었다.

"나를 인정사정없이 쥐어짜서 젖이 말라버린 늙은 암소처럼 만들고 선 또 5만 달러라는 큰 돈을 대령하라니…… 그가 말한 엄청난 '도박'이 무엇인지 짐작되십니까? 그에 대해서 잘 안다면 금방 경마나 주식이라고 하실텐데…… 어쨌거나 최근들어 그는 재정적으로 크게 곤란한 형편이었으니 옛 부채를 청산하라는 협박을 받고 있었는지도 모를 일이죠. 어쨌든 아주 새로운 제안을 하며 5만 달러가 필요하다는 것이었습니다. 즉 5만 달러를 내놓으면 서류를 돌려주겠다는 것이었지요.

그런 제안을 내놓은 건 그때가 처음이었습니다. 그전에는 으레 입 다물고 있을 테니 돈을 내놓으라고 뻔뻔하게 협박할 뿐이었으니까요. 그런데 이번에는 주고받자는 흥정이었습니다. "

엘러리가 눈을 반짝 빛내며 입을 열었다.

"흥미로운 점이군요, 모건 씨. 그의 이야기에 당신이 지금 말한 대로 '묵은 결산을 끝내려고' 하나보다고 추정할 만한 결정적인 뭔가가 있었습니까? "

"그렇습니다. 그래서 그런 말씀을 드린 겁니다. 그는 돈이 생기면 유럽에서 한 3년 정도 놀고 싶어서 '친구'들로부터 돈을 모으고 있다고 했습니다. 그래서 나는 금방 채권자들에게 쫓기는가 보다고 생각했지요. 나 외에도 그가 말하는 '친구'들, 말하자면 그의 공갈 상대가 더 있다는 것도 그제서야 처음 눈치챈 셈인데, 그가 공갈을 전문으로 하고 게다가 그 규모가 엄청나다는 것은 미처 몰랐던 터라 깜짝 놀랐습니다. "

엘러리와 총경은 눈짓을 나누었다.

모건은 천천히 이야기를 계속했다.

"나는 그에게 사실대로 말했습니다. 지금까지 돈을 뜯기다보니 재
정적으로 궁지에 몰려 있는데 그런 엄청난 금액을 마련하라는 건
도저히 불가능하다고 말입니다. 그러나 그는 웃기만 할 뿐 끝까지
강요하는 것이었습니다. 나는 물론 간절히 서류를 되돌려 받고 싶
었습니다."
총경이 물었다.
"당신은 이미 발행한 수표의 보관철을 조사하여 분실된 것이 있는
지 확인했습니까?"
모건은 내뱉듯 대답했다.
"그럴 필요도 없었습니다. 2년 전 웹스터 클럽에서 우리가 말다툼
할 때 참고하라면서 그가 수표와 편지를 직접 보여주었으니까요.
의심할 여지도 없습니다. 필드는 한 수 위였습니다."
"그래서요?"
"그는 지난주 수요일 협박한다는 것을 숨기려 하지도 않고 나에게
부딪쳐왔습니다. 나는 이야기하는 동안 어떻게든 그에게 내가 결국
은 요구에 응하려 한다는 것을 납득시키려고 애썼습니다. 나로부터
짜낼 만큼 짜낸 다음 바닥이 났다고 판단되면 서류를 공개하는 따
위의 일은 식은 죽 먹듯 해치울 놈이라는 것을 나는 잘 알고 있었
기 때문이지요."
엘러리가 물었다.
"당신은 그에게 서류를 달라고 요구해 본 적이 있습니까?"
"네, 물론 있지요. 그러나 그는 빙글거리며 돈을 봐야 수표와 편지
를 내놓겠다고 말했습니다. 그는 빈틈없는 사나이입니다. 악당 녀
석! 부주의하게 중요한 증거를 내놓으면 내가 무슨 짓을 할지 모
른다고 여겨 그런 섣부른 짓을 결코 안했지요. 내가 모든 것을 솔
직하게 말씀드리고 있다는 건 인정하시겠지요? 어떤 때는 폭력을

써볼까 하는 생각도 했었습니다. 그 점은 인정해도 좋습니다. 그런 상황에 놓이면 누구나 그 비슷한 생각을 하지 않을 수 없을 겁니다. 그러나 나는 정말로 사람을 죽인다는 생각 따위는 해본 적이 한 번도 없습니다. 거기에는 아주 뚜렷한 이유가 있지요."

모건은 잠시 말을 끊었다.

"그런 짓을 해봐야 당신에게는 아무 이익이 없을 테니까요" 하고 엘러리가 조용히 말했다. "그러니까 당신은 서류가 어디 있는지 모르셨다는 말씀이군요?"

모건은 머뭇머뭇 미소를 지었다.

"네, 전혀 몰랐습니다. 그 서류가 언제 공개될지 누구 손에 넘어갈지 모르는 판이니 필드의 죽음도 나에게는 아무 소용이 없습니다. 그저 공갈하는 얼굴만 바뀔 뿐 내 처지엔 변함이 없으니까요.

나는 그가 말한 액수를 만들려고 사흘 동안이나 뛰어다녔지만 헛일이었습니다. 그래서 일요일 밤, 마침내 나는 그와 마지막 담판을 지으려고 마음먹었지요. 그래서 그의 아파트로 찾아갔는데, 실내복을 입고 나오는 그는 나의 방문이 너무 뜻밖이었던지 이야기하기를 아주 꺼려했습니다. 거실은 어질러진 채였고, 그때는 루소가 옆방에 숨어 있다는 걸 전혀 몰랐습니다."

모건은 다시 떨리는 손으로 담배에 불을 붙였다.

"우리는 싸움을 벌였습니다. 그보다는 내가 싸우고 그는 비웃었다고 하는 편이 옳겠지요. 내 주장이나 사정은 도무지 들은 척도 하지 않는 겁니다. 5만 달러 내놔라, 그렇지 않으면 증거와 함께 폭로하겠다, 이것뿐입니다. 그렇게 옥신각신하는 동안 나는 화가 치밀 대로 치밀어 올랐습니다. 나는 완전히 자제력을 잃기 전에 그곳을 물러나왔습니다. 이야기는 그뿐입니다, 총경님. 신사로서 그리고 불행한 상황의 희생자로서의 명예를 걸고 말씀드립니다."

모건은 고개를 돌렸다. 퀸 총경은 기침을 하고 담배를 재떨이에 버렸다. 그리고 주머니 속에서 갈색으로 변한 코담배 쌈지를 더듬어 한 줌 집어내 깊숙이 들이마시고 의자에 등을 기댔다.

엘러리가 모건의 컵에 물을 따라주자 그는 단숨에 들이마셨다.

퀸 총경이 말했다.

"고맙습니다, 모건 씨. 지금까지 아주 솔직하게 말씀해주셨으니 다음 질문에도 정직하게 대답해 주시기 바랍니다. 일요일 밤 당신이 말다툼할 때 필드 씨를 죽이겠다고 협박한 적이 있습니까? 실은 루소 양이 공개적으로 당신을 비난하더군요. 그날 밤 당신이 흥분해서 그런 얘기를 했다고 말이죠."

모건은 파랗게 질렸다. 미간에 경련이 일고 눈이 커다랗게 뜨여졌으며 불안한 표정으로 호소하듯 총경을 바라보았다.

이윽고 그는 쉰 목소리로 외쳤다.

"그녀는 거짓말하고 있는 것입니다."

옆자리의 손님 몇이 무슨 일인가 하고 이쪽을 보았다. 총경은 변호사의 팔을 가볍게 두드렸다.

모건은 입술을 깨물고 목소리를 낮췄다.

"나는 그런 짓은 하지 않습니다, 총경님. 아까도 솔직하게 말했지만, 물론 이따금 화가 치밀 때면 필드를 죽여버릴까 생각한 적도 있습니다. 그러나 그건 바보스럽고 아무 의미 없는 생각입니다. 나한테는, 나한테는 사람을 죽일 용기가 없습니다. 웹스터 클럽에서 극도로 흥분하여 겁주는 말을 외쳤을 때조차도 속마음은 그렇지 않았습니다. 일요일 밤에도 분명히…… 총경님, 제발 그런 뻔뻔스럽고 돈만 아는 여자보다 내 말을 믿어주십시오. 꼭 믿어주셔야 합니다."

퀸 총경은 부드럽게 말했다.

“나는 다만 당신이 한 말에 대한 설명을 듣고 싶을 뿐입니다. 이상하게 생각하실지 모르지만, 나는 당신이 이야기했다고 그녀가 털어놓은 말을 당신이 정말 했다고 믿기 때문입니다.”

“무슨 말이지요?”

모건은 불안하여 식은땀을 흘리고 있었다. 눈이 툭 튀어나와 있었다.

“‘그 서류를 공개할 테면 해봐. 나는 그 일로 파멸할지 모르지만, 자네도 앞으로 누군가를 협박하려 해도 이번이 마지막이 되게 만들어주지’” 하고 경감은 그 대목을 그대로 되풀이했다. “그렇게 말씀하셨지요, 모건 씨?”

변호사는 못 믿겠다는 듯 퀸 부자를 바라보다가 이윽고 폭소를 터뜨렸다. 그러더니 숨찬 목소리로 말했다.

“정말 기가 막히는군! 그것이 내가 했다는 위협입니까, 총경님? 내 말은 즉 내가 그놈의 부당한 요구를 들어주지 못할 경우 만일 그가 서류를 공표한다면 나도 정정당당하게 맞서 경찰에 고발하여 나와 함께 그놈도 파멸시키겠다는 뜻이었습니다. 그것이 내가 한 말의 의미였습니다. 그 말을 그 여자는 내가 필드를 죽이겠다고 위협한 걸로 해석한 모양이군요.”

모건은 눈을 마구 비벼댔다.

엘러리는 미소지으며 손가락으로 종업원을 불렀다. 그는 계산을 마치고 담배에 불을 붙인 뒤 안도와 연민이 뒤섞인 표정으로 모건을 바라보는 아버지를 곁눈으로 슬쩍 보았다.

총경은 일어나서 의자를 뒤로 밀어냈다.

“그랬었군요, 모건 씨. 알고 싶었던 점은 그것뿐입니다.”

총경은 조용히 한쪽으로 비켜서서 길을 내주어 멍한 얼굴로 아직도 떨고 있는 변호사를 앞서게 한 다음 그 뒤를 따라 휴대품 보관소로 걸어갔다.

퀸 부자가 천천히 걸어 브로드웨이로부터 47번 거리로 접어들었을 때 로마 극장 앞길은 사람들로 북적거리고 있었다. 사람들이 너무 많이 몰려 경관이 출동해 정리하고 있을 정도였다. 좁은 길은 한 블록 전체가 완전히 막혀 있었다.

극장 건물 정면 광고판의 네온사인은 휘황찬란한 빛줄기를 만들어 〈피스톨 소동〉이라는 제목을 뚜렷이 보여주었다. 그리고 조금 작은 광고판에서는 '주연——제임스 필, 이브 엘리스 조연——올 스타 캐스트'라는 설명이 보였다. 남녀 가리지 않고 서로 어깨를 비비며 앞서려고 인파를 헤집고 있었다. 경관이 쉰 목소리로 외치며 경계선을 통과시키기 전에 한 사람 한 사람 그날 밤 공연의 입장권을 확인하고 있었다.

총경은 배지를 내보이고 엘러리와 함께 사람들에게 밀리며 극장의 작은 복도 휴게실로 들어섰다. 라틴계 용모에 활짝 웃음을 띤 지배인 팬더가 매표구 옆에 서서 점잖고 정중하지만 단호하고 권위 있는 태도로 그날 입장권을 사려고 몰려든 관객들의 정리를 돕는 한편 그들을 매표장에서 출입구 쪽으로 안내하고 있었다.

거드름피우던 도어맨도 땀을 뻘뻘 흘리며 낭패한 표정으로 입구 한 옆에 서 있었다. 매표구의 매표원들도 일손이 바빴다. 해리 닐슨이 복도 휴게실 한구석에서 신문기자임에 틀림없는 세 젊은 남자에게 둘러싸여 뭔가 열심히 이야기하고 있었다.

팬더는 퀸 부자를 발견하자 아는 체하며 급히 앞으로 나서려고 했다. 그러나 총경이 오지 말라는 시늉을 하자 어리둥절한 표정을 지었다가 마침내 알았다는 듯 고개를 끄덕이고 매표구로 돌아갔다.

엘러리는 얌전히 행렬 뒤에 서서 매표구에서 예약한 입장권을 받았다. 두 사람은 밀고 밀리는 인파에 휩쓸려 오케스트라석으로 들어갔다.

엘러리가 좌LL32와 좌LL30이라고 표시된 두 장의 표를 내밀자 매지 오코넬은 흠칫 놀라며 뒤로 물러섰다. 총경은 안내원이 벌벌 떨며 표를 받고 불안한 눈길로 바라보자 싱긋 미소를 지었다. 그녀는 두꺼운 카펫을 지나 왼쪽 맨끝 통로로 안내한 다음 잠자코 마지막 줄 끝의 두 좌석을 가리키고는 달아나버렸다.

두 사람은 자리에 앉아 모자를 좌석 아래에 있는 철사모자걸이에 건 다음 누구의 눈에나 하룻밤의 피비린내 나는 오락을 즐기려 하는 두 관객으로 보이는 느긋한 자세로 좌석에 편안히 등을 기댔다.

객석은 만원이었다. 안내를 받아 줄줄이 통로를 내려오는 사람들로 빈자리는 순식간에 메워졌다. 그런데 관객들이 모두 무슨 불길한 조짐이라도 되는 듯 꺼림칙한 눈길로 퀸 부자를 뒤돌아보았다.

총경은 혀를 찼다.

"쳇! 막이 오른 다음에 들어올 걸 그랬구나."

엘러리는 웃었다.

"사람들 시선에 너무 신경 쓰십니다, Mon Père(아버지). 저는 남이 뭐라고 하든 아무렇지도 않은데요."

엘러리는 팔목시계를 보았다. 두 사람의 눈길이 의미 있게 마주쳤다. 정각 8시 25분이었다. 두 사람은 좌석에서 움직거리다가 이윽고 다시 편안히 앉았다.

조명이 차츰 어두워졌다. 거기에 호응하듯 관객들의 목소리도 낮아졌다. 완전히 어두워지자 막이 오르고 어딘지 으스스하고 침침한 무대가 드러났다. 총소리가 정적을 깨뜨렸다. 사나이의 신음하는 듯한 외침 소리에 극장 안은 숨을 삼켰다. 〈피스톨 소동〉은 대대적으로 선전된 극적인 방법으로 막이 올랐다.

퀸 총경은 건성이었으나, 엘러리는 사흘 전 몬티 필드가 앉아 있던 의자에 느긋하게 앉아 더없이 흥미진진한 드라마를 여유 있게 즐겼다. 여러 가지 사건이 차례로 펼쳐짐에 따라 무대 위에 선 제임스 필의 아름답고 풍부한 목소리가 늠름하게 울려 퍼졌고, 그 압도하는 듯한 연기는 엘러리의 가슴을 뛰게 했다. 이브 엘리스가 맡은 역할을 완전히 소화하고 있음은 스티븐 밸리와 낮게 떠는 듯한 목소리로 이야기를 주고받을 때 뚜렷이 드러났다. 밸리의 잘생긴 얼굴과 뛰어난 목소리는 총경 오른쪽에 앉은 젊은 아가씨에게 저절로 탄성을 지르게 했다. 힐더 오린지는 그 배역에 걸맞게 야단스러운 분장을 하고 한쪽에서 실랑이를 벌이고 있었다. 늙은 '성격배우'는 무대 위에서 끝없이 어슬렁거리고 있었다.

엘러리는 아버지 쪽으로 몸을 숙이고 속삭였다.

"배역이 아주 잘된 연극이군요. 저 오린지라는 여배우를 보십시오."

무대는 갑자기 조용해졌다가는 다시 요란한 소동을 벌이며 계속되었다. 대사와 소란스러운 소음이 한데 울려 귀가 멍멍한 속에서 제1막이 끝났다.

총경은 환히 밝혀진 조명 아래에서 시계를 꺼내보았다. 9시 5분이었다.

총경이 일어나자 엘러리는 마지못한 듯이 그 뒤를 따랐다. 매지 오코넬이 두 사람을 못 본 체하며 통로 끝의 무거운 철문을 밀어 열었다. 관객은 불빛이 어슴푸레한 복도로 줄지어 나가기 시작했다.

제복 입은 소년이 종이컵을 수북이 쌓아놓은 산뜻한 스탠드 뒤에 서서 구성진 목소리로 주스를 사라고 소리치고 있었다. 몬티 필드의 부탁으로 진저에일을 사왔다고 증언한 제스 린치였다.

엘러리는 슬쩍 철문 뒤로 들어갔다. 철문과 벽돌벽 사이에 좁은 틈새가 있었다. 복도 한쪽을 나누고 있는 건물 벽은 6층 높이는 넉넉히 될 듯했으나 아무 데도 틈새가 없이 밋밋했다. 총경은 제스 린치에게서 오렌지 주스를 한 컵 샀다. 소년은 퀸 총경을 보자 깜짝 놀랐다. 총경도 미소지으며 그에게 아는 체했다.

사람들이 여기저기 모여서서 의미있는 눈길로 주위를 둘러보더니 작은 소리로 쑤근댔다. 총경은 한 부인이 몹시 겁먹은 목소리로 옆 사람에게 말하는 것을 들었다.

"그 남자는 월요일 밤 바로 저기에 서서 오렌지 주스를 사마셨다더 군요."

이윽고 막이 오르는 것을 알리는 벨 소리가 울리자 잠깐 밖에 나와 쉬던 사람들은 급히 안으로 돌아갔다. 총경은 자리에 앉기 전에 객석 뒤쪽 너머 발코니석으로 올라가는 층계 어귀까지 흘끗 둘러보았다. 제복 입은 키 큰 젊은이가 층계 첫단에 경계의 눈길을 날카롭게 빛내 며 서 있었다.

제2막이 시작되었다. 관객들이 웅성거리고, 신이 나서 열중한 무대 위에서는 극적인 총소리들이 엇갈렸다.

퀸 부자도 무대 위의 연기에 휩쓸려 들어간 듯이 보였다. 두 사람 모두 고개를 빼고 몸이 굳어져 눈길을 긴장시키고 있었다. 엘러리는 9시 30분에 시계를 보았다. 퀸 부자는 다시 긴장을 풀었고, 무대에서 는 엎치락뒤치락이 계속되었다.

9시 50분 정각에 퀸 부자는 자리에서 일어나 모자와 외투를 들고 LL열에서 빠져나와 오케스트라석 뒤쪽의 빈자리로 갔다. 그곳에 서서 구경하는 관객도 상당했다. 총경은 그 모습을 보고 쓴 웃음을 지으며 신문 광고의 위력을 새삼 축복했다. 얼굴이 핼쑥한 안내인 매지 오코 넬은 굳은 자세로 건물 기둥에 기대선 채 앞쪽을 지켜보고 있었으나 눈에 아무것도 보이지 않는 듯했다.

　퀸 부자는 지배인 팬더가 사무실 문 앞에서 만족한 얼굴로 싱글거리며 만원인 객석을 바라보고 있는 것을 발견하고 그리로 걸어갔다. 총경이 지배인에게 안으로 들어가자는 눈짓을 하고 얼른 작은 사무실로 들어서자 엘러리가 뒤에서 문을 닫았다.

　팬더의 얼굴에서 미소가 사라졌다.

　“오늘 공연이 도움이 되었으면 합니다. ”

　떨리는 목소리로 그가 말했다.

　“글쎄, 도움도 도움 나름이지. ”

　총경은 말허리를 자르고 두 번째 문을 지나 앞장서서 팬더의 개인 사무실로 들어갔다.

　그는 얼마쯤 흥분한 모습으로 방 안을 서성거리며 말했다.

　“팬더 씨, 이 극장 오케스트라석의 각 좌석번호와 출입구 등이 다 나와 있는 자세한 도면은 없소 ? ”

　팬더는 눈이 휘둥그레졌다.

　“있을 겁니다. 잠깐만 기다려주십시오. ”

　지배인은 서류 캐비닛을 열고 두세 가지 서류철을 뒤적이더니 두 부분으로 나누어진 커다란 극장 도면을 꺼냈다. 한 부분은 오케스트라석, 다른 부분은 발코니석을 그린 것이었다.

　총경은 재빨리 두 번째 부분을 한 옆으로 젖혀놓더니 엘러리와 함께 오케스트라석 도면 위로 허리를 굽히고 한참 살펴보았다. 퀸 총경은 이제 또 무슨 분부가 떨어질 것인지 안절부절못하고 서 있는 지배인을 올려다보았다.

　총경이 짤막하게 물었다.

　“이 도면을 빌릴 수 있겠소, 팬더 씨 ? 2, 3일 안으로 고스란히 돌려드리겠소. ”

　“좋습니다. 또 다른 분부는 없습니까, 총경님 ? 선전문제로 신세를

져서 뭐라고 감사의 말씀을 드려야 할지 모르겠습니다. 고든 데이비스도 오늘 밤의 '성공'에 무척 기뻐하고 있습니다. 정중하게 감사말씀을 드려달라는 부탁을 받았지요."

"별말씀을 다 하시는군요."

퀸 총경은 신음하듯 말하며 그 도면을 접어 안주머니에 넣었다.

"어차피 이렇게 되게끔 되어 있었소. 그대로 되었을 뿐이지요. 그럼, 엘러리, 우리는 가보자. 잘 쉬시오, 팬더 씨. 지금 일은 비밀로 해 두시오, 꼭 잊지 말고."

퀸 부자는 비밀을 지키겠다고 거듭 다짐하는 팬더를 뒤로 하고 사무실을 나왔다.

두 사람은 다시 오케스트라석 뒤를 가로질러 왼쪽 맨끝 통로 쪽으로 갔다. 총경은 매지 오코넬을 손짓으로 불렀다.

"네?"

그녀는 얼굴이 백묵같이 새하얘져서 숨을 몰아쉬고 있었다.

"우리가 잠깐 지나가게 거기 문을 하나 열어주겠소, 오코넬 양? 그리고 이 일은 없었던 걸로 해 두어야 하오. 알겠소?"

오코넬은 들릴락말락 하게 뭐라고 중얼거리더니 LL열 쪽으로 난 큰 철문 하나를 밀었다.

총경은 고갯짓으로 거듭 다짐을 준 다음 문을 나왔고 엘러리가 그 뒤를 따랐다. 철문은 천천히 본디대로 닫혔다.

11시, 대단원의 막이 내리고 넓은 출입구로 관객들이 몰려나오기 시작할 때 리처드 퀸과 엘러리 퀸 부자는 정면 문을 통해 다시 로마 극장으로 들어가고 있었다.

제17장 더 많은 모자의 출현

"우선 자리에 앉지, 팀. 커피라도 한 잔 하는 게 어떤가?"

티머시 클로닌은 불꽃처럼 붉은 머리카락이 더부룩하고 중키에 눈이 날카로운 사나이로, 퀸 총경 집의 편안한 의자에 앉아 조심스럽게 총경의 권유를 받아들였다.

금요일 아침이었다. 퀸 총경과 엘러리는 둘 다 화려한 색깔의 가운을 입고 있었고 기분도 아주 좋아보였다. 두 사람은 전날 밤 그들로서는 드물게도 일찍 잠자리에 들었다. 쥬너가 스스로 고안하여 만들어낸 특별한 커피를 김이 무럭무럭 오르는 포트째 들고 와서 식탁에 놓을 때까지만 하더라도 식당에는 평화가 감돌고 있었다. 그런데 뜻밖의 시간에 클로닌이 뛰어들었다. 흐트러진 머리로 쉴새없이 저주의 욕설을 늘어놓으면서. 총경이 은근히 달래보았지만 클로닌의 입에서 폭포처럼 쏟아지는 불경스런 말을 막지는 못했다. 그저 엘러리만이 지방검사 사무원이 내뱉은 법률가다운 욕설이 재미있었던지, 전문가의 말을 경청하는 아마추어처럼 귀를 쫑긋 세우고 있을 따름이었다.

그러다가 마침내 클로닌은 자기가 서 있는 곳이 어딘지 갑자기 깨

닫고 얼굴을 붉혔으며, 자리에 앉으라는 권유를 받자 마치 성질 급한
실업가가 가벼운 아침 식사 준비를 서둘러 재촉하듯 꼿꼿한 쥬너의
등을 지켜보았다.

총경은 두 손을 부처처럼 배 위로 깍지 끼며 나무랐다.

"자네는 그처럼 난폭한 말을 한바탕 하고도 사과하려 하지 않는구
면, 팀. 무엇 때문에 그렇게 기분이 나쁜가? 내 쪽에서 묻지 않으
면 말하지 않겠지?"

클로닌은 두 다리를 카펫이 깔린 바닥에서 들어올리며 볼멘 얼굴로
말했다.

"뭐 물으실 것까지도 없습니다. 총경님도 짐작하시겠지요. 필드의
서류 문제로 완전히 벽에 부딪쳐버렸습니다. 그놈의 시커먼 영혼
따윈 꺼져 버리라지!"

그러자 총경이 슬픈 목소리로 말했다.

"꺼져 버렸네, 팀. 꺼져 버렸으니 이젠 걱정할 것 없네. 가엾게도
필드는 지금쯤 지옥에서 부지직부지직 타는 조그만 석탄불 위에서
발끝을 쬐고 있겠지. 그리고 자네 욕을 퍼부으며 웃고 있을 걸세.
그래, 정확히 말해서 상태가 어떤가? 대체 어떻게 되어가나?"

클로닌은 쥬너가 갖다놓은 찻잔을 들고 입천장이 데지 않을까싶을
만큼 뜨거운 차를 단숨에 마셔버렸다.

이윽고 클로닌은 거칠게 찻잔을 내려놓고 소리 질렀다.

"어떻게 되고 말고도 없습니다. 결과는 제로, 아무것도 찾지 못하
고 끝났습니다. 어떻게든 그 증거서류를 찾지 못하면 제가 미쳐버
릴 지경입니다. 총경님. 스토츠와 저는 필드 사무소에서 1인치의
구멍일지라도 머리를 벽 밖으로 내미는 쥐새끼 한 마리 없을 정도
로 뒤져보았습니다. 그런데도 아무것도 없었습니다. 아무것도. 도
무지 상상할 수도 없습니다. 저는 명예를 걸어도 좋습니다만, 어딘

가에, 하느님만이 아시는 어딘가에 필드의 서류가 감춰져 있어 누군가가 와서 꺼내 주기를 애타게 기다리고 있을 것입니다. 틀림없습니다."

엘러리가 점잖게 주의를 주었다.

"당신은 숨겨진 서류 문제로 공포증에 사로잡힌 것 같군요, 클로닌 씨. 마치 찰스 1세 시대에 살고 있는 것 같잖습니까. 숨겨진 서류란 없는 법입니다. 당신은 다만 어디를 찾아야 하는지 알기만 하면 되는 거지요."

클로닌은 교만한 미소를 지었다.

"고마운 말이오, 엘러리 씨. 그렇다면 몬티 필드가 서류를 숨겨둔 곳을 가르쳐주면 좋겠는데요."

엘러리는 담배에 불을 붙였다.

"좋습니다, 그 도전을 받아들이지요. 당신은——저는 당신의 말을 조금도 의심하지 않는데——존재하고 있다고 추정하는 서류가 필드의 사무실에 없다고 했습니다. 그리고 당신이 우리들에게 말해준 광범위한 갱 조직에 대해 필드가 자신의 유죄를 증명할 만한 서류를 갖고 있었다고 말했는데, 그 확신은 어디서 나온 겁니까?"

클로닌이 반격했다.

"그 사나이는 그런 서류를 당연히 갖고 있지 않으면 안 되오. 묘한 논법이지만 조리가 맞는 말이오. 우리는 지난 몇 년 동안 그를 '잡으려고' 애써 왔소. 그리고 지금까지 모은 우리들의 모든 자료가 그 사실을 뒷받침하고 있지요. 필드가 갱 단의 거물들과 주고 받은 문서들은 모두 보존되어 있는 게 분명합니다. 지금 여기서 그것을 설명하려면 너무 복잡하지만 제 말을 믿어도 좋소, 엘러리 씨. 필드는 파기해 버릴 수 없는 서류를 가지고 있는 거요. 저는 그 서류를 찾고 있는 겁니다."

"그럼, 좋습니다. 저는 다만 두세 가지 사실을 확인하려고 했을 뿐입니다. 되풀이 말하는 것 같지만 당신은 그 사무소에 없다고 했습니다. 그렇다면 우리는 범위를 더욱 넓혀서 찾지 않으면 안 되겠지요. 예를 들면 어딘가 안전금고에 숨겨져 있을지도 모르고……. "
엘러리는 거드름스러운 태도로 말했다.

그때까지 클로닌과 엘러리의 이야기를 흥미 있게 듣고 있던 퀸 총경이 이의를 내세웠다.

"하지만 엘, 아직 네게 말을 못했는데 오늘 아침에 토머스에게서 보고가 있었단다. 그도 그 점을 철저하게 조사했다는데 필드에겐 안전금고 따윈 없었어. 우체국 사서함도 개설한 적이 없고 하다못해 등기우편조차 이용한 흔적이 없더구나. 본명은 물론이고 다른 이름으로도 말이다.

토머스는 또 필드의 클럽 관계도 조사해 그 변호사가 75번 거리의 집 말고는 어떤 임시적인 다른 주소를 가지고 있지 않다는 사실을 알아냈다. 그리고 필드가 무언가를 숨겨둔 장소가 있었다는 흔적도 전혀 발견되지 않았어. 토머스는 필드가 서류를 보자기나 봉지에 넣어 상점 같은 곳에 보관시켜 두지 않았을까 생각했던 모양이야. 그런데 그런 흔적은 없었다지 뭐냐. 부장은 그 방면의 일에 아주 뛰어난 솜씨를 지니고 있지. 네 가정이 틀렸는가 맞았는가에 대해 마지막까지 1달러를 걸어도 좋다. "
그러자 얼른 엘러리가 말을 받았다.

"저는 클로닌 씨를 위해 일단 요점을 확실히 해 두려고 하는 겁니다. "
그는 천천히 식탁 위에 손가락을 펴면서 한쪽 눈을 찡긋했다.

"우리는 결정적으로 '여기 아니면 안 된다'는 지점까지 수사방향을 축소시키지 않으면 안 됩니다, 클로닌 씨. 사무소, 안전금고, 우체

국의 사서함은 이미 제외되었지요. 그렇다고 그 서류를 꺼내기 힘
든 곳에 필드가 숨겨 두었다고는 믿기 어렵습니다. 그러니까 클로
닌 씨, 당신이 찾고 있는 서류가 존재하는지는 보증하기 어렵지만
우리들이 찾는 서류는 분명 근처에 있을 것입니다. 그리고 아마도
그의 비밀 서류들은 같은 장소에 있다고 보는 게 타당할 것 같군
요."

클로닌은 머리를 긁적이며 고개를 끄덕였다.

"그렇다면 우리는 그 지극히 초보적인 교훈을 적용해 보는 게 좋을
겁니다."

엘러리는 다음에 할 말을 강조하려는 듯 잠시 입을 다물었다.

"우리는 수사범위를 축소해 놓았습니다. 한 군데만 빼고 나머지 온
갖 가능한 은닉장소를 배제해 놓았지요. 서류는 그 마지막 하나인
은닉장소에 있을 겁니다. 거기밖에 있을 곳이 없지요."

총경이 끼어들었다.

"지금 와서 생각해 보니 아마 우리가 그 장소를 찾을 때 당연히 가
져야 할 신중성을 잃었던 모양이다."

퀸 총경은 지금까지의 좋은 기분이 갑자기 사라지고 우울해 보였
다.

그러나 엘러리는 단호하게 말했다.

"저는 우리가 지금 본줄거리를 제대로 뒤쫓아 가고 있다고 확신합
니다, 아버지. 이것은 오늘이 금요일이라는 것, 오늘 밤 모든 집에
서 생선요리가 나온다는 것과 마찬가지로 확실합니다."

클로닌은 납득이 안 가는 눈치였다.

"저는 잘 모르겠는데요, 엘러리 씨. 단 한 군데 가능성 있는 은닉
장소가 남아 있다는 말은 무슨 뜻이오?"

엘러리는 태연하게 대답했다.

"필드의 아파트지요. 서류는 틀림없이 그곳에 있을 겁니다."

클로닌이 곧 이의를 내세웠다.

"하지만 그 문제는 바로 어제도 지방검사님과 이야기했는데, 검사님은 당신들이 이미 필드의 아파트를 샅샅이 뒤졌는데 아무것도 나오지 않았다고 말씀하셨지요."

"그건 사실입니다, 사실임에 틀림없습니다. 우리는 필드의 아파트를 수색했으나 아무것도 찾지 못했지요, 클로닌 씨. 우리는 옳은 장소를 찾지 못했던 겁니다."

"그렇다면 됐소. 당신이 그 장소를 알고 있다면 곧 시작해 봅시다."

클로닌은 의자에서 벌떡 일어났다. 총경은 빨강머리 사나이의 무릎을 살짝 두드려 자리에 앉게 했다.

"우선 앉게, 팀. 엘러리는 다만 그가 좋아하는 추리 유희에 빠져 있을 뿐이야. 그도 자네와 다를 바 없이 서류가 어디 있는지 모른다네. 제멋대로 짐작해서 말한 것 뿐일세. 미스터리소설에서는 그것을 '연역(演繹)의 예술'이라고 말하지."

총경은 우울한 미소를 지어보였다.

엘러리가 담배 연기를 내뱉으며 중얼거리듯 말했다.

"또 다른 도전이군요. 그렇다면 우리의 리처드 퀸 총경의 허락을 얻어 다시 한번 그 방으로 가서 행방을 알 수 없는 그 서류를 찾아내 보이겠습니다."

"서류 문제는……."

노인이 입을 열었을 때 현관 벨이 울려 말이 중단되었다. 쥬너가 벨리 부장을 안내해 왔다. 부장은 어딘지 수상해 보이는 키 작은 남자를 데리고 들어왔는데, 그는 매우 겁에 질려 떨고 있는 것 같았다. 총경은 벌떡 일어나 두 사람이 거실로 들어서기도 전에 앞을 막아섰다.

클로닌이 어이없어 눈을 크게 뜨자 총경이 물었다.

"이 사람인가, 토머스?"

그러자 덩치큰 형사는 사뭇 화난 목소리로 대꾸했다.

"그렇습니다, 총경님!"

총경은 새로 온 손님의 팔을 붙잡고 정답게 물었다.

"자네는 들키지 않고 다른 사람 아파트에 숨어들어 도둑질할 수 있다면서? 마침 자네 같은 사람이 필요했네."

수상한 젊은 사나이는 몹시 놀라고 압도당해서 옴짝달싹 못하고 있었다. 그는 더듬더듬 말했다.

"그렇습니다, 총경님. 설마 저에게 한 방 먹이려는 건 아니겠지요?"

총경은 상대를 안심시키려는 듯 미소지으며 사나이를 대기실로 데려갔다. 두 사람은 거기서 무언가 소곤거렸으나 말하는 쪽은 총경뿐이었고 젊은이는 노인이 말할 때마다 고개를 끄덕이며 코먹은 목소리로 대답하고 있었다. 거실에 있는 클로닌과 엘러리는 총경의 손에서 작은 쪽지가 젊은 남자의 손에 건네지는 것을, 젊은이의 손이 그것을 재빨리 받아 쥐는 것을 슬쩍 보았다.

퀸 총경은 활발한 걸음으로 돌아왔다.

"이제 됐네, 토머스. 다음 수배는 자네가 해 주게. 그리고 저 친구에게 폐가 안 되게 해 주게."

벨리는 서둘러 인사를 마치자 겁에 질린 수상한 남자를 데리고 방을 나갔다.

총경은 자리에 앉아 생각에 잠긴 듯이 말했다.

"필드의 방으로 가기 전에 자네들에게 두세 가지 밝혀두고 싶은 일이 있네. 첫째, 벤저민 모건의 말에 따르면 필드의 사업은 법률사무였으나 커다란 수입원은 협박이었다네. 자네는 그것을 알고 있었나, 팀? 몬티 필드는 몇십 명의 저명인사들을 무일푼이 되도록 짜먹고 있었지. 몇십만 달러라는 큰돈을 말일세. 팀, 우리는 이번 사건의 배후 동기는 그 은밀한 활동 분야와 관련이 있다고 확신하고 있네. 몬티 필드는 막대한 입막음 돈을 요구당해 이제 더 이상 고통을 참아내지 못하게 된 누군가의 손에 살해되었을지 모르네.

그리고 말할 필요도 없지만 그 협박이 성립할 수 있었던 건 상대의 약점을 분명히 하는 증거서류를 협박자가 들고 있었기 때문인데 이것은 자네도 나와 마찬가지로 잘 알고 있겠지. 우리가 어딘가에 서류가 숨겨져 있으리라 확신하는 것은 그 때문일세. 그리고 엘러리는 그것이 필드의 아파트 안에 있다고 주장하고 있지. 그것은 곧 밝혀질 걸세. 어떻게든 그 서류가 발견된다면 엘러리가 아까 지적한 것처럼 자네가 오랫동안 찾고 있던 서류도 아마 함께 나오겠지.”

총경은 생각에 잠기는 듯 말을 끊었다.

“팀, 나는 무슨 일이 있더라도 그 서류를 찾고 싶네. 이 사건을 담당하게 된 나로서는 무엇보다 중요한 물건인데 그것만 손에 넣으면 현재 의미를 알 수 없는 모든 의문들이 눈녹듯 풀릴 거야.”

클로닌이 의자에서 벌떡 일어나며 소리 질렀다.

“그렇다면 한 번 나가봅시다! 제가 이 단 한 가지 목적을 위해 얼마나 오랜 세월 필드의 뒤를 쫓아다녔는지 알고 계시겠지요, 총경님? 목적이 이루어진다면 저로서는 평생에 가장 행복한 날이 될 것입니다. 만일 해결이 된다면 말입니다. 자, 총경님, 나가봅시다!”

그러나 엘러리도 그의 아버지도 서두는 빛이 없었다. 두 사람이 침실로 들어가 옷을 갈아입는 동안 클로닌은 거실에서 애가 타서 참을 수가 없었다. 클로닌이 이처럼 자신의 생각에 사로잡히지 않았더라면 그가 왔을 때 퀸 부자 사이에 넘쳐흐르던 더없이 기분 좋은 표정이 이제 완전히 사라져버리고 침침한 우울 속에 빠져 있음을 깨달았을 것이다. 특히 총경은 눈에 띄게 기운이 없어보였고 발걸음도 무거웠다.

그럼에도 퀸 부자는 옷을 갈아입고 세 사람은 큰길로 나섰다. 택시를 타고 나자 엘러리는 한숨을 쉬었다.

노인이 외투깃으로 콧등을 가리며 속삭였다.

"허풍 떤 일의 밑천이 드러날까 봐 걱정이냐?"

"그런 것에는 마음 쓰지 않습니다, 아버지. 다른 일을 생각하고 있었지요. 서류는 찾을 겁니다. 걱정 없습니다."

"당신 말대로 되게 해달라고 크리스마스 때 빌겠소."

클로닌은 뜨거운 입김을 내뿜었다.

그것이 세 사람의 입에서 나온 마지막 말로서, 택시가 75번 거리의 널따란 아파트 앞에 닿을 때까지 아무도 입을 열지 않았다.

세 사람은 엘리베이터를 타고 4층으로 올라가 조용히 복도로 나왔다. 총경은 재빨리 주위를 살펴보고 필드의 아파트 벨을 눌렀다. 문 저쪽에서 누군가 움직이는 기척이 희미하게 들렸으나 응답이 없었다.

이윽고 갑자기 문이 홱 열리더니 불그레한 얼굴의 경관이 한 손을 바지 뒷주머니 쪽의 권총에 대고 나타났다.

총경은 까닭도 없이 머리끝까지 화내며 호통쳤다.

"놀라지 않아도 돼. 잡아먹지 않을 테니까!"

어린 경주마처럼 주눅이 들어 있던 클로닌은 총경이 왜 기분이 나쁜지를 몰라 전전긍긍했다.

제복 입은 사나이가 경례했다. 그리고 풀죽은 목소리로 말했다.

"알아보지 못해 죄송합니다. 누군가가 이 언저리를 어정거리고 있을지도 모른다고 생각했습니다, 총경님."

세 사람은 응접실로 들어가고 노인이 가느다란 흰 손을 뻗어 거칠게 문을 닫았다.

퀸 총경은 서슴없이 거실문 쪽으로 걸어가 안을 들여다보며 성급히 물었다.

"별일 없었나?"

경관이 대답했다.

"아무 일도 없었습니다. 저는 캐시디와 교대로 네 시간씩 근무하고 있습니다. 이따금 리터 형사가 일이 순조롭게 되어 가는지 보러 옵니다."

노인은 뒤돌아보았다.

"리터가 온다고? 누군가 이곳에 들어가려고 한 사람이 있었나?"

경관은 신경질적으로 대답했다.

"제가 있는 동안은 아무도 없었습니다, 총경님. 캐시디가 있을 때도 마찬가지였습니다. 우리는 화요일 아침부터 줄곧 교대로 여기에 있었는데, 리터 형사말고는 아무도 방에 가까이 온 사람이 없습니다."

"자네는 앞으로 두 시간쯤 이 응접실을 지키고 있게. 의자를 가져와서 형편에 따라 잠을 자도 좋네. 그러나 누구든 문을 건드리는 사람이 있거든 곧 알려야 하네."

경관은 거실에서 응접실로 의자를 하나 끌고 나와 현관문에 등을 기대고 앉아 팔짱을 끼더니 주저함도 없이 눈을 감았다.

세 사람은 우울한 눈으로 주위 광경을 조용히 둘러보았다. 응접실은 작았으나 가구며 잡다한 장식품들로 가득 차 있었다. 책장에는 보기에 손도 대지 않은 듯한 책들이 가득 꽂혀 있고, 작은 테이블 위에는 '근대적 취미'의 스탠드와 조각이 새겨진 상아재떨이가 몇 개 놓여 있었다. 의자 두 개, 식기장으로도 글쓰기 위한 책상으로도 보이는 묘한 가구 하나, 그리고 쿠션과 깔개가 여러 개 흩어져 있었다. 총경은 얼굴을 찌푸리고 이 méange(잡동사니)를 둘러보며 서 있었다.

"엘러리, 수색하기 위해 가장 좋은 방법은 우리 셋이서 물건을 하나씩 차례차례 살펴봐 나가는 거라고 생각하는데. 그렇지만 나는 그리 희망을 갖고 있지는 않단다."

엘러리가 신음하듯 말했다.

"통곡의 벽*7 앞에 서 있는 신사들이라고나 할까요. 슬픔이 그 고귀한 얼굴에 멋지게 그려져 있습니다! 아버지도 저도 클로닌도, 그 정도로 비관론자는 아닐 것 같은데요."

클로닌이 들뜬 목소리로 말했다.

"저에게 말하라면 '말은 보다 적게, 행동은 보다 많이'라고 하겠습니다. 사소한 집안 싸움에는 더없는 경의를 보내고 있지만."

엘러리는 대견스러운 듯이 클로닌을 쳐다보았다.

"당신 결의는 마치 식충류같이 굳세군요. 인간이라기보다 아미 앤트(남아메리카산 큰 개미) 같은데요. 가엾게도 필드는 시체실에 누워 있는데도…… allons enfants(자, 시작)!"

세 사람은 경관이 잠을 자고 있는 가운데 일을 시작했다. 대부분의 시간을 말없이 움직였다. 엘러리의 얼굴에 차분한 기대의 빛이 어른거렸다. 총경은 우울하게 초조함을 감추지 못했다. 클로닌은 맹렬한 기세였다. 그는 책들을 한 권씩 책장에서 꺼내 면밀히 조사했다. 페이지마다 흔들어보고 표지도 세세히 살펴보고 잡아당겨보고 바늘로 찔러보기도 했다. 책이 2백 권이 넘어 완전히 조사하는 데는 꽤 오랜 시간이 걸렸다.

엘러리도 얼마 동안 열심히 움직였으나 곧 귀찮은 수사는 차츰 아버지와 클로닌에게 맡기고 책 제목 쪽에 주의를 빼앗겼다. 그러다가 기쁨의 소리를 지르며 얇고 값싼 장정의 책 한 권을 불빛 쪽으로 들어올렸다.

클로닌이 눈을 빛내며 불쑥 앞으로 뛰어나왔다. 총경도 무슨 일인가 싶어 아들을 올려다보았다. 그러나 엘러리가 찾아낸 것은 단순한 책들 가운데 하나인 필적분석에 대한 책에 지나지 않았다.

노인은 생각이 깃든 듯한 입매를 야무지게 다물며 말없이 호기심에 찬 눈으로 아들을 바라보았다. 클로닌은 실망했는지 신음 소리를 내며 다시 책장 쪽으로 돌아갔다. 그러나 서둘러 페이지를 넘기고 있던 엘러리는 또다시 소리를 질렀다. 두 사람은 그의 어깨 너머로 들여다보았다. 두세 페이지의 여백에 몇 줄의 연필 글씨가 있었다. 그것은 사람 이름으로 '헨리 존스' '존 스미스' '조지 브라운'이라고 적혀 있었다. 어찌된 일인지 페이지 여백에 똑같은 이름이 몇 번이나 씌어져 있고, 마치 색다른 글씨체를 연습한 것 같은 필적이었다.

엘러리는 연필로 쓴 이름을 신기한 듯 바라보며 말했다.

"필드에게 글씨를 잘 쓰고 싶은 모범생같은 구석이 있었는지도 모를 일이군!."

또 시작이다 싶은 얼굴로 총경이 말했다.

"또 나 몰래 무슨 생각을 하는 모양인데 너무 으스대지 말고 털어놔 보렴. 아니, 됐다. 말 안해도 알만 하구나. 하지만 이 사건과는 직접 관계가 없는 일이…… 아니야, 그렇지 않아. 뜻밖에 쓸만할지도."

총경은 몸을 앞으로 구부리고 새로운 흥미를 느끼며 다시 수색을 계속했다. 엘러리도 미소지으며 힘을 합했다. 클로닌은 납득이 안 가는 듯이 두 사람을 바라보았다.

그는 멋쩍은 목소리로 물었다.

"무슨 이야기인지 저에게는 가르쳐주시지 않겠습니까, 총경님?"

총경은 몸을 똑바로 세웠다.

"엘러리는 지금 초점을 잡았네. 만일 그것이 맞는다면 적으나마 행운이라고 할 수 있을걸세. 필드의 성격에서 좀더 새로운 일면이 드러날 테니까. 정말 뱃속 검은 악당이로군. 여보게, 팀. 만일 어떤 사람이 상습적으로 협박하기 위해 필적 연구서를 보며 늘 연습하고 있었다는 증거가 계속 드러날 경우 자네는 거기서 어떤 결론을 끌어낼 수 있겠나?"

클로닌은 눈살을 찌푸렸다.

"그렇다면 필드가 문서위조라도 했단 말씀이십니까? 저는 그처럼 오랫동안 그 녀석을 쫓아다녔지만 그런 것은 알아차리지 못했는데요."

그러자 엘러리가 웃었다.

"단순한 문서위조가 아닙니다, 클로닌 씨. 당신이 물구나무를 서서 본다 해도 몬티 필드가 수표나 어떤 것에 다른 사람의 이름을 썼다는 증거는 좀처럼 발견되지 않을 겁니다. 그런 중대한 실수를 저지르기에는 그는 너무나 교활한 인간이었지요. 그는 아마 어떤 사람을 함정에 빠뜨릴 수 있는 문서를 손에 넣으면 그 모사를 만들어 그것을 주인이 사게 하고 진짜 문서는 앞으로 또 써먹기 위해 자기가 보관하고 있었을 겁니다."

총경이 얼굴을 찌푸리며 말했다.

"그러니 만일 그 서류의 금광이 어딘가에서 발견된다면 물론——거기에 대해서는 많은 의문을 가지고 있지만——우리는 몬티 필드가 살해된 원인이 된 서류의 진짜도 함께 찾을 수 있을걸세, 팀."

빨강머리의 지방검사보는 두 사람의 단짝에게 원망스러운 표정을 지어보였다.

한참 뒤 그는 머리를 크게 내저으며 말했다.

"'만일'이 너무 많은 것 같은데요."

세 사람은 깊어가는 침묵 속에서 다시 수색을 해나갔다.

응접실에는 아무것도 숨겨져 있지 않았다. 힘겨운 한 시간의 일을 끈기 있게 끝낸 뒤 그들은 마지못해 그런 결론을 내리지 않을 수 없었다. 스탠드와 책장 안, 매끄러운 판자로 만들어진 얇은 테이블. 글 쓰는 책상의 안과 밖. 쿠션. 벽까지도 총경은 세심하게 두들겨보았다. 총경은 이제 완전히 흥분해 있었다. 억지로 참고 있었지만 꾹 다문 입술과 불그레한 볼에 확실히 나타나 있었다.

다음에는 거실을 공격했다. 맨 처음 손댄 것은 응접실에 이어진 거실 안쪽에 있는 커다란 옷장이었다. 총경과 엘러리는 다시 한 번 옷걸이에 걸려 있는 톱코트와 외투와 케이프 등을 샅샅이 조사했다. 아무것도 없었다. 위쪽 장에는 화요일 아침에 한 번 조사한 바 있는 네 개의 모자가 있었다. 낡은 파나마 모자 하나와 더비 하나와 페도라 두 개였다. 거기에도 아무것도 없었다.

클로닌은 바닥에 무릎을 꿇고 침침한 서랍의 오목한 곳을 앞뒤가릴 것 없이 훑어보았다. 그리고 벽을 두들겨 보기도 하고 목조 부분 어딘가에 손댄 흔적이 없는지 찾아보기도 했다. 그러나 거기에도 역시 아무것도 없었다. 총경은 의자를 발판삼아 올라가 옷장 위 구석구석까지 샅샅이 살폈으나 곧 머리를 저으며 아래로 내려섰다.

퀸 총경은 중얼거리듯 말했다. "벽장은 잊기로 해야겠군."

모두들 거실 안쪽으로 들어섰다.

한켠에 놓인 조각이 들어간 커다란 책상은 사흘 전 헤이그스트롬과 피고트가 이미 한바탕 휘저은 것이지만 아직도 여전히 세 사람의 의욕을 자극했다. 서류며 영수증, 편지 같은 종이 쪼가리가 가득 차 있었는데, 총경은 찢기고 구겨진 작은 조각까지 일일이 손에 들고 비밀 잉크로 적힌 글씨는 없는지 불빛에 비춰보았다. 그때마다 어깨를 들썩이며 내던졌다.

"이 나이에 이런 바보같은 짓을 해야 한다니! 이 모든 게 소설쓰는 자식놈을 둔 내 불행이지."

총경은 투덜대며, 지난 화요일 옷장 확인을 하면서 외투주머니에서 찾아낸 자질구레한 물건들을 다시 한번 들여다보았다. 엘러리는 찡그린 표정이었고 클로닌은 씁쓸하게 생각에 잠긴 듯한 얼굴이 되어갔다. 노인은 멍청히 열쇠와 낡은 편지와 지폐집게 등을 휘젓고 있었으나 잠시 뒤 그것도 집어치우고 얼굴을 돌렸다.

노인은 맥이 풀린 듯 말했다.

"책상서랍 속에는 아무것도 없구나. 저 머리 좋은 사탄의 앞잡이가 책상같이 누구 눈에나 잘 띄는 곳을 은닉 장소로 택할 리 없지."

엘러리가 중얼거렸다.

"에드거 앨런 포*8를 읽었다면 그렇게 했을지도 모르지요. 자, 일을 계속합시다. 여기에 비밀서랍 같은 것이 없다는 건 확실합니까, 클로닌 씨?"

빨강머리 사나이는 슬프게 그러나 힘주어 머리를 내저었다.

세 사람은 가구 속, 카펫과 스탠드 아래, 책꽂이, 커튼에 댄 나무대 등을 남김없이 탐색하여 조사해 갔다. 차례차례 실패로 끝나자 수색은 절망이라는 표정이 세 사람의 얼굴에 떠올랐다. 거실 수색이 끝났을 때는 마치 태풍이 지나간 뒤 무심코 발을 들여놓은 곳 같았다. 할 만큼 했지만 위로가 안 되는 허무감.

총경이 클로닌에게 말했다.

"이제 침실과 부엌과 화장실밖에 안 남았군."

세 사람은 일요일 밤 엔젤러 루소가 있던 방으로 들어갔다.

필드의 침실 분위기는 두드러지게 여성적이었다. 그 방은 엘러리가 저 아름다운 그리니치 빌리지 거주인의 영향이라고 지적한 특징을 갖

추고 있었다. 여기서도 세 사람은 1인치의 틈도 없이 경계의 눈과 탐
색의 손으로 구석구석까지 뒤졌다. 그리고 다시 실패를 인정하는 수
밖에 도리가 없다고 생각했다.

침대를 완전히 벗겨 스프링을 조사하고 난 다음 본디대로 돌려놓자
이번에는 장롱을 공격했다. 목욕가운, 평상복, 구두, 넥타이. 옷을
한 벌 한 벌 꺼내 끈질기게 구김투성이가 되도록 주물러보았지만 소
용없었다.

클로닌은 심드렁한 표정으로 벽과 벽 구석에 이르기까지 검사를 되
풀이하고 있었다. 깔개를 들춰보고, 의자를 들어보고, 침대 옆 전화
대에 놓인 전화번호부 페이지를 흔들어보고, 총경은 바닥의 스팀 관
둘레에 끼어 있는 금속제 원반을 들어올려보기도 했다. 느슨해져 있
어 혹시나 생각했던 것이다.

세 사람은 침실에서 좁은 부엌으로 들어갔다. 가까스로 움직일 수
있을 만큼 부엌에는 살림이 가득 차 있었다. 커다란 찬장을 열어보았
다. 클로닌의 서두르는 손가락이 밀가루와 설탕통까지 마구 난폭하게
쑤셔댔다. 스토브, 접시장, 냄비장, 구석에 있는 대리석으로 된 단
하나의 개수대까지 조직적으로 수색되었다. 한쪽 바닥에 반쯤 빈 술
병 케이스가 놓여 있었다. 클로닌은 군침이 도는 듯 이따금 곁눈으로
그쪽을 보고 있었으나 총경이 쏘아보자 겨우 겸연쩍은 듯이 눈길을
거두었다.

"그럼, 다음은 욕실이군." 엘러리가 중얼거렸다.

우울한 침묵 속에서 한 덩어리가 된 세 사람은 타일을 박은 화장실
로 들어갔다. 3분 뒤 여전히 입을 다문 채 나와 거실로 가서 저마다
의자에 앉았다. 총경은 코담배 쌈지를 꺼내 몸에 밴 습관대로 한줌
꺼내 냄새를 맡고 있었다. 클로닌과 엘러리는 담배에 불을 붙였다.

응접실에 있는 경관의 코고는 소리밖에 들리지 않는 무거운 침묵이

얼마 동안 흐른 뒤 총경이 우울하게 입을 열었다.

"내가 보기에는 셜록 홈즈와 그 일당에게 명성과 재산을 가져다 준 연역법으로도 이번 경우에는 짐작할 수가 없구나, 엘러리. 물론 나는 잔소리를 하려는 게 아니다."

총경은 의자등받이에 머리를 기댔다.

엘러리는 신경질적으로 손끝으로 턱을 문질렀다.

"어쩌면 저는 무언가 엉뚱한 바보짓을 연출하고 있는 건지도 모릅니다. 그러나 서류는 이곳 어디에 있습니다. 어리석은 생각이라고 하시겠지요, 하지만 저에게는 논리의 받침대가 있습니다. 여기 10이 있다고 합시다. 둘에 셋을 더하고 거기에 넷을 더한 결과는 틀렸지만, 아직 하나가 남아 있습니다. 지난 일은 용서해 주시기 바랍니다. 저는 끝까지 서류가 여기 있다고 주장하겠습니다. 아버지."

클로닌은 입 속 가득 연기를 뿜어내며 무어라 불평했다.

그러자 엘러리는 앞으로 몸을 내밀며 그에게 얘기했다.

"일단 당신의 이의는 받아들이기로 하고, 우선 그 근거부터 검토해 봅시다."

그는 클로닌의 어이없어하는 얼굴을 보자 얼른 설명을 덧붙였다.

"아니, 직접 행동으로 하는 게 아니라 말만으로 해보자는 겁니다. 필드의 아파트는 응접실, 거실, 작은 부엌, 침실, 화장실로 되어 있습니다. 우리는 응접실, 거실, 작은 부엌, 침실, 화장실을 조사해 보았으나 얻은 것이 없었지요."

그는 유클리드*9처럼 생각에 잠겨 있었다. 그러다가 갑자기 되물었다.

"그런데 우리는 이런 방들을 어떤 방법으로 수색했습니까? 우리는 분명히 눈에 띄는 것을 조사했고 분명히 눈에 띄는 것만 하나하나 살펴보았습니다. 가구, 스탠드, 카펫, 벽, 벽걸이 등. 따라서 수색의 눈을 빠져나간 것은 하나도 없으리라고 생각됩니다.”

엘러리는 눈을 빛내며 말을 끊었다. 총경의 얼굴에서 피로한 빛이 순식간에 사라져버렸다. 지금까지의 경험으로 보아 엘러리가 그런 사소한 일에 흥미를 가진 적은 없다는 것을 알고 있었기 때문이다.

엘러리는 아버지의 얼굴을 삼킬 듯이 쏘아보며 천천히 다시 말했다.

“그러나 세네카의 황금지붕에 걸고*10 말하지만, 우리는 무언가 빠뜨리고 있습니다. 실제로 무언가를 빠뜨리고 있는 겁니다.”

“무슨 말이오?” 하고 클로닌이 신음 소리를 내며 소리질렀다. “당신 농담하는 거요?”

엘러리는 싱긋이 웃으며 다리를 편안하게 했다.

“아니, 저는 농담 같은 건 하지 않습니다. 우리는 바닥을 조사했습니다. 벽도 조사했지요. 그러나 천장을 조사해 보았습니까, 천장을?”

엘러리가 그 말을 연극 대사처럼 내뱉었기 때문에 다른 두 사람은 놀라며 그를 뚫어지게 바라보았다.

그의 아버지가 눈살을 찌푸리며 물었다.

“잠깐만 엘, 무슨 생각을 하고 있지?”

엘러리는 기세 좋게 담배를 재떨이에 대고 비벼 껐다.

“이야기를 순서대로 차근차근 해나가자면 이렇습니다, 아버지. 주어진 방정식 안에서 하나를 빼고 온갖 가능성을 남김없이 다 조사했다면 이 남은 하나의 가정이 전혀 가망이 없을 것 같이 보이더라도, 아주 어리석게 보이더라도 올바른 해답이 되지 않을 수 없다. 그러므로 나는 서류가 이 아파트에 있다고 결론짓겠습니다.”

“하지만 엘러리, 하필이면 천장이라니!”

클로닌이 떠들어대는 한편에서 총경은 원망스러운 듯이 거실 천장을 올려다보고 있었다. 엘러리는 그 눈의 표정을 보고 머리를 저으며 웃었다.

"저는 일부러 미장이를 데려와 이 멋진 중류계급의 주택 천장을 뜯어 젖히자고 말하는 건 아닙니다, 아버지. 어쨌든 저는 이미 대답할 말을 준비해두고 있으니까요. 이런 방의 천장에 무엇이 있을까요?"

클로닌이 머리 위에 육중하게 드리워진 청동제 장식을 쳐다보며 중얼거렸다.

"샹들리에가 있지."

"그렇다! 침대 위를 지붕처럼 덮는 그 덮개!"

총경은 소리지르며 벌떡 일어나 침실로 뛰어갔다. 클로닌도 요란하게 발소리를 내며 그 뒤를 따랐다. 엘러리는 흥미로운 듯이 그 뒤에서 어슬렁어슬렁 걸어갔다.

세 사람은 침대다리 밑에 서서 그 덮개를 올려다보았다. 그 화려한 장식품은 미국에서 흔히 보는 것과 달리 네 개의 기둥을 세우고 거기에 커다란 사각 포장을 쳐놓았을 뿐만 아니라 침대만을 위해 특별히 만들어져 꼭 필요한 침대의 일부가 되어 있었다. 침대에는 네 개의 기둥이 네 군데 구석에서 시작하여 바닥으로부터 침대 덮개 지붕에 닿도록 만들어져 있었다. 덮개의 묵직한 갈색 비단 휘장도 역시 바닥에서 꼭대기까지 닿았다. 휘장은 고리가 달린 덮개 지붕의 가로나무대에 장치되어 있었으며, 거기서부터 비단 주름이 우아하게 바닥까지 드리워져 있었다.

총경은 비단 덮개가 붙은 침실용 의자 한 개를 침대 옆으로 끌어오며 신음하듯 말했다.

"그렇지, 틀림없이 저기 저 위에 있을 거야. 자, 모두 거들어주

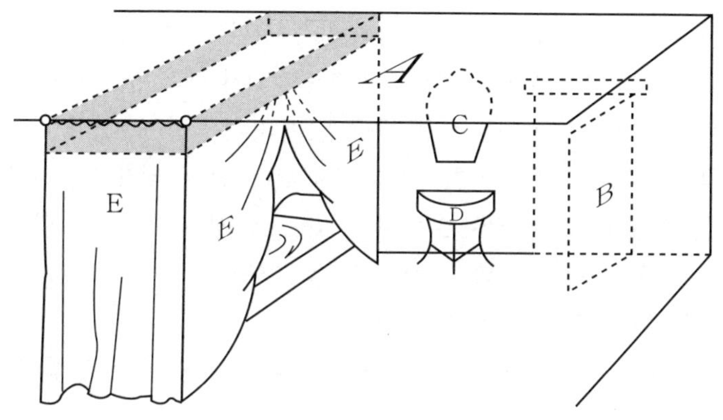

게. ”

총경은 흙발로 비단 천을 밟아 더럽히는 것도 아랑곳하지 않고 의자 위에 올라섰다. 머리 위로 두 팔을 뻗쳐보았으나 아직도 천장에 닿으려면 몇 센티미터 모자란다는 것을 알자 아래로 내려왔다.

총경은 중얼거렸다.

“너도 아마 손이 닿지 않을 거다, 엘러리. 필드도 너보다 크지는 않았거든. 어디 가까운 곳에 필드가 쓰던 사다리가 있을 것 같은데……. ”

엘러리가 머리를 갸웃하며 부엌 쪽을 가리키자 클로닌이 쏜살같이 달려갔다. 그리고 곧 여섯 단이나 되는 사다리를 들고 돌아왔다. 총경은 가장 높은 단에 올라섰으나 그래도 침대 덮개의 가로대에 손끝이 닿지 않았다.

엘러리는 아버지를 사다리에서 내려오게 한 뒤 대신 꼭대기로 올라갔다. 그러자 문제는 해결되었다. 사다리 꼭대기에 선 엘러리는 침대 덮개 지붕을 충분히 더듬을 수 있었다.

엘러리는 휘장을 휘감아쥐고 힘껏 잡아당겼다. 비단 휘장이 벗겨지면서 한쪽으로 몰렸다. 그리고 길이가 30센티미터쯤 되는 나무판자가 나타났다. 지금까지는 휘장에 가려져 보이지 않던 판자였다. 엘러리는 재빨리 손가락으로 조각이 새겨진 판자 위를 만져보았다.

클로닌과 퀸 총경은 갖가지로 표정이 달라지면서 엘러리를 지켜보았다. 당장 문 같은 것이 보이지 않았으므로 엘러리는 몸을 앞으로 숙이고 판자 가장자리 바로 밑의 휘장을 조사했다.

"휘장을 찢어버려, 엘러리!" 총경이 소리 쳤다.

엘러리는 거칠게 휘장을 잡아당겼다. 비단 휘장이 스르르 침대 위로 떨어졌다. 그리고 아무 장식도 없는 판자 가장자리 밑이 드러났다.

엘러리가 손가락 마디로 나무테 밑부분을 똑똑 두들기며 말했다.

"안이 비어 있는데요."

클로닌이 말했다.

"비어 있다면 그리 도움이 안 되겠군요. 하지만 본디부터 단단한 한 장의 판자일 리는 없을 거요. 왜 침대 저쪽을 조사해 보지 않소, 엘러리 씨?"

그러나 엘러리는 몸을 뒤로 물려 다시 판자 옆쪽을 살펴보다가 갑자기 자랑스럽게 소리쳤다. 그는 처음부터 마키아벨리 식의 복잡정교한 '비밀 문'을 찾고 있었는데 결과는 너무 간단한 널빤지에 지나지 않았다. 그러나 교묘하게 숨겨져 있었던 것 만큼은 사실이었는데 여닫이와 고정된 판자의 가장자리가 합쳐진 금은 한 줄로 늘어선 목제 장미꽃과 모양 없는 장식에 가려져 있었다. 그러나 추리소설 연구가들이 교묘한 은닉법이라고 칭찬해줄 만한 점은 하나도 없었다.

엘러리가 그 마른 몸을 흥분으로 떨며 갑자기 목소리를 높였다.

"모든 이교도의 신들에게 걸고서 제가 한 말을 기억하고 계십니까,

아버지? 서류가 있는 곳은 여기밖에 없읍니다. 분명히 모자 안에 있을 겁니다."

소매 끝을 먼지투성이로 만들며 엘러리는 판자 속에서 팔을 빼냈다. 아래 있는 두 사람은 엘러리의 손에 들려 있는 곰팡내 나는 실크햇을 바라보았다. 클로닌이 마치 춤이라도 추듯 경중경중 뛰고 있는 동안 엘러리는 모자를 침대 위에 던지고 다시 그 구멍에 팔을 집어넣었다. 그리고 다시 또 다른 모자를 꺼냈다. 그리고 또 하나, 다시 또 하나. 모자들은 모두 침대 위에 가지런히 놓여졌다. 실크햇 두 개에 더비 두 개였다.

총경이 명령했다.

"이 손전등을 켜봐라, 엘. 그밖에 또 다른 무언가가 없는지 잘 살펴봐!"

엘러리는 올려주는 손전등을 받아 판자 속을 불로 비춰보았다. 그러나 얼마 뒤 고개를 내저으며 내려왔다. 그는 소매에 묻은 먼지를 털며 말했다.

"그것뿐인데요. 하지만 이것으로 충분하다고 봅니다."

총경은 네 개의 모자를 집어 들고 거실 쪽으로 가서 소파에 놓았다. 세 사람은 긴장된 표정으로 자리에 앉아 서로 얼굴을 마주보았다.

이윽고 클로닌이 쉰 목소리로 말했다.

"저는 무언지 보고 싶어 좀이 쑤시는데요."

그러자 총경이 말을 받았다.

"나는 어쩐지 보기가 두렵구먼."

엘러리는 웃었다.

"메네, 메네, 테켈 우파르신*11. 이런 경우는 '널빤지 위의 글자'라고 말해도 좋겠지요. 자, 조사해 봅시다, 맥더프*12."

총경은 실크햇 하나를 집어 들었다. 모자 안쪽에 '브라운 형제 상회'의 상표가 또렷이 붙어 있었다. 모자 안단을 뒤집어보았으나 아무것도 없었으므로 총경은 가죽 띠를 뜯어내려고 했다. 그러나 띠는 총경의 온갖 노력에도 불구하고 쉽사리 떨어지지 않았다. 그리하여 클로닌에게서 주머니칼을 빌려 애먹으면서 겨우 뜯어낼 수 있었다. 총경은 눈을 치뜨고 쾌활하게 말했다.

"로마인이여, 동포 여러분이여*[13]! 이 모자는 털어봐야 머리 비듬밖에 없군. 조사해 보겠나, 팀?"

클로닌은 분통이 터지는 듯이 소리 지르며 총경으로부터 모자를 빼앗았다. 그리고는 화풀이로 모자를 갈기갈기 찢어버렸다.

지방검사보는 찢어진 조각들을 바닥에 내동댕이치며 화난 목소리로 말했다.

"발육이 덜 된 제 머리로는 대체 어찌된 일인지 전혀 모르겠군요, 총경님, 대체 어떻게 된 일인지 설명해 주십시오."

퀸 총경은 미소지으며 두 번째 실크햇을 집어 들고 신기한 듯이 바라보았다.

"팀, 사정을 잘 모르는 자네로선 무리도 아니야. 우리는 이미 모자 하나가 속이 비어 있는 것을 알고 있었다네. 그렇지, 엘러리?"

"마이클스!" 엘러리가 중얼거렸다.

"그렇지, 마이클스야" 하고 총경이 말했다.

그러자 클로닌이 다시 소리 질렀다.

"찰스 마이클스! 필드의 심복이라고 할 수 있는 그 사나이와 이번 사건이 어떤 관계가 있습니까?"

"그건 아직 모른다네. 자네는 마이클스에 대해서 무언가 알고 있나?"

"늘 필드 주변에서 얼쩡거리던 전과자인데 알고 계셨습니까?"

총경은 무언가 깊이 생각하는 것 같았다.

"물론 알고 있었지. 그 방면에 관한 마이클스의 활동에 대해서는 다음에 다시 이야기하세. 그건 그렇고, 모자에 대해 설명을 하겠네. 마이클스는 살인이 일어난 날 밤 필드의 야회복을 준비했다고 진술했네. 물론 실크햇도 함께. 그런데 보다시피 필드는 모자에 서류를 숨겼으므로 그날밤 로마극장에 갔을 때도 틀림없이 이 실크햇을 썼을 테지. 그렇다고 하면 필드는 마이클스가 준비해 준 실크햇은 어떻게든 숨겨야만 했어. 속이 빈 모자가 마이클스의 눈에 띄면 의심을 살 게 뻔하니까. 그래서 그는 서류가 들어 있는 실크햇을 꺼낸 장소에 대신 숨긴 거지. 침대 위 칸막이 속에."

"이거 한 대 맞았군요!" 클로닌이 소리쳤다.

총경은 설명을 계속했다.

"필드는 더없이 신중한 사람이었던 만큼 로마 극장에서 돌아온 뒤 쓰고 갔던 모자는 본디 숨겨둔 장소에 도로 놓아둘 생각이었으리라 보아도 틀림없을걸세. 그리고 지금 자네가 찢어버린 모자를 꺼내 벽장에 걸어두려고 했겠지. 자, 그 설명은 이만 하기로 하고 다음 모자를 조사해보세."

총경은 두 번째 실크햇의 안쪽 가죽 밴드를 벗겨냈다. 거기에도 브라운 형제 상회의 상표가 붙어 있었다. 총경이 갑자기 소리쳤다.

"이것 봐!"

두 남자가 들여다보니 밴드 안쪽 표면에 보랏빛을 띤 잉크로 겨우 알아볼 수 있도록 희미하게 '벤저민 모건'이라고 씌어 있었다.

총경이 곧 빨강머리 사나이를 돌아보며 말했다.

"자네에게서 비밀을 지키겠다는 약속을 받지 않으면 안 되겠네, 팀. 어떤 경우에 놓이든 벤저민 모건을 이 사건에 말려들게 한 서류를 발견할 때 입회했었다고 말해서는 안 되네."

클로닌이 불만스럽게 항의했다.

"제가 누구인지 아시잖습니까, 총경님. 저는 조개처럼 입이 단단합니다. 그 점은 믿어도 좋습니다."

"그럼, 좋네."

퀸 총경은 모자 안을 만져보았다. 분명히 바삭거리는 소리가 났다. 이때 엘러리가 침착하게 말했다.

"이것으로 범인이 왜 필드가 월요일 밤에 쓰고 있던 모자를 가지고 달아나지 않으면 안 되었는지 알게 되었군요. 아마 범인의 이름도 이처럼 씌어 있었을 겁니다. 도저히 지울 수 없는 잉크 말이지요. 그래서 범인은 범죄현장에 자기 이름이 씌어 있는 모자를 남겨두고 싶지 않았던 겁니다."

문득 클로닌이 소리 질렀다.

"제기랄, 그 모자만 손에 넣는다면 범인이 누군지 알 수 있을 텐데……."

퀸 총경이 무뚝뚝하게 말했다.

"하지만 팀, 그 모자는 영원히 사라졌을걸세."

총경은 모자에 꿰매져 있는 밴드 안쪽 밑을 주의 깊게 보았다. 급히 그 꿰맨 실을 뜯어내자 손가락을 안감과 모자 사이로 넣어 꼭대기까지 훑어보았다. 그리고 말없이 가느다란 밴드에 감겨 있는 종이를 꺼냈다.

의자등받이로 몸을 젖히며 엘러리가 감개무량한 듯이 말했다.

"어떤 사람들이 생각하고 있는 것처럼 제가 별난 인간이었다면 '그것 봐, 내 말대로지!' 하고 말했을 겁니다. 하지만 그렇다고 해서 불평하시진 않겠지요?"

"이쪽이 한 방 먹었을 때 그쯤은 알고 있다, 엘. 싫은 소리 하려는 건 아니지만."

총경은 싱긋 웃었다. 그는 고무 밴드를 벗기더니 재빨리 서류를 한 번 훑어보았다. 그런 다음 만족스럽게 싱긋 웃으며 안주머니에 도로 집어넣었다.

"모건이 말한 대로군."

총경은 짤막하게 말하고 다시 더비 모자 하나를 집어 들었다.

밴드 안쪽에 수수께끼의 X표가 그려져 있었다. 총경은 실크햇에 있었던 것과 똑같은 꿰맨 자국을 발견했다. 거기서 꺼낸 서류는 모건의 것보다 두꺼웠다. 총경은 호기심어린 눈으로 그것을 조사해 보았다. 그리고 서류를 클로닌에게 건네주었다. 서류를 받아든 클로닌의 손끝이 떨리고 있었다.

총경은 천천히 말했다.

"운이 좋았구먼, 팀. 자네가 뒤쫓던 사나이는 죽었지만 거기에는 꽤 많은 사람들의 이름이 적혀 있네. 자네도 머지않아 영웅이 되겠는걸!"

클로닌은 신들린 사람처럼 서류를 하나하나 펴나가며 환성을 질렀다.

"이 녀석이 맞다, 이 녀석이야."

이윽고 서류다발을 주머니에 넣고 클로닌은 자리에서 벌떡 일어나 성급하게 말했다.

"이 녀석을 처리하지 않으면 안 되겠습니다, 총경님. 이것으로 드디어 할 일이 생겼습니다. 그 네 번째 모자에서 어떤 것이 발견되든 그건 제 알 바 아닙니다. 총경님과 엘러리 씨에게 어떻게 인사해야 할지 모르겠군요. 그럼, 이만 실례합니다."

클로닌은 방에서 달려 나갔다.

그 뒤 곧 응접실에 있는 경관의 코고는 소리도 그쳤다. 바깥문이 쾅 닫혔다.

엘러리와 총경은 서로 얼굴을 마주보았다.

노인은 마지막 더비 모자의 안쪽 밴드를 만지작거리며 중얼거렸다.

"이런 잡동사니가 지금부터 어떤 도움이 될지 나로서는 아직 모르겠는걸. 우리는 여러 가지 증거와 추정할 수 있는 것을 찾아냈다. 이제 남은 것은 멋대로 상상하는 일 뿐이야. 그런데……."

총경은 한숨을 쉬며 밴드를 불쪽에 비춰보았다. 거기에는 '기타'라는 표시가 씌어 있었다.

제18장 막다른 복도

금요일 정오에 퀸 총경과 엘러리와 클로닌이 몬티 필드의 아파트 수색에 열중해 있을 때 언제나 무뚝뚝하고 무표정한 벨리 형사부장은 브로드웨이에서 87번 거리로 천천히 걸어가 퀸 부자가 살고 있는 주택의 갈색 돌층계를 올라가서 벨을 눌렀다. 사람 좋은 부장이 점잔빼며 올라오자 쥬너가 쾌활하게 맞이했다.

쥬너는 건방지게 말했다.

"총경님은 지금 안 계신데요."

그 가냘픈 몸은 터무니없이 큰 앞치마에 완전히 가려져 있었다. 양파를 다져넣은 스테이크 냄새가 공기 속으로 퍼져들고 있었다.

"가슴에 잘 새겨 둬, 이 녀석아."

벨리는 꾸짖듯 안주머니에서 부피가 큰 봉함봉투를 꺼내 쥬너에게 건넸다.

"총경님이 돌아오시거든 이것을 전해드려. 잊어버리면 이스트 강에 집어던져버릴 테다!"

"그런 말을 하는 건 당신뿐입니다."

쥬너는 입술을 삐죽거리며 불평스럽게 말했으나 곧 예의바르게 덧붙였다.

"네, 알아 모시겠습니다. 부장님!"

"그렇지, 좋았어!"

벨리는 거드름 피우며 몸을 돌려 큰길로 나섰다. 4층 창가에서 싱글싱글 웃으며 내려다보는 쥬너의 눈에는 그 넓은 등이 유난히도 더 커보였다.

6시 조금 못 되어 퀸 부자는 무거운 다리를 이끌고 집으로 돌아왔다. 방에 들어왔을 때 총경의 민첩한 눈은 재빨리 쟁반 위에 놓인 관공서 봉투로 쏠렸다.

그는 봉투 귀퉁이를 찢어 타이프친 몇 장의 형사과 용지를 꺼냈다.

엘러리는 귀찮은 듯이 톱코트를 벗어던지며 중얼거렸다.

"이거 원, 일가친척들의 모임이라고 할 수 있겠군요."

총경은 팔걸이의자에 몸을 파묻고 모자를 벗는 것도 잊은 채 외투 단추도 풀지 않고 소리높이 보고서를 읽기 시작했다.

첫 장에는 다음과 같이 씌어 있었다.

석방 보고

1920년 9월 28일

존 캐저넬리, 별명 '목사' 조니, '이터 공(公)'의 존, 별명 피터 도미니크는 오늘 보석으로 구치소에서 석방되었음.

보노모 견사공장 도난사건(192X년 6월 2일)에 존 캐저넬리가 관련되어 있는지 어떤지에 대해서는 극비로 조사했으나 성공하지 못했음. 다시 정보를 얻기 위해 경찰 정보제공자 '꼬마'의 모어하우스를 수사 중임. '꼬마'는 늘 드나드는 장소에서 현재 모습을 감추고 있음.

존 캐저넬리의 석방은 샘프슨 지방검사의 권고에 의해 행해졌음. 존 캐저넬리에게는 감시인이 붙어 있으므로 언제라도 연락이 가능함.

토머스 벨리

퀸 총경은 눈살을 찌푸리며 '목사' 조니에 대한 보고를 옆으로 밀었다. 두 번째로 집어든 보고서는 이런 내용이었다.

윌리엄 프적에 대한 보고

192×년 9월 28일

윌리엄 프적의 신변조사 결과 다음 사실이 밝혀졌음.

나이 32살. 뉴욕 주 부루클린 출생. 부모는 귀화인. 미혼. 품행 정상. 사교적인 성향. 1주일에 서너 번 밤에 여자와 데이트. 종교적. 브로드웨이 1076번지 의류가게 스타인 앤드 라우치 상점의 경리 직원. 도박, 음주 버릇없음. 불량 친구 없음. 오직 한 가지 나쁜 성향은 여자를 좋아하는 것이라고 생각됨.

월요일 밤 이후의 행동은 정상. 편지 보낸 곳 없음. 은행예금 인출 없음. 시간 약속은 잘 지키는 편임. 의심받을 행동은 아무것도 없음.

정식 여자 친구는 에스터 재블로. 월요일 이후 2번 만남. 화요일 점심때와 수요일 밤. 수요일 밤에는 영화관과 중국 음식점에 갔음.

형사 제4호 보고
토머스 벨리 확인

총경은 우울한 얼굴로 그것도 옆으로 내던졌다. 세 번째의 보고 표제는 다음과 같았다.

매지 오코넬에 대한 보고

192×년 9월 28일 금요일까지

오코넬은 10번 거리 1436번지 4층에 세들어 살고 있음. 아버지 없음. 로마 극장이 폐쇄되어 월요일 밤부터 집에서 쉼. 월요일 밤에는 일반관객들의 석방과 동시에 극장을 나와 집으로 돌아감. 가는 도중 8번 거리와 48번 거리 모퉁이 약국에 들러 전화를 걸었음. 상대방은 확인하지 못했음. 통화 중 '목사' 조니에 대해 언급하는 것을 들었음. 흥분한 듯했음.

화요일에는 1시까지 외출하지 않았음. 뉴욕 시 교도소 안에 있는 '목사' 조니와 연락하지도 않았음. 로마 극장이 무기한으로 폐쇄된다는 것을 확인하자 안내원 일자리를 찾기 위해 극장관계 소개업자를 찾아다녔음.

수요일과 목요일에는 아무 일 없었음. 지배인의 호출을 받고 목요일 밤 로마 극장에서 일하기 위해 출근. '목사' 조니와 면회 또는 연락 시도 없었음. 전화 호출, 방문객, 내신 없었음. 수상한 점이 있음. 미행하는 것이 현명함.

형사 제11호 보고
토머스 벨리 확인

퀸 총경은 신음소리를 내며 다음 보고서를 집어 들었다.
"여기에는 또 무엇이 씌어 있을까?"

프랜시스 아이브스 포프에 대한 보고

192×년 9월 28일

프랜시스 아이브스 포프는 월요일 밤 퀸 총경에 의해 지배인 사무실에서 풀려나자 곧 로마 극장에서 나왔음. 정면 문에서 나가는 다른 관객들과 함께 몸수색을 받았음. 배우 이브 엘리스, 스트븐 밸리, 힐더 오린지와 같이 나갔음. 택시를 타고 리버사이드 드라이브의 아이브스 포프 저택으로 돌아감. 반은 무의식 상태였음. 세 배우는 그 뒤 곧 저택에서 나옴. 화요일에는 외출하지 않았음. 정원사로부터 그녀는 하루 종일 침대에 누워 있었다는 것을 확인했음.

수요일 아침 이 집에서 있었던 퀸 총경과의 회견 때까지 나타나지 않았음. 회견이 끝나자 스티븐 밸리, 이브 엘리스, 제임스 필, 그리고 그녀의 오빠 스탠포드 아이브스 포프와 함께 드라이브를 즐기러 리무진을 타고 웨스트 체스터로 향했음. 외출로 그녀는 피로 회복. 밤에는 스티븐 밸리도 함께 집에 있었음. 브리지 파티를 열었음.

목요일 5번 거리로 쇼핑 갔음. 점심을 먹기 위해 스티븐 밸리와 만남. 밸리는 그녀를 센트럴 파크로 데려가 오후 내내 밖에서 지냈음. 5시 반 두 사람은 아이브스 포프의 집으로 돌아갔고 스티븐 밸리는 저녁식사 때까지 그곳에 머물렀음. 저녁식사가 끝난 뒤 극장 지배인의 호출을 받고 출연문제로 로마 극장으로 갔음. 프랜시스 아이브스 포프는 밤에 가족과 함께 지냈음.

금요일 아침, 이상 없음. 주일 내내 의심할 만한 행동 없음. 벤저민 모건과의 전화연락은 물론 만난 적도 없음.

형사 제39호 보고
토머스 밸리 확인

"내 그럴 줄 알았지." 총경은 중얼거렸다.
다음에 집어든 보고서는 아주 짤막했다.

오스커 루윈에 대한 보고

192×년 9월 28일

루윈은 화요일과 수요일 하루 종일, 또한 금요일 오전 내내 몬티필드의 사무소에서 지냈음. 스토츠와 클로닌과 함께 일했음. 세 사람은 날마다 점심을 함께 했음.

루윈은 결혼해서 브롱크스 구 동쪽 156번 거리 211번지에 살고 있음. 밤에는 늘 집에서 지냄. 수상한 편지나 방문자 없음. 나쁜 습관 없음. 성실하고 검소한 생활. 사회적인 평판 좋음.

형사 제16호 보고

덧붙임——오스커 루윈의 경력과 성격 등에 대해서 자세한 것이 필요하다면 티머시 클로닌 지방검사보를 통해 입수바람.

토머스 벨리 확인

총경은 한숨을 내쉬고 다섯 장의 서류를 쟁반 위에 놓자 일어나서 기다리고 서 있는 쥬너의 팔에 모자와 외투를 벗어 던져준 다음 자리에 앉았다. 그리고 나서 봉투 속에서 마지막 보고서를 꺼냈다. 지금까지 읽은 보고서보다 조금 큰 종이로, 'RQ에게 드리는 메모'라고 씌어진 조그만 쪽지가 핀으로 꽂혀 있었다.

그 쪽지에는 이렇게 씌어 있었다.

플라우티 의사가 오늘 아침 총경님께 전해달라며 여기에 첨부한 보고서를 놓고 갔습니다. 직접 만나 뵙고 보고드리지 못함을 유감스럽게 생각합니다. 지금 바브리지 독살사건으로 시간을 빼앗기고 있기 때문입니다.

그리고 눈에 익은 휘갈겨 쓴 글씨로 벨리의 머리글자가 서명되어 있었다.

첨부된 보고서는 의무 주임검사관 사무실의 레터헤드 종이에 급히 타이프친 것이었다.

Q 총경님——보고는 이렇게 시작되었다——테트라에틸납에 대한 정보를 전달합니다. 존스 박사님과 제가 감독하여 가능성 있는 출처를 모두 철저하게 조사해 보았습니다. 그러나 성과가 없었습니다. 아마 총경님이 조사해도 결과는 마찬가지였을 겁니다. 몬티 필드를 살해한 극약의 출처를 캐내기는 불가능합니다. 이것은 총경님의 겸손한 부하의 견해일 뿐만 아니라 또한 의무 검사관 및 존스 박사님의 견해입니다. 그러나 우리 세 사람은 가솔린에서 추출했으리란 이론이 가장 유력하다고 봅니다. 그러니 참고로 하시길, 셜록 홈즈 씨!

플라우티 의사의 필적으로 다음과 같은 내용이 덧붙여져 있었다.

물론 이상한 점이 나오면 곧 알리겠습니다. 조심하도록 부탁드리며······.

총경은 신음하듯 말했다.
"그것을 알아낸다는 건 보통 일이 아니지."
한편 엘러리는 한 마디도 하지 않고 쥬너가 준비한 무엇과도 바꿀 수 없는 향기롭고 식욕을 돋우는 음식을 먹기 시작했다. 총경은 화가 나는 듯이 과일 샐러드를 포크로 찔렀다. 행복과는 아주 거리가 먼 표정이었다. 입 속으로 무언가 중얼거리며 쟁반 위에 놓인 보고서를 불쾌하게 쳐다보고는 엘러리의 피곤한 얼굴과 힘차게 우물우물 움직이고 있는 턱을 흘끗 보다가 곧 포크를 내던졌다.

총경은 울화가 치미는 듯이 소리쳤다.

"이것도 저것도 모두 쓸모가 없어. 화나는군. 어리석기 짝이 없는 보고들뿐이야. 이런 건 본 적도 없어."

엘러리는 싱긋 웃었다.

"아버지는 페리안다*14를 알고 계시지요? 어떻습니까, 예절을 지켜야 하지 않을까요? 코린트의 페리안다는 술에 취하지 않았을 때 이렇게 말한 적이 있지요. '부지런함 앞에서는 불가능이 없다'고."

활활 소리 내며 타고 있는 난로불 앞에서 쥬너는 언제나처럼 마음에 드는 자세로 한구석에 웅크리고 앉아 있었다. 엘러리는 담배를 피우며 태평스럽게 불꽃을 들여다보고 있었다. 그러나 늙은 총경은 불쾌한 듯이 코끝에 코담배를 대고 있었다. 두 사람의 퀸은 편안히 앉아 진지하게 의논할 참이었다. 더욱 정확하게 말하면, 퀸 총경은 차분히 앉아 진실성이 담긴 말투로 이야기하고 있었으나 엘러리는 초연하게 꿈꾸는 듯한 기분으로 죄와 벌의 사소한 일에는 전혀 무감동했다.

노인은 의자팔걸이에 소리가 나도록 한 팔을 내려놓았다.

"엘, 너는 태어나서 세상에 이처럼 신경을 피곤하게 만드는 사건에 부딪친 적이 있었느냐?"

엘러리는 반쯤 눈을 감고 담뱃불을 바라보며 대답했다.

"아니오. 아버지는 지금 신경질적이 되셔서 그렇습니다. 살인범을 체포한다는 재미없는 일에 너무 흥분하여 지나치게 신경 쓰시고 계신 거라구요. 쾌락조의 철학을 들먹이는 것을 용서해 주신다면 말이지요. 아버지, 제 《검은 창 사건》이라는 소설을 기억하고 계십니까? 그 소설에 나오는 민완탐정들은 범인을 잡는 데 아무런 고생도 하지 않았습니다. 왜냐면 '늘 머리를 맑게 가졌기' 때문입니다. 저는 지금 내일을 생각하고 있습니다. 멋진 휴가를요."
총경이 까다롭게 야단쳤다.
"교육받은 인간인 척하면서 너는 놀랍게도 처음부터 끝까지 일관성을 잃고 있구나. 뜻을 알 수 없는 말로 안 되는 소리를 하고 있어. 뭔가 뜻이 있다면 아무 말 하지 않겠다. 이거 내 머릿속이 완전히 뒤죽박죽되어 버렸군!"
엘러리는 웃음을 터뜨렸다.
"메인의 수풀…… 낙엽 빛깔…… 호숫가의 선량한 쇼빈의 오두막 …… 한 개의 스틱…… 공기…… 오, 주여, 내일은 과연 오겠나이까?"
퀸 총경은 안됐다는 듯이 아들을 지그시 바라보았다.
"나는, 내가 바라는 바를 말하자면…… 아니, 됐다, 신경 쓰지 않아도 돼. 내가 말하고 싶은 것은 이 조그만 살인사건이 해결되지 않는다면, 책임은 모조리 우리들에게 돌아온다는 것이다, 엘."
총경은 한숨을 내쉬었다.
엘러리가 부르짖었다.
"밤도둑이 떼지어 축복받은 게헤나여*15, 목양신에게는 인간의 고뇌쯤이야 무슨 상관있겠습니까? 아버지, 다음 책은 그런 것에 관계없이 아주 잘 쓸 것 같습니다!"
노인이 중얼거렸다.
"또 실제사건에서 줄거리를 빌려다 쓸 테냐, 괘씸한 녀석! 만일 네가 필드 사건에서 플롯을 따온다면 마지막 두세 장만은 꼭 읽어 보고 싶구나."
엘러리는 빙그레 웃었다.

"가엾은 아버지, 인생을 그토록 심각하게 생각하실 필요 없습니다. 실패하면 그저 실패하는 거지요. 몬티 필드 같은 인간이야 배추더미만한 가치도 없는 녀석인데……."

"문제는 거기에 있는 게 아니다. 나는 지는 게 싫어. 이 사건은 동기며 계획이 엉켜 있어 특이한 데가 있다. 이처럼 어려운 사건은 내 오랫동안의 경험을 통해서도 처음이다. 사람을 혼쭐 빠지게 하기에 충분한 사건이지. 누가 죽였는지도 알고 왜 죽였는지도 알고 있다. 어떻게 살인이 행해졌는지도 알고 있다. 그런데 나는 지금 어디에 있는가?"

총경은 말을 멈추고 거칠게 코담배를 한줌 쥐었다.

"유토피아에서 몇백만 마일이나 떨어진 곳에 있다. 그것이 지금 내가 있는 장소야."

총경은 소리를 질러 맥이 빠졌다.

그러자 엘러리가 중얼거리며 말을 받았다.

"확실히 아주 이상한 상황입니다. 그러나 아버지는 이보다 더한 사건도 해결해 오시지 않았습니까? 기운 내십시오, 아버지! 저도 하루 빨리 아르카디아*16 강에서 멱감고 싶으니까요"

"그런 다음에는 감기 걸리기 십상이지. 지금부터 약속을 받아둬야겠다, 엘. '자연으로 돌아가라'는 따위의 어리석은 흉내는 내지 말거라. 나는 내 손으로 장례식 따윈 치르고 싶지 않다. 나는……."

엘러리는 갑자기 입을 다물고 아버지를 찬찬히 바라보았다. 흔들거리는 불꽃에 드러난 총경은 한층 더 늙어보였다. 고통의 표정이 가슴 아프게 깊이 얼굴 주름에 새겨져 있었다. 늘어져내린 희끗희끗한 머리카락을 쓸어 올리는 손도 끔찍스러울 만큼 가냘퍼보였다.

엘러리는 자리에서 일어나 머뭇머뭇 얼굴을 붉히며 그러나 재빠르게 허리 굽혀 아버지의 어깨를 가볍게 두드렸다. 그리고 나지막하게 소곤거렸다.

"용기를 내십시오, 아버지. 쇼빈과 약속하지 않았더라면…… 하지만 모든 일이 잘 해결될 겁니다. 제 말을 믿어주십시오. 제가 남아 있어서 조금이라도 도움이 된다면…… 하지만 그렇지 않습니다. 나머지는 아버지가 하실 일입니다. 그리고 아버지처럼 멋지게 그 일을 해치울 사람은 달리 아무도 없습니다."

노인은 깊은 애정을 담아 아들을 쳐다보았다. 엘러리는 갑자기 빙글 몸을 돌렸다.

노인이 가볍게 말했다.

"그럼, 이제 짐을 싸야겠구나. 내일 아침 그랜드 센트럴을 출발하는 7시 45분 열차를 타려면."

엘러리는 침실로 돌아갔다. 언제나처럼 터키 사람같이 구석에 앉아 있던 쥬너가 조용히 일어나 방을 가로질러 총경의 의자 옆으로 다가갔다. 그는 바닥에 웅크려 앉아 머리를 노인의 무릎에 묻었다. 고요한 정적 속에서 이따금 난로의 장작이 튀는 소리와 옆방에서 엘러리가 움직이는 소리가 들려왔다.

퀸 총경은 지쳐 있었다. 여위고 핏기 없는 주름진 얼굴은 정면에서 비치는 붉은 불빛으로 카메오*17처럼 보였다. 노인의 손은 쥬너의 고수머리를 쓰다듬고 있었다.

이윽고 노인은 중얼거리듯 말했다.

"쥬너, 너는 이 다음에 커서 경찰 같은 건 되지 마라."

쥬너는 목을 젖히고 심각한 얼굴로 노인을 지켜보았다.

"저는 주인님처럼 되려고 생각하고 있어요."

이때 전화벨이 울려 노인은 벌떡 일어섰다. 핼쑥한 얼굴로 테이블 위의 수화기를 집어 들자 그는 목에 걸린 소리로 말했다.

"퀸이오. 여보시오!"

한참 뒤 수화기를 내려놓자 그는 무거운 걸음으로 방을 가로질러 침실로 들어갔다. 그리고 침실문 앞 기둥에 무너지듯이 기댔다.

슈트케이스 위로 몸을 숙이고 있던 엘러리가 벌떡 몸을 일으켜 달려 나왔다.

"아버지! 어떻게 된 겁니까?"

총경은 미소지으려고 했다.

"아무것도 아니다. 좀, 좀, 지쳤던 모양이야, 엘. 방금 이 사건해결을 위해 보낸 '강도'에 대한 보고가 있었다."

"그래서요?"

"전혀 아무것도 찾지 못했단다."

엘러리는 아버지의 팔을 부축하여 침대 옆 의자로 이끌어갔다.

노인은 말할 수 없이 생기 있는 눈으로 의자에 쓰러지듯 앉았다.

"엘러리, 이제 마지막 증거의 희망도 사라져버렸다. 정말 억울한 일이지. 법정에서 범인을 유죄로 만들 물적 증거가 하나도 없다. 우리가 가지고 있는 게 무엇이냐? 완전히 줄거리가 서 있는 논리적인 추리…… 그것뿐이야. 솜씨 좋은 변호사가 맡는다면 우리의 주장은 산산조각날 거다. 하지만 좋아, 아직 이 정도에서 손을 든 건 아니니까."

총경은 갑자기 밝은 얼굴로 의자에서 일어났다. 그는 기운을 차리고 엘러리의 등을 가볍게 두들겼다.

"그만 자거라, 엘. 너는 내일 아침 일찍 일어나야 할 테니까. 나는 잠깐 앉아서 생각 좀 해봐야겠다."

*1 월터 로리(1552~1618) 경은 애연가로 유명함. 영국에 아직 담배가 널리 퍼지지 않았을 무렵 엘리자베스 여왕 앞에서도 태연히 담배를 피웠으며, 뒷날 런던탑에 갇혀 처형되기 직전까지 파이프를 손에서 놓지 않

았다고 함.

＊2 타이타스 툼이라는 이름의 극장이 과연 있는지 없는지 알 수 없다. 실제로는 어쩌면 타이타스프라비우스 사비나스 베스파시아누스(40~81)의 묘를 말하는 건지도 모르지만, 베수비어스 화산이 폭발한 즈음 살아 있었던 이 황제의 묘가 실제로 현존하는지 알 수 없는 일이다.

＊3 아일랜드 코크에 있는 돌로, 거기에 입맞춤하면 말을 잘하게 된다는 전설이 있음.

＊4 canarcie는 어디인지 알 수 없음. 아마도 산에 가서 물고기를 잡는 것이나 마찬가지라는 뜻으로 쓰인 듯함.

＊5 그리스 전설 속의 인물로 헤로의 연인. 헤로는 세스토마의 아프로디데 신전을 섬기는 여자로, 레안다는 헤로의 등불에 의지하여 헬레스폰드(다다넬즈)를 헤엄쳐 건너 연인을 만나러 가곤 했었는데, 어느 날 밤 폭풍으로 등불이 꺼져 물에 빠져 죽었음.

＊6 영국의 유머 작가 펠럼 글렌빌 W(1881~ ?)를 가리키는 것이리라.

＊7 '통곡의 벽'은 예루살렘에 있으며, 옛 솔로몬 궁전의 돌로 지어졌다고 함. 유대인들은 금요일마다 이 벽 앞에 모여 울며 기도드림.

＊8 포의 '도둑맞은 편지'는 누구의 눈에나 쉽게 띄는 곳에 감춰져 있었음.

＊9 그리스의 수학자.

＊10 로마의 정치가 루시어스 아네우스 세네카(BC 4~AD 65)가 막대한 부를 누린 일에 비유한 것인 듯함.

＊11 구약성서 다니엘서 제5장 제25절에 있는 말로, 벨자짤 왕의 주연석 벽에 나타난 말.

＊12 셰익스피어 《맥베스》에 나오는 인물. 덩컨 왕의 왕자를 도와 맥베스를 물리침.

＊13 셰익스피어 《줄리어스 시저》 제3막 제2장 안토니오의 연설 가운데 나오는 문구.

＊14 그리스 7현자 가운데 한 사람.

＊15 구약성서에 나오는 예루살렘 가까운 히놈 골짜기. 오물을 태우고 있어

늘 불타고 있었다 함. 여기서는 뉴욕의 암흑가를 가리킴.
*16 그리스의 이상향.
*17 모양이나 형상을 새긴 보석.

막간——독자에의 도전

독자의 주의를 환기시킴

요즘 미스터리소설의 경향은 독자를 탐정 입장에 두어 추리해 보도록 하고 있다. 나는 엘러리 퀸을 설득하여 《로마 모자의 비밀》에서 독자에의 도전을 곁들여도 좋다는 허락을 받았다. '몬티 필드를 죽인 것은 누구인가' '살인은 어떻게 행해졌는가' 추리에 민감한 독자는 이제 필요한 모든 사실을 손에 넣었으므로 이야기가 이 단계에 이르면 제출된 문제에 대하여 이미 결정적인 결론에 이르러 있으리라는 내 생각에 엘러리도 동의하고 있다. 해답——올바른 범인을 지적하기에 충분한 해답——은 일련의 논리적 추리와 심리적 관찰에 의하여 얻을 수 있을 것이다. 이 이야기에 내가 마지막으로 얼굴을 내밈에 즈음하여 독자 여러분에게 'Caveat Emptor(물건 사는 사람의 위험 부담)'을 바꾸어 '독자의 위험 부담'이라는 말을 바친다.

J.J. 맥

제4막

　　완전범죄자는 초인이다. 완전범죄를 행하려면 아주 신중하게 '외로운 늑대'처럼 발견되지 않고 발견되기 어렵도록 해야 한다. 친구도 의존할 사람도 가져서는 안 된다. 실수에 대해 주의 깊고, 두뇌도 손발도 재빨라야 한다. 그러나 그것만으로는 안 된다. 그런 사람은 수없이 많다. 또 한편으로는 운명의 총아가 되어야 한다. 스스로의 힘으로는 거의 다스릴 수 없는 상황에 맞닥뜨려도 결코 실패로 끌려들어가서는 안 된다. 이것을 이루기는 아주 어려운 일로 여겨진다. 그러나 모든 조건 가운데 다음의 마지막 것이 가장 어렵다. 즉 '자신의 범죄' '자신의 무기' '자신의 동기'를 결코 두 번 다시 되풀이해서는 안 되는 일이다. 나는 미국의 경관으로서 40년 동안 일했지만 결국 완전범죄에 한 번도 맞닥뜨린 일이 없으며, 완전범죄를 수사한 일도 없다.

리처드 퀸 지음
《미국의 범죄와 수사법》에서

제19장 퀸 총경의 재신문

토요일 저녁, 샘프슨 지방검사는 리처드 퀸 총경이 여느 때의 그와 전혀 달라 보이는 것을 느꼈다. 노인은 안절부절못하며 초조해 했고 성급했으며 더없이 무뚝뚝했다. 그는 루이스 팬더의 사무실 카펫 위를 급한 걸음으로 서성거렸고, 입술을 깨물며 무언가 혼잣말처럼 중얼거리고 있었다. 샘프슨과 팬더 말고 로마 극장 사무실에서 지금까지 한 번도 본 적이 없는 제3의 인물이 있다는 것도 잊어버린 듯했다.

제3의 인물은 눈을 둥그렇게 뜨고 팬더의 커다란 의자에 생쥐처럼 앉아 있었다. 그는 쥬너였다. 쥬너는 머리가 희끗희끗한 노인이 다시 한 번 로마 극장으로 들이닥칠 때 전례 없이 따라가는 특전을 허락받아 눈을 빛내고 있었다.

퀸 총경은 이상할 정도로 의기소침해 있었다. 총경은 그의 수사관으로서의 생애에서 몇 번인가 해결이 불가능해 보이는 사건에 맞닥뜨렸던 적이 있었다. 그러나 그때마다 실패에서 일어나 승리를 거두었던 것이다. 따라서 노인의 이상한 태도는 긴 세월 동안 함께 일하며 한 번도 이처럼 맥 풀린 모습을 본 적이 없었던 지방검사로서는 더욱 납득하기 어려웠다.

총경의 언짢은 기분은 샘프슨이 걱정하고 있는 것처럼 필드 사건의 수사가 진척되지 않기 때문만은 아니었다. 그가 이처럼 언짢은 기분으로 방 안을 왔다갔다하는 모습을 보고 있는 구경꾼들 가운데 그 진짜 원인을 지적할 수 있는 사람은 꼭 하나 구석에서 입을 헤벌리고 앉아 있는 꼬챙이처럼 여윈 소년 쥬너뿐이었다. 그는 '부랑아' 같은 통찰력을 지닌 타고난 관찰자이자, 오래도록 애정을 갖고 퀸 집안을 돌본 하인으로서 주인의 기질을 알고 있었기에, 지금 총경의 어두운 표정은 그저 엘러리가 이 자리에 없기 때문이라는 것을 이해했다.

엘러리는 그날 아침 역까지 우울한 아버지의 전송을 받으며 7시 45분 급행으로 뉴욕을 떠났다. 마지막 순간 젊은 아들은 마음을 바꿔 메인 주로 떠나는 여행을 취소하고 사건이 마무리될 때까지 뉴욕에서 아버지 옆에 있겠다고 말했다. 그러나 노인은 그 말을 들어주지 않았다. 엘러리의 성질을 잘 알고 있던 그는 아들이 1년만에 떠나는 이번 여행을 얼마나 마음죄며 기다렸는지 잘 알고 있었기 때문이다. 아들이 늘 옆에 있어주기를 바라왔지만, 오랫동안 기대해 온 아들의 즐거운 여행을 물거품으로 만드는 일은 도저히 내키지 않았다.

그리하여 총경은 안 가겠다는 말을 물리치고 작별인사로 어깨를 두들기고 힘없는 미소를 지으며 아들을 열차 승강구로 밀어올려 주었다. 열차가 플랫폼에서 미끄러져 나가려고 할 때 승강구에서 엘러리가 마지막으로 소리친 말은 이러했다.

"아버지, 일을 잊지 않겠습니다! 생각하시는 것보다도 빨리 소식 전하겠습니다……."

지금 로마 극장 지배인 사무실의 카펫을 구겨대면서 총경은 아들과 헤어진 서글픔을 뼈저리게 통감하고 있었다. 머릿속은 흐릿했고, 몸의 조직체가 풀어져 뱃속으로부터 힘이 빠져나가 눈까지 흐리멍덩했다. 세상과 세상 사람들로부터 완전히 격리된 게 아닌가 싶었다. 그는 자신의 초조감을 숨기려 하지도 않았다.

총경은 작달막하고 뚱뚱한 지배인에게 나무라듯 말했다.

"벌써 시간이 된 것 같은데, 대체 그 쓸모없는 관객들이 모두 바깥으로 나가는 데 몇 시간이나 걸리오?"

"곧 끝납니다, 총경님, 네, 곧 끝납니다."

지방검사는 감기 끝의 콧물을 닦고 있었다. 쥬너는 자기의 수호신 퀸 총경을 멍하니 바라보고 있었다.

똑똑 문 두들기는 소리가 나자 모두들 고개를 돌렸다. 금발의 홍보 담당 해리 닐슨이 굳은 얼굴로 들어왔다. 그리고 쾌활하게 물었다.

"이 조그만 모임에 한몫 끼어도 괜찮겠습니까, 총경님? 저는 사건이 일어났을 때부터 현장에 있었으니 마지막 장면에서도 도울 일이 있을 것 같아서요. 물론 총경님이 허락하셔야겠지만 한 번 입회해 보고 싶습니다."

총경은 짙은 눈썹 밑의 매서운 눈으로 지그시 상대를 쏘아보았다. 나폴레옹 같은 자세로 버티고 서서 심술궂게 머리카락이 하나하나 곤두서고 근육이 모조리 꿈틀거렸다. 샘프슨은 놀라서 총경을 바라보았다. 퀸 총경은 생각지도 못한 그 성질의 일면을 드러내보이고 있었던 것이다.

이윽고 그는 버럭 소리질렀다.

"한 사람 더 있어봐야 소용없어. 이미 여기엔 우글우글 모여 있으니까."

닐슨은 살짝 얼굴을 붉히며 몸을 돌려 나가려고 했다. 그러자 총경은 조금 기분을 돌려 눈을 끔벅거렸다. 그리고 그리 무뚝뚝하지 않은 목소리로 말했다.

"좋소, 거기 앉으시오. 나 같은 늙은이의 망령에 신경쓸 필요 없소. 조금 지쳐서 그러는 것 뿐이니까. 그리고 오늘 밤에는 당신이 필요할지도 모르겠소."

닐슨은 얼굴에 웃음을 지었다.

"도움될 수 있다면 기쁘겠습니다. 대체 어떻게 된 겁니까? 스페인의 종교재판 같은 겁니까?"

노인은 눈썹을 찌푸렸다.

"그런 것 비슷하오. 곧 알게 될 거요."

마침 그때 문이 열리며 키가 크고 얼굴이 넓적한 벨리 형사부장이 빠른 걸음으로 들어왔다. 그는 손에 들고 있던 쪽지 한 장을 총경에게 건넸다.

"모두 기다리고 있습니다."

퀸 총경이 딱딱하게 물었다.

"다른 사람들은 모두 나갔나?"

"네, 총경님. 청소부들에게는 아래 휴게실에 가서 이쪽 일이 끝날 때까지 기다리고 있도록 일러두었습니다. 입장권 판매원들은 집으로 돌아가도록 했습니다. 남녀 안내원들도 돌려보냈습니다. 그리고 배우들은 무대 뒤 방에서 옷을 갈아입고 있습니다."

"그럼, 모두 가 봅시다."

총경이 성큼성큼 방에서 나가자 쥬너가 그 뒤에 바짝 붙어 따라 나갔다. 쥬너가 재미있게 지켜본 지방검사는 무슨 까닭인지 몰라도 이따금 사뭇 감탄한 듯이 갑자기 소리 없이 숨을 크게 들이마시는 것 말고는 그날 밤 내내 한 번도 입을 열지 않고 앉아 있었다. 팬더와 지방검사와 닐슨이 그 뒤를 따랐고 벨리가 맨 나중에 방을 나왔다.

객석은 다시 널찍하니 사람 그림자 하나 없는 곳으로 바뀌어 빈자리의 좌석 열이 차갑게 굳어진 것 같았다. 극장 안의 조명등이 모두 켜져 있어 오케스트라석을 구석구석 차갑게 비춰주었다.

다섯 사람과 쥬너가 왼쪽 끝 통로를 향해 걸어가자 좌석 왼쪽에 있던 사람들의 머리가 일제히 움직여 그리로 쏠렸다. 그들은 총경이 오기를 오래 기다리고 있었음에 틀림없었다. 총경은 엄숙하게 통로를 내려가자 자리에 앉아 있는 사람들과 마주 보도록 왼쪽 좌석에 자리잡았다. 팬더와 닐슨, 샘프슨 세 사람은 통로 맨 끝 한쪽에 서 있었고, 그 옆에 기대로 흥분한 얼굴의 쥬너가 구경꾼으로서 얌전히 서 있었다.

모인 사람들은 이상하게 자리를 차지하고 있었다. 오케스트라석을 반쯤 올라간 곳에 서 있는 총경으로부터 가장 가까운 열에서 좌석 뒤쪽으로 사람들이 앉아 있는 것은 왼쪽 통로에 잇닿은 자리뿐이었다. 열 줄도 넘는 좌석에 잡다하게 뒤섞인 남자와 여자, 젊은이와 노인들의 한 무리가 끝의 두 자리만 차지하고 앉아 있었다.

그들은 운명의 사건이 일어난 날 밤 바로 그 자리에 앉아 있었던 사람들로, 시체가 발견된 뒤 퀸 총경이 직접 조사한 이들이었다. 여덟 개의 좌석——몬티 필드의 자리와 그 둘레의 빈자리에는 윌리엄 프적, 에스터 재블로, 매지 오코넬, 제스 린치, '목사' 조니가 앉아 있었다. '목사' 조니는 불안한 표정으로 니코틴에 찌든 손가락 그늘에서 매지 오코넬에게 무언가 소곤거리고 있었다.

총경의 갑작스러운 몸짓에 사람들은 묘지처럼 조용해졌다. 샘프슨 지방검사는 휘황한 샹들리에와 조명, 사람 그림자 없는 객석, 내려져 있는 막을 바라보며 지금부터 무언가 극적인 사건이 일어나기 위해 무대장치가 마련되어 있는 듯한 느낌이 들었다. 그는 흥미를 가지고 몸을 앞으로 내밀고 있었다. 팬더와 닐슨은 긴장하여 꼼짝도 않고 있었다. 쥬너는 노인에게 눈을 못박고 있었다.

퀸 총경은 모여 있는 사람들을 내려다보며 거리낌 없이 입을 열었다.

"오늘 밤 여러분을 모신 것은 분명한 목적이 있기 때문입니다. 절대로 필요 이상 오래 붙잡아두지는 않을 겁니다. 그러나 무엇이 필요하고 무엇이 필요하지 않는가 결정하는 것은 모두 나에게 맡겨주십시오. 질문에 대한 진실한 답을 얻지 못한다면, 내 판단에 따라 누구든 만족스러울 때까지 여기에 잡아두겠습니다. 일을 시작하기 전에 이 말을 우선 잘 이해해 주시기 바랍니다."

총경은 말을 끊고 모두를 한 바퀴 둘러보았다. 불안하게 소곤거리는 말소리가 일었으나 이내 사라졌다.

퀸 총경은 다시 서릿발처럼 차갑게 말을 이었다.

"월요일 밤 여러분은 이 극장에서 연극을 구경했습니다. 그리고 지금 뒤쪽 좌석에 앉아 있는 극장 직원 두셋을 빼면 여러분은 지금 앉아 있는 바로 그 좌석에 앉아 있었습니다."

총경의 그 말이 떨어지자 사람들은 갑자기 의자에 불이라도 붙은 듯이 등을 곧추세우고 저마다 앉은 자리를 살폈다. 그것을 보고 샘프슨은 빙긋 웃었다.

"나는 여러분에게 지금이 월요일 밤이라고 상상해 주시기를 부탁드립니다. 그날 밤을 생각해 내어 그날 밤 있었던 모든 일을 기억해 내도록 애써주시기 바랍니다. '모든 것'이란 즉 어떤 하찮은 일이라도, 언뜻 보기에는 전혀 중요성이 없다고 생각되는 하찮은 것이라도 여러분의 기억에 남아 있는 일이라면 모조리 말해 달라는 뜻입니다."

총경이 자신의 말에 취해 있을 때 한 무리의 사람들이 오케스트라석 뒤쪽으로 슬금슬금 들어왔다. 샘프슨이 낮은 목소리로 그들에게 인사했다.

그들은 이브 엘리스, 힐더 오린지, 스티븐 밸리, 제임스 필과 그밖에 〈피스톨 소동〉에 나오는 서너 명의 배우들이었다. 필은 방금 분장실에서 나오다가 객석에서 사람 목소리가 들려 들러보았노라고 낮게 말했다.

샘프슨도 낮은 목소리로 말했다.

"퀸 총경이 잠시 집회를 열고 있는 중이오."

밸리가 퀸 쪽을 불안스럽게 곁눈질하며 목소리를 낮추어 물었다.

"잠깐 여기서 들어봐도 총경께서 별말씀 없으실까요?"

총경은 말을 멈추고 그들 쪽을 차갑게 바라보았다.

"별말은 없을 것……."

지방검사가 난처한 듯이 대답하려고 할 때 이브 엘리스가 "쉿!" 하고 낮게 주의를 주어 모두들 입을 다물었다.

퀸 총경은 소음이 가라앉자 불쾌한 듯이 말했다.

"상황은 다음과 같습니다. 잊지 말기 바랍니다. 여러분은 지금 월요일 밤으로 돌아가 있는 것입니다. 제2막이 올라 객석은 아주 컴컴했습니다. 무대는 굉장히 소란스러웠고 여러분은 모두 손에 땀을 쥐고 극중의 장면을 열심히 지켜보고 있습니다. 바로 그때 여러분 가운데 누구——특히 이 통로 옆 좌석에 앉아 있던 분 가운데——그 둘레나 가까운 곳에서 예사롭지 않은 어떤 이상한 일이나 또는 마음에 걸리는 어떤 일이 일어났다고 느낀 사람은 없습니까?"

총경은 말을 끊고 기다렸다.

사람들은 의아스럽고 걱정되는 얼굴로 고개를 저었다. 아무도 입을 열지 않았다.

총경은 다그치듯 말했다.

"잘 생각해 보십시오. 여러분은 월요일 밤 내가 이 통로로 내려와 여러분 한 사람 한 사람에게 같은 질문을 했던 일을 기억할 것입니다. 물론 나는 거짓말을 듣고 싶지는 않습니다. 또 월요일 밤 아무것도 깨닫지 못했던 여러분이 지금에 와서 무언가 뜻밖의 사실을 내게 말해 주리라 기대하는 것이 무리라는 것도 알고 있습니다.

그러나 상황은 절망적입니다. 한 사나이가 여기서 살해되었습니다. 우리는 정면으로 이 사건을 파고들어갔습니다. 이것은 우리가 지금까지 손댄 여러 가지 사건 가운데서도 가장 어려운 것 가운데 하나입니다. 이런 상황으로 보아 우리는 완전히 벽에 부딪쳐 어디서 구원의 손을 찾아야 좋을지 짐작도 못하고 있습니다. 나는 여러분이 내 편을 들어주기를 기대하며 솔직하게 말씀드리겠습니다. 무언가 중대한 일이 일어났다면 나로서는 그 일을 볼 수 있는 자리에 있었던 사람들, 닷새 전 밤 관객들이었던 여러분들로부터 도움을 구하지 않을 수 없으니까요.

내 경험에 따르면 남자든 여자든 신경이 곤두서고 흥분되어 있을 때는 사소한 일이 잊혀지지만, 정상상태로 돌아와 몇 시간, 며칠, 몇 주일 뒤에는 그것이 기억에 되살아날 때가 자주 있습니다. 나는 그런 일이 여러분에게 일어나기를 바랍니다.”

퀸 총경의 말이 그의 입술에서 사람들 마음으로 파고들어가듯 흘러나오는 동안 한자리에 모인 사람들은 언제부터인지 신경이 가라앉아 빨려드는 것처럼 흥미를 갖기 시작했다. 총경이 잠깐 말을 쉬는 동안 그들은 이마를 맞대고 흥분한 목소리로 속삭이기도 하고 때때로 머리를 내젓든가 기세 좋게 낮은 목소리로 상대와 토론을 벌이기도 했다. 총경은 끈기 있게 참으며 기다리고 있었다.

“무언가 할 말이 있는 분은 손을 들어주십시오.”

한 부인이 조심스럽게 하얀 손을 들고 흔들었다.

총경은 손가락으로 그녀를 가리키며 물었다.

“부인, 무언가 심상치 않은 일이 일어났던 게 생각났습니까?”

주름살투성이인 노부인은 겁에 질린 얼굴로 겸연쩍은 듯이 일어나

굵직한 목소리로 더듬거리며 말하기 시작했다.

"이것이 중요한 일인지 아닌지는 저로서는 잘 모르겠어요. 제2막이 공연되는 도중 언제쯤인가 한 여자——여자인 듯싶었는데——가 통로를 내려갔다가 잠시 뒤 다시 올라온 것을 본 것이 기억나는군요."

"그랬습니까? 그것은 들어둘 만한 이야기군요, 부인" 하고 총경이 부드럽게 말했다. "그것이 몇 시쯤이었는지 기억하십니까?"

노부인은 날카롭게 말했다.

"시간은 기억나지 않아요. 하지만 막이 올라가고 10분쯤 지났을 때였어요."

"그래요. 그 여자의 모습에서 뭔가 느낀 점이 없었습니까? 젊었다거나 나이 들었다거나 또는 어떤 치장을 하고 있었다거나⋯⋯."

노부인은 당혹한 모습이었다. 그녀는 떨리는 목소리로 말했다.

"확실한 것은 기억나지 않아요. 다만 어딘지⋯⋯."

"총경님!"

높고 또렷한 목소리가 뒤쪽에서 노부인의 말을 가로막았다. 모두들 머리를 뒤로 돌렸다. 매지 오코넬이 자리에서 벌떡 일어나 거리낌 없이 말했다.

"그 이야기는 더 이상 파고들 필요가 없다고 생각해요. 부인께서는 제가 통로를 걸어 내려갔다가 다시 돌아온 것을 보았던 거예요. 그것은 제가 그⋯⋯ 바로 전의 일이었어요. 알고 계시겠지요?"

그녀는 총경을 향해 염치도 없이 한쪽 눈을 찡긋해 보였다.

사람들은 숨을 삼켰다. 뜻밖의 사태에 당황한 노부인은 동정이 담긴 눈길로 그녀를 바라보더니 총경 쪽을 같은 눈길로 바라보고는 잠시 뒤 자리에 앉았다.

"그리 뜻밖의 일은 아닙니다." 총경은 조용히 말했다. "다른 분은 없습니까?"

아무도 없었다. 모두들 여러 사람 앞에서 자기 생각을 말하기가 거북해서 그렇다고 생각한 총경은 통로로 올라가 하나하나 좌석을 돌아다니며 사람이 알아듣지 못할 만큼 낮은 목소리로 질문하며 나아갔다. 그것이 끝나자 그는 천천히 본디 서 있었던 자리로 돌아갔다.

"이것으로 신사숙녀 여러분에게 편안한 집으로 돌아가서도 좋다는 말씀을 드려야 할 것 같군요. 여러 가지로 협조해 주셔서 고맙습니다. 해산!"

총경은 그 마지막 말을 모두의 머리 위로 불쑥 던졌다. 사람들은 넋 나간 듯 총경을 바라보다가 곧 소곤소곤 하며 떼지어 일어나 코트와 모자를 집어 들고 벨리가 엄격한 눈으로 지켜보고 있는 가운데 줄지어 극장 밖으로 나갔다.

마지막 줄 뒤 한 무리의 사람들 틈에 서 있던 힐더 오린지가 한숨을 내쉬었다. 여배우는 동료들에게 속삭였다.

"늙은 총경이 저렇게 실망하다니 애처로워서 못보겠군요. 자, 여러분, 우리도 그만 가요!"

배우들도 돌아가는 사람들 뒤를 따라 극장을 나갔다.

배우들의 마지막 모습이 사라지자 총경은 통로를 되돌아와 나가고 있는 그들의 뒷모습을 우울하게 지켜보고 있었다. 모두들 노인의 몸 속에서 울화의 불이 타오르고 있음을 알아차리고 두려워하고 있었다. 그러나 총경은 순식간에 표정을 바꾸는 그 기술을 유감없이 발휘하여 다시 인간미 넘치는 얼굴이 되어 있었다.

퀸 총경은 좌석 하나에 앉아 팔을 뒤로 돌려 뒷짐 지고서 매지 오코넬과 '목사' 조니와 그 밖의 사람들을 둘러보았다.

그는 다정한 목소리로 말했다.

"어떤가, '목사'. 자네는 이제 자유의 몸일세. 보노모 사건은 이제

걱정할 것 없어. 자네도 이제 거리낌 없는 시민으로서 행세해도 좋
네. 이번 사건에서 무언가 우리를 도와줄 수 있겠나?"

건달 악당이 신음하듯 대답했다.

"아닙니다, 총경님. 알고 있는 것은 모두 이미 말씀드렸습니다. 이
제 말할 건 아무것도 없습니다."

"그래? '목사', 우리는 자네와 필드 사이의 교섭에 흥미를 가지고
있다네."

악당은 깜짝 놀라 총경을 올려다보았다.

퀸 총경은 이야기를 계속했다.

"그렇지. 우리는 과거에 있었던 자네와 필드 사이의 거래에 대해
언젠가 이야기 들으려 생각하고 있었네. 그것을 기억해두는 게 좋
아, '목사'."

그러고 나서 총경은 날카롭게 다그쳤다.

"누가 몬티 필드를 죽였는가, 누가 그것을 해냈는가 알고 있거든
털어놔!"

'목사'는 우는 소리를 냈다.

"총경님, 부디 절 끌어들이지 마세요. 전 아무것도 모를뿐더러 필
드같이 교활한 녀석이 행여 제 죄상이 드러날 그런 사람들의 이름
을 제 입으로 말할 리 있겠습니까? 정말 모릅니다. 하지만 저를
위해 애써준 것만은 사실입니다. 두번이나 저를 변호해 주었거든
요."

'목사'는 부끄러움도 없이 인정했다.

"그러나 그가 월요일 밤 여기 있는 줄은 전혀 몰랐습니다. 정말입
니다!"

퀸 총경은 매지 오코넬에게도 화살을 돌렸다. 그는 부드럽게 물었
다.

"오코넬 양, 아들 엘러리의 이야기를 들으니 아가씨는 월요일 밤 출입구를 닫아놓았었다고 털어놓았다는데, 왜 나에게는 그런 말을 하지 않았지요? 아가씨는 무엇을 알고 있소?"

오코넬은 차갑게 총경을 바라보았다.

"전번에도 말씀드렸잖아요, 총경님. 저는 아무것도 할 말이 없어요."

"그럼, 당신, 윌리엄 프적 씨."

퀸 총경은 여윈 몸집에 키가 작은 경리계 직원을 돌아보았다.

"당신은 월요일 밤에 일어난 일로서 잊고 있었던 것 가운데 지금 생각나는 점이 없소?"

프적은 침착하지 못한 태도로 우물쭈물하고 있었다. 그는 더듬더듬 말했다.

"말씀드리려고 했습니다. 그 사건에 대한 신문기사를 읽고 있을 때 생각난 것입니다만 월요일 밤 필드 씨 위로 몸을 구부리고 들여다보았을 때 위스키 냄새가 굉장히 났습니다. 전에 말씀드렸는지 어떤지 잘 모르겠습니다만……."

"고맙소."

총경은 아무렇지도 않게 말하고 일어섰다.

"수사에 크게 참고가 되었소. 돌아가도 좋습니다, 여러분."

오렌지 주스를 파는 소년 제스 린치는 실망한 것 같았다. 소년은 불안한 목소리로 물었다.

"제게는 아무것도 묻지 않으세요, 총경님?"

퀸 총경은 방심 상태였으나 그래도 미소지었다.

"그렇군. 크게 도움되어 주었던 오렌지 주스 파는 소년이지. 그래, 너도 무언가 말할 게 있느냐, 제스?"

제스 린치는 진지한 표정으로 대답했다.

"저 총경님, 필드 씨가 제 스탠드에 진저에일이 있느냐고 물으며 다가왔을 때 저는 우연히 그가 바닥에서 무언가 줍는 것을 보았습니다. 번쩍번쩍 빛나는 것이었는데, 무엇인지 확실하게 보이지는 않았습니다. 그는 곧 그것을 바지 뒷주머니에 집어넣더군요."

제스 린치는 자랑스럽게 말을 마치자 박수라도 구하듯 주위를 둘러보았다. 총경은 크게 흥미가 생기는 것 같았다.

"번쩍번쩍 빛나는 그 물건은 어떤 모양이더냐, 제스? 권총 같지 않더냐?"

"권총이라고요? 당치도 않습니다. 그렇게 보이지는 않았습니다."

그리고 나서 소년은 확신이 없는 듯 덧붙였다.

"네모난 것으로, 마치……."

총경이 말을 가로챘다.

"여자의 핸드백 같다고 생각하지 않았니?"

소년의 얼굴이 환해졌다.

"네, 그랬어요. 마치 보석처럼 전체가 반짝반짝 빛나고 있었습니다!"

퀸 총경은 신음 소리를 냈다.

"좋아, 제스. 착한 아이로구나. 자, 이제 집으로 돌아가 봐라!"

입 다물고 있던 '목사' 조니도, 매지 오코넬도, 프적도, 그의 여자 친구도, 오렌지 주스를 파는 소년도 일어나서 나갔다. 벨리는 바깥문까지 그들을 따라갔다.

샘프슨은 모두들 나가기를 기다렸다가 총경을 한쪽으로 데려갔다.

"어떤가, Q, 모든 일이 순조롭게 되어가고 있나?"

퀸 총경은 미소 지었다.

"헨리, 우리는 인간의 머리로 할 수 있는 것은 최대한 활용했네. 이제 조금만 참으면 되네. 내 바램은……."

그러나 총경은 그 바램이 무엇인지 말하지는 않았다. 그는 쥬너의 팔을 꼭 붙잡더니 침착하게 팬더와 닐슨과 벨리 부장과 샘프슨 지방 검사에게 작별인사를 하고 극장을 나갔다.

아파트로 돌아와 총경이 열쇠로 문을 열자 쥬너가 바닥에 떨어져 있는 노란 봉투를 얼른 집어 들었다. 분명히 문 밑으로 넣어진 것 같았다. 쥬너는 노인의 코앞에서 그것을 흔들어대며 소리쳤다.

"엘러리 도련님에게서 온 거예요, 틀림없어요! 꼭 잊지 않을 거라는 걸 저는 알고 있었어요!"

싱글벙글 웃으며 손으로 전보용지를 흔들고 있는 모습은 그 어느 때보다도 원숭이 같아 보였다.

총경은 쥬너의 손에서 봉투를 낚아채어 모자와 외투를 벗지도 않고 거실의 전등 스위치를 켰다. 그리고 서둘러 노란 봉투에서 쪽지를 꺼냈다.

쥬너의 말이 맞았다.

무사히 도착했음. 쇼빈은 올해에 특별히 고기가 많이 잡힐 거라며 크게 기뻐하고 있음. 아버지의 자그마한 문제는 해결된 것 같음. '필요보다 더한 미덕은 없다'*1고 말한 라블레와 초서와 셰익스피어 등 훌륭한 사람들의 친구가 되시기를. 협박해 보시는 게 어떨지. 신경질이 나신다고 쥬너를 너무 야단치고 구박하지 마시기를.

사랑으로——엘러리

총경은 특별한 말도 없는 노란 쪽지를 잠자코 내려다보다가 갑자기 깨달은 것이 있는 듯 그 엄숙한 얼굴의 표정이 바뀌었다.

총경은 쥬너 쪽으로 몸을 돌려 신사용 모자를 그의 고수머리에 푹 덮어씌워주고 뜻있게 팔을 잡아끌었다.

그는 기분이 좋아 들떠서 떠들어댔다.
“쥬너, 거리로 나가 축하하는 뜻으로 아이스크림 소다를 한 잔씩
마시자꾸나 ! ”

제20장 마이클스의 협박장

퀸 총경은 이 일주일 이래 처음으로 가장 기분 좋은 자기 본연의 모습을 되찾아 기운차게 뚜벅뚜벅 경찰국 건물에 있는 아담한 자기 사무실로 들어가자 외투를 의자 위에 내던졌다.

월요일 아침이었다. 그는 손을 비비며 '뉴욕의 사이드 워크스'를 콧노래로 흥얼거리며 책상 앞에 털썩 앉아 산더미처럼 쌓인 보고서를 정력적으로 훑어보았다. 형사과 여러 사무실의 부하들에게 직접 말 또는 전화로 지시내리는 데 30분이나 걸렸다. 타이피스트가 책상에 놓고 간 수많은 보고서를 재빨리 검토하고, 그것이 끝나자 마지막으로 책상 위에 나란히 있는 버튼을 하나 눌렀다.

벨리가 곧 모습을 나타냈다.

총경은 다정하게 말했다.

"이 상쾌하고 기분 좋은 가을 아침을 어떻게 생각하나, 토머스?"

벨리는 저도 모르게 미소지었다.

"그렇군요, 총경님. 총경님은 어떠십니까? 토요일 밤에는 좀 기분이 언짢아 보이시던데요."

퀸 총경은 빙긋 웃었다.

"끝난 건 끝난 걸세, 토머스. 어제는 쥬너와 함께 브롱크스의 동물원에 놀러가서 네 시간쯤 우리들의 형제인 동물들과 재미있게 지냈지."

벨리는 신음하듯 말했다.

"쥬너는 아마 고향에 돌아간 기분이었을 겁니다. 특히 원숭이의 친구로서……."

"쯧쯧, 그런 말 하지 말게, 토머스." 총경은 나무랐다. "쥬너를 잘못 보면 안 돼. 그 애는 아주 머리가 좋다네. 지금은 어리지만 앞으로 훌륭한 재목이 될 걸세. 내가 보증하지."

"쥬너가 말입니까?"

벨리는 잠시 뒤 고개를 끄덕였다.

"말씀하신 대로 될지도 모르지요, 총경님. 제법 쓸 만한 곳이 있는 아이니까요. 그런데 오늘 예정은 어떻습니까?"

"오늘은 할 일이 산더미처럼 쌓여 있네, 토머스" 하고 총경은 애매하게 말했다. "어제 아침 자네에게 전화했었는데, 마이클스를 구속했나?"

"물론입니다, 총경님. 벌써 한 시간이나 저쪽에서 기다리고 있습니다. 피고트를 거느리고 이른 아침에 왔지요. 피고트는 처음부터 계속 그를 뒤따르고 있었습니다. 몹시 지겨운 모양이더군요."

"그랬군. 내가 늘 말하지만, 경찰이 된다는 건 어리석은 짓이야."

총경은 빙긋 웃었다.

"방으로 들어오게, 토머스."

벨리는 나가자 곧 키가 크고 뚱뚱한 마이클스를 데리고 돌아왔다. 점잖게 옷을 입은 필드의 하인은 신경질적이며 침착성을 잃고 있었다.

퀸 총경은 마이클스에게 자기 책상 옆 의자에 앉도록 눈짓하고 나서 벨리에게 말했다.

"토머스, 자네는 나가서 문을 잠그고 상대가 장관이더라도 방해하지 않도록 해 주게. 알겠나?"

벨리는 호기심어린 눈길을 내리뜨고 머뭇머뭇 사무실을 나갔다. 조금 뒤 문의 반투명 유리창을 통해 커다란 검은 그림자가 희미하게 비쳐보였다.

30분쯤 지난 뒤 벨리는 전화로 상관의 사무실에 불려갔다. 문의 자물쇠가 풀렸다. 총경의 책상 위에 봉하지 않은 싸구려 사각 봉투가 놓여 있고, 그 속에서 메모지 끝이 비죽이 나와 있는 것이 보였다. 마이클스는 핼쑥한 얼굴을 하고 두툼한 두 손으로 모자를 움켜쥔 채 떨면서 꼿꼿이 서 있었다. 벨리의 날카로운 눈은 그의 왼쪽 손가락에 잉크 얼룩이 묻어 있는 것을 보았다.

총경이 아주 기분 좋게 말했다.

"자네는 지금부터 될 수 있는 한 마이클스를 잘 보살펴주기 바라네, 토머스. 말하자면 오늘은 환대해 주기 바라네. 틀림없이 무언가 좋은 생각이 떠오를걸세. 영화 보러 가는 것도 좋은 계획 가운데 하나겠지. 어쨌든 나에게서 명령이 떨어질 때까지 이 신사와 친하게 지내기 바라네."

총경은 갑자기 큰 사나이 쪽을 바라보며 덧붙였다.

"마이클스, 누구와도 연락해선 안 되네. 알고 있겠지? 벨리 부장에게 꼭 붙어 다니며 얌전히 굴게."

마이클스는 언짢은 듯 더듬거리며 말했다.

"하지만 총경님, 저는 공명정대합니다. 이렇게까지 하지 않으셔도……."

총경은 미소지으며 상대방의 말을 가로막았다.

"조심하기 위해서일세, 마이클스. 겉으로만이라도 조심하기 위해서. 자네들 마음껏 즐기게나!"

두 사람은 방을 나갔다. 퀸 총경은 책상을 향해 앉자 회전의자를 젖히고 생각에 잠긴 얼굴로 앞에 놓인 봉투를 집어 들어 흰 싸구려 종이를 꺼내 희미한 미소를 머금고 훑어 내려갔다.

그 문장에는 날짜도, 편지에 으레 따르기 마련인 인사말도 없었다. 곧바로 본문부터 시작되고 있었다.

나는 찰스 마이클스입니다. 아마 알고 있으리라 여깁니다만, 나는 2년 동안 몬티 필드의 오른팔로 일해 왔습니다.

빙빙 돌려 말하지는 않겠습니다. 지난 월요일 밤 당신은 로마 극장에서 몬티 필드를 살해했습니다. 몬티 필드는 일요일에 당신과 극장에서 만나기로 약속했다고 내게 말했습니다. 그것을 알고 있는 것은 나 혼자뿐입니다.

그리고 또 나는 당신이 왜 그 사람을 살해했는지도 알고 있습니다. 당신은 몬티 필드의 모자 속에 있던 서류를 손에 넣기 위해 없애버린 겁니다. 그러나 당신은 빼앗은 서류가 진짜가 아니라는 것을 모르고 있습니다. 그 증거를 보이기 위해 필드가 가지고 있던 넬리 존슨의 증언서 가운데 한 장을 보냅니다. 당신이 필드의 모자에서 꺼낸 서류를 아직 가지고 있다면 이것과 비교해 보시오. 내가 가진 것이 진짜라는 것을 쉽사리 알게 될 것입니다. 나는 결코 손이 닿지 않는 곳에 나머지 진짜 서류를 안전하게 보관하고 있습니다. 그리고 경찰이 침을 흘리며 그 서류를 찾고 있다는 것도 덧붙여 말씀드립니다. 그 서류와 나의 보잘것없는 이야기를 퀸 총경 사무실로 가져간다면 아주 재미있겠지요.

나는 그 서류를 다시 사들일 기회를 당신에게 주려고 합니다. 내가 정한 장소로 2만 5천 달러를 현금으로 가져온다면 서류를 건네주겠소. 나는 돈이 필요하고 당신은 서류와 나의 침묵이 필요할 테니까요.

내일 화요일 밤 12시 59번 거리와 5번 거리의 북서쪽 모퉁이에서 시작되는 센트럴 파크 포장도로 오른쪽 일곱 번째 벤치에서 만났으면 합니다. 나는 회색 외투에 소프트 모자를 쓰고 있겠습니다. '서류'라고 한 마디만 말해주시오.

이것이 단 한 가지 당신이 서류를 손에 넣을 수 있는 방법입니다. 약속시간 전에는 나를 찾지 마십시오. 만약 당신이 나오지 않으면 나는 즉각 다음 행동에 나설 생각이니 부디 말리지 마시길.

종이 2장에 악필로 빼곡히 휘갈겨 쓴 뒤 '찰스 마이클스'라고 서명되어 있었다.

퀸 총경은 탄식하며 봉투 끝에 침을 발라 봉했다. 그리고 봉투 위에 똑같은 필적으로 씌어진 이름과 주소를 지그시 바라보았다. 그는 한 귀퉁이에 천천히 우표를 붙였다.

총경은 다른 버튼을 눌렀다. 문이 열리고 리터 형사가 들어왔다.

"안녕하십니까, 총경님?"

"음, 리터."

총경은 생각에 잠긴 듯 한 손으로 봉투의 무게를 달아 보고 있었다.

"자네 지금 무슨 일을 하고 있나?"

형사는 발을 움직거렸다.

"특별히 하는 일은 없습니다, 총경님. 토요일까지 벨리 부장님을 거들어드렸는데, 오늘 아침에는 필드 사건에 대해 아무 지시도 없었습니다."

"좋아, 그럼, 내가 자네에게 조그만 좋은 일거리를 주지."

총경은 빙긋이 웃으며 불쑥 봉투를 건네주었다. 리터는 얼떨결에 그것을 받았다.

"자네 지금 149번 거리와 3번 거리 모퉁이까지 가서 이 편지를 가까운 우체통에 던져 넣고 오게."

리터는 눈을 크게 뜨고 머리를 긁적이며 총경을 바라보고 있다가 곧 편지를 주머니에 집어넣고 방을 나갔다.

총경은 의자를 젖히고 만족스럽게 코담배를 한줌 집어 들었다.

제21장 퀸 총경 출동

10월 2일 화요일 밤, 곧 11시 30분이 될 무렵, 부드러운 검정색 모자를 쓰고 검은 외투를 입었으며 싸늘한 밤공기를 피하기 위해 깃을 높이 세운 키 큰 한 사나이가, 7번 거리에서 그리 머지않은 53번 거리의 작은 호텔 로비에서 천천히 밖으로 나와 빠른 걸음으로 센트럴 파크 쪽으로 향하는 7번 거리로 걸어갔다.

53번 거리까지 오자 동쪽으로 꺾어들어 사람 그림자 없는 큰길을 5번 거리 쪽으로 방향을 잡았다. 플라자 광장 끝 센트럴 파크의 5번 거리 입구까지 이르자 커다란 콘크리트 기둥 가운데 하나의 그늘에 멈춰 서서 몸을 젖히더니 멍청히 하늘을 쳐다보았다. 잔주름이 진 중년 남자의 얼굴이었다. 희끗희끗한 코밑수염이 윗입술에서 더부룩이 늘어져 있고 모자 밑으로 희끗희끗한 머리카락 끝이 비어져 나와 있었다. 성냥불빛이 잠깐 너울거리다가 슬그머니 스러졌다.

사나이는 조용히 콘크리트 기둥에 기대서서 두 손을 외투 주머니에 찌른 채 담배를 피우고 있었다. 누군가 날카로운 눈을 가진 사람이 그를 관찰하고 있었다면 남자의 손이 희미하게 떨리고 검은 구두를

신은 발이 초조한 나머지 똑똑 길바닥을 두들기고 있음을 알아차렸을 것이다.

담배를 다 피운 사나이는 꽁초를 멀리 내던져 버리고 흘끗 손목시계를 보았다. 바늘이 11시 50분을 가리키고 있었다. 그는 지겨운 듯이 혀를 차더니 공원 입구 문을 지나 안으로 들어섰다.

머리 위에는 플라자 호텔의 조명 등이 밤하늘에 어렴풋이 떠올랐다. 어떻게 할까 결정하지 못한 듯 그는 머뭇머뭇 주위를 둘러보며 얼마 동안 생각에 잠겨 있더니 이윽고 길을 가로질러 첫 번째 벤치에 털썩 앉았다. 마치 하루의 일과에 지쳐 공원의 고요한 어둠 속에 잠시 앉아서 피로를 풀려는 사람처럼 보였다.

사나이는 천천히 고개를 숙였다. 그 얼굴이 천천히 풀어졌다. 졸음에 빠져드는 것 같았다.

1분 1분이 지나갔다. 검은색 옷으로 차려입고 벤치에 앉아 있는 사나이의 조용한 모습 앞을 지나가는 사람은 아무도 없었다. 자동차가 요란한 소리를 내며 5번 거리를 지나갔다. 광장의 교통순경이 부는 날카로운 호루라기 소리가 일정한 간격을 두고 살을 에는 듯한 공기를 갈랐다. 차가운 바람이 사납게 불며 나무들 사이를 빠져나갔다. 공원 어딘가 지옥같이 캄캄한 어둠 속에서 여자의 간드러진 웃음소리가 들려왔다. 부드럽고 아득하게, 그러나 놀라울 정도로 또렷한 웃음소리였다. 시간은 느릿느릿 지나고 꾸벅꾸벅 졸던 사나이는 마침내 깊은 잠으로 빠져들었다.

그러나 근처의 교회 종이 12시를 알리기 시작하자 그는 갑자기 자세를 바로 했다. 그리고 조금 뒤 마음을 정한 듯 일어섰다.

사나이는 입구로 나가지 않고 반대 방향으로 더 깊숙이 포장길을 따라 걸어갔다. 모자 챙과 외투깃 사이로 드러난 어두운 얼굴에서 빛나는 눈이 무언가를 찾고 있는 것 같았다. 서두르는 기색도 없이 흐트러짐 없는 걸음걸이로 나아가며 벤치 수를 헤아리고 있는 것 같았다.

둘, 셋, 넷, 다섯, 사나이는 우뚝 섰다. 앞쪽 어둠 속에 회색 옷을 입고 가만히 앉아 있는 사람의 모습이 가까스로 눈에 들어왔다.

사나이는 천천히 그쪽으로 걸어갔다. 여섯, 일곱, 사나이는 멈춰 서지 않고 앞쪽으로 계속 나아갔다. 여덟, 아홉, 열, 거기서 다시 몸을 빙글 돌려 길을 되돌아갔다. 이번에는 걸음걸이가 한층 더 활발하고 힘차보였다. 일곱 번째 벤치에 가까이 오자 우뚝 멈춰 섰다. 그리고 결심한 듯 가만히 앉아 쉬고 있는, 어둠 속에 희미하게 드러난 모습을 향해 다가갔다. 그 모습은 무언가 중얼거리며 몸을 조금 움직여 새로 온 사나이에게 자리를 내주었다.

두 사나이는 아무 말없이 앉아 있었다. 잠시 뒤 검은 옷차림의 사나이가 외투 주머니를 뒤적거려 담뱃갑을 꺼냈다. 그 한 개비에 불을 붙였다. 담배 끝에 빨갛게 불이 붙었는데도 성냥불을 그대로 잠시 손에 들고 있었다. 성냥불빛으로 옆자리에 앉아 있는 사나이를 살짝 살펴보는 것 같았다. 그러나 시간이 너무 짧아 아무것도 알 수 없었다. 벤치에 먼저 와 있던 사람도 그와 마찬가지로 얼굴을 잘 감싸 숨기고 있었다.

이윽고 성냥불이 꺼지고 두 사람은 다시 어둠 속에 가만히 앉아 있었다.

검은 옷차림의 사나이가 마음을 정한 듯했다. 그는 앞으로 몸을 조금 구부린 채 상대방의 무릎을 갑자기 가볍게 두들기며 목멘 듯한 소리로 "서류" 하고 말했다.

두 번째 사나이는 바짝 정신을 차렸다. 반쯤 몸을 돌려 옆자리의 사나이를 쏘아보더니 곧 만족한 듯한 신음 소리를 냈다. 벤치에서 조심스럽게 상대방으로부터 윗몸을 젖혀 떨어져 앉아 장갑 낀 왼손을 외투 주머니에 넣었다. 나중에 온 첫 번째 남자는 끌려들어가듯 몸을 웅크렸다. 상대방 사나이의 장갑 낀 손이 무엇인가를 꽉 움켜쥐고 주머니에서 나왔다.

그리고 그 손의 주인은 뜻밖의 행동을 했다. 갑자기 근육을 긴장시키며 한 발로 벤치에서 펄쩍 퉁겨 일어나 뒤로 물러서며 첫 번째 남자에게서 떨어졌다. 동시에 재빨리 왼손을 뻗쳐 웅크리고 있는 모습에게 들이댔다. 멀리 떨어진 아크 등의 희미한 불빛으로도 무엇이 그 손에 쥐어져 있는지 보였다. 권총이었다.

첫 번째 사나이가 쉰 목소리로 외치며 고양이처럼 민첩하게 벤치에서 뛰어올랐다. 그리고 한 손이 번개처럼 재빨리 외투 주머니로 들어갔다. 그리고 자기 심장을 겨누고 있는 무기는 쳐다보지도 않고 우뚝 버티고 선 모습을 향해 똑바로 돌진해 갔다.

그러나 그 사이에 사태는 급변했다. 조금 전까지만 해도 넓고 어두운 전원의 정적을 상상케 했던 평화로운 광경이 마술처럼 긴박한 대활극 장면으로 바뀌었다. 벤치 뒤쪽으로 몇 미터 떨어진 관목 숲 속에서 권총을 높이 들고 재빨리 좁혀오는 한 무리의 사람들이 갑자기 나타났다. 동시에 도로 저쪽에서도 똑같은 사람들이 나타나 두 사나이가 있는 쪽으로 달려왔다. 그리고 길 양끝——30미터쯤 떨어진 공원 입구에서도, 그 반대 방향인 공원의 어둠 속에서도 몇 명의 제복 경관들이 권총을 휘두르며 달려왔다. 네 군데에서 달려온 사람들이 하나로 합쳐졌다.

권총을 꺼내며 벤치에서 뛰어 일어난 남자는 원군이 도착하기를 기다리고 있지 않았다. 상대방이 외투 주머니에 손을 집어넣자마자 권총의 주인은 재빨리 충분히 겨냥하여 방아쇠를 당겼다. 총소리가 공원에 메아리쳤다. 오렌지빛 불꽃의 선이 검은 옷차림의 남자를 향해 쏟아져 흘러갔다. 남자는 앞으로 비틀거리며 발작적으로 자기 어깨를 움켜잡았다. 무릎이 무너져 꺾이며 돌바닥에 쓰러졌다. 한 손은 아직도 외투 주머니를 뒤적이고 있었다.

그러나 다음 순간 달려온 경찰들이 눈사태처럼 그를 덮쳤고, 쓰러진 사나이는 제 아무리 흉악한 의도를 지녔다 한들 손가락 하나 까딱할 수 없었다. 인정사정없는 손이 팔을 붙들고 눌러 손을 주머니에서 꺼낼 수도 없었다. 그대로 모두 침묵하고 있는데 뒤에서 활기찬 목소리가 들렸다.

"조심해야 돼. 그 남자의 손을 주의해!"

이 목소리가 들릴 때까지 사나이들은 상대를 누르며 움직이지도 않았다.

리처드 퀸 총경은 거칠게 숨을 몰아쉬는 경관들을 천천히 헤치고 들어가 길 위에서 엎치락뒤치락하는 남자를 지그시 내려다보고 있었다.

"이 남자의 손을 빼게, 토머스. 부드럽게 해야 돼, 꼭 잡고서. 꼭 잡아, 어이, 꼭 붙들어야 해. 갑자기 칼을 휘두를지도 모르니까."

사나이의 팔을 힘껏 누르고 있던 토머스 벨리 부장이 상대가 있는 힘을 다해 버둥거리는데도 신중하게 다루어 주머니에서 팔을 빼냈다. 손이 나왔다. 아무것도 쥐고 있지 않았으며, 근육은 마지막 순간에 힘이 빠져 늘어졌다.

두 경관이 태산 같은 힘으로 재빨리 손목을 비틀어 묶었다.

벨리가 주머니를 뒤지려고 몸을 웅크리자 총경이 날카롭게 가로막으며 길 위에서 몸부림치는 사나이 위로 직접 몸을 굽혔다.

세심하게 주의를 기울이며 마치 자기 생명이 이 경계심에 달려 있는 듯이 노인은 천천히 남자의 주머니 속에 손을 밀어 넣어 뒤져보았다. 이윽고 무언가 잡혔는지 역시 아주 조심스럽게 그것을 꺼내 불빛 있는 곳으로 와서 비쳐보았다.

피하주사기였다. 아크 등 불빛을 받아 무색투명한 내부가 반짝반짝 빛나고 있었다.

총경은 빙그레 웃으며 다친 사나이 옆에 무릎을 꿇었다. 검은 펠트 모자를 재빨리 벗겼다.

"완벽한 변장이군!" 하고 총경은 중얼거렸다.

그는 사나이의 희끗희끗한 수염을 뜯어내고 손으로 재빨리 주름진 얼굴을 문질러댔다. 곧 피부에 더러운 반점이 나타났다.

총경은 충혈된 눈으로 노려보는 상대방을 내려다보며 부드럽게 말했다.

"또 만나게 되어 반갑소, 스티븐 밸리 씨. 그리고 당신 친구 테드 라에틸납도!"

제22장 최후의 막——설명

퀸 총경은 거실 책상 앞에 앉아 윗부분에 '퀸즈'라고 인쇄된 기다란 용지에 뭔가 열심히 쓰고 있었다.

수요일 아침이었다. 창문으로 햇살이 강물처럼 쏟아져 들어오고 87번 거리의 활기찬 소음이 큰길 아래에서 아득하게 들려오는 날씨 좋은 수요일 아침, 총경은 평상복에 슬리퍼 차림이었다. 쥬너는 식탁 위의 아침 식사 뒤처리를 하느라고 바빴다.

노인은 편지를 썼다.

사랑하는 아들에게.

어제 저녁 전보친 것처럼 사건을 결말지었다. 스티븐 밸리를 마이클스의 이름과 필적을 미끼 삼아 아주 멋지게 체포했지.

내가 심리작전의 효과를 확신하고 또 그 계획이 성공했음을 축하해다오. 밸리는 절망적인 처지에 몰려 있었으며, 다른 많은 범죄자들처럼 그 범죄를 되풀이해도 잡히지 않으리라 생각했던 모양이다.

털어놓기 유감스럽지만, 나는 정신적으로 너무도 지친 나머지 이따금 인간사냥질이 지겹도록 싫을 때가 있다.

그 가엾고 귀여운 아가씨 프랜시스가 살인범의 애인으로서 세상에 얼굴을 내밀고 살기란 힘겨울 거라는 생각을 하면 정말이지 엘, 이 세상에 정의는 드물고 자비심은 아예 없구나.

물론 그 아가씨가 져야 할 오욕에는 나에게도 얼마쯤 책임이 있다. 그러나 아이브스 포프 씨는 정말 성실한 신사로서, 뉴스를 듣자 조금 전에 나에게 전화를 했더구나. 어떤 의미에서는 포프 씨와 그 딸에게 도움을 주었다고 나는 생각하고 있다. 우리는……

이때 현관 벨이 울렸다. 쥬너가 행주로 급히 손을 닦으며 현관으로 달려갔다. 샘프슨 지방검사와 티머시 클로닌이 들어왔다. 두 사람은 모두 흥분하여 기쁜 듯이 한꺼번에 지껄여댔다. 퀸 총경은 편지지를 잉크 흡인지로 덮고 일어났다.

샘프슨이 두 손을 내밀며 소리쳤다.

"반갑구먼, Q! 축하하네. 오늘 아침 신문을 보았나?"

"콜럼버스를 칭송하라!"

클로닌은 커다란 특호 활자로 스티븐 밸리의 체포를 칭찬하는 뉴욕의 뉴스가 실린 신문지를 높이 쳐들고 싱글벙글 웃고 있었다. 총경의 사진이 크게 실리고, '퀸 총경, 더욱 영예로운 관을 쓰다'라는 제목이 붙은 열광적인 기사가 2단으로 지면을 메우고 있었다.

그러나 총경은 이상하게도 아무런 감동도 보이지 않았다. 손님에게 의자를 권하고 커피를 가져오도록 이른 뒤 필드 사건에 대해서는 이제 아무 흥미가 없는 것처럼 시의 부서 일부에서 계획 중인 인사이동에 대해 이야기했다.

이윽고 샘프슨이 불만을 터뜨렸다.

"대체 자네 어떻게 된 건가? 가슴을 크게 펴게, Q. 성공은커녕 크게 실패한 사람 같은 표정을 짓고 있군.”

총경은 한숨을 쉬며 말했다.

“그런 게 아니라네, 헨리. 엘러리가 옆에 없으면 도무지 아무것도 신이 나지 않는다네. 그애가 보잘것없는 메인 주 숲 속 대신 지금 여기 있다면 얼마나 좋겠나?”

두 사람은 크게 소리 내어 웃었다. 쥬너가 커피를 따랐고, 총경은 얼마 동안 프랑스 과자를 입에 넣느라고 바빴다.

클로닌이 담배 연기를 동그랗게 내뿜으며 입을 열었다.

“저는 다만 잠시 경의를 나타내기 위해 들렀습니다, 총경님. 이번 사건은 두세 가지 점에서 꽤 흥미로웠습니다. 이리로 오는 도중 지방검사님께서 말씀해 주신 것 말고는 이번 사건의 전모에 대해 그리 아는 게 없지만요.”

“나도 아는 바가 전혀 없다고 하는 편이 옳을 걸세, Q” 하고 지방검사가 끼어들었다. “우리에게 이야기해 줄 게 있음직한데, 듣고 싶군그래.”

퀸 총경은 멋쩍은 미소를 지어보였다.

“체면을 살리기 위해서는 이번 사건을 대부분 나 혼자 해결해 냈다고 말하지 않으면 안 되겠지. 그러나 솔직히 말하자면 이번의 이 바보스러운 사건 전체를 통해 아주 재치 있게 일한 것은 엘러리일세. 참으로 뛰어난 놈이야, 내 아들 녀석은.”

샘프슨과 클로닌은 허리를 폈고, 총경은 코담배를 쥐고 팔걸이의자에 여유 있게 등을 기댔다. 쥬너는 귀를 세우고 구석에 조용히 웅크리고 앉아 있었다.

총경이 입을 열었다.

“필드 사건의 경과를 이야기하려면 벤저민 모건의 이름을 들먹이지 않을 수 없는데, 그는 피해자 가운데 가장 결백한 인물일세[1]. 그래서 말인데, 헨리, 내가 모건에 대해서 하는 이야기들은 직업적으로나 사교적으로나 여기서 뿐이라는 것을 명심하게. 팀은 이미 침묵을 지켜주겠다고 약속했지. "

두 사람은 말없이 고개를 끄덕였다.

총경이 말을 계속했다.

"범죄수사는 대부분 맨 처음 동기를 살피는 일로부터 시작된다는 것은 말할 필요도 없겠지. 범죄의 배후에 가려진 이유가 밝혀질수록 용의자도 점점 좁혀지는 것처럼. 그런데 이번 사건에서는 오랫동안 동기를 알 수 없었네. 예를 들어 벤저민 모건의 이야기 같은 두세 가지 근거는 있었지만 결정적인 것은 아니었네.

모건은 몇 년 동안 필드에게 돈을 뜯겨왔네. 협박은 필드의 사업 일부로 자네들은 그의 다른 방면 사회활동에 대해서는 알고 있었으나 그 방면에는 전혀 깜깜했지. 그리하여 동기는 어쩌면 협박 아니, 그보다 협박의 뿌리를 뽑는 데 있다고 해석되었네. 그러나 그때는 그밖에도 더 많은 동기를 생각해 볼 수 있었지. 예를 들면 필드 덕분에 '교도소 밥을 먹은' 범죄자가 복수한 거라고 생각할 수도 있었거든. 아니면 그의 범죄조직 패거리 가운데 한 사람이 저지른 짓이 아닐까 생각되기도 했네. 필드는 많은 적이 있었네. 물론 친구도 많이 있었지만, 그들은 필드에게 약점이 잡혀 있는 처지였지. 이런 몇십 명의 사람들——남자도 있고 여자도 있었네——가운데 누군가가 필드를 살해할 동기를 가지고 있었을지도 모르네.

그런 까닭에 우리는 그날 밤 로마 극장에서는 너무도 절박한 상황이라 곧 처리하든가 꼭 하지 않으면 안 될 일이 그밖에도 많았기 때문에 동기에 대해서는 그리 파고들지 않았다네. 배경에 두고서 언제든 필요할 때 불러내기로 했었지.

그러나 이 점은 기억해 두기 바라네. 만일 동기가 협박이라고 한다면——협박이라고 보는 게 가장 타당할 듯싶어 엘러리와 나는 결국 그렇게 짐작해 두었는데——필드는 신변에 어떤 서류를 감춰 두었을지도 모르지 않겠나? 그 서류를 보면 적어도 사건해결에 서광이 비칠 거라고 우리는 짐작했네.

모건의 서류가 있다는 것은 알고 있었네. 팀도 자기가 찾고 있는 서류가 어딘가에 있을 거라고 주장했지. 그래서 우리는 시종일관 서류를 찾느라 눈에 불을 켜고 있었다네. 범죄의 배후에 깔린 근본적인 상황을 명백히 해 줄지도 모르고, 또 그렇지 않을지도 모르지만 어쨌든 서류가 발견되면 실제적인 증거가 될 테니까.

한편 엘러리는 문서문제에 관련된 필드의 소지품 가운데서 발견한 필적분석에 관한 책에 관심을 쏟았네. 우리가 알고 있는 한 필드는 한 번은 명확하게 협박했고——모건의 경우일세——그밖에 몇 번이나 그런 짓을 한 혐의가 있네. 게다가 필적 연구에 깊은 흥미를 가지고 있었다고 하면, 그런 인간이었던 만큼 서류 위조쯤은 누워서 떡먹기였으리라고 주목했네. 만일 이것이 맞는다면——사실 꽤 타당한 해석이라고 생각되었는데——필드는 아마 상습적으로 협박에 사용하는 진짜 서류의 모사품을 만들었을 거라는 결론이 나오지. 그런 짓을 한 타당한 이유는, 가짜를 팔아먹고 진짜는 보관해 두었다가 다시 협박미끼로 쓰기 위해서였을 걸세. 의심할 나위도 없이 암흑가와의 연결이 이 매매방법을 배우는 데 큰 도움이 되었을 걸세.

나중에야 이 가정이 맞았다는 것이 증명되었네. 그때 처음으로 협박이 범죄동기였다는 것이 결정적으로 밝혀졌지. 그러나 여기서 말해두겠는데, 그것을 알았다해도 우리로서는 도무지 손쓸 수가 없었다네. 우리가 지목한 용의자들은 누구나 협박의 피해자였으므로, 과연 누구 짓인지 확실하게 밝혀낼 방법이 전혀 없었던 것일세."

총경은 눈살을 찌푸리고 더 깊이 좌석에 몸을 파묻어 편안히 했다.

"그런데 나는 잘못된 방향에서 이 설명을 구하려고 매달렸다네. 습관이 얼마나 인간을 붙잡고 놓아주지 않는지 이것으로 잘 알았지. 어쨌든 나는 언제나 동기에서부터 시작하는 것이 습관이었거든. 그건 그렇고, 이번 수사에서 특별히 눈에 띄는 중요한 중추적 상황이 한 가지 있었네. 즉 실마리가 완전히 뒤엉켜 있었던 점일세. 그보다 실마리가 없었다고 하는 편이 옳을지도 모르겠군. 내가 말하는 건 모자에 대해서인데…….

사라진 모자에 대해 안타까웠던 일은, 월요일 밤 로마 극장에서 눈앞의 조사에 급급한 나머지 모자가 왜 없어졌는지 제대로 파악하지 못한 것이었네. 처음부터 그 일에 마음을 두지 않은 건 아닐세. 이것은 정말일세. 시체를 조사할 때 내가 맨 먼저 알아차린 일 가운데 하나는 모자가 없어졌다는 것이었지.

엘러리도 극장에 들어와서 죽은 사나이를 들여다보더니 곧 그것을 알아차렸네. 그러나 우리가 어떻게 할 수 있었겠나? 정신을 쓰지 않으면 안 될 번거로운 일이 산더미처럼 쌓여 있었네. 신문해야 하고, 명령을 내리고, 엇갈린 견해를 바로잡고, 의심스러운 점을 하나하나 밝히지 않으면 안 되었네. 그런 까닭으로 우리는 중요한 기회를 어쩔 도리 없이 놓쳤던 걸세.

그때 곧 모자가 없어진 까닭을 철저하게 캐 들어갔더라면 그날 밤 안으로 사건의 진상이 밝혀졌을지도 모르는 일일세."

샘프슨 지방검사가 웃으며 말했다.

"그래도 그리 긴 시간이 걸리지는 않았네. 자네야 본디 까다로운 사람이니까. 오늘은 수요일일세. 살인은 일주일 전 월요일에 일어났지. 겨우 9일 밖에 지나지 않았네. 잔소리할 게 뭐 있나?"

총경은 어깨를 으쓱했다.

"하지만 그래도 상당한 차이가 나네. 그때 그런 분별이 서 있었다면…… 뭐, 아무래도 좋네. 마침내 모자 문제에 눈길을 집중시키려고 했을 때, 우리가 맨 처음 자문자답한 것은 모자가 왜 사라졌는가 하는 점이었지. 거기에는 타당한 해답이 두 가지밖에 없다고 생각되었네. 첫째는 모자 자체가 범인을 나타내고 있다는 것, 둘째는 모자 속에 무언가 범인이 탐내고 있는 것이 들어 있어 그 때문에 범행이 일어났다는 것.

뒤에 알았지만, 이 두 가지 해답은 모두 맞았다네. 모자 속 가죽 밴드 밑에는 밸리의 이름이 지워지지 않는 잉크로 씌어져 모자 자체가 범인을 지목하고 있는데다 모자 속에는 범인이 탐내지 않을 수 없는 것, 즉 협박자료인 서류가 숨겨져 있었으니까. 그때는 범인도 물론 그 서류가 진짜라고 생각했겠지.

모자를 가져간 이유가 밝혀졌을 때는 아직 수사가 그리 진척되지는 않았으나 출발점은 잡혔네. 월요일 밤 극장을 폐쇄하도록 명령하고 철저하게 수사해 보았지만 사라진 모자는 발견되지 않았네.

모자가 어떤 알 수 없는 방법으로 극장에서 감쪽같이 사라진 것일까, 아니면 아직 수사의 그물에 걸리지 않고 그냥 극장 안에 있는 것일까? 우리는 알 도리가 없었네.

목요일 아침 다시 한번 극장을 수색하고서야 우리들은 몬티 필드의 실크햇을 찾는다는 게 그리 간단한 일이 아니라는 걸 알게 되었네. 말하자면 모자는 극장 안에 없다는 부정적인 결론이었지. 그것은 거의 확실했네. 극장은 월요일 밤부터 폐쇄되어 있었으므로 모자는 바로 그날 밤 극장에서 빠져나갔음에 틀림없다는 말이 되지.

그러나 월요일 밤 극장에서 나간 사람들은 모두 하나의 모자밖에 가지고 있지 않았네. 두 번째 수사에서는 몬티 필드의 모자를 발견하지 못한 까닭은 누군가가 그것을 손에 들거나 머리에 쓰고 갔기 때문이라고, 그 인물은 자기 모자를 극장 안에 버리고 나간 것이라고 결론내리지 않을 수 없었네.

그 인물은 그 모자를 극장 밖으로 내가기가 퍽 힘들었을 걸세. 밖으로 나가는 기회는 다른 관객들이 나갈 때밖에 없었으니까. 그 때까지는 모든 출입구마다 감시하는 사람이 지켜서 있고 문이 잠겨 있었네. 왼쪽 통로는 처음에는 제스 린치와 엘리너 두 사람이, 나중에는 안내원 존 체이스가 감시했네. 그 뒤에는 부하 경관이 혼자 감시하고 있었지. 오른쪽 통로는 밤새 감시하는 사람이 있었던 오케스트라석 출입구밖에 출구가 없어서 이용할 수가 없었다네.

그렇다고 하면 필드는 역시 실크햇을 쓰고 있었을 터인데, 그날 밤 야회복을 입지 않고 실크햇만 쓴 채 극장을 나선 사람은 한 사람도 없으니 문제의 그 모자를 들고 사라진 사나이도 분명 야회복 차림이란 말이 되지. 또는 치밀한 계획 아래 일부러 모자를 안 가져 왔을 수도 있겠지만 좀 생각하기 어려운 경우지.

그러나 좀더 깊이 생각해 보면 그런 일은 있을 수 없다는 것을 알아차릴 걸세. 실크햇 없이 오면, 특히 극장에 들어올 때는 사람 눈에 아주 잘 띄었을 걸세.

물론 모자를 쓰지 않고 오는 경우도 있기야 하지. 그래서 우리는 그 점을 고려에 넣었네. 그러나 우리는 이처럼 용의주도한 범죄를 꾀할 정도의 인간이라면 눈에 띄는 불필요하고 위험한 다리를 건너는 실수는 저지르지 않으리라 추정했네. 그리고 엘러리는 범인이 필드 모자의 중요성에 대해 범인이 미리 알고 있지는 않았다고 확신하고 있었네. 그렇다면 범인이 자기 모자를 가져오지 않았을 가능성은 더욱 희박해지지.

만일 범인이 모자를 가져왔다면 첫 번째 휴식 시간 동안에 처리했으리라고 우리는 생각했네. 즉 범행을 저지르기 전에.

그러나 범인이 모자의 중요성에 대해 사전 지식이 없었을 거라는 엘러리의 추리에 따르면 그것은 불가능하네. 그때는 범인이 아직 자기 모자를 처리해야 할 필요를 알지 못했을 테니까.

아무튼 범인은 자기 모자를 극장에 남겨두지 않으면 안 되었을 걸세. 그 모자도 역시 실크햇임에 틀림없다고 추정하는 것이 타당하리라 여겨졌네. 어떤가, 여기까지는 알아듣겠나?”

“아주 논리적인 것 같구먼” 하고 샘프슨이 고개를 끄덕였다. “그런데 아주 복잡하게 뒤얽혀 있군.”

그러자 총경이 짜증스러운 듯이 말했다.

“이 사건이 얼마나 복잡했는지 자네들은 상상도 못할걸세. 아무튼 우리는 동시에 다른 가능성도 고려하지 않으면 안 되었지…… 예를 들면 필드의 모자를 쓰고 나간 인물은 범인이 아니라 공범자였을지도 모른다는 것 등을. 그럼, 이야기를 계속해 나가겠네.

우리가 그 다음에 자문자답한 문제는 이런 것이었네. 즉 살인범이 극장에 남겨두고 간 실크햇은 ‘어떻게 되었을까?’ 범인은 그것을 어떻게 했을까? 어디에 놓아두었을까? 솔직히 고백하지만, 이것은 어려운 문제였네.

우리는 극장을 위에서 아래까지 샅샅이 뒤졌네. 무대 뒤에서 몇 개의 실크햇을 발견했지만, 의상담당인 필립스 부인이 모두 배우들의 모자라고 확인했지. 그러나 그것은 모두 개인 소유 실크햇은 아니었네. 그렇다면 범인이 극장에 놓아두고 간 실크햇은 어디에 있을까?

엘러리는 언제나처럼 날카로운 통찰력을 가지고 핵심을 찔렀네. 그는 이렇게 생각했던 걸세. ‘범인의 실크햇은 반드시 극장에 있지 않으면 안 된다. 그러나 그 존재가 사람 눈을 끄는 이상하게 여겨지는 실크햇은 하나도 없었다. 그러고 보면 우리가 찾고 있는 실크햇은 눈앞에 있더라도 결코 이상하게 보이지 않아야 할 것이다'라고, 과연 깊이 파고든 생각이 아닌가? 정말 터무니없는 일이지. 나는 거기까지 생각이 미치지 못했었네.

극장에 있어도 이상하게 보이지 않는 모자, 의심할 여지도 없을 만큼 거기에 있는 것이 자연스럽게 보이는 실크햇이라면 어떤 것일까? 로마 극장에서는 모든 의상을 르 블랑에서 빌려 오기 때문에 그 해답은 아주 간단하게 나왔네. 연극 목적에 사용하는 빌려 온 실크햇은 어디에 있는가? 배우들의 분장실, 아니면 무대 뒤 일반 의상실에 있겠지.

엘러리는 여기까지 추리하자 필립스 부인을 데리고 무대 뒤로 가서 배우 분장실과 의상실에 있는 실크햇을 하나하나 점검했네. 거기에 있는 실크햇을 모조리 헤아려 보았는데 없어진 건 하나도 없었고, 모두 극장 소품으로 쓰는 실크햇으로 안에 '르 블랑' 상표가 붙어 있었다네. 필드의 실크햇은 브라운 형제 상회 제품임이 밝혀졌는데 극장 소품인 실크햇 가운데에는 없었고, 무대 뒤 어느 곳에서도 발견되지 않았네.

우리는 월요일 밤, 하나 이상의 실크햇을 가지고 극장을 나간 사람은 없었으며 몬티 필드의 모자는 그날 밤 극장에서 나갔음에 틀림없으니만큼 범인의 실크햇은 극장이 폐쇄되어 있는 동안 내내 로마 극장 안에 있었을 것으로, 두 번째로 수사할 때도 아직 극장에 있을 게 절대로 확실하다고 판단했네.

그런데도 극장에 있는 실크햇은 연극에 쓰는 소품밖에 없다……그렇다면 범인의 실크햇——말하자면 범인이 필드의 모자를 갖고 나간 결과 뒤에 남기지 않으면 안 될 실크햇——은 무대 뒤의 소품 가운데 하나임에 틀림없다는 결론이 나오지. 번거로운 일이지만 소품 실크햇 말고는 물리적으로 범인의 모자라고 할 수 있는 것이 전혀 없었기 때문일세.

바꾸어 말하자면 무대 뒤의 소품인 실크햇 가운데 하나가 월요일 밤 정장차림으로 필드의 실크햇을 쓰고 극장을 나간 인물이 썼던 것이라는 결론이 나오네.

그 인물이 살인범이라고 한다면…… 거의 틀림없다고 생각되었지만, 우리의 수사범위는 상당히 좁혀지지. 야회복 차림으로 극장을 나간 남자 배우 가운데 하나, 또는 극장과 밀접한 관계가 있으며 정장차림을 하고 있었던 다른 어떤 사람, 이 두 가지 말고는 있을 수 없네. 후자의 경우 그 인물은 첫째로 극장에 남겨두는 소품인 실크햇을 손에 넣어야 하고, 둘째로 의상실과 분장실에 마음대로 드나들 수 있어야 하며, 셋째로 소품인 실크햇을 의상실이나 분장실에 놓아둘 기회를 가지고 있어야 했을 걸세.

그럼, 이 후자 경우의 가능성을 검토해 보세. 결국 범인은 극장과 밀접한 관계를 가지고 있으나 배우가 아니라는 말이지."

총경은 잠시 말을 끊고 보물처럼 소중히 간직하고 있는 쌈지에서 코담배를 한줌 집어내 깊이 들이마셨다.

"무대 뒤의 스탭들은 제외해도 좋네. 아무도 필드의 모자를 쓰고 가는 데 필요한 야회복을 입고 있지 않았으니까. 입장권 판매원, 안내원, 도어맨 등 말단 직원들도 같은 이유로 제쳐놓았지. 홍보 담당 닐슨은 여느 양복을 입고 있었네. 지배인 팬더는 정장차림을 하고 있었으나 나는 좀 수고하여 그의 머리 치수를 재본 결과 16.6센티미터라는 것을 알아냈네. 유난히 머리가 작은 그 사람이 18센티미터인 필드의 모자를 쓴다는 것은 사실 생각할 수 없는 이야기일세. 우리는 지배인이 돌아가기 전에 극장을 나왔지만, 나는 미리 토머스 벨리 형사부장에게 팬더도 특별 취급하지 말고 다른 사람들과 마찬가지로 몸수색을 하도록 엄중하게 이르고 나왔었다네.

그날 밤 나는 재빨리 팬더의 사무실에서 의무 중 하나로 지배인의 모자를 조사해 보았는데, 더비였었네. 나중 토머스로부터 들으니 팬더는 그 더비를 머리에 쓰고 그 밖의 다른 모자는 가지고 나가지 않았다는 것이었네. 만약 팬더야말로 우리가 찾고 있는 인물이라면 필드의 모자는 너무 커서 손에 들고 있어야 했겠지만 그가 쓰고 있었던 모자는 더비였지.

그리고 그는 더비를 쓰고 나갔기 때문에 필드의 모자는 가지고 나가지 않았다고 판단되었지. 아무튼 극장은 지배인이 나가자 곧 폐쇄되어 그 뒤 목요일 아침까지 누구 하나——이 점은 감시하고 있던 내 부하가 잘 알고 있네——안에 들어간 사람이 없었네. 따라서 이론적으로는 필드의 실크햇을 극장 안에 숨길 수만 있다면 로마 극장 고용인이라면 지배인이든 그 밖의 누구든 범인이 될 수 있겠지.

그러나 이 마지막 가정은 건축전문가 에드먼드 크루의 보고로 무너졌네. 그는 로마 극장에는 비밀 은닉 장소가 한 군데도 없다고 단언했네.

팬더와 닐슨과 그 밖의 고용인들이 제외되면 가능성으로 남는 것은 배우들밖에 없네. 마지막으로 밸리를 지목할 때까지 어떻게 수사범위를 좁혀갔는지는 잠깐 덮어두기로 하세. 이번 사건에서 흥미 있는 점은 복잡하기 짝이 없는 추리가 차근차근 진행된 데 있었네. 그 결과 우리는 순수하게 논리적인 논증에 의해 진상에 이를 수 있었던 걸세. ‘우리’라고 말했지만, 실은 ‘엘러리’라고 말해야 옳을 것 같군.”

클로닌이 미소지으며 말했다.

“총경님은 경찰치고는 의외로 수줍음이 많으시군요. 하지만 정말 놀랐습니다. 총경님의 얘기는 추리소설보다 더 흥미롭군요. 제 상관이 저토록 귀기울이고 계시니 저도 그만 할일을 잊고 말았는데 아무쪼록 계속해 주십시오, 총경님."
퀸 총경은 미소지으며 이야기해 나갔다.
"범인을 쫓으면서 드디어 배우들에게 주목하게 된 사실은 십중팔구 자네들도 마음에 간직하고 있었을 하나의 의문을 풀어주었네. 그것은 처음부터 우리를 괴롭혀온 의문이었지. 즉 비밀 거래상 만날 장소로서 범인이 왜 극장을 택했는가 하는 문제였는데, 우리는 처음에 도무지 이해가 가지 않았네. 자네들도 좀 생각해 보면 알겠지만, 극장은 보통 상황으로 보아 여러 가지 생각지 못할 불리한 조건을 갖추고 있네. 그 가운데 한 가지 예를 들면, 비밀을 지키기 위해 옆자리를 비워두지 않으면 안 되므로 여분의 입장권을 사야 했던 점이 있지. 다른 곳에도 만나기 편리한 장소가 있는데 무엇 때문에 수고스럽게 극장을 택했을까? 극장 안은 대개 칠흑처럼 어둡고 쥐죽은 듯 고요해서 속삭이는 소리까지 남의 귀에 들어가기 쉬운데. 그리고 사람들이 많이 모이는 장소란 대개 위험할 따름이지. 아는 얼굴을 만날 수도 있고……. 그러나 이런 모든 의문도 밸리가 출연 배우의 한 사람이라는 사실을 알게 되면 단숨에 해결되지. 밸리의 입장에서는 극장이야말로 이상적인 장소인 셈이니.
만약 관객석에서 시체가 발견되었다고 하면 누가 지금 무대에서 연기에 한창인 배우를 의심하겠는가!
필드는 밸리의 계략 따윈 전혀 눈치채지 못한 채 한 걸음 한 걸음 죽음의 장소로 나아갔지. 설령 조금 의심스러웠다한들 늘 위험한 무리들을 상대하던 만큼 제 한 몸 지킬 자신쯤 있었을 거야. 지나친 자신감이었고, 지금은 이 추측이 맞는지조차 확인할 길도 없지만 말이네."
총경은 잠시 메마른 웃음 소리를 내더니 다시 말을 이었다.

"모자에 대한 얘기는 이쯤에서 잠시 접어두고, 엘러리가 어떻게 범인을 찾았는지 들어보기로 함세. 사실 엘러리는 아이브스 포프의 저택에서 회합이 있었을 때 이미 어떻게 수사를 끌고가야 할지 알고 있었다네. 그날 밤 필드가 단순히 여자를 희롱하기 위해 휴식 시간에 복도에서 프랑세스 아이브스 포프 양에게 접근한 게 아니었다는 점이 분명해졌던 거지.

엘러리는 겉으로 보기에는 사이가 멀고 아무 인연도 없는 이 두 사람 사이에 무언가 연결이 있는 듯하다고 생각했지. 그렇다고 해서 프랜시스 아이브스 포프 양이 그 연결을 알아차리고 있었다는 뜻은 아니었네. 그녀는 필드에 대해서는 한 번도 들어본 적 없고 만난 적도 없다고 잘라 말했네.

그 말을 의심할 이유는 전혀 없었고, 믿어도 좋을 많은 이유가 있었네. 연결이 있었다면 그것은 스티븐 밸리를 통해서일 거라고 여겨졌네. 밸리와 필드는——프랜시스는 알지 못했지만——서로 아는 사이일지도 모른다고 생각되었네. 그렇다면 필드가 그 배우와 월요일 밤 극장에서 만나기로 약속했는데 뜻밖에도 프랜시스를 보았다고 한다면 얼근히 취한 상태니 짐짓 그녀에게 접근할 기분이 일어났으리라는 것은 있을 법한 일이겠지. 더욱이 필드와 밸리가 함께 관심을 가지고 있는 문제가 프랜시스와 깊은 관계가 있었다면 더할 나위 없었을걸세. 어떻게 해서 프랜시스를 알아보았는가? 신문을 읽고 있는 몇만 명의 사람들이 그녀의 얼굴을 구석구석까지 잘 알고 있다네. 늘 사진이 실리는 사교계의 젊은 아가씨였으니까. 필드는 확실히 순수한 사무상 일과 관계없이 그녀를 알고 있었음에 틀림없네.

그럼, 이야기를 삼각관계로 돌리기로 하세. 필드, 프랜시스, 밸리의 연결이지. 여기에 대해서는 나중에 자세히 이야기하겠네. 자네들도 알겠지만 배우들 가운데 밸리말고는 누구도 왜 필드가 프랜시스에게 접근했는지 충분히 만족한 설명을 해 줄 수 없네. 밸리는 프랜시스와 약혼했고 그녀의 약혼자로서 공공연하게 발표되었으며, 사진 등 온갖 신문에서 화제가 되어 있었네.

또 한 가지 프랜시스에 대해 귀찮은 문제——필드의 옷에서 그녀의 핸드백이 발견된 일일세——가 있는데, 그것은 술에 취한 변호사가 다가왔을 때 당연한 일이지만 너무 당황한 나머지 떨어뜨렸다는 그녀의 설명으로 앞뒤 관계가 분명해졌네. 이것은 나중에 필드가 여자의 핸드백을 줍는 것을 보았다는 제스 린치의 증언이 뒷받침해 주었지. 가엾은 여자일세. 나는 진심으로 안됐다고 생각하고 있네.”

총경은 한숨을 내쉬었다.

“그럼, 모자 이야기로 돌아가세. 우리가 늘 그 보잘것없는 모자문제로 돌아가는 것은 자네들도 알다시피……. ”

총경은 잠시 쉬었다가 말을 이었다.

“나는 단 한 가지 요인이 이처럼 수사의 전반적인 국면을 지배하고 있는 사건을 아직 겪어본 적이 없었네. 그런데 여기서 주의할 것은, 배우들 가운데 월요일 밤 야회복에 실크햇을 쓰고 로마 극장을 나간 사람은 밸리 혼자뿐이었다는 점일세. 월요일 밤 관객들이 줄지어 나가고 있을 때 엘러리는 정면 출구에서 감시하고 있었는데, 밸리를 제외한 나머지 배우들은 모두 양복을 입고 극장을 나갔다는 사실을 깊이 마음에 새겨두었다네. 엘러리는 나중에 그 점을 팬더의 사무실에서 샘프슨과 나에게 이야기했지. 그때는 아무도 그 뜻을 충분히 이해하고 있지 못했지만.

따라서 밸리는 배우들 가운데 필드의 실크햇을 가지고 나갈 수 있었던 단 하나의 인물이라는 결론이 나오네. 그 점을 잠시 생각해

보게. 그러면 모자에 대한 엘러리의 추리와 함께 보건대 의심할 여지없이 그가 범인이라는 것을 알아차릴 걸세.

다음에 우리가 취한 행동은 연극을 직접 보는 것이었네. 그것은 엘러리가 결정적인 단정을 내린 날 밤이었네. 목요일이었어.

자네들은 그 이유를 알겠지? 우리는 제2막 동안 밸리가 살인을 저지를 시간이 있는지 없는지 확인하여 우리 결론의 뒷받침을 세우고 싶었던 걸세. 그리고 놀랍게도 배우들 가운데 그런 '시간'을 가진 사람은 밸리 혼자뿐이었다는 것을 알아냈네. 밸리는 9시 20분에 무대에 없었네. 막 첫머리에서 얼굴을 내민 뒤 곧 무대에서 사라져 9시 50분까지 모습을 보이지 않았던 걸세. 9시 50분부터는 막이 내릴 때까지 무대에 있었지. 연극무대란 본래 각본대로 진행되니까 이 부분에 대해선 의심의 여지가 없을걸세. 그 동안 다른 배우들은 계속 무대에 있거나 잠깐씩 무대를 오르내렸다네.

그리하여 우리는 지난주 목요일, 말하자면 닷새——사건의 전체적인 해결에는 9일이 걸렸지만——전에 미궁에 빠진 이번 사건을 해결한 셈일세. 그러나 살인범이 누구인지 알아냈다는 것만으로는 사직 당국에 넘겨줄 수 없지. 자네들도 그 이유를 곧 알걸세.

범인이 9시 30분 전후까지 객석에 들어가지 않았다는 사실은 좌LL32와 좌LL30 입장권의 찢어진 자리가 서로 맞지 않는다는 것을 설명해 주고 있네. 필드와 밸리는 자네들도 알겠지만 따로따로 극장에 들어갈 필요가 있었네. 필드로서는 밸리와 함께 들어가서도 안 되고 아주 늦게 들어가서도 안 되었겠지. 일을 비밀로 해야 한다는 것은 밸리로서 아주 중대한 문제였으므로 이야기를 비밀리에 끝내는 것이 자기에게 얼마나 필요한가를 필드는 이해하고 있다고 생각했겠지.

우리는 목요일 밤 밸리를 범인으로 파악하자 곧 나머지 배우들은 물론 무대 뒤의 스탭들까지도 신문하기로 했네. 물론 누구든 밸리가 밖으로 나가든가 들어오는 것을 실제로 본 사람이 있지 않았나 알고 싶었기 때문일세. 그런데 공교롭게도 그런 사람은 하나도 없었다네. 모두 무대에 나가 있었든가 분장을 바꾸고 있었든가 무대 뒤에서 일하고 있었으므로 아주 바빴거든.

우리는 그날 밤 연극이 끝나고 밸리가 극장에서 나간 뒤 이 조그만 조사를 해보았네. 그러나 결과는 실패였다고 말하는 수밖에 없겠군.

우리는 그전에 이미 팬더에게서 좌석 도면을 빌렸었지. 이 도면과 왼쪽 통로 및 무대 뒤의 분장실의 배치를 종합하여 검토한 결과──목요일 밤 제2막이 내려진 뒤 검토했다네──어떻게 살인이 행해졌는지 알아냈네."

그러자 샘프슨이 기세 좋게 털어놓았다.

"그 점은 나도 깊이 머리를 싸매고 생각했었지. 아무튼 필드라는 사나이는 여간내기가 아니더군. 그리고 그 배우도 역시 대단한 사나이임에 틀림없네. Q, 대체 어떻게 해냈는가?"

총경은 되받아 말했다.

"수수께끼란 답을 알고 보면 단순한 것이지. 밸리는 9시 20분에 시간이 비자 곧 분장실로 돌아가 재빨리 빈틈없이 얼굴을 변장하고 자기 무대의상의 일부였던 야회용 외투를 걸친 다음 실크햇을 썼네. 기억하고 있을지 모르지만, 야회복은 이미 무대에서 입고 있었거든. 그리고 분장실에서 복도로 빠져나갔던 걸세.

물론 자네들은 로마 극장의 건물 부지가 어떻게 되어 있는지 모르겠지. 무대 뒤 복도에 닿아 있는 쪽이 많은 칸막이가 쳐져 있는 분장실일세. 밸리의 분장실은 맨 아래층에 있으며, 문이 복도로 통하는 쇠층계와 이어져 길로 내려가게 되어 있다네.

밸리는 그 문을 지나 분장실에서 나와 제2막이 공연되는 동안 극장 옆문이 모두 닫혀 있을 때 어두운 복도를 빠져나갔네. 그리고 큰길까지 살짝 나온 것이지.

그때에는 통로 입구에 감시가 없었네. 밸리는 그것을 알고 있었던 걸세. 제스 린치와 그의 '여자 친구'는 아직 오지 않았지. 밸리에게는 정말 행운이었네.

이윽고 그는 시간에 늦어진 관객 같은 모습으로 정면 입구를 지나 뻔뻔스럽게도 극장에 들어갔네. 외투로 코끝을 감추고 충분히 변장한 모습으로 좌LL30의 입장권을 매표구에 내밀었겠지.

객석에 들어가자 입장권 반쪽을 일부러 내버렸네. 그렇게 하는 것이 현명하다고 생각했던 모양일세. 반쪽짜리 입장권이 입구에서 발견되면 곧 관객 가운데 한 사람을 가리키게 되며, 그로 말미암아 무대로 쏠리는 의심의 눈을 돌릴 수 있으리라 생각했던 거지. 그리고 계획이 실패로 끝나 나중에 철저하게 몸수색을 받을 때 입장권 반쪽이 자기 몸에서 발견된다면 옴짝달싹못하는 증거가 될지도 모르니까. 아무튼 입장권을 버리면 경찰을 혼란시키고 동시에 자기 자신을 지킬 수 있다고 그는 생각했던 걸세."

클로닌이 끼어들어 물었다.

"그러나 안내원의 안내를 받지 않고 즉 사람들 눈에 띄지 않고 좌석까지 찾아간 데에는 어떤 계획이 있었습니까?"

"그는 안내원을 피하려는 계획은 가지고 있지 않았네. 그는 연극이 한창 진행 중이라 안이 어두워 안내원이 오기 전에 문에서 가장 가까운 끝줄까지 가려고 했겠지. 그러나 비록 안내원이 와서 안내해 주었다 해도 완전히 변장한데다 극장 안이 어두워 들킬 염려는 전혀 없었네.

그러므로 만약 그 사람으로서 최악의 사태가 일어난다 해도 안내

원은 고작 대충 막연한 인상밖에 설명할 수 없는 어떤 인물이 제2
막 공연 도중에 들어왔다는 점밖에 기억하지 못할걸세. 그런데 공
교롭게도 아무도 그에게 가까이 오지 않았네. 운 좋게도 매지 오코
넬이 애인과 함께 앉아 있었기 때문이지. 밸리는 아무에게도 눈치
채이지 않고 필드의 옆자리에 숨어들 수 있었네. 잊지 말고 기억해
두게, 지금 말한 것을!"
총경은 밭은기침 소리를 내며 말을 이어나갔다.
"추리 결과에도 수사 결과에도 나타나지 않은 이런 사실을 알아내
는 방법은 아무것도 없었네. 밸리가 어제 사실을 자백하여 모두 밝
혀주었기 때문에 알았지. 물론 범인이 밸리인 줄 알았다면 이 모든
과정을 추정할 수 있었겠지. 범인만 알아냈다면 이것은 간단하고
아주 자연스러운 상황이니까. 하지만 그런 추정을 할 필요는 없었
네. 어떤가? 이렇게 말한다면 엘러리나 내가 변명하고 있는 것처
럼 들리나?"
노인은 희미하게 미소 지었다.
"밸리는 필드 옆에 앉을 때 이미 행동 순서에 대해 신중하게 짜놓
은 계획을 가지고 있었네. 기억해 두어야 할 것은, 엄밀한 시간 계
획에 따라 행동하고 있었으므로 단 1분도 허비할 여유가 없었다는
점일세. 또 필드도 밸리가 다시 무대로 돌아가야 한다는 것을 알고
있어 불필요하게 시간을 끌지는 않았네. 사실을 말하자면 밸리는
필드와의 의논이 꽤 시끄러울 줄 알았는데 실제로는 그렇지 않았
네. 시끄럽게 굴기는커녕 필드는 밸리의 제안과 말을 기분 좋게 받
아들였던 걸세. 아마 술에 취해 있는 데다 곧 거액이 손에 들어오
리라 기대하고 있었기 때문이었겠지.
　밸리는 우선 서류를 요구했네. 필드가 경계하여 서류를 건네주기
전에 돈부터 내라고 요구하자 그는 진짜 지폐가 가득 들어 있는 듯

한 지폐뭉치를 내보였네. 극장 안은 어두운데다 밸리는 지폐만 따로 내놓지는 않았지. 사실 그것은 연극에 쓰는 지폐였던 걸세.

밸리는 넌지시 그것을 두들겨보이면서 필드가 짐작하던대로 말했네. 그러니까 서류를 확인하기 전까진 돈을 건네지 않겠다는 소리였지. 밸리는 무대에서 쌓은 풍부한 연기력으로 노련하게 그 어려운 상황을 처리했겠지. 그러자 필드가 의자밑에서 실크햇을 꺼내 새파랗게 질린 밸리의 눈앞에 들이밀었을 테고, 밸리는 필드가 이런 말을 했다고 자백하더군. '서류가 이 속에 숨겨져 있다는 것은 영리한 자네도 몰랐겠지. 사실을 말하자면, 이 모자를 자네의 전용 모자 가운데 하나로 바치려고 하네. 자네도 보면 알걸세. 자네 이름이 씌어져 있지' 하고 말일세. 그 놀라운 말을 하며 모자 속의 밴드를 뒤집어보였다더군. 밸리는 주머니에 넣고 다니는 만년필 모양의 손전등으로 자기 이름이 씌어져 있는 가죽 밴드 안쪽을 비춰보았다고 하네.

그때 그의 마음 속에 어떤 생각이 떠올랐을까 생각해 보게. 몇날 며칠을 두고 궁리에 궁리를 거듭한 자신의 계획이 한순간에 물거품이 된 셈이니까. 시체가 발견되었을 때 필드의 모자가 조사된다면 ——물론 조사되겠지——그리고 모자 속 밴드에서 스티븐 밸리의 이름이 발견된다면 움직일 수 없는 증거가 되네.

밸리는 밴드를 찢어낼 시간이 없었네. 그는 나이프를 갖고 있지 않았거든, 그 사나이로서는 불행하게도, 다음에 자세히 보니 밴드는 튼튼한 모자 안단에 꼭 붙여서 떨어지지 않도록 꼼꼼히 꿰매져 있었네.

순간적인 생각으로 그는 이제 남은 단 한 가지 방법은 필드를 죽인 뒤 모자를 가져가는 것뿐이라고 판단했네. 밸리와 필드는 몸집이 비슷하여 필드의 모자 치수는 18센티미터였으므로 밸리는 곧 그 모자를 쓰든가 손에 들고 극장에서 나가려고 마음먹었지. 자기 모자는 분장실에 놓아두고. 분장실에 자기 모자가 있다고 해서 그리 이상할 것은 없을 테니까.

필드의 모자는 극장에서 가지고 나와 집에 돌아가는 대로 곧 없애버릴 계획이었지. 어떤 우연한 일로 극장을 나갈 때 모자를 조사당한다 해도 안쪽에 자기 이름이 씌어 있는 만큼 의심받지 않으리라고 생각했네. 이런 예기치 못한 상황에 빠질 줄은 상상도 못했지. 이런 사실로 밸리는 특별히 위험을 무릅쓰고 있다는 느낌은 갖지 않았었다고 풀이해도 그리 틀리지 않는 추측일 걸세.”

“머리 좋은 녀석이군.” 샘프슨 지방검사가 중얼거렸다.

퀸 총경이 무겁게 말했다.

“민첩한 두뇌였네, 헨리. 민첩한 두뇌를 가진 사나이였지. 그 때문에 많은 사람들이 머리를 싸매고 있었잖나. 밸리는 모자를 가지고 갈 것을 결심하자 자기 모자를 대신 놓아두고 갈 수 없다는 것을 금방 깨달았네. 그의 모자는 스냅다운(접어지는 식) 오페라 모자인데다, 더욱 중대한 것은 연극 의상 전문점인 르 블랑의 이름이 찍혀 있었기 때문이지. 단번에 배우 가운데 누구인 것으로 주목될 게 뻔했네.

그거야말로 밸리가 무슨 일이 있어도 피하고 싶었던 점이었네. 이것도 그가 나에게 말한 것인데, 그때나 그 뒤에도 필드의 모자가 없어진 사실에 경찰이 주목한다고 해도 기껏해야 모자에 무언가 귀중한 물건이 붙어 있어 그 때문에 가져간 거겠지 하는 정도로 추정하리라 생각했다고 하네. 설마 내가 자신의 생활까지 파고들 줄은 몰랐던 게지.

실크햇이 분실되었다는 사실만 가지고 엘러리가 추리한 여러 가지 줄거리를 그에게 들려주자 까무러치게 놀라더군.

여기까지 이야기했으니 이제 자네들도 알아차렸겠지. 밸리가 저지른 범죄의 근본적인 결함은 그에게 허술함이나 과실이 있었기 때문이 아니라 예견치 못한 사태가 일어났기 때문일세. 그 때문에 그는 쓸데없는 짓을 하지 않으면 안 되었던 거지. 그것이 결국 차례차례로 연쇄반응을 일으킨 거라네. 밸리의 이름이 필드의 모자에 씌어 있지 않았다면 내 마음 속에 아무 의문도 일어나지 않았을 테고, 지금쯤 그는 자유로이 다니며 아무 혐의도 받지 않았을걸세. 경찰 기록에는 새로운 미궁사건이 하나 더 추가되었을 테고.

말할 것도 없이 이 모든 생각들은 지금 이렇게 설명하는 데 허비한 시간보다 훨씬 짧은 시간 사이 번쩍 그의 머리를 스쳐지나갔을걸세. 그는 눈 깜짝할 사이에 무엇을 할 것인지 결정했고, 계획은 저절로 새로운 사태의 발전에 곧 순응하여 조정되었네.

필드가 모자에서 서류를 꺼내자 밸리는 변호사가 경계하고 있는 눈 밑에서 그것을 재빨리 훑어보았네. 그때도 만년필 모양의 손전등을 사용했지. 그 희미한 빛을 다른 사람들이 보지 못하도록 두 사람이 몸으로 울타리가 되어 막고 있었네. 서류는 잘 정리되어 완전한 것 같았지. 그러나 밸리는 그때 서류를 조사하는 데 그리 시간이 걸리지 않았네. 그는 맥 빠진 듯한 미소를 띠고 쳐다보며 '모두 있는 것 같소. 당신이란 정말 괘씸한 사람이군' 하고 말했다네. 더없이 자연스럽게, 마치 휴전한 적수처럼.

밸리는 공명정대하게 행세하는 것 같이 보였지. 필드는 밸리의 말을 그대로 받아들였네. 밸리는 주머니를 뒤졌네. 불빛은 그때 꺼져 있었지. 그는 사뭇 화가 나는 것처럼 고급 위스키가 담긴 병을 꺼내 벌컥벌컥 마셨네.

그리고 나서 자기의 버릇없는 행동을 얼버무리기 위해 부드럽게, 거래가 무사히 끝난 것을 축하하기 위해 한잔 필드에게 권했지. 필드는 밸리가 그 병의 술을 마시는 것을 보았고, 밸리가 비열한 행동을 꾀하고 있다고는 의심하지 않았네. 아마 밸리가 자기를 없애려 하고 있다는 것을 십중팔구 꿈에도 몰랐을걸세. 밸리는 그에게 위스키 병을 건네주었네.

그러나 그것은 똑같은 병이 아니었지. 어둠을 틈타 밸리는 위스키 병을 두 개 꺼냈던 걸세. 하나는 자기가 마신 것으로 왼쪽 뒷주머니에서 꺼냈고, 필드에게 준 병은 오른쪽 윗주머니에서 꺼냈지. 필드에게 건네줄 때 병을 바꿔치기한 것일세. 그것은 아주 간단했지. 캄캄한데다 변호사는 얼근히 취한 상태였으므로 일은 더욱 간단했네. 병의 속임수는 들어맞았지만, 밸리는 운을 하늘에 맡기지는 않았네. 그는 주머니에 독약을 넣은 피하주사기를 가지고 있었지. 필드가 마시기를 거절하면 다리나 팔에 찌르려고 했다네. 밸리는 몇 년 전 의사가 구해 준 주사기를 가지고 있었으니까. 밸리는 신경통을 앓고 있었는데, 극단을 따라 이 도시 저 도시로 순회공연을 다녔기 때문에 차분히 의사의 치료를 받을 수 없었거든.

그 주사기는 몇 년 전에 얻은 것으로, 입수 경로도 이미 인멸되어 있어 출처가 드러날 걱정은 없었네. 그런 까닭으로 필드가 마시지 않겠다고 할 경우를 위해 준비해 두었던 걸세. 알겠나? 그의 계획은 이만큼 빈틈이 없었다네.

필드가 마신 술병에도 물론 고급 위스키가 담겨 있었지만, 테트라에틸납도 충분히 섞여 있었네. 그 독약은 희미하게 에틸 냄새가 나지만, 그것은 술 냄새에 지워져버리지. 그리고 필드가 마시고 좀 이상하게 느꼈다 해도 그때는 이미 삼켜버린 뒤라 소용없었네.

필드가 기계적으로 병을 밸리에게 돌려주자 그는 주머니에 집어넣고 '이 서류를 좀더 신중하게 살펴봐야겠소. 당신을 믿지 않으면 안 될 이유는 하나도 없지만' 하고 말했네. 그때 이미 완전히 뒷일

이야 어찌되어도 좋다는 기분이 되어 있었던 필드는 의아한 듯이
고개를 끄덕여 보이고 그대로 좌석에 처박혀 버렸지.

밸리는 정말로 서류를 조사했으나 한쪽 눈은 여전히 매처럼 필드
를 지켜보고 있었네. 보고 있는 동안 5분도 못되어 필드는 거꾸러
졌다네, 영원히. 완전히 의식을 잃지는 않았으나 서서히 잃어가고
있었지. 얼굴에서 경련이 일고 호흡이 가빠졌네. 격렬하게 근육을
움직이든가 고함치는 일은 도저히 할 수 없을 것 같았네. 물론 밸
리의 일은 완전히 잊고 있었지. 숨지기 직전에 이르러서는 말일세.
결국 그리 오래 의식을 갖고 있지는 못했을걸세. 프적에게 한두 마
디 신음처럼 한 것도 실은 죽어가는 인간의 초인적인 노력이었던
걸세.

밸리는 시계를 보았네. 9시 40분이었지. 필드와 10분쯤 함께 있
었을 뿐이었네. 9시 50분에는 무대에 나가야 했네. 그리하여 3분
만 더 기다리기로 했지. 처음에 생각했던 것처럼 시간이 많이 걸리
지는 않았네. 그래서 필드가 소동을 벌일지 어떨지 확인하려고 했
던 걸세.

정확히 9시 43분에 밸리는, 숨이 넘어가기 직전의 고통을 처절
하게 참고 있는 필드를 남겨두고 그의 실크햇을 집어 들고서 자기
모자는 납작하게 만들어 외투 속에 숨겨가지고 일어섰다네. 도중에
방해물은 아무것도 없었네. 벽에 찰싹 붙어서 정신 차려 조심하며
몸을 움츠리고 통로를 내려가 왼쪽 좌석 뒤까지 아무에게도 눈치채
이지 않고 갔네. 연극의 긴장이 최고조에 이르러 있었지. 모든 사
람들의 눈은 무대에 못 박혀 있었네.

밸리는 좌석 뒤에서 변장수염을 잡아 뜯고 급히 서둘러 분장을
고친 다음 분장실로 가는 복도 입구를 빠져나갔네. 좁은 통로로 이
어져 있는 그 문을 지나 복도로 나오자 무대 뒤의 여러 장소로 가

는 길이 갈라져 있었네.

밸리의 분장실은 복도 입구에서 몇 미터나 떨어진 곳에 있었네. 그는 분장실로 들어가 무대용 모자를 곁에 두고 쓰는 잡다한 물건들 속에 던져버리자 술병에 남은 독약을 급히 세면기에 쏟아 붓고 수돗물로 깨끗이 씻어놓았네. 주사기 속은 화장실 배수관을 열고 바늘을 빼낸 다음 씻었지.

이제 발견된다 해도 아무 일 없으리라고 그는 생각했네. 주사기를 가지고 있는 데 대해서는 분명한 이유가 있으며, 그리고 살인에는 그런 기구가 전혀 사용되지 않았으니까.

밸리는 그때 이미 무대에 나갈 모든 준비가 끝나 있었으며, 침착하고 쾌활하지만 조금 따분해 보였을 뿐일세.

호출은 정확히 9시 50분에 있었네. 밸리는 무대로 나가 9시 55분에 오케스트라석에서 휘파람과 환성과 박수가 터질 때까지 조용히 연기하고 있었네.”

샘프슨이 불쑥 큰소리로 말했다.

“여보게, Q, 그 복잡하기 이를 데 없는 계략을 어떻게 세웠는지 설명해 주겠나?”

총경이 대답했다.

“처음에 듣는 것만큼 복잡하지는 않다네. 밸리는 뛰어나게 머리가 좋은 젊은이로, 다른 건 다 그만두더라도 훌륭한 연기자였지. 타고난 능력이 뛰어난 연기자가 아니었다면 어떻게 이런 계획을 해낼 수 있겠나? 일의 경과는 정말 간단했네. 가장 어려운 점은 시간을 지키는 일이었지. 누가 보더라도 변장하고 있었기 때문에 알 리가 없었거든.

그의 계획에서 단 한 가지 위험한 부분은 현장에서 빠져나갈 때였네. 즉 객석의 좌석 통로를 내려가 악단석 뒤로 돌아 분장실로 통하는 복도 입구에서 무대 뒤로 갈 때였지.

좌석 통로에 대해서는 필드 옆에 앉아 있는 동안 안내원에게서 눈을 떼지 않고 줄곧 지켜보았지. 안내원들이 연극의 성질상 어떻게든 자기 자리를 충실히 지키고 있다는 것을 전부터 알고 있었지만, 밸리는 변장하고 있으면 괜찮으리라 믿었으며 만일 어떤 일이 생긴다면 주사기가 그 절박한 상황에서 자신을 구해줄 것으로 믿고 있었네.

그런데 매지 오코넬이 직무를 태만히 하고 있어 그로서는 천만다행한 일이었지. 밸리는 어제 얼마쯤 자랑스럽게 온갖 뜻하지 않은 재난에 대한 방비를 세워 그 준비를 해두었다고 말하더군. 분장실 복도 입구에 이르렀을 때는 마침 연극이 클라이맥스에 이를 즈음이라 모든 사람들의 눈이 무대로 온통 쏠려 있으리라는 것을 그는 경험으로 알고 있었네. 그는 자기가 어떤 조건 아래에서 행동해야 하는가를 미리 정확히 알고 범죄 계획을 세웠다는 것을 잊어서는 안 되네.

그런 위험과 불확실한 요소가 있었음에도 불구하고라고 묻자, 그는 미소지으며 계획 자체가 처음부터 위험한 일이 아니었느냐고 나에게 되묻더군. 다른 거야 어떻든 그의 철학에 대해서만은 감탄하지 않을 수 없었네."

총경은 편하지 않은지 앉음새를 고쳤다.

"이것으로 밸리가 어떤 방법으로 그 범행을 저질렀는지 분명해졌으리라 생각하네.

그래서 이야기를 수사 쪽으로 돌리겠는데, 모자에 따른 추리도 되었고 범인의 신상도 파악되었으나 우리는 아직 범죄 배후의 정확한 상황에 대해서는 짐작하지 못하고 있었네. 우리가 목요일 밤까지 입수된 물적 증거만 가지고 있었다는 것을 자네들이 염두에 둔다면 단서가 될 만한 것은 하나도 없었음을 알걸세. 우리는 우리가 총동원하여 찾고 있는 서류에서 밸리와 결부된 해결의 열쇠가 나오기를 바라고 있었네. 그것만으로는 아직 충분하지 못하겠지만.

그러나 아무튼 그런 까닭으로 다음 단계는 필드의 침대 위를 지붕처럼 덮는 덮개 꼭대기에 있었네. 교묘한 은닉장소에서 우리는 서류를 발견한 걸세. 이것은 처음부터 끝까지 엘러리의 활동이었네. 우리는 필드가 안전금고도 우체국의 사서함도 다른 집도 친하게 사귀는 이웃사람도 상인도 없으며 서류가 사무실에도 없다는 것을 알아냈네. 엘러리는 필드의 방 안 어딘가에 서류가 틀림없이 있을 거라고 주장했네. 그 수사 결과는 자네들도 이미 알고 있는 바와 같네. 엘러리의 정밀하고 치밀하며 순수한 추리력을 보여준 것이지.

우리는 모건의 서류를 발견했고, 클로닌이 찾고 있던 갱 활동에 대한 서류도 찾아냈네. 이것은 다른 이야기지만 팀, 나는 우리가 암흑가 소탕작전을 벌이려 할 때 어떤 일이 일어날지 아주 흥미를 가지고 있다네. 그리고 마지막으로 자질구레한 서류다발을 발견했네. 그 속에 마이클스와 밸리의 서류가 있었지.

팀, 자네는 기억하고 있을지 모르지만 엘러리는 필적분석에서부터 출발하여 어쩌면 밸리의 진짜 서류가 발견될 거라고 추정하고 있었다네. 그리고 그 서류는 정말 있었네.

마이클스의 사건은 흥미 있었네. 그 사나이가 '조그만 절도죄'로 엘미러 교도소에 들어가게 된 것은 필드가 교묘하게 법망을 속이며 잔재주를 부린 결과였네. 그러나 필드는 마이클스의 약점을 잡아 그의 사실적인 범죄기록 증거를 앞으로 언제든 써먹을 필요가 생길 경우에 대비하여 그 은닉 장소에 숨겨놓았던 걸세. 필드는 상당히 악질이었지.

마이클스가 교도소에서 나오자 필드는 뻔뻔스럽게도 그 서류를 그의 코앞에 들이대며 자기가 하는 더러운 일의 앞잡이로 부려먹었던 거지.

그러나 마이클스는 이미 오래 전부터 그 서류에 눈독들이고 있었네. 자네들도 상상하겠지만, 그 서류가 탐이 나서 못 견딜 정도였지. 그리하여 기회가 있을 때마다 아파트를 뒤졌네. 아무리 찾아도 없자 나중에는 절망적이 되었다네.

나는 필드가 악마적인 그 심술궂은 방법으로 마이클스가 날마다 끊임없이 아파트를 뒤지고 있다는 것을 알면서도 그것을 즐기고 있었음에 틀림없다고 생각하네. 월요일 밤에 마이클스는 자기가 말한 대로 행동했네. 집에 돌아가 잠을 잤던 걸세. 그런데 화요일 아침 신문을 읽고 필드가 살해되었음을 알자 이제 모두 끝장이라고 생각했지. 그리하여 다시 한 번 마지막으로 서류를 찾아보지 않으면 안 되었던 걸세. 자기가 찾지 못하면 경찰이 찾아낼지도 모르니까. 그러면 더없이 분한 일을 당하게 될지도 모르지.

그래서 화요일 아침 필드의 아파트로 달려와 쉽사리 경찰의 그물에 걸려든 걸세. 수표 이야기는 물론 거짓말이었지.

그건 그렇고, 밸리의 이야기를 계속해 보세. 우리들이 '기타'라고 씌어 있는 모자 안에서 발견한 진짜 서류 속에서 비열하기 이를 데 없는 이야기가 드러났다네. 간단히 말하자면 스티븐 밸리는 혈관에 흑인의 피가 섞인 가난한 남부 가정에서 태어났다는 결정적인 기록이 있었네. 편지며 출생등록 등에서 그의 피에 흑인 피가 섞여 있다는 것이 증명되었네. 그런데 필드는 자네들도 알다시피 그런 사실을 조사하는 일을 하고 있었거든. 온갖 수단을 다 동원하여 필드는 밸리의 서류를 손에 넣었을 걸세. 언제부터 그랬는지 알 수 없지만, 아마 꽤 오래 전부터였을 걸세.

필드는 밸리의 지위를 조사하여 그가 한창 고심하며 애쓰는 배우로, 돈이 있을 때보다 빈털터리일 때가 많다는 사실을 발견했네. 그래서 당분간 그를 내버려두기로 했지. 언제든 밸리에게 돈이 생기거나 명성이 높아지면 협박하기에 충분한 기회가 있을 테니까.

필드가 아무리 상상력이 풍부하다 해도 밸리가 대부호의 딸이며 혈통 좋은 상류사회 아가씨 프랜시스 아이브스 포프 양과 약혼할 줄은 꿈에도 몰랐겠지. 밸리로 볼 때 자신의 혼혈 사실이 아이브스 포프 집안에 알려진다는 것이 무엇을 뜻하는지 잘 알고 있었네. 그리고 또 이것은 아주 중대한 사실인데, 밸리는 도박 때문에 늘 곤궁한 상태에 있었다네. 번 돈은 경마장의 경마꾼 주머니로 굴러들어갔으며, 게다가 막대한 빚까지 짊어지고 있었지. 프랜시스와의 결혼이 성사되지 않는 한 도저히 깨끗이 청산할 수 없는 상태였네. 사정이 급해지자 그 편에서 서둘러 결혼하자고 교묘하게 설득하고 있었네. 나는 밸리가 그녀를 감정적으로 어떻게 생각하고 있는지 의심했었네. 그러나 가능한 한 공평하게 봐주어 오로지 돈 때문에 그녀와 결혼하려 했던 건 아니라고 생각되네. 그는 진심으로 그녀를 사랑하고 있다고 생각되었네. 그 아가씨라면 누구나 진실로 사랑하지 않을 수 없을걸세.”

노인은 지난날을 회상하듯 미소지으며 이야기를 계속했다.

“필드는 얼마 전부터 서류를 가지고 밸리에게 접근했네. 물론 은밀히. 밸리는 최대한 노력해서 돈을 마련했지만 가엾을 정도로 적은 액수였네. 그것은 찰거머리 같은 그 협박자를 만족시키지 못했네. 밸리는 있는 힘을 다해 필드의 입을 막으려고 애썼네. 그런데 필드도 도박 때문에 움짝달싹 못하게 되어 조그만 거래처까지도 이 잡듯이 ‘수금’해 나갔네.

밸리는 절벽 끝까지 몰리자 필드를 입다물게 하지 않는 한 모든 것을 잃게 되리라는 것을 깨달았네. 그래서 살인을 계획한 걸세. 밸리는 필드가 요구하는 5만 달러가 마련되어——거의 바라볼 수 없는 일이었지만——진짜 서류를 입수한다 해도 필드가 소문만 흘린다면 자신의 희망이 산산조각나리라고 보았네. 손쓸 방법은 단 한 가지 뿐이었네. 필드를 죽이는 것이었지. 그래서 그는 필드를 해치웠네."

"흑인의 피라……. " 하고 클로닌이 중얼거렸다. "가엾은 친구군. " 샘프슨이 말했다.

"겉으로 보아서는 거의 모르겠던데, 자네나 나와 마찬가지로 희게 보였으니까. "

총경이 이의를 내세웠다.

"밸리의 몸에 완전히 흑인의 피가 흐른다는 말은 아닐세. 혈관에 아주 조금 섞여 있을 뿐이지. 겨우 한 방울 정도로. 하지만 아이브스 포프 집안에서 볼 때는 충분히 충격적인 일이지.

　이야기를 계속하겠네. 서류가 발견되어 그것을 읽어 보자 우리는 모든 것을 알았네. 누가 왜 어떻게 범죄를 저질렀는지를. 그래서 우리는 유죄판결이 내려지도록 하기 위해 증거품을 검토해 보았네. 증거가 없으면 살인죄로 법정에 내보낼 수 없기 때문일세.

　그런데 우리에게 어떤 증거가 있었다고 생각되나? 유력한 것은 하나도 없었네.

　증거로서 도움될 만한 실마리를 하나하나 도마 위에 펼쳐보세. 여자의 핸드백——이것도 틀렸네. 자네들도 알다시피 가치가 없어. 독약의 출처——역시 완전히 실패였네. 덧붙여 말하겠는데, 밸리는 독물학자인 존스 박사가 이야기한 것과 똑같은 방법으로 그것을 손에 넣었던 걸세. 흔한 가솔린을 사가지고 와서 증류시켜 테트라에틸납을 얻었지. 그러나 증거가 될 만한 흔적은 하나도 남아 있지 않았네. 또 한 가지 증거품으로는 몬티 필드의 모자가 있네. 그러나 이것은 사라지고 없었네. 비어 있는 여섯 좌석의 입장권——우리는 그것을 발견하지 못했고, 발견될 기회가 있을 것 같지도 않았네.

단 한 가지 물적 증거라면 서류가 있는데, 이것은 동기를 보여주긴 하지만 증명이 되지는 않네. 서류만 들먹인다면 모건도 그 범죄를 저질렀을지 모르고 필드의 범죄조직원 가운데 누구라도 할 수 있었다는 말이 되지.

그래서 우리는 유죄판결을 가져오게 하는 유일한 희망을 밸리의 아파트로 숨어들어가 수색하는 데 걸었네. 뒤져보면 모자든 입장권이든 독약이든 독약을 만든 기구든 무언가 새로운 실마리가 잡히지 않을까 희망을 걸었던 걸세.

밸리 부장이 강도 전과자를 하나 데려와 금요일 밤 밸리가 무대에 나가 아파트를 비운 사이 수색했지. 그러나 지금 말한 것 같은 실마리가 될 만한 증거는 하나도 나오지 않았네. 모자도 입장권도 독약도…… 모두 파기되고 없었던 걸세. 밸리가 그렇게 했으리라는 걸 잘 알고 있었으므로 그것을 확인한 데 지나지 않았네.

궁지에 몰린 우리는 토요일 밤에 범행이 일어난 날 관객 가운데 현장 가까이 있었던 사람들을 소집하여 모임을 가졌네. 누구든 그 날 밤 밸리를 본 기억이 있는 사람이 나타날지도 모른다고 추측했기 때문일세. 자네들도 알겠지만 인간이란 전에 물었을 때는 흥분하여 완전히 잊었던 일도 나중에 생각해 내는 수가 흔히 있으니까, 그러나 이것도 불행하게도 실패였네.

단 하나 가치 있는 말이라면, 필드가 통로에서 야회용 핸드백을 줍는 것을 보았다는 오렌지 주스 파는 소년의 증언뿐이었네. 그러나 그것은 우리에게 밸리에게로 접근하는 길을 터주지 못했네. 그리고 덧붙여 목요일 밤 배우들에게 질문했을 때에도 직접적인 증언을 전혀 얻지 못했다는 것을 잊지 말아주기 부탁하네.

이처럼 우리는 배심원들을 위해 사실에 대한 훌륭한 가정적인 설명이 준비되어 있었지만, 그것을 뒷받침한 만한 증거는 하나도 가지지 못했네. 우리가 내놓을 수 있는 증거는 빈틈없는 변호사에게 걸리면 그리 힘들이지도 않고 여지없이 부서질 만한 것이었네. 모두 주로 추정에 따른 상황증거였으니까.

이런 상태에서 사건을 법정에 들고 나간다면 어떤 결과가 될지는 나와 마찬가지로 자네들도 잘 알겠지. 하필이면 이때 나에게 아주 큰 걱정거리가 생겼네. 엘러리가 이곳을 떠나야만 하게 된 걸세. 나는 완전히 머리를 앓게 되었지. 가까스로 지탱하고 있는 머리를 ……."

총경은 빈 커피 잔을 불쾌한 눈길로 바라보았다.

"더욱이 사정은 아주 암담한 상태에 놓여 있었네. 증거가 없는데 어떻게 사람을 단죄할 수 있겠나? 정말 미칠 지경이었다네. 이때 엘러리가 암시적인 전보를 보내와 마지막 봉사를 해 주었다네."

"암시라니요?" 클로닌이 물었다.

"내가 조금 협박해 보는 게 어떻겠느냐는 거였지."

샘프슨이 눈을 동그랗게 떴다.

"자네가 협박을 하다니, 나는 도무지 무슨 뜻인지 모르겠구먼."

"겉으로는 애매모호했지만 엘러리가 말하는 뜻은 잘 알 수 있었네. 나는 곧 남아 있는 유일한 방법은 증거를 만들어내는 데 있다고 생각했네."

두 사람은 의아한 얼굴로 미간을 찌푸렸다.

퀸 총경이 말했다.

"아주 간단하지. 필드는 아주 희귀한 독약으로 살해되었네. 필드는 밸리를 협박했기 때문에 죽었지. 그렇다면 같은 수법으로 밸리를 갑자기 협박한다면 다시 한 번 독약을, 아마 십중팔구 같은 독약을 쓰리라고 보아도 크게 틀리지 않을걸세.

'한 번 독살한 사람은 언제나 독살한다'는 말을 자네들에게 되풀이할 필요는 없겠지. 밸리의 경우 테트라에틸납을 누구에겐가 사용하도록 만들어주면 그를 잡아낼 수 있으리라고 믿었네. 그 독약은 거의 세상에 알려져 있지 않네. 그러나 이 이상 더 설명할 필요는 없을 것 같군. 그가 테트라에틸납을 갖고 있을 때 붙잡기만 하면 내가 필요로 하는 증거로써 충분하다는 것을 자네들도 알겠지.

어떻게 그런 곡예를 해낼 것인가 하는 것은 또 다른 문제였네. 협박하기에는 상황이 아주 적당했지. 밸리의 혈통에 흑인의 피가 섞여 있다는 사실에 관련된 진짜 서류가 내 손에 있었으니까. 밸리는 그 서류가 완전히 없어졌다고 믿고 있었네. 필드에게서 찾아낸 서류가 가짜였다고 의심할 이유가 그에게는 전혀 없었거든. 내가 협박하면 그는 지금까지와 같은 형편에 놓이게 되는 것이므로 똑같은 행동을 취하지 않을 수 없을걸세.

그래서 나는 우리의 친구 찰스 마이클스를 이용했네. 내가 그를 이용한 유일한 이유는, 그가 필드와 가까운 사이로 늘 함께 있었던 심복이었으니 그가 진짜 서류를 가지고 있다 해도 밸리에게 의심을 사지 않을 것 같았기 때문일세.

나는 마이클스에게 내가 부르는 대로 편지를 쓰게 했네. 그에게 직접 쓰도록 한 까닭은 밸리가 필드와의 접촉을 통해 마이클스의 필적을 알고 있을지도 모르기 때문이었네. 이것은 하찮은 지엽적인 문제일지 모르나, 나는 돌다리도 두들겨보고 건널 참이었네. 만일 내 계략에 허술한 점이 있어 밸리가 곧 그것을 꿰뚫어본다면 나는 두 번 다시 그를 붙잡을 수 없을 테니까.

나는 진짜 서류 가운데 한 장을 편지에 동봉했네. 새로운 협박이 꼼꼼하고 빈틈없이 보이도록 하기 위해서였지. 나는 또한 필드가 건네준 서류는 사본이라는 것도 말해 주었네. 그리고 동봉한 서류 한 장이 이쪽 이야기를 증명해 줄 거라고 덧붙여놓았다네.

밸리가 볼 때는 마이클스가 전에 주인이 했던 것처럼 자기를 괴롭히려 하고 있다고 믿어 의심치 않았을걸세. 편지에는 그것이 최후통첩이라는 것을 풍기는 듯한 말을 써놓았네. 시간과 장소도 지정해 두었지. 간단히 말하면 이 계획은 결국 성공했네.

이야기는 이것으로 모두 다 했다고 생각되네. 드디어 밸리가 나타났네. 믿음직한 테트라에틸납을 가득 채운 작은 주사기와 위스키 병을 가지고, 장소는 다르지만 필드 살해 때와 똑같은 수법이었지.

그를 상대하도록 보낸 것은 부하 리터였는데, 만의 하나라도 실수가 없도록 단단히 일러주었다네. 리터는 밸리를 보자 곧 그 뒤를 미행하여 우리에게 비상신호를 보냈지. 다행히도 우리는 관목 숲 속에 숨은 부하들과 아주 가까이 있게 되었지. 밸리는 필사적이었네. 조금이라도 기회가 있었다면 자신도 죽고 리터까지 죽였을지 모르네."

총경은 이야기를 끝내자 한숨을 내쉬며 허리를 구부려 코담배를 집어 들었다. 뜻깊은 침묵이 주위를 휘덮었다.

샘프슨 지방검사가 의자 속에서 자세를 바로 했다. 그는 감탄한 듯이 말했다.

"마치 스릴러를 듣는 것 같았네. 하지만 아직 확실치 않은 점이 두세 가지 있네. 예를 들면 테트라에틸납인데, 그처럼 세상에 잘 알려지지 않은 독을 밸리가 어떻게 알았을까? 자신이 직접 만들기까지 했으니."

퀸 총경은 빙긋 웃었다.

"그 문제는 존스 박사가 그 독약에 대해 설명해 주었던 때부터 나를 괴롭혀왔다네. 체포한 뒤에도 알 수 없었네. 게다가, 내가 얼마나 바보였는지 증명하는 셈이 되겠지만, 그 해답은 처음부터 코앞에 있었다네. 자네도 기억하겠지만 아이브스 포프의 집에서 코니시라는 의사를 소개받았지. 그런데 코니시 박사는 아이브스 포프의 친구로, 두 사람 다 의학에 흥미를 가지고 있었다네. 엘러리가 한번 그를 방문한 적이 있었지. '아이브스 포프는 얼마 전에 화학연구 기금으로 10만 달러를 기부했지' 라고 말했다는데, 정말 기부했더군.

몇 달 전 어느 날 밤 아이브스 포프의 집에서 모임이 있었는데, 그 자리에서 우연히 밸리는 테트라에틸납에 대해 들었다네. 코니시의 소개를 과학자들이 그 경제계의 거물을 찾아가 '기금'에 재정적인 원조를 부탁했던 걸세. 그날 밤의 화제는 자연히 의학상의 잡담과 최근의 과학적 발견으로 옮겨갔지.

밸리는 거기 참석한 인사 가운데 한 사람인 유명한 독물학자의 이야기를 귀담아들었네. 그때로서는 그 지식을 뒷날 이용하게 될 줄 전혀 몰랐겠지. 필드를 살해하기로 결심했을 때 그 독약의 이점과 경찰이 출처를 도저히 알아내지 못하리라 단정했던 걸세."

이번에는 클로닌이 이상하다는 듯이 물었다.

"토요일 아침 루이스 팬더를 시켜 저에게 보낸 편지는 대체 어떻게 된 겁니까, 총경님? 기억하고 계시겠지요? 그 편지에는 루원과 팬더가 만났을 때 두 사람이 아는 사이인지 아닌지 잘 살펴보라고 씌어 있었습니다. 제가 보고한 것처럼 나중에 루원에게서 들어보니 그는 팬더와 아무 교제도 없다고 부정했습니다. 거기에는 어떤 뜻이 있었습니까?"

퀸 총경이 조용히 대답했다.

"팬더는 늘 나를 어지럽혀왔다네, 팀. 자네에게 심부름 보냈을 때는 그를 사건과 관계없이 한 모자에 대한 추정이 아직 단서가 서 있지 않았었다는 점을 잊지 말게. 내가 그를 자네에게 보낸 것은 단순한 호기심에서가 아니었네. 루윈이 팬더를 알고 있다면, 팬더와 필드 사이에 연결이 있는 증거로 보아도 되리라 생각했던 걸세. 그러나 내 생각을 확인하지 못했네. 처음부터 그리 희망을 걸지도 않았지만, 팬더는 루윈을 알지 못하지만 필드와는 아는 사이였는지도 모르지. 한편 나는 그날 아침 팬더가 극장 주위에서 서성거리지 못하게 하려는 까닭도 있었네. 그래서 그 심부름은 그와 나를 위해 아주 효력이 있었지."

"그는 총경님 지시대로 헌 신문지 뭉치를 가지고 돌아간 데 대해 만족한 모양이지요?"

클로닌은 얼굴에 웃음을 떠올렸다.

지방검사가 물었다.

"모건이 받은 익명의 편지는 어떻게 된 건가? 그것도 사람들 눈을 속이기 위한 것이었나?"

퀸 총경은 불쾌한 듯이 대답했다.

"그것은 교묘한 작은 사기였다네. 어제 밸리가 설명했는데, 그는 모건이 필드를 죽이겠다고 협박한 말을 들었다네. 물론 필드가 모건을 협박하고 있는 줄은 몰랐지. 그러나 어떻게든 월요일 밤 모건을 극장으로 꾀어낼 수 있다면 수사 방향을 혼란시키는 데 유력한 자료가 될 수 있다고 생각했다는군. 모건이 오지 않는다 해도 밑져야 본전 아니겠나. 만일 그가 온다면——밸리는 아마 오리라 생각한 모양일세. 밸리는 흔한 싸구려 용지를 손에 넣어 타이프라이터 판매점에 가서 장갑을 끼고 편지 내용을 두들겨 쳐서 아무런 뜻도 없는 머리글자를 휘갈겨 서명하여 우체국을 통해 보냈네. 지문에 충분히 조심했고, 편지에서 발목잡힐 점은 하나도 없었네. 그리고 다행히도 모건은 미끼에 걸려 극장에 나왔네. 모건의 이야기는 아주 터무니없고 우스꽝스러웠지. 편지는 분명 가짜였으며, 밸리가 상상한 대로 모건은 유력한 용의자가 되었네. 그러나 하느님의 섭리가 그 갚음을 해준 것 같이 생각되네. 우리가 모건을 신문한 덕에 필드의 본업이 공갈이라는 것을 알게 되었고, 그로써 밸리가 엄청나게 불리해졌음에도 그는 미처 깨닫지 못했으니.”

샘프슨이 고개를 끄덕였다.

“또 납득이 안 가는 점이 한 가지 있네. 밸리는 어떻게 입장권을 사도록 수배했을까? 그렇지 않으면 그 일에는 전혀 손대지 않았던가?”

“물론 그가 관여했지. 밸리는 필드를 설득해서 회합과 서류의 인수인도는 극비리에 극장에서 행하도록 하며, 그 방법이 가장 좋다는 것을 필드에게 납득시켰던 걸세. 필드는 찬성하고 여덟 장의 입장권을 사는 데 쉽사리 동의했네. 필드로서도 사람들에게 방해받지 않기 위해서는 여섯 장쯤 여분이 필요하다고 생각했겠지. 그래서 일곱 장을 밸리에게 보냈고, 밸리는 좌 LL30을 뺀 나머지를 모두 찢어 없앴네.”

총경이 지친 듯이 미소 지으며 일어서서 낮은 목소리로 말했다.

“쥬너, 커피 한 잔씩 더 가져오너라.”

샘프슨은 거절하는 손짓을 하며 말했다.

“고맙네, Q. 하지만 나는 이만 가봐야겠네. 클로닌과 나에게는 갱 사건으로 일이 산더미처럼 쌓였거든. 그러나 자네 입으로 이야기를 모두 듣기 전까지는 마음이 가라앉지 않았네.”

그리고 지방검사는 거리낌없이 덧붙였다.

“정말 진심으로 말하겠는데, Q, 자네는 훌륭한 일을 해냈네!”

"이런 이야기는 들어본 적이 없습니다." 클로닌도 열성적으로 끼어들었다. "처음부터 끝까지 얼마나 수수께끼 같고 또한 멋진 명쾌한 추리였는지 모릅니다."

총경이 차분히 말했다.

"두 사람 다 정말로 그렇게 생각하나? 그렇게 말해 주니 기쁘네. 모든 공로는 엘러리에게 돌아가야 할걸세. 내 아들이지만 그가 자랑스럽다네……."

샘프슨과 클로닌이 떠나고 아침 설거지를 위해 쥬너가 부엌으로 물러가자 총경은 책상을 돌아가 만년필을 집어 들었다. 그리고 아들에게 보낼 편지를 급히 되풀이 읽었다. 총경은 크게 숨을 한번 내쉬고 다시 편지지 위로 만년필을 달렸다.

이상 쓴 것은 잊기로 하자. 그때로부터 한 시간도 더 지났다. 샘프슨과 클로닌이 찾아왔기에 그들을 위해 우리가 해결한 사건을 구체적으로 이야기해 주지 않을 수 없었단다. 그런 단짝은 아직 보지 못했구나. 그 두 사람은 마치 옛날이야기를 듣는 아이들처럼 넋을 잃었단다.

이야기하면서 느꼈는데, 실제로 내가 한 일이 얼마나 적었으며 네가 한 일이 얼마나 많았는지 뚜렷이 알게 되어 진심으로 한심스러워졌다. 나는 네가 좋은 아가씨를 만나 결혼하기를 고대하고 있다. 그때는 이 난처한 퀸 집안 식구들 모두 짐을 꾸려 이탈리아로 가서 한가롭고 차분하게 생활을 즐길 수 있을 것이다.

엘러리, 지금부터 나는 옷을 갈아입고 경찰국에 출근하지 않으면 안 되겠다. 지난주 월요일부터 처리해야 할 일이 산더미처럼 쌓여 있단다. 지금 내가 하는 일은 태어날 때부터 내 성미에 맞는 모양이다.

언제 돌아오겠니? 재촉하는 것은 아니지만 아주 쓸쓸한 기분이 드는구나, 엘. 나는…… 그래, 나는 너무 내 마음대로였고 또 지쳐 있다. 다정하게 위로받고 싶은 비실거리는 완고한 애비에 지나지 않아.

너는 곧 돌아오겠지? 쥬너가 잘 있느냐고 안부 전한다. 그 녀석은 부엌에서 접시 부딪치는 소리로 나를 귀머거리로 만들 모양이다.

사랑하는 아버지로부터

(1) 퀸 총경의 이 말은 반드시 진실이라고 할 수 없다. 벤저민 모건은 결백하다고 단정할 수 없었다. 그러나 총경의 정의감은 이 변호사를 두둔하여 그에 대한 일에 침묵을 지키지 않을 수 없게 했다——E.Q.

＊1 초서, 라블레가 한 말은 어디에서 나오는지 찾을 수 없지만 셰익스피어의 '필요보다 더한 미덕은 없다'라는 문구는 《리처드 2세》 제1막 제3장 고온트의 대사에 나옴.

엘러리 퀸의 출세작

엘러리 퀸(Ellery Queen)의 첫작품 《로마 모자의 비밀(The Roman Hat Mystery)》이 간행된 것은 1929년 8월 16일이었다. 프레드릭 대니(Frederic Dannay)와 맨프리드 리(Manfred B Lee) 두 사촌형제가 함께 써서 어느 잡지의 장편소설 현상모집에 응모하여 당선되었으나, 불행하게도 그 잡지가 폐간되는 바람에 게재되지 못하여 단행본으로 만들어지게 되었던 것이다.

그보다 조금 앞서 별안간 샛별처럼 나타난 반 다인이 1926년 이래 《벤슨살인사건》《카나리아살인사건》《그린살인사건》《비숍살인사건》을 내놓아 그 본격적인 구상과 익명의 그늘 아래 숨겨진 정체를 둘러싸고 선풍적인 명성을 얻었다.

미국에서 시작된 이 특수한 형식의 문학이 프랑스와 영국에서 오히려 더 융성해지고 있었으므로 다시 모국이 자랑할 만한 작가가 나온 데 대한 환희가 독자들의 가슴을 뿌듯하게 해주었던 것이다. 그 흥분은 당연히 작가들의 분발을 북돋아주기에 모자람이 없었다.

퀸 자신이 드러내어 말하고 있지는 않으나, 그의 작품에는 확실히 반 다인이라는 선구자에의 도전의식이 잠재해 있는 듯하다.

톰슨은 《로마 모자의 비밀》에 대해 "이 작품은 반 다인의 방법을 거의 그대로 답습하고 있다. 실제로 조금만 손을 대면 반 다인의 소설로서 충분히 통할 수 있을 정도다. 이 소설에서는 반 다인의 살인 이야기 제1장과 거의 똑같은 머리글이 씌어졌으며, J.J. 맥이라고 서명되어 있다. 또한 자극적인, 그러나 곧 잊어버리고 말 도해(圖解)도 곁들여 있으며 지은이의 학구적인 주해도 있다. 그리고 이 문제를 추리함에 있어 독자에게 도움이 되도록 등장인물의 약력도 덧붙여져 있다"고 잘라 말하면서, "그럼에도 불구하고 《로마 모자의 비밀》은 일급 미스터리소설이다"라고 칭찬하고 있다.

외견상의 비교에서는 톰슨의 말이 반드시 억지라고 할 수만은 없다. 그러나 반 다인이 파이로 번스를 탐정으로 내세우고 그 자신이 서술자가 된 것은 포며 도일의 계승에 지나지 않지만, 퀸은 뉴욕 시경찰국 형사계장 리처드 총경과 그의 아들인 미스터리소설가 엘러리 부자 탐정을 내세워 한층 더 큰 효과를 얻고 있다.

더욱이 그는 이야기 도중에 독자에의 도전을 곁들였다. '추리에 민감한 독자는 이제 필요한 모든 사실을 손에 넣었으므로 이야기가 이 단계에 이르면, 제출된 문제에 대하여 이미 결정적인 결론에 이르러 있을 것'이므로 회답을 내보도록 권하는 것이다. 본격 미스터리소설의 진수라고도 할 수 있을 만큼, 독자로 하여금 범인을 미리 맞춰보도록 시도하여 당당히 페어플레이를 겨루려는 퀸의 의도를 아주 잘 나타낸 것으로서, 뉴욕 타임즈의 '퀸이라는 이름의 두 사람은 수수께끼를 만들어내는 능력에 있어 그들과 겨룰 사람이 없다'라는 비평이 적절하게 어울리는 작가라고 할 수 있다.

그가 작품마다에서 시도한 독자에의 도전은 좀 유치한 점도 없지 않으나, 본디 미스터리소설에는 작가가 내놓은 불가사의한 수수께끼에 대하여 뜻밖의 해결을 내보여 즐겁게 해주는 유희성이 있어야 하므로 그 한 면을 드러내어 작가와 독자가 함께 즐거워한다는 착상에 절로 미소가 떠오른다.

로마 극장에서 일어난 협박자 살해사건은 실크햇의 소재를 둘러싸고 암초에 부딪친다. 그럴 듯한 용의자들이 많이 있어 사건은 복잡하게 얽혀든다.

파이로 번스는 그 현학적인 화술과 태도에 읽는 이가 좀 주춤거리게 하는 면이 있지만, 이 퀸 부자의 애정 어린 협조는 참으로 아름답다.

머리글에 의하면 '엘러리는 그 생애의 이 시기에 꽤 이름 높은 미스터리소설가'였다. 그에게는 《검은 창 사건》이라는 작품이 있다. 파이로 번스도 딜레탕트적인 면을 유감없이 발휘하고 있지만, 퀸 역시 애서가로서 수사 도중에도 팰코너의 초판본을 손에 넣으려고 열심이며 주머니에는 슈텐드하우제 기념 발간물을 넣고 다니고 집의 테이블에는 세 권으로 된 《아라비안나이트》가 놓여 있다.

그리고 머리글에 의하면 엘러리에게는 '막대한 양에 이르는 범죄학 저작물 수집'이 있다. 애서가며 미스터리소설가인 엘러리에게 잘 어울리는 일이지만, 실제로 퀸 가운데 한 사람인 대니가 세계의 미스터리소설 및 범죄문학에 관한 가장 완벽한 라이브러리 소유자며 또한 열성스러운 서지학자이니만큼 자신의 일부분을 드러내 보인 것이라고 할 수 있으리라.

그러나 다행스럽게도 엘러리 퀸으로부터는 서적에 대한 수다스럽게 지껄이는 말을 길게 들어야 할 염려가 없다.

아버지 리처드 퀸 총경은 '그 예를 찾아볼 수 없는 뛰어난 수사관'이면서도 부드러움과 위엄을 갖추고 있다. 아들도 아버지에 대한 애정이 깊으며, 서로 도와 일함으로써 '한편이 다른 편을 위해 서로 능력을 보완해 줄 때 아주 놀라운 힘을 발휘하는 쌍둥이' 같은 존재다. 그 부자의 애정과 현실에 입각한 수사 활동이 퀸의 모든 작품들을 매우 부드럽게 해 주고 있다.

번스처럼 학식을 자랑하는 수다도 없고, 미스터리소설의 가치를 높이 들고 있는 만큼 논리투성이 결점이 드러나는 것을 충분히 가리는 주의 또한 게을리하지 않고 있다.